时光

一个人的杨树浦叙事

刘　翔　著

任记忆漂浮在历史的长河，感怀那一幅幅渐逝的画面。

任心灵穿行在年轮的时空，捡拾那一朵朵岁月的浪花。

自序：一座城、一个人

时光之舟桨橹轻摇。

此书的写作，应是一个"意外"。由上海市作家协会主管、杨浦区作家协会主办的《杨树浦文艺》杂志辟有一个专门记叙大杨浦今昔的栏目"杨浦人文"。编辑多次邀约写写"我和杨浦"的故事。虽然答应了，却迟迟没有动笔。琐事缠身固然是个原因，但更重要的是，此类题材的写作，我的情感需要沉淀与"唤醒"。直到2014年才正式开笔以"杨浦履痕"为专栏总题，陆续撰写了18篇系列文章。《杨树浦文艺》杂志从2015年第1期开始连载，至2017年第12期结束。大部分章节以后又陆续刊发在《新民晚报》《上海纪实》《上观新闻》《档案春秋》《世纪》《上海档案》《上海外滩》《人民警察》《杨浦时报》等报刊与新媒体上。"从杨树浦到十六铺，时空轮回承载着一个少年绵延的城市记忆"一章，还被中宣部主办的新媒体"学习强国"转载。

本书便是在《杨树浦文艺》杂志连载稿件的基础上，经过调整、补充、删改并配上相关图片资料后完成的。在此，向图片的提供者，表示衷心的感谢。为适应新媒体时代读者的阅读习惯，结合书稿的内容，我将上海东方电视台、上海教育电视台、《新民晚报》为我拍摄的4个专题片视频和上海人民广播电台采访我的录音报道、配乐朗诵 2 个节目音频的二维码，放在书的封底折页，只要扫码就可以收看、收听。让读者在阅读文字的同时，在视觉与听觉上亦能同步得到时空的延伸。从而使这本"静止"的纸质书，衍生为一本"有声有色"的立体书，给读者以别样的阅读体验。

书后附录的 5 篇文稿，均是数十年前几位作家、记者采访我后刊发在各类媒体上的旧作，而今再回看，感觉似乎颇有点"吹捧"之嫌。对此，我很惶然，亦很汗颜，好在我的头脑还算清醒，还能掂量出你这小子究竟有"几斤几两"。说穿了，鄙人就是一个以笔作枪、以文谋生的"打工人"。之所以把这 5 篇文稿收录在后，姑且视为在尊重"历史"真实性基础上的一种戏说吧。

杨浦区原名"杨树浦区"，从小生活在大杨浦的我，整日忙忙碌碌，行色匆匆，始终未能停下脚步，静下心来仔细"打量打量"百年杨树浦，这座中国近代工业发源地，上海市中心面积最大、人口最多的城区。近年来，随着大杨浦日新月异地飞速发展，那些逝去的日子也渐渐幻化为上海这座城市中的微尘，往昔种种记忆便开始在我的脑海里愈发清晰，最终激发自己留住记忆与乡愁的写作冲动。

在电脑上修改、审定全部书稿后，我如释重负。著名作家马尔克斯在其名著《百年孤独》中写道："所谓人生，是对发生一切的回忆，以及唤起这些回忆的过程。"此书的构思与写作，亦是我始终沉浸在唤起回忆的过程，并在这一过程中咀嚼人生况味。书中有一篇描写我家 20 世纪 70 年代居住在长白二村"二万户"情景的散文《"二万户"，杨浦的"额外魅力"》，曾在"杨浦星空闪烁：我的故事"征文中获得一等奖。在征文颁奖仪式上，上海市作家协会副主席、杨浦区作家协会会长、复旦大学教授陈思和点评获奖作品时说："刘翔在回忆自己以前住在'二万户'生活细节时，其中一个描写'拖地板'小细节，深深打动了我这个评委，因为这类故事我们小时候都经历过。当作者怀着独特的情感，将'二万户'当作一个历史文物来写时，所呈现的生活状态，也就颇有韵味了。"岁月留下的是风霜雨雪，而今我们的生活已是七彩斑斓。今天我写"二万户"，不仅仅"二万户"现在已是一个历史名词，同时，它亦是几代上海人的集体记忆，是上海这座城市曾经的荣耀与骄傲。

翻阅这部 22 万字、数百张照片的书稿，感觉自己似乎不经意地就过早地完成了一部"回忆录"。于我而言，其实这只是漫漫人生中的一个阶段性"盘点"。文字是温润的，饱含个人记忆的文字就是激扬在岁月长河的一朵朵浪花。在这些篇章中没有任何宏大的叙事，字里行间所流露的只是一个上海男人对大上海、大杨浦城区地标的一种私家记忆。作为一种尝试，我试图通过非虚构写作，用散文化与故事性相结合的笔触，以个性化的视角记叙、回望 20 世纪 60 年代到今天"一个人"的生活场景和社会图景，运用自己和父母珍藏的家庭档案史料与老照片，让文字与影像触摸，透过一张张反映日常生活的老照片，梳理出一个家庭、一个人的"照相"行为所构建起来的社会与历史逻辑。使读者能更直观地读懂一个上海普通家庭弥漫人间烟火气的老照片背后所蕴含的温婉与暖意，为正在逐渐"冷却"的昨天，保存充满情感的温度，从而图文并茂地展现一个生活在大杨浦的上海男人心灵成长史。

记忆是一个人的本能，记录是一个作家的自觉。历史承载着一个民族的共同记忆，守护上海这座城市的史实，历史才有深度，而史实就是串起历史的那一粒粒细微水珠。时光的流逝永远都是一条无法"调头"的单行道。回不去的是时光，还能回去的仅是我的绵长记忆。我能做的就是让时光变成故事，让故事进入历史，最终使历史在文本中回声，从而交织出一种真实可感的城市存在和个人命运的交错与魅力。亦即：一座城、一个人。

是为序。

刘翔

2021 年 2 月 8 日

目 录

一 ｜ 从杨树浦到十六铺，时空轮
回承载着一个少年绵延的城
市记忆

2018 年 1 月 1 日，被誉为"全球城市生活核心美好舞台"的上海黄浦江 45 公里滨江岸线全面贯通，城市公共空间正式向市民开放的这天，我独自沿着风光秀丽的黄浦江畔，漫步在"可阅读、有温度"的魅力水岸，从最东面的杨树浦徒步到南面的十六铺。迎着微拂的江风，眺望着江面上缓缓行驶的船舶，绵绵思绪，便也随着微风的吹拂绵延袅袅……

我一直将上海东部的杨树浦和南部的十六铺这两个地方，视作自己人生中的两极。杨树浦，这 3 个字早先见于康熙《古今图书集成·山川典·松江部》，因杨树浦港纵贯杨浦区境南北，为此，杨浦区曾经被称为杨树浦区。十六铺，据传是晚清咸丰年间为防御太平军进攻，当时的上海县将城厢内外的商号组建了一种联防的"铺"。因十六铺在所有的铺中规模最大，也就逐渐成了这块区域的地名。从杨树浦到十六铺，上海这一东一南两个地理区域特征十分鲜明的地标，串联起了我幼年、童年、少年足迹，从而在我的心灵中留下永远难以忘怀的城市地标记忆。

外白渡桥，我的外婆桥

"摇啊摇，摇到外婆桥。"这是几代上海小囡个个都会吟唱的一首童谣。苏州河与黄浦江交汇处的那座外白渡桥，应该就是几代上海人的"外婆桥"。这座 1907 年落成通车的百年老桥，是我国第一座全钢结构铆接桥梁和仅存的不等高桁架结构桥。外白渡桥因其丰富的历史和独特的设计，成为上海的一个著名城市景观地标，也是上海工业化与现代化的象征。1994 年，上海市政府将该桥列为优秀历史保护建筑。

作者 20 世纪 70 年代在坐落于苏州河与黄浦江交汇处的外白渡桥畔留影

　　我家在杨树浦，每次去看望居住在南市区（现已和黄浦区合并）十六铺附近的外公、外婆，乘坐的 25 路电车，必定要穿过外白渡桥。因此，外白渡桥对我来说，不仅是孩提时经常和小伙伴结伴去"打卡"的网红之桥，更是一座超越童谣意义的名副其实的"外婆桥"。每当踏上外白渡桥，仿佛都在咀嚼随着苏州河与黄浦江水流汇合奔涌而去的岁月记忆。

　　幼年时，父母工作、居住都在杨浦区。正值壮年的父母为了"废寝忘食"建设社会主义，便将我从小就寄养在南市区的外公、外婆家，在荷花池幼儿园度过了一段欢乐时光。外公、外婆的家位于南市老城厢的王家嘴角街 16 弄的过街楼上。那条弄堂是典型的上海石库门建筑。楼下的一条弹硌路上不仅有闻名的紫霞路菜场，还有老虎灶、点心店、烟纸店、煤球店等，每天都是在穿街走巷各式小贩的吆喝声中迎来新一天的曙光。

　　清晨时分，当我还在睡梦之中，楼下的小菜场已经传来阵阵喧哗声。早已起床的外公便拎着两个热水瓶到家对面的老虎灶泡满开水，然后和外婆将开水注入各自的紫砂壶后，手捧紫砂壶端坐在弄堂口的一张小桌边，微笑地注视着进出弄堂的左邻右舍及熟悉和不熟悉的菜场营业员、菜贩。因为外婆是里弄小组长，周

作者 20 世纪 70 年代在外滩"情人墙"留影

围的人都认识他们，均会不停地和外公、外婆打招呼："王家老爹、王家姆妈早上好！"外公、外婆也不断向路人点头："李师母，侬今朝买点啥小菜？""陈太太，勿要忘记下午到里弄开会噢！"

每当夏季来临，当石库门弄堂里响起阵阵"栀子花，白兰花，五分洋钿买一朵……"的叫卖声，外婆都会买上几朵白兰花，别在她那件咖啡色香云纱衬衫的纽扣上，袭人的香气不断在夏日傍晚余温的空气里氤氲。此时，躺在竹榻上乘风凉的我，边陶醉于白兰花的芬芳，边享受着外婆用蒲扇摇出的阵阵凉风，那一刻，绝对是我一天里最为惬意的时光。如今回想起来，这真是一幅充满上海弄堂市井气息的"清明上河图"。

一直到了读小学的年龄，我才回到杨浦区的家，但是每个礼拜天，父母都会带着我和弟妹一起到外婆家"度假"。有时，我也会独自去。那时上海的道路交通还比较落后，从杨浦区到南市区只有一辆 25 路电车。每次到外婆家都是先乘坐 59 路公交车到军工路平凉路，然后换乘 25 路电车，直接抵达十六铺终点站后，步行穿过小东门，沿着复兴东路，走到王家码头路，再拐到紫霞路，就到外婆家了。

25 路电车是现在已经绝迹的那种铰链式电车，从杨树浦到十六铺的数十公里路程显得非常漫长，但一旦电车驶上外白渡桥开始进入外滩后，我的神经便会立即兴奋起来。总要想尽一切办法挤到靠近车窗的位子，探头向外看风景。黄浦江面缓缓驶过的轮船、矗立在外滩的上海大厦、海关大楼以及素有万国建筑博览群之称的那52幢风格迥异的古典复兴大楼，尤其是外滩12号原汇丰银行大楼门前，中华人民共和国成立后一直蹲守在上海市人民政府门口的那一对威风凛凛的大铜狮子和大楼前持枪站岗的解放军战士，是我百看不厌的经典"风景"，每次都会给我幼小的心灵带来过节般的欢乐。一旦从车窗里看到具有133年历史的外滩气象台信号塔巍峨的身姿时，便知道十六铺快到了，外婆家也快到了。于是，迫不及待地向车门边挤去。因为，外公、外婆早已烧好美味佳肴等着我去大快朵颐啦！每次得知我要去看望他们，外婆一定会反复叮嘱外公："老头子，明早翔翔要来哦，侬去菜场买点好小菜烧烧啊！

1992年9月改建竣工后的外滩

20世纪90年代的外滩气象台信号塔

20世纪80年代苏州河与黄浦江的交汇处，这里曾被称为浦江最佳观景处

寻梦王家嘴角街

　　20世纪90年代初，外公、外婆

相继去世后，我就再也没有去过王家嘴角街。十六铺、董家渡、小南门等儿时流连忘返的地方，也只是偶尔走过、路过而已。2000年6月，南市、黄浦两区合并，南市区就成了一个历史地名。2004年12月2日凌晨1点零3分，随着"轰"的一声，那座具有地标意义的十六铺客运大楼爆破坍塌后，十六铺的一切沧桑往事也归零，渐渐被人淡忘。但"南市""十六铺"对于我依然刻骨铭心。我永远记住这样一句话：十六铺是什么？是停泊人生却又不断离别的港湾。

2013年2月13日，大年初一清晨，当整座城市还在一片宁静之中时，我已驱车陪着父母来到了自己童年曾经生活过的原南市区王家码头、王家嘴角街一带的老城厢区域。今天，我是专程陪伴年迈的父母来寻找他们的乡愁，对我而言，亦是来重温自己孩提时代留在这片土地上的童年旧梦，寻觅外公、外婆当年在此留下的印迹。已经年近八旬，从小在南市老城厢长大的母亲，更是有着一种寻根的情感，这是深埋在她心底许久的一个愿望。尤其是听说随着南外滩的开发，整个董家渡地区都将拆除，南市老城厢一排排石库门风格的古旧建筑将要消失，我和父母的这个愿望变得愈发强烈和迫切起来。每次回父母家，母

作者父母2013年2月13日在即将拆除的原南市区王家嘴角街石库门弄堂口路牌下留影

作者父母1956年摄于南市区西藏中路97号大美照相馆的订婚照

亲就要说："啥辰光带我到王家嘴角街兜兜看看啊！"

其实，我的工作单位离开南市老城厢并不远，且同属现今的黄浦区，也曾经好几次路过那里。但不是因时间紧迫匆匆而过，就是因大规模的旧区改造，使我找不到旧址而迷路，只得悻悻然无奈返回。这次是下定决心，利用春节长假的机会，抽出时间静下心来陪同父母到"王家嘴角街去兜兜看看"。

没料到，这次我依然是迷路了，原本非常熟悉的弹硌路早已消亡。最终经过几位路人的指点，车子七拐八弯地总算停在了王家码头路。这里就是曾经熙熙攘攘、人声鼎沸、充满上海市井气息的南市老城厢吗？这里就是儿时外婆挥动蒲扇、我躺在竹榻上乘风凉的王家嘴角街 16 弄弄堂口吗？眼前这片儿时非常熟悉的土地，如今却"面目全非"，周围的一切成了一片拆迁工地的废墟和瓦砾。放眼望去，只有几个外来务工者的小孩在一排排待拆迁的房屋前嬉闹，我不由深为怅然。记忆的闸门在父母追忆往事的阵阵叹息声中渐渐打开……

外公王生才、外婆韦兰英是从小就生活在南市老城厢的"老土地"。对于他们年轻时代的经历我并不了解，只是偶尔听母亲说起，他们在中华人民共

作者母亲 1954 年摄于南市区中华路 437 号绿野照相馆

作者1989年4月与外公、外婆的合影

和国成立前靠做点小生意谋生。中华人民共和国成立后，公私合营时，外公以小业主的成分进入南市区服装鞋帽公司工作，外婆则在居委会担任里弄小组长。

　　1956年母亲经亲戚介绍与父亲认识后，1957年在小南门"一家春"饭店请亲朋好友吃了顿饭就算结婚了。在父母保存的老照片里，有一张他们谈恋爱时在蓬莱区（后被撤销划入南市区）西藏中路97号大美照相馆拍摄的彩色照片。这张以人民广场和国际饭店为背景、用印花硬板纸作衬底的人像艺术照，应该是父母的订婚照吧？睹照思人，我随即想到那张被广大网民誉为"民国无名女神"李伟华的老照片。年轻人，翻出自己家里的老相册吧，所谓男神、女神，其实就在我们的身边。2021年春节档票房一举冲破50多亿元的电影《你好，李焕英》片尾中的一段台词："打我有记忆起，妈妈就是个中年妇女的样子，所以我总忘记妈妈曾经也是个花季少女。"令无数观众泪奔。叹时光，我们的父母都有过绽放的青春啊！

在我幼年的记忆里，外公、外婆在他们那个年代中，应该是属于有品质、有腔调的老人。这种品质与腔调不仅表现在他们总是喜欢各自端上一把藤椅坐在王家嘴角街 16 弄弄堂口，手握一把紫砂壶细啜慢饮地"浏览"路人时的那种泰然神态，以及日常衣着的考究等外在上，同时也渗透在他们日常生活中与旁人的接触和谈吐中。外公说话时的那副冷面滑稽面孔，总会引来众人捧腹大笑。

外公、外婆尽管自己不识字，但他们对母亲的学习教育却十分重视，中华人民共和国成立前，他们克服困难，将年幼的母亲送到一所教会学校读书。1951 年，母亲 16 岁时，他们又把母亲送入上海市私立扬群补习学校学习簿记（会计）专业，毕业后便到天佑群学会小学担任教员。

至今我还清晰地记得，1976 年我奔赴崇明县跃进农场工作前夕，外婆和母亲特意带着我到小南门的一家服装店，为我买了一件当时颇为流行、且价格昂贵的涤卡中山装。而我在农场存放生活用品的那只木箱子，也是外公、外婆家里的，这只箱子现在还保存在父母家中。

1976 年春节，我第一次从跃进农场回市区过年，用节省下来的工资买了崇明小毛蟹、甜芦粟等，然后绕道从崇明牛棚港坐船到江苏海门，再从那里坐船到

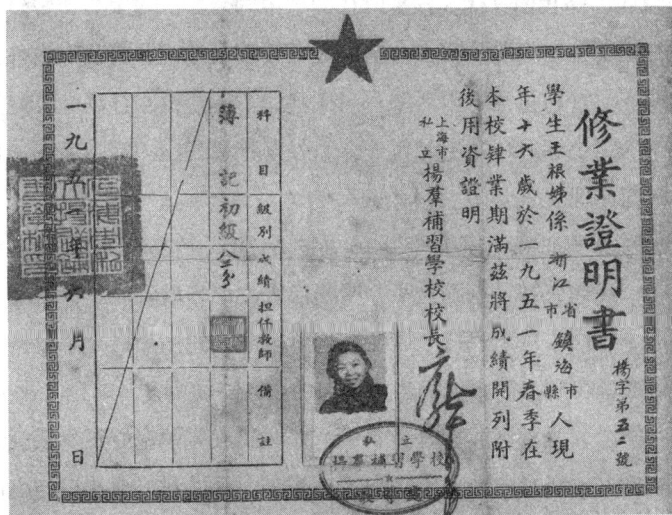

作者母亲 1951 年 6 月在上海市私立扬群补习学校学习的修业证明书

十六铺码头。下船后，便急匆匆地赶往外公、外婆家。一走进熟悉的王家嘴角街，我就大声说道："外公、外婆，翔翔现在做生活赚钞票了，买点东西给你们吃吃。"他们开心得合不拢嘴。1978 年在上海市商业学校读书时，我在小南门一家老字号南货店会计室实习，每天午饭都是到外婆家吃的。他们总会烧好我喜欢吃的菜肴，笑眯眯地坐在桌边，看着我津津有味地吃。

董家渡、小东门、小南门、王家码头路、王家嘴角街，有着我太多、太多的童年记忆。今天我徜徉在这片曾十分熟悉、如今却又非常陌生的土地上，心中默默念唠着：王家嘴角街 16 弄到哪里去了啊？当年和我共同嬉闹的小伙伴们，他们又在哪里呢？欣慰的是，经过一番仔细寻找，我和父母终于在一幢即将拆除的石库门弄堂口的墙面上，发现了一块残存的王家嘴角街路牌。我欣喜若狂，立即像一个考古学家般拿出相机拍了下来，并给父母在路牌下拍了张合影。那一刻，我感觉绝对是完成了一件抢救"历史"的伟大使命。当时动过把王家嘴角街路牌从墙上撬下收藏的念头，但最终为避偷盗之嫌而没有下手。如今想来，真是一大憾事。

梦醒时分泪眼婆娑

白相城隍庙，是我们这代人孩提时代的"中国梦"。成家后，曾经连续几年的除夕之夜，吃罢年夜饭后，我都会携家人兴致勃勃地驱车赶往海内外久负盛名的上海老城隍庙，参加祈福游园活动。当疾驶的车子穿行在挂满大红灯笼、鞭炮声此起彼伏的大街小巷时，童年时代外公、外婆带领我白相城隍庙那一幕幕美好情景就会在眼前浮现。

那些年的除夕夜，在王家嘴角街 16 弄的弄堂口，我和小伙伴们放完鞭炮，听到外婆那句"翔翔，好早点睏觉了，明朝带侬去白相城隍庙"，就会兴奋得睡不着觉。在那个年代，对于我这个居住在远离市中心的杨浦区"小鬼头"来说，能够去白相一趟城隍庙，简直就相当于今天的出国旅游啊！

大年初一早上，外婆替我穿好新衣服，并在我衣袋中塞好压岁钱。然后，我和外公、外婆挤上公交车向城隍庙赶去。一路上，每见到一个熟识的小伙伴，我都会大声说道："嘿，今朝阿拉要去白相城隍庙啦！"望着小伙伴们流露出来的

作者母亲（中）20 世纪 80 年代和外公、外婆摄于南市区王家嘴角街 16 弄过街楼老宅

羡慕目光，我走路的脚步也格外地雄赳赳、气昂昂。

拐进方浜中路，已是车水马龙、人声鼎沸。从四面八方汇聚而来的人流、车潮使得这条狭小的马路充满了旺盛的人气。走进城隍庙，仿佛来到了一个欢乐的世界，眸子里"溢满"了兴奋与新奇：芳香扑鼻的五香豆、晶莹剔透的梨膏糖、五花八门的京剧脸谱、巧夺天工的剪纸，吃得我嘴"累"，看得我眼酸。虽然那时的我，还不明白什么叫"中国元素"，还"读"不懂外公、外婆脸上灿烂的笑容，可是，稚嫩的童心里却早已知道，这，就叫"过年"。

岁月，尽管一如既往地在无情地流逝，但作为一个华夏子孙，不管历史发展到了哪朝哪代，对列祖列宗的敬重、对传统民俗文化的热爱，将会是永远世代相连、脉脉相传。如果外公、外婆能有幸活到今天，两位老人家依然会笑眯眯地说："翔翔，好早点困觉了，明朝带侬去白相城隍庙。"然后率领小辈们浩浩荡荡地去白相城隍庙。

天若有情天亦老。步入高龄后的外公、外婆外出越来越困难。原先，逢年过节他们总是要乘坐公交车到杨浦区父母家，以后因行走不便，便减少外出了。那时我在杨浦区审计局工作，局里有一辆上海牌轿车。局领导关心干部，订出制度，

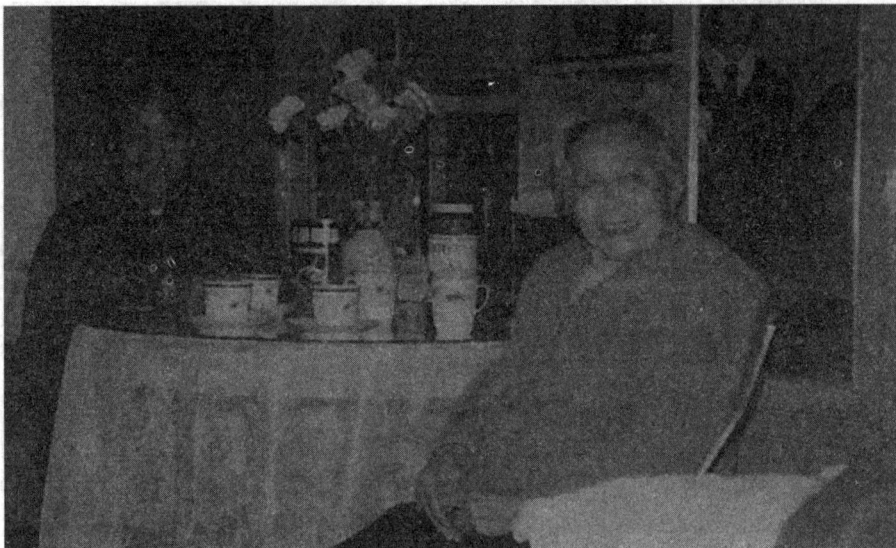

作者外公、外婆坐在作者结婚新房里的照片定格了他们快乐的笑容

谁家里有困难，需要用车的可以申请使用。为此，好几次我都是用单位的轿车，将外公、外婆从南市区带到杨浦区的父母家。在 20 世纪 80 年代，乘坐轿车是一件十分奢侈的事情。记得那辆上海牌轿车停在王家嘴角街 16 弄弄堂口，周围的邻居看到我搀扶外公、外婆上车，无不夸奖道："翔翔，侬对外公、外婆真好啊！"此刻，外公、外婆便笑道："阿拉现在享翔翔福了！"

外公、外婆年龄不断增大后，身体状况也每况愈下。我经常从杨浦区赶到南市区，为他们做点扫地、买煤球等体力活。每当我踏进房门，看到两位老人或对坐在桌旁玩麻将，或捧着一台半导体收音机，静静地聆听戏曲节目，那一幅幅寂寞的场景，就会让我陡生伤感之情："外公、外婆啊，你们真的是老了，现在该是我'反哺'你们的时候了！"

外公、外婆整天捧在手的那台半导体收音机电池盖摔坏过，可是他们舍不得买新的，只是用胶布封扎了一下。我多次提出要给他们买台新的，外公总是双眼一瞪，厉声呵斥："翔翔侬迭只小赤佬，算侬现在赚钞票了是哦？省点钞票以后结婚派用场！"

后来我在十六铺一家百货公司看到一款新出的红灯牌半导体收音机，非常适宜老年人使用，便毅然买好后给他们送去，谎称是自己写的一篇文章获奖的奖品，外公、外婆这才"笑纳"了。再后来，父母实在不放心年逾八旬的外公、外婆独自居住在南市区，经过反复劝说，他们才同意搬到佳木斯路和父母一起居住，并把户口也迁移过来。这时，上海市政府开始向高龄老人颁发尊老社会一条龙服务的优待证。外公、外婆拿到了户籍所在地杨浦区长白街道颁发的高龄老人优待证。从此他们便成为杨浦区的"移民"。这种上海市第一代高龄老人优待证，应该就是如今敬老卡的雏形吧。

作者外公、外婆 20 世纪 90 年代初的合影

年迈的外公、外婆晚年从居住了一辈子的十六铺，移居到杨树浦，对他们来说无疑是一次艰难的"转身"。但他们依然身在杨浦，心在南市，时刻还惦念着弄堂口的老邻居们，每过一段时间就必定"命令"我带他们到工家嘴角街 16 弄的老宅住上几天。左邻右舍的老邻居看到王家阿爹、王家姆妈回来了，都会聚拢上来嘘寒问暖。站在一旁搀扶着外公、外婆的我，望着两位老人甜蜜的笑容，我想，这应该就是乡愁吧！

撰写此文时，为唤起自己更多

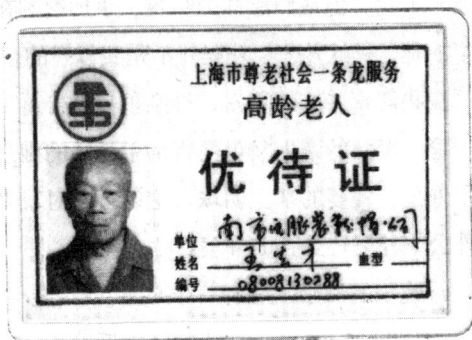

作者外公、外婆的上海市尊老社会一条龙服务高龄老人优待证

的记忆，我翻找出了外公、外婆与我和父母的许多老照片。那张我结婚时，外公、外婆坐在新房里的照片，从他们笑呵呵的神情上可以看出，此刻两位老人是多么开心哦！当看到那张 20 世纪 80 年代末，我给母亲和外公、外婆在南市区王家嘴角街 16 弄旧居拍摄的 3 口之家合影照，不禁泪眼婆娑："外公、外婆、姆妈，你们终于又在天国团聚了，你们在那里生活得好吗？"无数个寂静的夜晚，遥望着窗外的星空，我总会喃喃自语。

外公出生于 1904 年 4 月 12 日，1991 年 4 月 26 日病故。外婆出生于 1908 年 12 月 6 日，1992 年 1 月 19 日病故。他们的寿命在 20 世纪 90 年代初，应该也算是长寿了。2015 年 9 月 26 日，亲爱的母亲也与世长辞了。他们虽然已经永远离开了我，但他们慈祥的笑容，永远镌刻在我的心中。然而，此刻，我要告诉大家的是，我的外公、外婆并不是我母亲的亲生父母。他们是我母亲的姨妈、姨父，这在我们家并非是秘密，母亲很早就告诉了我。因为外公、外婆结婚后一直没有生育，母亲的亲生父母便将出生不久的她过继给了外公、外婆。从此，母亲便成了外公、外婆的掌上明珠。这件事，对我来说，也就是听过而已，外公还是我的外公，外婆还是我的外婆。

晚年的母亲始终有一个心愿，就是能寻找到自己亲生父母的身世等档案资料。母亲对我说，外公、外婆曾经告诉她，其亲生父母的名字叫方金棠和韦翠宝。抗日战争爆发后不久，亲生父亲方金棠在奔赴抗日战场的前夕，匆匆将其过继给没有子女的外公、外婆抚育。此后，亲生父母便杳无音讯。出生于 1934 年 12 月 6 日的母亲对亲生父母的记忆，只有那张一直珍藏在身边的，其一周岁时亲生母亲韦翠宝抱着她的合影照片。

为此，母亲曾多次嘱托我"想想办法"，能够在有生之年，圆其寻亲梦。面对母亲迫切的寻亲情结，我虽想尽办法，还是爱莫能助，无计可施。母亲去世后，我在整理她遗物时，发现一封位于南京的中国第二历史档案馆给她的回信。原来母亲从报纸上得知该馆为纪念抗日战争胜利 70 周年，开放了抗战时期失踪、牺牲人员名单消息后，特地写信去查询自己的亲生父亲方金棠的信息。

在母亲的遗物中，我没有找到她写给中国第二历史档案馆信件的底稿，母亲在这封信中究竟写了什么呢？虽然母亲去世已经 5 年了，可这一大大的问号，始终是我内心深处一个挥之不去的"梗"。每当想起母亲生前一再嘱托我"想想办法"时那期待的眼神，便会"坐立不安"。

2020年9月16日，我拨通了中国第二历史档案馆电话，询问能否将母亲写给该馆的信件原件退还给我。档案利用处的工作人员婉拒了我的这一请求，但是答应我可以把母亲的信件复印后快递给我。第二天，我就收到了母亲信件的复印件。我颤抖地打开信件，母亲那熟悉的字迹顿时在我眼前展开……

尊敬的二史馆负责同志：

请接受我的衷心问候！

本人退休多年，上海籍。50年代西安二九七电校毕业，分配到上海新华无线电厂，1961年（此处有笔误，应为1974年）七二一大学毕业分配到二十四所（现为八０二研究所）。见报后，我寻根心切，几次提笔却又几次搁下，怕的是时过境迁，这个根不是容易寻的。但不寻心又不死，下定决心麻烦二史馆了。

我父亲方金棠，外公、外婆（养父母）都不识字，他们也说不清什么金什么棠，母亲叫韦翠宝。一九三七年父亲说要出去办点事，但一去未回。母亲思念过度，健康深受影响。小姐妹劝她出去走走，不料说我母亲从大世界楼梯上摔下来，被送往

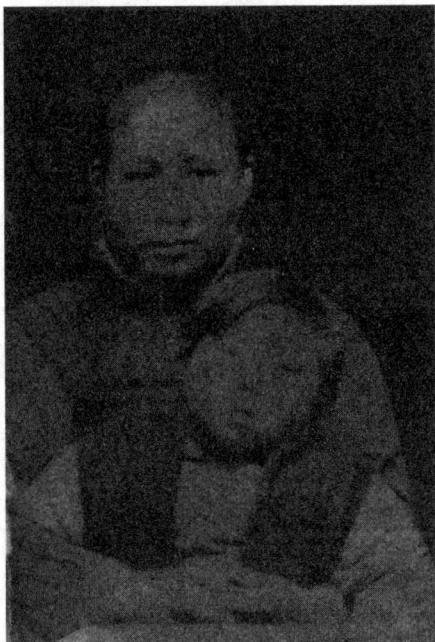

作者母亲一周岁时，生母韦翠宝抱着她的合影照

残存在即将拆除的原南市区王家嘴角街石库门弄堂口的路牌

红十字会。外公（养父）赶去，不见伤迹，但已绝气。外公（养父）哭得死去活来，一个家就像（此）顷刻倒下。我的养母是亲姨妈，她病危时对我说，我就跟李铁梅一样，在1937年我亲生父亲抱我到姨母家，请她照顾我，但一去未回。我的身世直到养母（亲姨妈）病危之间（时）才说出这段历史。见报后，我在想，或许能在二史馆的关心和帮助下，我这无根草再不是无根了。在精神上我和亲爸亲妈相见了。我这颗破碎的心得到修复了。恳求帮我一把，永不忘恩！

王苏诚 敬上

2015 年 7 月 30 日

从母亲这封写给中国第二历史档案馆的信中，我才更为详尽地得知，抗日战争爆发后，1937 年母亲生父方金棠毅然与妻女"不辞而别"，独自奔赴抗日战场前线。生母韦翠宝因思念丈夫过度，导致神情恍惚，不幸从大世界楼梯上摔伤致死。随后 3 岁的母亲便由生父方金棠"托孤"给母亲的姨妈姨夫，也就是我的外公、外婆抚养。从此，生父方金棠音信全无，生死未卜。

70 多年前，日军入侵中国，母亲生父方金棠为保家卫国，奔赴抗日前线。

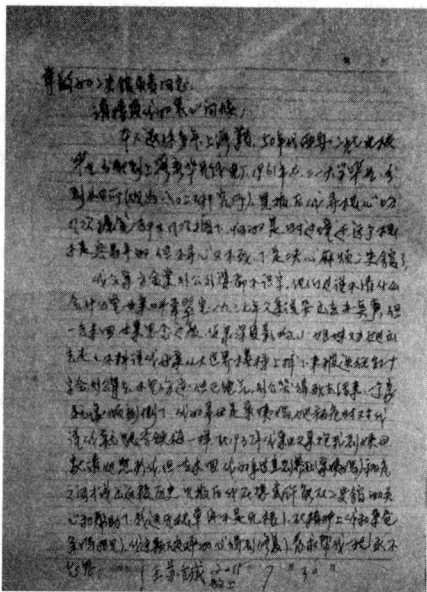

作者母亲 2015 年 7 月 30 日写给中国第二历史档案馆的寻亲信

王苏诚同志：

您好！您的来信已收到。经我处同志查找，很遗憾，并未在本馆档案中找到您的亲属方金棠的有关档案。特此告知。

感谢您对档案工作的信任与支持。如有疑问，请致电：025-84800744。

中国第二历史档案馆
利用处
2015 年 8 月 10 日

中国第二历史档案馆 2015 年 8 月 10 日给作者母亲的回信

从此，一家 3 口骨肉失散，天各一方。几十年来，直至人到晚年，母亲始终在寻亲、寻根。祈望能从中国第二历史档案馆公布的抗战时期失踪、牺牲人员名单里找到生父方金棠的下落。就在 2015 年 8 月 10 日，母亲收到第二历史档案馆"查无此人"回信一个多月后，便带着永远的遗憾走了。

2016 年清明节前夕，我们全家专门将外公、外婆的墓园重新修葺一新。站在墓碑前，我点燃一炷香烛，捧读中国第二历史档案馆的那封回信，我几度哽咽："姆妈，难道是你生父方金棠、生母韦翠宝、养父王生才、养母韦兰英在天堂召唤你吗？你和他们分别这么久了，他们思念你了。"

我不知道这个世界是否真的存在天人感应，反复捧读母亲在信尾所写的"我在想，或许能从二史馆的关心和帮助下，我这无根草再不是无根了。在精神上我和亲爸亲妈相见了。我这颗破碎的心得到修复了。恳求帮我一把，永不忘恩！"这段文字，不由潸然泪下。在此，恳望有关部门与各方人士能够帮助查找、提供抗日将士方金棠的相关信息与线索。今天的我，更有责任去探究这一历史谜团背后，20 世纪 30 年代一个上海人家的悲欢离合，以告慰母亲的在天之灵，使她那颗"破碎的心"，能在九泉之下早日得到修复。让我借用母亲的这句话"恳求帮我一把，永不忘恩！"来表达我对你们的真诚谢意。

今天，上海这座城市正在飞速发展。王家嘴角街 16 弄这条石库门弄堂早已夷为平地，消失在上海的版图中。在董家渡这片土地上即将崛起巍峨的南外滩，可我还是期望能在这里留住一些南市老城厢的基因与文脉。因为这里每一条石库门弄堂里都蕴含着故事，有着几代上海人对这座城市的记忆。有位建筑学家说过句言简意赅的话."一个城市如果都是崭新的，这很难想象。""城市是有温度的，建筑是可以阅读的。"这两句话说得真好，但我觉得还是说得稍许晚了点。因为，很多、很多石库门老建筑已经无可挽回地消失了。

杨树浦是上海近代工业的发源地，十六铺则承载着上海滩厚重的历史记忆。年轻时的母亲，从十六铺老城厢嫁到杨树浦的工人新村。孩提时的我从杨树浦跨过外白渡桥来到十六铺，晚年的外公、外婆又从十六铺跨过外白渡桥来到杨树浦，或许这就是一种生命的轮回吧。

二　松花新村：寄存在我心灵深
处的一件厚重的历史"行李"

中华民族是有着强烈寻根情结的，那么一个人的根究竟是其祖籍地还是出生地，这是一个在学术界始终存有争议的话题。我不是专家，但我认为这两种说法也许都有道理，在此也就不想去纠缠与厘清这个学术课题。可是如果用"土生土长"来判别，那么"土生"这个词的意思应该就是一个人出生的土地，而随之紧密相连的是"土长"这个词，望文生义，也就是在这块土地上生长的意思了。照此说，出生在上海的我，尽管祖籍地是江苏省仪征市，如果把自己从小生活的上海市杨浦区松花新村视作自己的根，想必也不会谬误到哪里吧。

松花一村 7 号 14 室、祖父刘忠伦

松花新村是一个位于上海市东北角、建造于 20 世纪 50 年代初的工人新村。也许是紧挨着松花江路的缘故，因此被命名为松花新村。新村附近的路名人都取自我国东北的吉林省，如和松花江路平行的有靖宇路、延吉路，纵向的则有敦化路、内江路、图们路、安图路、长白路等，无不让人感受到一股浓浓的东北风味。整个松花新村按东、西划分为一村和二村，我们一般就称之为松花一村、松花二村，由数十幢尖顶、灰色三层楼组成。那时居住在松花新村内的基本上都是上海机床厂的工人，而上海机床厂就处在与松花江路交叉的军工路上。因此，松花新村实际就是上海机床厂的家属区。而紧挨着上海机床厂的是上海电缆厂，该厂的职工新村、职工子弟小学则位于松花江路、延吉东路右侧。当时的上海机床厂与上海电缆厂都是在上海市，乃至全国名声显赫的近万人的大厂，因而，以这两个厂为主体构建了上海东北角的工人家庭聚集区。父辈们到厂里上班，我们到位于佳木斯

路上的上海机床厂职工子弟小学上学，都只要步行十分钟左右的路程就可以了。每天清晨上班、上学和黄昏时下班、放学的人流夹杂在滚滚的自行车潮中，给那时还是偏僻市郊小道的松花江路增添了几分喧闹的都市氛围。

精准定位：我最初的家是松花一村7号14室。这是一间面积16平方米、两户合用厨卫的一室户。这是20世纪50年代中期父母结婚时，上海机床厂分配的婚房。在那个火红的年代，工人阶级绝对是属于"高大上"的领导阶级。因此，能够无偿分配到这样一间房间，用现在的眼光来打量，足以让如今的年轻人羡慕。作为"大跃进"运动时期的"产儿"，我和我的小伙伴们的名字也无不烙上"翔""跃进"等具有鲜明的时代色彩印记。

20世纪50年代是"戴花要戴大红花，听话要听党的话"的纯真年代。我出生后不久，正当盛年的父母，为了没日没夜"赶超英美"、为了建设伟大的社会主义革命事业，便将祖父刘忠伦从老家请到上海，把我和后来出生的弟妹"扔"给了祖父带养。这样一来，原本只是父母两人居住的16平方米的房间，一下子多出了我与祖父，三代同堂，空间顿时就变得狭小起来。于是，父亲便和邻居商量，晚上能否在厨房搭个帆布床让祖父睡觉。邻居是父亲在上海机床厂的同事，低头不见抬头见，再说那时的人就是单纯，信奉助人为乐，根本不会像现在有些邻里之间为了共用部位的使用面积而寸土必争，甚至大打出手。得知我们家的困难后，邻居当即就同意了。

于是，每天晚上两家人家吃好晚饭，将炊具洗净，隔壁邻居一般也就不再出入厨房。而祖父把我安顿入睡后，便将煤球炉封好，再从房间里拖出一张帆布床在厨房里铺好，随后在床边坐下。烟瘾极大的他，这时将身子舒适地倚靠着墙壁，掏出一根一角三分钱一包的勇士牌香烟，随着袅袅烟雾的飘浮，一天做家务的劳累也就在那一口口的"呼吸"之中渐行渐远。或者独自在帆布床边上支起一个凳子，斟上一杯土烧酒，打开用白报纸包裹成三角包的五分钱一包的油氽豆瓣，撒上一点细盐，"沉醉"在属于他一个人的世界。

此时此刻的祖父，是一天中最为幸福的。然后，便一头扑倒在帆布床上酣然入睡，睡得无比香甜而发出呼噜声，这声音有时会"穿墙"而过，传入我的耳中。清晨5时，祖父便又准时起床，打开封好的煤球炉，煮烧早饭。他那浓眉大眼、腰背挺直、始终忙碌家务的身影，至今铭刻在我的心灵深处。其实，当时祖父睡在厨房内，是在和死神相伴啊！因为一旦煤球炉子没有封好，发生一氧化碳泄漏，就会导致中毒死亡，左邻右舍经常发生此类事故。可为了我们这个家的安宁，他无所畏惧。好在祖父封炉子的技术"炉火纯青"，几年下来，始终平安无事。

作为感恩和回报，我从懂事起，便承担了为祖父跑腿到松花新村菜场边上的粮油店拷酒、买香烟的任务。这时候，他常常会摆出一副大老爷的派头，颐指气使地把一毛钱纸币朝我一扔，大手一挥："小鬼，快去帮爹爹拷点老酒，买包香烟！"接过纸币我立马颠屁颠地向屋外奔去。而我也经常从找回的零钱中"贪污"下一两分钱，作为自己的零用钱。殊不知，这一两分钱在20世纪60年代绝对是"巨款"啦。虽然祖父没有工作，烟酒钱也是父母给他的，但他明知我"贪污"，依然是装出"浑然不知"。

如今想来，早早地沦为"家庭妇男"的祖父，其实生活得并不如意。从旧时代过来的他，其同辈人基本上都是文盲，而出生于1906年9月8日的祖父，不仅具有初小文化程度，而且还写得一手

作者 2018 年 8 月在松花一村 7 号门口留影

好毛笔字，在老家的村子里算得上是个秀才了。在我的记忆中，祖父不仅烟瘾、酒瘾很大，古诗词的底子亦很深，酒至情深，能把李白的一首《将进酒》中的"君不见黄河之水天上来，奔流到海不复回。君不见高堂明镜悲白发，朝如青丝暮成雪。人生得意须尽欢，莫使金樽空对月。天生我材必有用，千金散尽还复来……"吟诵得慷慨激昂。前不久，遇到一位松花新村的老邻居，他还向我说起，至今还清晰地记得当年我的祖父坐在 7 号大门口读报和挥毫写毛笔字的情景，那架势用现在的话来说，还是很有腔调的。

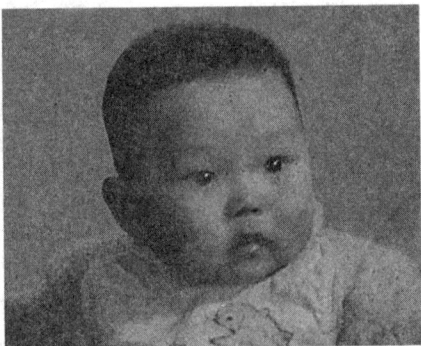

作者满月时的留影

1975 年 11 月 21 日上午，祖父突发疾病，父亲立马打电话给上海机床厂卫生科，请求派救护车送往医院救治。救护车到达后，我和父亲合力将其抬上车，随后，迅速向长海医院驶去。但终因抢救无效，祖父离开了人世，享年 69 岁。

封炉子、铺帆布床、"小小班"

回望那个年代，祖父每天做的封煤球炉和铺帆布床这两个"规定动作"，似乎有必要做进一步的阐述。因为一"封"一"铺"这两个动词所搭配的"煤

作者祖父（左）抱着一周岁的作者，右边为作者祖母和堂哥刘斌

球炉""帆布床"两个名词，其实是 20 世纪 60 年代至 80 年代上海老百姓日常生活中的一个普遍细节，它们生动地折射出了一个时代普通老百姓的生活状态。而今天的年轻人根本就不知道煤球炉和帆布床是什么"劳什子"。那时，上海市区几乎没有管道煤气和液化气，老百姓烧水煮饭全靠煤球炉。煤球炉就是靠煤球燃烧的炉子。别小看一个个黑乎乎的小小煤球，它们却是十分紧张的能源，每家均要凭政府发放的煤球卡计划供应。所谓封煤球炉就是为了节省第二天早上点火生炉子的时间，而在煤球炉内塞进几个新煤球，然后铺上一层煤灰，使表面上看不出明火，俗称为"封炉子"。第二天早上，只要用一根粗壮的铁丝，在封闭的煤灰层捅开几个洞眼后，用把蒲扇对准炉门猛扇几下，火焰就会呼呼地蹿上来。

封炉子这活，说来简单，其实和生炉子一样，还是很有技术含量的。如果封得不到位，煤球不幸被烧完，那第二天早上炉火就会熄了，只得重新再点火生炉子。如此一来，就会耽误了烧早饭的时间，影响大人、小孩准时上班和上学。为此，童年时的我，为了学会生炉子、封炉子这活，头上没少挨过祖父的"毛栗子"。而那时松花新村的大人们夸奖自家孩子聪明，也常常会用自豪的口吻对左邻右舍说："阿毛姆妈，阿拉小狗会封炉子啦！"再后来，随着煤饼的出现，封炉子的活也就相应变得简单了，只要用一块和炉膛一样大小的铁板，朝煤饼上一盖就万事大吉。尽管如此，除了像我家这样的双职工家庭之外，还是有许多家庭为了节约煤球或煤饼，依然选择不封炉子过夜，而在第二天清晨把炉子拎到室外重新生炉了。因而，每天曙色微露之时，许多大人将炉了拎到大门外，点火生炉了就成了松花新村的一大景观。众多的大人与小孩使劲挥舞着手中的蒲扇，对着炉口"煽风点火"。当那一缕缕通红的火苗，从炉膛中蹿出时，在火焰的映射下，每个人的脸上都露出了甜蜜的笑容，那时的人们，对幸福的理解和追求就是这么简单。其实，那时整个上海市的市民生活亦是如此。

和封炉子不同，铺帆布床的活就没有一点技术含量了，这是个力气活，拼的是体力。那个早已在数十年前就绝迹的帆布床，又称行军床。因可以折叠，20世纪六七十年代的上海普通人家居室狭小，因此基本上每家都会备有这样一个不占空间的帆布床。它是由几根粗壮的木棍将厚重的白色帆布支撑起来的折叠床，十分笨重，搬进搬出非常吃力。而最最费力的还是把两根木棍套进床的前后两端，随后再把木棍的两头小洞嵌入床的左右两侧凸出点，当 4 个点紧密对接后，一张帆布床就铺好了。由于要保证床体帆布的硬度，所以每次将两根木棍上的 4 个点嵌入，都要花九牛二虎之力，甚至还要手脚并用。一般情况下，搬床、铺床都由父母或祖父来做，我偶尔做做他们的帮手。在大人的眼里，这种事体太吃力，小孩做不好。事实也的确如此，有一次当我想为大人分忧，偷偷地试着独自把帆布床铺好时，双手就被夹出了大血泡。

如果说"煤球炉""帆布床"这两个关键词构成了我童年时代在松花新村贫瘠的物质生活的话，那么"小小班"这个关键词则无疑构成了我在松花新村的欢乐富裕的精神生活。

说起"小小班"，和后来的"向阳院"一样，20 世纪五六十年代出生的人是非常熟悉的。它是有点类似于现在的课外学习班和暑托班、可性质却又与它们截然不同的一种课外儿童组织形式，其主要是在下午放学后以及寒暑假期间，由小学班主任老师按照学生居住的门牌号，把一个门牌号或相邻的几个门牌号内的学生组成一个小团体，俗称"小小班"，然后指定一名学生担任班长，代替老师行使检查、督促课外作业的完成、业余活动的安排等职能，而班主任老师则定期不定期地在各个"小小班"之间巡查、辅导。

那时的"小小班"一不收费，二靠自律，完全是我们少年儿童的自治组织。学校在寒暑假期间组织"小小班"，主要是考虑到我们这些学生的家长都是工作繁忙的双职工，为防止我们"出事"，便用"小小班"形式来管住我们。于是，逢到寒暑假，我们每天上下午抽出一到两个小时，五六个人集中在门洞的大门口，某个同学从家里搬出一张小餐桌，大家围坐在四周埋头不响做作业。如果有哪个同学思想开小差，边上马上就会有同学叫起来："告诉老师。"吓得这个同学赶紧低头不语。而在几天后，那个高声叫喊"告诉老师"的同学也就有了"马屁精"或者"甫志高"的绰号。那时基本上每个人都有一个绰号，在此不妨也透露下我的绰号，因我姓刘，绰号就是英文字母"W"的读音。几十年后，当我们这些当年的小伙伴们再次相聚时，许多人的名字都叫不出了，却清楚地叫得出彼此的绰号。当一个个俗比雅多的绰号此起彼伏从各自的嘴里"吐"出时，小伙伴之间也就情不自禁地回到了欢乐的童年时光。由此，我建议有关专家，应该将绰号作为

作者（右）居住在松花新村时和弟妹的合影

上海一种独特的民俗、人文历史文化现象加以探究。

在"小小班"里做完课外作业后的一段时光，是我们最开心的。男同学玩斗鸡、打弹子、刮纸片游戏，女同学则玩跳绳子。很多时候，各个"小小班"之间还搞打乒乓、踢足球比赛。乒乓桌就是各个门洞前面大人用来刷洗衣服的一个个水泥板，在水泥板中间放上一根竹竿，就是一个天然而又坚固的乒乓桌了。足球场同样也是天然的，那就是东松花和西松花中间的一片空地。空地的两端放上几块砖头或者书包就立马"造"好了一座球门。你攻我守，女同学和不会踢球的男同学就站在两边当啦啦队。就这样，一大帮"野生"的小孩子，一直疯玩到夕阳西下，大人们做好晚饭，打开窗户高喊着自家孩子的小名："小桂子还不死回家啊！""阿猫哎，回来吃饭啦！"各地方言的叫喊声混夹在一起，构成了松花新村一道独特的市井风景线。

这里再介绍下东松花和西松花中间的这片空地，随着孩子们经常在那里踢球、摔跤而"演变"成了运动场，而大人们也逐渐在茶余饭后，拎着小板凳聚集到这里"嘎三胡"。后来长白街道也看中了此地，把它作为露天电影院，经常来放映

《地道战》《地雷战》之类的电影。无形之中这片空地就成了"市民文化中心"。其实此地原是一片稀疏的绿化带，它把松花新村一分为二后，也就成了东、西两个松花新村的分界线。那时，东松花和西松花的"两个阵营"是泾渭分明的，无论是大人还是小孩，每当别人问起住在松花哪里时，都会脱口而出，"我是东松花的"或"我是西松花的"。

上海，回不去的故乡

和孩子们无忧无虑地快乐生活不同，从 20 世纪 60 年代中期开始，我发现松花新村的大人们开始显得心事重重起来，每天下班回家后总是愁眉苦脸的。原来，这时国家开始了"三线"建设的战略部署，发布了支援内地社会主义建设的政策，简称为"支内"，按照"备战、备荒、为人民"以及在"三五"期间"加速内地建设、合理工业布局、逐步缩小三大差别"方针指示，上海机床厂对口支内单位是陕西省的汉中机床厂与宝鸡机床厂。组织上一旦定下哪个职工去"支内"，其本人必须把上海户口迁入陕西。因此，大人们整天都在担心自己是否会轮到"支内"。那时是"党叫干啥就干啥"，一旦组织上决定谁去"支内"，是没有一丝"还价"余地的。幸运的是，我父亲没有去"支内"，否则我现在就可能是陕西人了。可是，我的好多小学同学却随同父母一起挥泪告别上海的故土，远赴汉中或宝鸡，一呆就是几十年。至今我还清晰地记得，住在我家楼上的一位姓李的小学同学，他是个小儿麻痹症患者（20 世纪 60 年代此病非常肆虐），其父亲和我父亲在一个车间工作，是第一批被指派去陕西省汉中机床厂"支内"的。他们举家迁往汉中，告别上海的那天，我的这位同学在父母的带领下来我家道别，他挂着拐杖的身影和茫然的眼神，如今想来，依然令我难以忘怀。而周围更多的小伙伴们则纷纷拿出自己的铅笔、练习本等学习用品赠送给即将和父母一起远赴陕西的同学，分别时分，大家抱头痛哭。

2019 年 3 月下旬，我应邀赴汉中参加一个摄影采风活动。活动结束后，我特意留下来多呆了两天。到父亲曾经的同事和他们的子女"支内"至汉中工作与生活过的地方去看看，是深埋在我心底多年的愿望。3 月 25 日、26 日在小学同学季兄的陪同下，踏访了由上海机床厂援建的汉江第一机床厂、汉江第四机床厂。1970年正在读小学四年级，只有十岁的季兄便随父母举家迁往汉中"支内"。虽然现在女儿和年迈的父母早已回到上海，但他和妻子大部分时间还是居住在汉中。当我在他的带领下，踏入汉江第一机床厂（现为汉江机床有限公司）、汉江第四机床厂（现为汉江机床铸锻件厂）大门时，瞬间感到这两座工厂整个厂区布局、厂房构造，甚至绿化的种植，简直就是拷贝了上海机床厂的"一草一木"。一旁的季兄说："当年这两家厂从厂领导到工人全部都是上海机床厂过来的，一切都是按照上海模式建造的啊！"

如今，汉江机床有限公司还在正常运作，但汉江机床铸锻件厂却已陷入资不抵债的破产境地，仅有少部分留守职工进行小规模自救性生产。还有相当部分的上海"支内"退休职工的医药费还无法得到报销。据汉江机床有限公司厂志记载，从1965年4月到1969年8月，上海机床厂接到"支内"任务，开始"大动员、大搬迁"，先后共有1100名干部职工内迁到该厂。虽然后来大部分支内职工退休后陆续回到了上海，或者辗转来到地处江苏省昆山市的汉江机床厂昆山分厂工作和定居，但也有相当一部分上海的"支内"职工和他们的子女则把"根"永远扎在了陕西的黄土地上。

黄昏时刻，我徘徊在汉江机床铸锻件厂厂区，走进那一幢幢曾经凝聚着上海机床厂"支内"职工辛勤汗水与心血的生产车间，遥想当年那些上海父辈们热火朝天的工作场景，如今已是人去楼空的景象，心中顿时有着说不出的滋味。走着，走着，突然从不远处的家属区传来几声亲切的上海话，循着声音，看到一个遮阳棚下，坐着五六个年逾八旬的老太太在聊天。季兄告诉我，她们都是20世纪六七十年代跟随自己在上海机床厂工作的丈夫从上海"支内"到汉中的。如今，她们的丈夫都已去世，上海没有住房和亲人，只得永远定居在汉中了。听说我是从上海来的，她们纷纷聚拢来，用一口流利的上海话诉说着曾经的人生往事。上海，对这些老人来说，依然魂牵梦萦。叶落归根，是她们的夙愿，但故乡已是他乡。或许，只有岁月的时光才是他们真正的回家之路。

从20世纪60年代中期到70年代末，在国家"三线"的战略部署中，数百万东部沿海城市职工携家带口，浩浩荡荡迁往西部山区和内陆腹地。仅上海就有 411 家工厂、304 个工业项目、近十万名职工迁往"三线"地区，至于随迁的家属则难以计数。时光荏苒。由于国家宏观政策的调整和改革开放的到来，"三线"企业历经关、停、并、转、迁，当年那些风华正茂的"三线"建设者，都已进入人生的晚年，把自己的一生和家庭奉献给了国家。"大三线""小三线""支内职工"等，虽然早已成了历史名词，但却深深地镌刻在从那个岁月里走过来的几代人的记忆深处。

记不得是谁说过这样一段话："当国家的命题越宏大时，个人的际遇也就越渺小。"随着一代"支内"职工和他们的家人年迈体弱及逐渐离世，他们的故事也将随风而逝。今天，对当时的"三线"建设以及"支内"政策，我无法妄加评述。但从我得到的一些随父母一起"支内"的小学同学的信息来看，或多或少地给他们的家庭与个人留下了种种"后遗症"，由此而演绎了家庭几代人悲欢离合的历史命运。尽管如此，这些当年正逢英年之时，毅然挥别大上海，从上海机床厂走出来的"上机人"，依然为能把自己最美好的年华贡献给国家的"三线"建设而无怨无悔。陕西汉江机床有限公司为庆祝该公司 1969 年至2009 年投产 40 周年，曾经编印了一本

作者 2019 年 3 月在陕西汉江机床有限公司门口留影

作者（右）2019 年 3 月在陕西汉江机床铸锻件厂厂区内和一位跟随在上海机床厂工作的丈夫"支内"到汉中的老人共叙乡情

特刊，其中有一位上海"支内"职工深情地写道："忆往昔，三线建设展宏图。上机支内，引沪上健儿逞英豪。独立自主，自力更生，奋发图强，创螺纹磨品牌。国庆献礼美名扬，精密火花佳话传。精益求精，诚实守信，滚珠丝杆，国内市场领风骚。"读来依旧是当年那种令人动容的天翻地覆慨而慷的激越情怀。

我们家在松花新村一直居住到我小学毕业，以后随着弟妹的陆续出生，我家也就成了住房困难户。20 世纪 70 年代初，上海机床厂将我家住房分配到面积更大的长白新村后，我家便搬离了松花新村。回想起来，居住在松花新村的那些年、那些事、那些人，是我们国家、是上海正处在社会主义建设的初创期，那是一个各类生活资源短缺、家庭经济不富裕的年代，但老百姓的心灵却十分单纯。而我们家也从父母两个人的家庭，衍变成了由祖孙三代十一口人、4 个家庭组成的大家庭。

2015 年春节我们这个大家庭的除夕年夜饭，就是在松花江路靠近松花新村

2015 年除夕夜，作者父亲（前排右三）、母亲（前排右四）等祖孙三代人团聚在松花新村附近的一家饭馆吃年夜饭（后排左三为作者）

的一个饭馆吃的。当除夕夜的第一声鞭炮炸响后，我悄悄地独自溜出饭馆，漫步在寂静的松花江路上。凝望着夜幕下的松花新村，今天的松花新村和松花江路已经发生了巨大变化，原先的三层楼尖顶房，已经加层为四层楼的平顶房，四周也砌起围墙作了封闭式管理。和周围一幢幢耸立的商品房小区相比，松花新村真的是显得"老态龙钟"了。可是——

新村老了，路灯亮着。

街巷睡了，时间醒着。

记得有位历史学家说过一句非常有意思的话："对一座匆匆前行的城市来说，历史是不能忘记的一件行李。"我想：对上海这样一座日新月异发展着的国际大都市，对杨浦区这样一个正在加快推进"三区一基地"建设的中心城区，对曾经在松花新村居住过和现在依然居住在此地的上海市民来说，松花新村应该就是永远"寄存"在我们心灵深处的一件历史"行李"。无论你走到哪里，都应该不忘"携带"着这件"行李"，去迎接、去拥抱更加美好的明天。今天，回望记忆中不曾远去的松花新村往事，亦是我的一种诉说与乡愁。

三 ｜ 那些年，我在杨树浦住过的
四个"村"里的缕缕"村"
光

据母亲日记记载，我是 1958 年 6 月 30 日凌晨，在杨浦区中心医院（前身是上海市第二劳工医院）的产房呱呱坠地的。从那天起，我的幼年、童年、少年、青年的生活印迹，就一直镌刻在大杨浦的"村"里。当然啰，我说的这个"村"，不是农村的村庄，而是分布在城市里的那一幢幢称为工人新村的"村"。

今天，随着上海城市的飞速发展，"乡愁"这个词，已是人们经常挂在嘴边的两个字，更有许多专家学者在媒体上大声疾呼"留住乡愁"。那么作为当年的"咱们村里的年轻人"，我的乡愁又在哪里呢？毫无疑问，就在杨浦区的工人新村里。作为曾经的上海市工业重镇，中华人民共和国成立后，为改善工人阶级的居住条件，从 20 世纪 50 年代开始，上海市政府在杨浦区先后建造了大批工人住宅区，并用这些住宅区附近的路名来命名，因此，也就有了一大批某某新村。

纵观这些新村，既然称之为"村"，那肯定具有"村庄"的建筑特性。这些新村都是由数十幢排列整齐，犹如军营般的一个个大匣子的楼房组合而成。"村"里绿树成荫，"村"外有学校、医院、菜场，各类生活设施一应俱全。按照居住的时间顺序来排列，我居住过的新村有松花新村、长白新村、广远新村、控江新村。由于这些新村的规模较大，因此，每个新村又细分为一村、二村、三村……

松花新村：难以忘怀的两件家事

对童年、少年时代生活在松花新村时的往事追忆，已在"松花新村：寄存在我心灵深处的一件厚重的历史'行李'"一文中详尽记述。然而，该文在《杨树浦文艺》《上观新闻》等刊发后，再次回看此文，"翻捡"松花新村的那一件件历史"行李"时，联想到2016年发生的和松花新村相关的两件家事，心弦，不由再次被拨动，令我感慨万千。

第一件事是，2016年4月清明节前夕，在我的提议下，父亲和弟妹一致决定，替曾经在松花一村居住多年、1975年11月21日去世的祖父刘忠伦重新做一块墓碑。当年，因种种客观条件所限，墓碑上既没有祖父的生卒年月，也没有照片，十分简陋。

当我打电话给年近八旬的姑姑，请她到祖父原籍地的派出所去核实一下祖父准确的出生年月并开一张身份档案证明时，没料到，姑姑在电话那端沉默了几秒钟后，小心翼翼地说道："小翔，你是吃公家饭的人，当年有人硬说你爷爷在旧社会有'历史问题'，不知道现在对你和你女儿前途会有影响吗？"

闻听此言，我很惊讶，紧握话筒，足足愣了半晌后，大声地说道："姑姑，你放心，没有任何影响的。"搁下话筒，我心绪难平。其实，当我在大声地对姑姑说"放心"的同时，难道我的心真的就"放下"了吗？

第二件事是，在2016年春节的

作者（前排左）1964年居住在松花新村时，全家（后排中父亲、后排左母亲、前排右妹妹）和祖父（前排中坐着，怀抱着弟弟）、姑姑（后排右）合影

年夜饭桌上，父亲从手提包里捧出珍藏多年的戒指、"袁大头"银元等，哽咽着对我和弟妹说道："这是你们外公、外婆传下来的老货，现在你们母亲去世了，我把它们交给你们兄妹3人保管，希望你们能好好珍藏，把老祖宗的东西代代相传下去。"

望着父亲手中的这些老货，我的思绪顿时回到了50年前的1966年。那时，我家住在松花一村7号14室。一天清晨，天还没亮，我们全家都还在睡梦中，突然被一阵剧烈的敲门声惊醒。父亲打开房门一看，站在门外的是外公、外婆。只见两位老人神色慌张地走进房内，转身将房门紧紧关上，还没等父母来得及问他们大清早的为何事先不打招呼就突然急匆匆从南市区远道赶来时，只见外婆左手一把拉住母亲，右手从怀中掏出一个布兜，满脸惊恐地说道："根娣（母亲小名），听说马上要来抄家了，这里面的戒指、项链和'袁大头'藏在你家里吧！"

我家就一间15平方米的房间，藏在哪里呢？父母东张西望了老半天，也找不到一个隐蔽的藏处。焦急万分的父亲走到窗前，忽然灵机一动，指着窗外的那片空地说："把它们埋在地下吧。"

埋在地下是一个绝对安全的地方，父亲话音未落，立即就得到了母亲、外公、外婆的一致赞同。为了掩人耳目，不让周围邻居发现，父亲在半夜里，借着夜幕的掩护，悄悄在窗台下挖了一个深洞，然后把戒指、项链和"袁大头"等细软放入一只铁盒里，埋进洞内。

大人们所做的这些事情，都是瞒着我与弟妹偷偷摸摸进行的。可是，他们的一举一动，已经被年幼的我悄悄看在眼里，尽管我并不懂得大人为什么要这样做。一直等到风声过去很久后，父母才从地下将这些细软挖出来，交还给外公、外婆。

20世纪90年代初，外公、外婆临终前，把它们传给了我的父母。如今这些保存下来的祖传"出土文物"，交到了我们第三代手上。那天，我动情地对弟弟妹妹以及在座的女儿、侄子、外甥说："这些老祖宗留传给我们第三代的东西，是无法用金钱去衡量的。将来终究也会留传到你们第四代手上，希望大家能精心珍藏好。因为，我们珍藏的不仅是一件件物品，更是珍藏着一份对先人的记忆、一种对家族精神的传承。"

弹指一挥间，搬离松花一村将近50年了。这些年来，虽然也经常途经这座

"老态龙钟"的工人新村，也曾经多次走进松花新村，在里面逛上几圈，追忆往日的情怀。可却从未走进过 7 号的大门，去叩开 14 室的那扇房门。面对 50 年的岁月沧桑，物是人非，我觉得已经没有必要再贸然去惊动今天的房主。2018 年 8 月的一天下午，当我再次途经松花一村时，不知为何，内心猛然涌起一股"到 7 号 14 室去看看"的欲望，这种欲望已经抑制不住了。于是，我冒昧地敲响了 7 号 14 室的房门。

"你是谁？""你找谁？是想来借房子的吗？"一个操着安徽口音的中年女子，打开房门，朝我问道。

我是谁？我找谁？

我，竟然语塞了，那一瞬间甚至连思维也停滞了，不知如何回答是好，甚至还有点手足无措，只是含糊地"嗯嗯"，便一个劲地朝房内走去，试图竭力去重温遗落在这间房内童年时代的旧梦。

安徽女子见状，赶紧拦住我："你找错地方了吧？这间房子我们早已租借下来了。"

"对不起，我不是借房子的，我只是随便看看。"

"随便看看？这种旧房子有什么好看的？"安徽女子一脸疑惑地望着我。此时此刻，此情此景，不由让我伤感地想起唐朝诗人崔颢在《黄鹤楼》一诗中所吟诵的诗句："日暮乡关何处是？烟波江上使人愁。"以致走出松花一村 7 号大门口好长一段路，还没能回过神来。

往事如烟不是梦。

长白新村·"二万户"是杨树浦的"额外魅力"

每当途经长白路、敦化路口，凝望着长白一村 228 街坊那 12 幢老公房，我都会情不自禁地停下脚步沉思良久。绵绵思绪随之便会萦绕着这些陈旧的建筑群而飞舞。"唯有门前镜湖水，春风不改旧时波"。我家在松花一村 7 号 14 室一直居住到我从上海机床厂职工子弟小学毕业，随着弟妹的出生，家庭成员的逐渐增多，而且是三代同堂，20 世纪 70 年代初，父亲工作的上海机床厂便将我家住房分配到了面积更大的长白二村 105 号 10 室。

长白二村和长白一村228街坊的那12幢老公房是"亲兄弟"，统称为长白新村。那么，长白二村与长白一村又是个什么概念呢？如果说长白二村仅是这个新村地域名的话，那么它还有一个曾经让几代上海人难以忘怀的名词"二万户"。1953年上海市政府为解决产业工人的住房困难，在陈毅市长的亲自关心下，决定在上海市的杨浦、普陀两区建造二万套住房。这种住宅是二层立帖式砖木结构建筑，前部是二层，后部是一层披屋。1 室至 5 室在底楼，6 室至 10 室在两楼。煤卫 5 户合用，厨房、厕所均在一楼。"二万户"的建造，不仅使上海工人新村的建设进入了新时代，更是开启了无数上海老百姓居住生态的崭新模式。

从长白二村到松花一村并不远，它坐落在松花江路和靖宇东路之间，两个新村距离只是隔了一大块农田。我家的居住面积一下子从 15 平方米的单间，增加到了建筑面积在 27 平方米左右的一室半（房屋中间用木板一隔二），层次也从一楼上升到了两楼，缓解了三代人蜗居一室的窘境。而最让我有幸福感的是，房间地面上铺设的居然是木地板，这种幸福感与松花一村的水门汀地面相比较，差异绝对是巨大的。因为，家里人多房小，住在松花一村时，我便开始打地铺睡觉。夏天一张席子铺在水门汀上睡觉，那种清凉的感觉还是蛮爽的。可是，冬天那种感觉就透心凉了。如今，虽然还必须打地铺睡觉，但能睡在偌大的"木板床"上，这种由翻身感上升而至的幸福感，就绝对不是一点点，套用一下老牌歌星苏小明唱红的那首歌，就是《幸福不是毛毛雨》。

很难理解吧？那时的人对幸福的理解与追求，就是这样的简单。从入住长白二村的第一天起，我就主动向父母要求承包拖地板的任务。这样表面上看，是为了让左邻右舍认为我是一个热爱劳动的好孩子（在那个年代，是否热爱劳动是评判一个学生好坏十分重要的标准），实质上，是为了让脚下的这张"木板床"干净整洁，睡在上面更舒适。从此，每天放学后，我都会拿着一把拖把，不停地在地板上来回拖擦。有时甚至还要拿一只板刷，跪在地板上刷洗。就这样，拖啊拖，刷啊刷，导致最后竟然连地板上的红色油漆都被我洗刷掉了，露出了白色的"原始面貌"。每每望着一尘不染的地板，我很有成就感。

海阔凭鱼跃。每当夜幕降临，做完回家作业后，我便会赶紧把棉被铺在地板上，然后凭借着体育课上练就的那点体操功夫，一个漂亮的前滚翻，干脆利落地扑倒在这张硕大无比的"木板床"上，或肆意摆动四肢，或跌打滚爬，或像一个英勇的解放军战士一般，把堆放在前面的棉被视作"敌人的碉堡"，朝着前方匍匐前进。这种快乐的幸福感、伟大的英雄感，深深地扎根在一个懵懂少年的心中。至今想起，还会从睏梦头里笑出来。而少年时养成的拖地板好习惯，在以后的居家生活中始终"陪伴"着我，哪怕再忙、再累也要操起拖把在地板"扫荡"一番，容不得地板上有一丝污垢存在。

"二万户"住宅内景

由于"二万户"的厨房和厕所均在一楼，我们两楼的5户人家做饭时的那番场景是十分闹猛的。只见各家大人不停地操着南腔北调的口音叫唤自家的孩子，这边"小三子，快把小菜拿上去啊！"还余音袅袅，那边"阿狗，拷酱油去！"已经响彻云霄。弄得我们这些疲于奔命的小八腊子，不断急匆匆地顺着楼梯奔上奔下。因楼梯狭窄，有好几次，我一不小心，就把邻家小伙伴端着的饭菜给撞了个底朝天。为此，我头上不知给祖父敲过多少"毛栗子"。

回想起住在长白二村105号10室的那些年，令我难忘的是进门处上方的

"二万户"5户合用的厨房

一个小搁板。这个搁板是父母为了存放杂物而搭建的，一个偶然的机会，我发现里面放置了不少书籍。据母亲讲，当年之所以把书籍藏在小搁板里，一是怕我读了一些"文革"中被定为"毒草"的书籍后中毒，二是担心我阅读闲书影响正常学习。而我偷窥到这个"机密"后，犹如哥伦布发现新大陆，经常趁父母不在家时，从小搁板里偷偷地将书拿出来，看完后再悄悄地把书放回原处。至今我还清晰地记得那些书名：《野火春风斗古城》《雷锋的故事》《战斗在敌人心脏里》《吉鸿昌》等，我的阅读习惯应该就是从那时开始养成的。

而那些曾经回荡在长白二村不绝于耳的——

"削刀磨剪刀！""修——洋伞，阿有坏格皮鞋修哦！""雪糕——棒冰吃哦！""爆炒米花咯！"……这些现在已经在上海滩消失的市井吆喝声，是我小辰光每天都能听到的"天籁之音"。每当那语调抑扬顿挫、节奏铿锵有力的吆喝声在新村内回荡时，小八腊子们便会像跟屁虫一样，尾随在吆喝者后面，在新村里窜来窜去，模仿他们的声音一起大声吆喝，胡乱起哄。这种快乐，今天的孩子是永远无法体会的。如今，每当身心疲惫时，我还会趁着无人之机，独自站在阳台上，朝着远方空旷的绿地，扯开嗓门吆喝几句。这种似乎有点恶作剧般的情感宣泄，既有对那些已经在这座城市消失的市井吆喝声的追念，更有对那些"天籁之音"从此一去不复返而发自内心的那种无以名状的失落。

呜呼，此曲只应天上有。当历史的车轮驶入新世纪，随着城市改造的大力推进，"二万户"也完成了其历史使命。长白二村旧址现在已是名为"长白新城"的商品房住宅区。有史学家称，"二万户"曾是老一辈人的骄傲，也曾是上海这座城市的骄傲。为此，也许是为能使后人铭记这个骄傲，有房地产商在控江路、江浦路口的凤城新村保留了一幢"二万户"楼房。但在我看来，这幢经过商业化改造后的"二万户"，实在有点不伦不类，已经完全没了"二万户"的原汁原味，只能姑且称之为所谓的"二万户"而已。

2017年1月，杨浦区作家协会举办"杨浦星空闪烁：我的故事"征文，我撰写的描写20世纪70年代我家居住在长白二村"二万户"时的散文《"二万户"，杨浦的"额外魅力"》，获得了一等奖。在征文颁奖仪式上，上海市作家协会副主席、杨浦区作家协会会长、复旦大学教授陈思和在点评获奖作品时说："刘翔在回忆自己以前住在'二万户'生活细节时，其中一个描写'拖地板'小细节，深深打动了我这个评委，因为这类故事我们小时候都经历过。当他怀着别样情感，将'二万户'当作一个历史文物来写时，所呈现的生活状态，也就颇有韵味了。"

上海市作家协会专职副主席、秘书长马文运（右）给作者颁奖

然而，随着上海城市建设的发展，"二万户"已经濒临"绝迹"，长白一村228街坊的那12幢老公房"二万户"成了"孤本"。究竟是予以拆除还是保留，成了哈姆雷特所说的："生存还是死亡？"

庆幸的是，在市民和专家的呼吁下，上海市规划局最终决定，本市最后成片的杨浦区长白一村228街坊的12幢"二万户"住宅不再拆除，将予以整体性保留，拟打造成为具有社区服务、文化功能的"城市客厅"。得知这一消息，作为一名曾经在"二万户"居住过的杨浦人甚感欣慰。意大利作家卡尔维诺在《看不见的城市》中说："无论如何，大都会的另外一种额外魅力，乃是透过它的转变，我们可以怀旧地回望它的过去。"我期待着一个升级版的"二万户"早日呈现在杨浦大地上，让上海这座城市增添一

《"二万户"，杨浦的"额外魅力"》获奖证书

等待拆除的"二万户"住宅

种额外的魅力。

广远新村：那十年是我们家舒心、安逸的时光

人间四月天。

1979 年 4 月，是一个春意盎然的季节。我们全家人亦如沐春风。母亲工作的单位上海新华无线电厂将我家长白二村 105 号 10 室的住房，置换到了控江路到底、靠近军工路的广远新村。该新村是由上海广播器材厂（新华无线电厂曾经的厂名）和上海远洋渔业公司联合集资而建的，因而便从这两家单位名称中各取一字，将这座崭新的工人新村命名为广远新村。

与 20 世纪 50 年代建造的松花新村、长白新村不同的是，广远新村是在 20 世纪 70 年代末建造的煤卫独用五层楼房。从建筑的设计理念上来说，不仅增加了居住的舒适性，而且更加符合人性化。等待我们全家的新居是独门独户带阳台的一室半居室，居住条件与环境均彻底上了一个档次。殊不知，当时绝大部分的上海人家还是租住在煤卫合用的住宅，煤卫独用是多少家庭一辈子的梦想啊！

据当年的户口簿迁移记录记载，

作者父母住进广远新村新居后的笑容是多么灿烂

作者母亲在广远新村 35 号门前的留影

广远新村 35 号住宅

我家正式迁入广远新村 35 号 504 室的日期是 1979 年 4 月 16 日。搬家的日子是我们家的一个"盛大节日"，当时我还在上海市商业学校读书，特意向老师请假，协助父母一起乔迁新居。那时还没有搬场公司，完全是靠亲朋好友来帮忙。父亲工作单位上海机床厂不仅派来了一辆解放牌卡车，还来了几个身强力壮的年轻人。好在长白二村和广远新村也就是一公里多点的距离，花了一天的时间，就顺利地完成了搬家。为感谢来帮助搬家的亲朋好友，也为了庆贺乔迁之喜，当天晚上，父母特意在控江路图们路口的一家餐馆请大家"撮了一顿"。

20 世纪 80 年代的中国，正逐渐从封闭走向开放，改革的春风开始吹遍大地，老百姓的精神面貌也有了很大的变化。从长白二村到广远新村的距离并不远，但对我们这个普通家庭来说，无疑是具有"历史意义"的时空转换。这种转换不仅展现在居住空间上，更体现在每个家庭成员的心灵空间和精神层面上。

独门独户、煤卫独用的居住环境，使得我们这个 5 口之家的生活质量有了很大提高。不像"二万户"那样，5 至 10 个家庭都共存于一个缺乏私密性的"公共空间"。烧饭、上厕所不用楼上楼下地来回奔波了，也没有了家长里短的邻里纠纷。我和弟妹从此再也不必每天晚上打地铺睡觉了，第一次睡在父母新购置的那只钢质双人床上，让我真正体会到了什么叫"高枕无忧"。

当然，最为开心的还是父母。人到中年的他们，在 20 世纪 80 年代，上海还普遍存在"住房难"的情况下，能够分配到一套地段好、独门独户的新式公房，从他们时常不经意间流露出的笑容上，我想，他们应该是在为能够享受到社会主义制度的优越性而乐开怀吧！

家中珍藏的两张老照片真实地记录了父母当年那种"乔迁之喜"的情感。照片是我用家里的那架 135 型海鸥牌国产照相机拍摄的。一张是父母两人的合影，他们身后的背景是一只书柜，书柜上放着一只"三五牌"台钟、一束插在细长花瓶中的塑料花，这里应该是新居的主要景点了。从画面中看出，父母的笑容是多么灿烂啊！

和这张摆拍的照片不同的是，另一张照片则是我偷拍的。虽然画面中的母亲已经换了一件短袖衬衫，但应该还是在同一天拍摄的（一辈子爱美的母亲，拍照片时肯定要换不同的衣服）。至于我当时是在什么情况下偷拍的，现在已经记不

清了。我偷拍下来的这张照片十分真实
地记录了当时父母的喜悦之情。只见照
片中的父亲坐在折叠式竹片躺椅上，正
和站在一边的母亲彼此面露微笑地说着
什么。也许正是他们这种无拘无束的交
流，吸引我趁着他们不注意，悄悄地按
下了快门。照片中的电视机、五斗橱、
缝纫机、木板床、竹片躺椅均真实地烘
托出一户上海家庭的典型生活场景。

作者母亲在广远新村新居阳台上莳花弄草

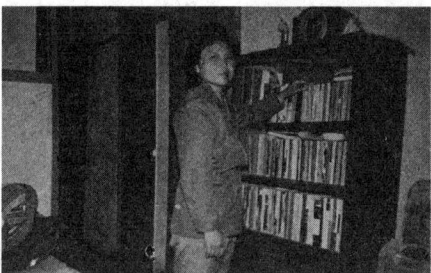
作者母亲在广远新村新居的书橱前留影

　　说起这架 135 型海鸥牌国产照相
机，还是父亲为庆贺乔迁到广远新村新
居而特意托朋友"开后门"帮忙购置的。
当年照相机作为还没普及的"大件"生
活用品，对大多数老百姓来说，属于家
庭财产中的奢侈品。而父亲不惜花"巨
资"，去购买一架并非是生活必需品的
照相机，想必亦是为了将家人的喜悦之
情与新居的面貌拍摄下的照片，分送给
亲朋好友一起分享吧。40 多年过去了，
如今，用这架照相机拍摄下来的照片，
不仅是我家的珍贵档案资料，更折射出
了 20 世纪 80 年代一户上海人家的生活
缩影。

　　搬进广远新村新居后，父母在朝
南阳台上种植了许多花卉，还在钢窗上
悬挂了几盆吊兰，每天下班后，就会在
阳台上莳花弄草。当绚丽的阳光从窗外
射进时，房间中顿时春光明媚。为此，

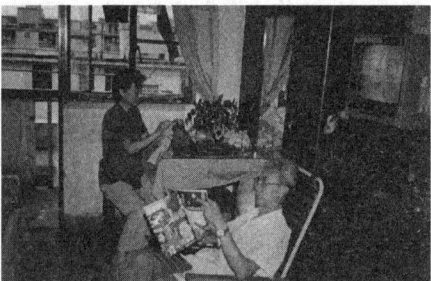

作者偷拍的这两张照片真实记录了父母住进广远
新村新居后的安逸时光

我还特意在吊兰前拗了一个造型。照片中的我，眸子里充满着对未来生活的美好憧憬。

　　然而，人有的时候也真怪，住进了独门独户的新居后，没有了住在松花新村、长白新村时，因煤卫合用而形成的那种"七十二家房客"般邻里间的亲密关系，我反而倒觉得有点不习惯了。各家各户房门一关，互不往来，虽然减少了"张家长、李家短"的鸡毛蒜皮，邻里纠纷，大家的言谈举止似乎也文明了许多，但是，总觉得这种邻居之间"老死不相往来"，让生活在楼房里的人与人之间失去了互动的活力。面对每天见面、却又陌生的邻居，颇为失落和茫然。

　　于是，痴迷文学创作的我，写了一篇微型小说"乔迁之忧"，发表在上海市总工会主办的 1982 年第 8 期《工人创作》杂志上。这篇微型小说是我由手写"爬格子"而变成铅字的处女作，捧读散发着油墨清香的杂志，我好激动。20 世纪 80 年代"文学"狂潮席卷大地，在报刊上发表作品是很难的。我一个名不见经传的文学青年，能够在市级文学刊物刊登作品，也算是"特大喜讯"了。一些共同在"文学小道"上艰难"跋涉"的文友，纷纷"敲竹杠"，逼着我请客吃饭，美其名曰："隆重"庆贺我的处

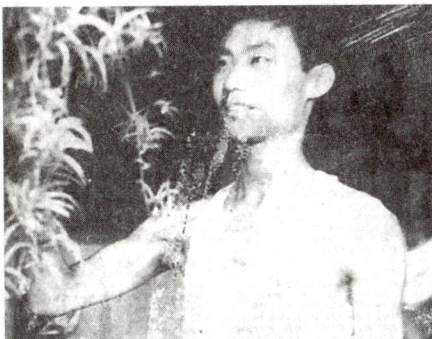

作者住进广远新村后，特意在悬挂在窗上的吊兰前拗了一个造型

作者协助父母杀鸡设宴，庆贺乔迁广远新村新居

广远新村新居书橱边的"景点"成了作者的网红打卡地

作者发表在《工人创作》1982年第8期上的微型小说"乔迁之忧"和该期杂志的封面

作者1983年2月参加《工人创作》编辑部主办的小说创作讲习班听讲证

女作诞生。我便将那篇微型小说发表后所得的两元稿费,再"奉献"出一个月的微薄工资,请他们到一家饭馆大吃大喝了一顿。

想不到,这些"狐朋狗友"们酒足饭饱之余,居然打着文学评论的幌子,"责骂"我这篇微型小说的主题将工人阶级搬入独门独户新工房、过上幸福日子后的"乔迁之喜",硬写成"乔迁之忧",是"身在福中不知福",严重地歪曲了小说主题。更有一位甚至索性上纲上线,搞起了"阶级斗争",大肆抨击我有"恶毒攻击"的嫌疑。气得我一怒之下,端起盛满"土烧"的酒杯,对着这小子一阵猛灌,立马将其灌得趴倒在桌下,随后再狠狠地踩上一只脚。

呵呵,那一刻,我扬眉吐气!

没办法,那个年头,我和我那帮"文青"与"愤青"兄弟,就是活得这般任性、这般快乐。说实话,直到现在,我依然为自己能在20世纪80年代初,就能以小说的形式,敏锐地反映和察觉到人类因居住环境的改变而导致邻里关系疏远和陌生这样一个接地气的社会问题而"沾沾自喜"。

不是吗?当历史的进程发展到21世纪的今天,随着生活水平的提高,当越来越多的人们住进高楼大厦和商品房住宅后，却开始留恋起往日那种彼此相互照应、"低头不见抬头见"的邻里关系。于是，由街道、居委会倡办的具有公共空间、便于大家活动交流的各种形式"睦邻中心"也就应运而生了，并且犹如雨后春笋般出现在各个住宅小区。我想，这不仅仅是人们对逝去岁月的一种怀旧，更是对自己生存方式与环境的一种渴望、一种情怀、一种反思。

1990年，上海机床厂又将父母的住房置换到了佳木斯路175弄新建造的二室户公房，父母家的住房又更上了一层楼。1989年我结婚成家后，便自立门户，搬进了杨浦区政府分配的控江新村。如今想来，住在厂远新村的那十年，是我们全家最舒心、安逸的十年。

写到这里，回想起"乔迁之忧"这篇微型小说能够在《工人创作》上发表，我不能不追忆起一位不幸在2018年3月27日去世的作家沈善增。他曾经在20世纪80年代担任过上海作家协会"青创会"讲习班老师，被誉为沪上文坛"沈教头"。当年，他和另一位英年早逝、从国棉三十一厂出来的女作家倪慧玲一起在《工人创作》担任编辑。我由于经常给《工人创作》投稿，及参加编辑部组织的各种文学活动，也就和沈善增相识。"乔迁之忧"这篇微型小

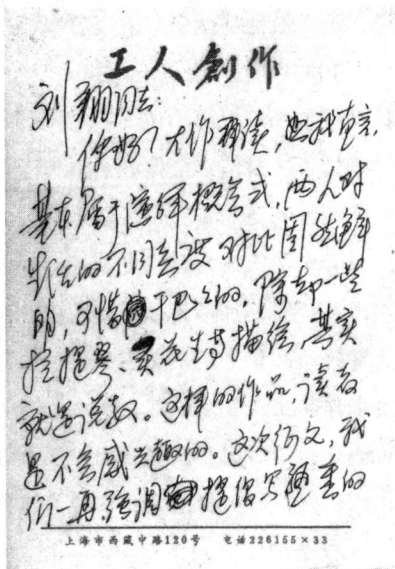

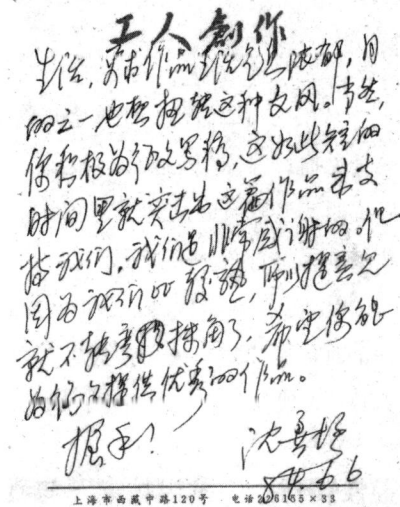

作家沈善增1984年6月6日写给作者的信

说，正是被他从众多来稿里慧眼相中，予以编发的。

1984 年上海市总工会和《工人创作》编辑部举办"建设者之歌"征文活动。我又写了一篇短篇小说"二重奏的危机"，参加征文。沈善增看了稿子后，随即给我写了一封信，全信如下。

刘翔同志

你好！大作拜读，恕我直言，基本属于演绎概念，两人对生活的不同态度对比固然鲜明，可惜干巴巴的。除却一些拉提琴、买花生等描绘，其实就是说教。这样的作品读者是不会感兴趣的。这次征文，我们一再强调提倡写熟悉的生活，要求作品生活气息浓郁，目的之一也想扭转这种文风。当然，你积极为征文写稿，这如此短的时间里就突击出这篇作品来支持我们，我们是非常感谢的。但因为我们比较熟，所以提意见就不转弯抹角了，希望你能为征文提供优秀的作品。

握手！

沈善增

84.6.6

从信中可以看出，沈善增对稿子要求是极为严格的，他对拙作的点评可谓是一针见血，不愧为是文坛"教头"。他的为人，正如中国文艺评论家协会原副主席毛时安老师所说的："沈善增是我在这个世界上见过的最为热心的人。就像一块煤，燃烧自己，给别人带来光和热。"

20 世纪 80 年代，是一个文学的激情年代。今天，我怀念沈善增，也是怀念一个时代。弹指一挥间，搬离广远新村已经 30 多年了。如今，只要路过那里，我总要走进新村逛逛、看看，追寻那往日的岁月情怀。

控江新村："抗洪救灾"与我的书房梦

至今，我还保存着一张由杨浦区政府机关分房领导小组签发的"分房通知单"。签发日期是 1988 年 12 月 18 日，分配的房屋是控江二村 107 弄 6 号 103 室。尽管这是 20 世纪 50 年代建造，房型为一间 16 平方米、煤卫 3 家合用的老公房，

作者居住在控江二村 107 弄 6 号 103 室时的留影

但对我这个机关里的小青年来说，能够分到一间独立婚房，用一句大道理的话来说，那绝对是要从内心深处感谢社会主义制度的优越性。想当年，我们一家三代同堂 6 口人，蜗居在松花一村 7 号 14 室那间 15 平方米的斗室，简直就是天壤之别。

　　那个时候，国家实行的是福利分房政策，机关里的年轻人结婚时，只要是属于无房户，一般都能分到一间婚房，这点是足以让现在的年轻人"羡慕嫉妒恨"的。随着福利分房政策的取消，如今，我手头的这张"分房通知单"，显然是一份见证一个时代、一项政策的珍贵档案史料。

　　结婚成家后，从大家庭中"分离"出来，居住在温馨的独立空间，听不见父母的唠叨，没有了父母的"监管"，使我有了终于"单飞"的兴奋感。遗憾的是，由于没有专用的卫生间，每当盛夏来临就会产生洗澡的烦恼。一个已为人父的大男人，总不能还似孩童时那般，坐在浴盆里嬉水，一只小小的木盆怎容得下咱堂堂的"五尺身躯"？

　　无奈之下，便效仿左邻右舍的男人，弄来一根橡皮管，套在水龙头上，然后把管子拖到厨房外面的空地上，在光天化日之下洗起澡来。说实在的，刚开始的那阵儿，自我感觉还真不错哩！每当太阳西落，我便头顶蓝天，脚踏大地，在无限好的夕阳映照下，穿着一条色彩斑斓的沙滩裤，手甩毛巾，就"赤膊上阵"了。尽管在众目睽睽之下，赤身露体地洗澡，似有几分不雅，但绝对无伤"精神文明建设"。

那辰光，洗澡的劲头不要太粗噢！炎炎夏日，有时候索性来个一日多洗，洗澡时的一举一动、一招一式，路人见之，无不竖起大拇指："这小子动作潇洒！"其实，最让我舒心的是那从自来水管流出来的水，经过骄阳的烘烤，竟是热乎乎的。它不仅使我能洗上一个热水澡，还轻而易举地解决了"能源危机"。我不禁为自己没花一分钱，而"建造"了一个独特的"太阳能露天浴室"而自豪，更为能在繁杂的都市生活中，在实施夏日洗澡这个纯属"卫生型"的个人行为的同时，亦能领略几分大自然海滨浴场的韵味及云南泼水节的野趣而暗自激动。

可是"好景不长"。虽然天气炎热、气温直蹿，但鄙人对赴自己的"太阳能露天浴室"洗澡的热情却在下降，难得"潇洒走一回"了。究其原因，坦率而

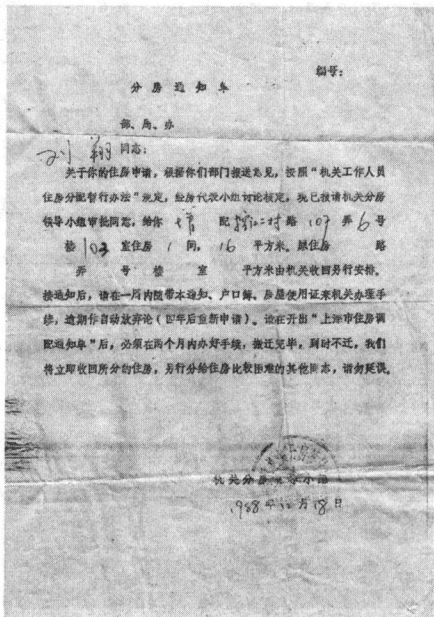

杨浦区政府机关分房领导小组 1988 年 12 月 18 日签发给作者的"分房通知单"

如今在大上海小弄堂依然可见"太阳能露天浴室"

言，这里面既有外因又有内因。那外因在于，刚开始洗的时候往往更多的是凭借自我感觉的良好，可是时间一长，那感觉就渐渐不对了。因为是"露天"而且又是"光天化日"，你旁若无人地潇洒，就不仅仅是纯粹的个人行为了，不可避免地具有一定的"社会性"。有时，你正洗得欢时，突然，猛听得大喝一声："轻点，水溅到人家脚上了"，于是连忙点头哈腰道声："对不起。"更糟糕的是，有意无意之中还"连累"了一些途经阿拉"太阳能露天浴室"的美女们，你看，她们或是绕道而行，或是侧目而视，或是干脆摆手来个嗤之以鼻。

我这人有自知之明，大热天的，不动也是一身汗，何况还麻烦美女们作出一系列额外的"形体动作"，真让我深感不安和内疚。是的，我又不是一名健美运动员，没有强壮、优美、充满男性魅力的身胚，有什么资格在光天化日、大庭广众之下炫耀展示你那虽不"影响市容"，但却有"有碍观瞻"之嫌的胴体呢？

谈及内因，实在是令我"难以启齿"。在"太阳能露天浴室"洗澡，存在着一个难以克服的弊端，就是由于是穿着短裤赤膊"上阵"，"局部地区"是很难做到完全彻底洗干净的，免不了还要回到室内，采取些"补救措施"。如此这般，外因通过内因而起作用，弄得我站在"太阳能露天浴室"洗澡的自信心一路下滑到谷底。但不管怎样，大热天的，这澡还得洗呀！没办法，只得果断决定，改在天黑之后再悄悄躲进没有太阳能的"露天浴室"，把一切的一切统统深藏在"黑暗"之中。

从此，在夜幕的掩护下，我擦洗胴体时便也无忧无虑，动作依然潇洒。只是再也无法沐浴那温暖的"太阳能"，而天苍苍，地茫茫，宛如置身于大自然般的韵味和野趣也都随之被一起"黑"掉了，常常孤独地站在夜幕下，边洗边忧郁地哼起一首老歌——《夏日里最后一朵玫瑰》。

唉，"太阳能露天浴室"真精彩，"大阳能露天浴室"真无奈。

这边精彩与无奈还在继续，1995 年夏季的那一场台风暴雨，却让我彻底领教了什么叫"水深火热"。每年盛夏，因东亚季风的影响，上海经常要受到台风暴雨的侵袭。而地处控江路、双阳路、延吉中路一带的控江二村 107 弄，由于地势低洼，排水设施老旧，一旦降雨量集中，就会形成严重积水，造成大量住在底楼居民家中进水，成为暴雨灾害的重灾区。

一天深夜，睡梦中的我，突然被一阵猛烈的暴雨声惊醒，打开电灯一看，顿时大惊失色。只见房间内"水漫金山"，门缝下一股股水流正在不断涌入，鞋子、凳子等漂浮在水里。我赶紧唤醒熟睡中的妻子与两岁的女儿，然后迅速和妻子一起端着脸盆朝室外排水。

此时，年幼的女儿被这个"波涛汹涌"的场面惊吓得大哭起来。手足无措的我只得把她放置在一个大澡盆里，作为临时"救生艇"，任其在水面上"游荡"后，才总算是不再哭闹了。

夜幕下的控江二村107弄已是一片泽国，人声鼎沸。邻居们纷纷起床。女人在家中紧张地将贵重物品转移到高处，男人们则甩开膀子，紧张地用草包、木板在大门外筑起一道堤坝。于是，我立即加入到邻居们的"抗洪救灾"的战斗中。

"小刘，侬是新搬来的，这种在大门外筑坝、拷浜的生活，阿拉是老吃老做啦！"一位邻居苦笑着拍了拍我的肩膀。

凌晨时分，水流依然还在汩汩地涌进屋内。为了安全起见，我只得让妻子带着女儿转移到丈母娘家，自己继续和邻居们一起"拷浜"。没料到，此时的女儿却紧紧抓住大澡盆不愿离去，只见她开心地乘坐在那艘"救生艇"上，嘴中还不停地哼着"摇啊摇，摇到外婆桥"！这下可真让我既哭笑不得，又急得双脚跳，最后只得命令妻子将其"强制带离"。

第二天，当我从《新民晚报》上读到"本市杨浦区江浦路陈家头地区，因这场特大暴雨导致屋内进水，致使家里水中带电，两位市民不幸触电身亡"的新闻后，不禁后怕不已。太危险了，那晚我家的进水也差点漫过墙角上的电源插座啊！

根据《江泽民在上海》一书的记载："时任上海市长的江泽民曾在1985年8月1日，第六号强台风袭击上海后，听到市防汛指挥部汇报：'全市杨浦区积水最严重，全区17个街道有16个街道积水，9200户居民家中进水，其中控江路、延吉路之间的双阳路周围已一片汪洋，平均积水50公分，最深的超过80公分'后，焦急万分，在当天中午11时40分，冒着大风暴雨赶到控江路、双阳路视察积水情况，慰问受灾居民。"

控江二村107弄处在控江路、延吉路、双阳路附近，正是江泽民同志那次视察的地区。由此可见，该地区历年是"多灾多难"。我结婚时购置的那套组合式家具被水浸泡得变形不说，最令我心疼的是，由于房间小，放不下书橱而珍藏在床下的那些陪伴我从少年走向青年的书籍、杂志，许多因被水浸泡得成了废纸。至今想来，依然痛惜不已。也真是由此，从那时起，拥有一间自己的书房，就成了我梦寐以求的夙愿。

作者1980年居住在广远新村时在简陋书架前的留影

法国著名作家罗曼·罗兰说过一句话："任何作家都需要为自己筑造一个心灵的单间。"而书房不正是和这所谓"心灵的单间"相呼应的最好的空间吗？我亦记得著名学者余秋雨先生曾说过："书房，是精神的巢穴，生命的禅床。"然而，我有书，却没有房。自己那些"亲密伙伴"（书籍）多少年来一直是"居无片瓦"，甚至还遭到积水的损毁，哪敢奢望什么"心灵的单间"。还没结婚成家时，我在广远新村35号504室和父母、弟妹居住在一起时，曾经用照相机"定格"了一张站在简陋书架前的留影，那是我最原始的"书房梦"。

作者1999年岁末有了一间经过自己改造后的书房

多少个夜晚，我手捧书籍，伴着青灯孤影读书、写作。如盼星星、盼月亮般，盼望有朝一日能与自己的书籍一起堂堂正正地"住进"一间宽敞的书房，让它们早日结束"寄人篱下"的景况。从而对得起这些和我朝夕相伴、给我以心灵抚慰的精神食粮。结婚成家后，住

作者2006年终于有了一间弥漫书香的宽敞书房

进控江二村107弄6号103室后，勉强满足了居住空间。但是，书籍依然只能"蜗居"在床底下，可最终还是没能逃脱一场水灾。

斗转星移，冬去春来。

1999年的岁末，我终于有了一间经过自己"改装"的书房。这一年，控江二村107弄开始进行煤卫独用和加层改建。饱受居住底楼困扰的我，获得了搬迁到20号502室的机会。与此同时，我还用积蓄和单位发放的房贴，购买下隔壁的503室，将两间房屋打通后联成一户。

住房条件得到改善后，立刻想到我收藏的书籍，也该与我"有福同享"。于是，在装修房屋时，我力排众议，毅然决定不赶所谓"双卫生"的时髦，果断将另一间房屋的厨房与卫生间改建成一间书房，并将其作为一项重点工程，倾"巨资"予以精心装潢。

梦想成真。

一间由我亲手设计的书房终于落成，且无可争议地成为我家的一个重点景观。它的面积约七八个平方米，室内电脑桌、写字台有机地连成一体化，两面墙上高耸着顶天立地的大书橱，在东面的一大排开放式书橱中，为避免单一、呆板，追求节奏的变化，我又特意在中部设计了一排博古架和一扇车边玻璃书橱门，从而在整体上形成了一种静中有动、动中有静的韵律感。当一本本原先散落在各处的书籍被我小心翼翼、分门别类地一一上架时，我真是百感交集：为它们高兴，更为自己高兴——世纪之末，我们共同有了彼此的家园。

当我第一次端坐在这间"改装版"书房，环顾四周时，猛然发觉，从古到今的文人墨客其书房必有斋名，而我好不容易有个书房，似乎也应该弄个什么斋名来凑凑热闹，但最终我还是放弃了这一"企图"。思前想后，总感到鄙人本是无名之辈，书房不可无，至于斋名的有无，也就无伤大雅了。1999年12月，得知《新民晚报》"读书乐"专刊举办"我的书斋"命题征文时，便立即撰写了"终于拥有了我精神的巢穴"一文参加征文，此文随后便被收入由徐中玉、杜宣作序、曹正文主编的《我的书斋》一书。

有了间不太正规的书房，自己的读书、写作也更加勤奋了，接连出版了几本书，并加入了上海市作家协会。但内心深处却很"贪婪"，总盼望着能有一间像模像样的正规书房。2005年，我毅然决定把控江二村107弄20号的住房卖掉，再加上50多万元银行贷款，购买了一套面积为145平方米的三房二厅二卫的商品房，终于有了一间12平方米的"升级版"书房。

经过精心设计和装潢，我终于有了一间宁静、温馨，弥漫着书香的书房。坐在这间有点"豪华"的书房，环顾一排排顶天立地的书橱，突然感到，如此洋溢着文化气息的书房，如果再没有一个斋名，似乎就委屈这间书房了。于是，立马将外公、外婆家"文革"中"劫后余生"的一块由刘墉题写的"退一居"匾额找出来，悬挂在书房的正中，并将"退一居"作为自己书房的斋名。随后兴高采烈地向朋友们宣布："我的书房也有斋名啦！"

说到这块"退一居"匾额，还有着一段曲折的故事。母亲生前曾经多次和我说，家里有一块旧匾额，是你外公、外婆去世后留下来的，放在家里碍手碍脚，你喜欢收藏，房子又大，就把它拿回去保管吧。但因自己杂事繁多，再说一块废旧的匾额，也许根本就没有什么收藏价值。所以就一直没有去拿。过了一段时间，母亲又打电话给我，责怪我怎么还不来把这块匾额拿去："你知道吗？这块匾额是刘罗锅刘墉写的哦，已经有好几个收购旧货的人上门来看过，说是愿出高价收购。"听得母亲这么一说，出于职业习惯，我的第一反应就是：不和我们子女居住在一起的父母年事已高，如果他们在家中遇到专门以老年人为目标，借收购旧货的名义实施作案的骗子、歹徒，那可真是太危险了。于是，马上驱车赶到父母家。

作者外公、外婆家的刘墉题写的"退一居"匾额

到了父母家后，在母亲的指点下，我从大橱顶上搬下那块长约一米左右的匾额，用抹布将它擦净后，3个遒劲有力、体丰骨劲、浑厚敦实的漆黑大字"退一居"顿时映入眼帘。再仔细察看右下脚的落款，是大名鼎鼎的宰相刘罗锅——刘墉，辛酉秋仲，两方印章因年代久远，已模糊不清。众所周知，刘墉是清代政治家，一部电视连续剧《宰相刘罗锅》更是让他成了家喻户晓的"明星"。同时，他还是一个著名的书法家，史传其"书名满天下，政治文章皆为所掩"。他的书法得力于董其昌，兼学颜真卿、苏轼及各家法帖。其作品最大的特点是别具面目、用墨浓重，故人称"浓墨宰相"。

我问母亲那些收购旧货的人怎么会知道家里有这块匾额，母亲说，也许是曾经来家里做过装修的那个老木匠走漏了消息。原来，这个老木匠那天偶然在母亲家看到这块匾额时，拿在手中掂量道："这块木板的料作是上等的楠木啊！"可当他再瞧了瞧那上面的字迹，发现是刘墉写的后，便提出要出钱买下来，母亲当即就回绝了他。谁知，这以后，就不断有人上门欲收购这块匾额。

此刻，我默默地端详着眼前的这块匾额，突然觉得是那么眼熟，思绪顿时回到了几十年前……

幼年的我，随外公、外婆居住在南市区王家嘴角街16弄时，正值"文革"刚开始，外公、外婆这样在旧社会做过一点小生意，家里多少有点"老货"的人，整天提心吊胆的，生怕那天会被上门抄家。一天清晨，我还在睡梦中，突然被外公、外婆唤醒，要我帮他们把一块大木板藏到楼上的阁楼里去。懵懂中的我抱起地上的大木板，立即准备爬上阁楼。可还没迈步，外公却又从我手中夺下大木板，双手不断在上面抚摸着。看着外公那深情的脸神，就像平日疼爱地抚摸着我的脑袋般。过了一会，他猛然操起一把菜刀，就朝大木板砍去，嘴里还不停地大喊："砸烂封资修！砸烂封资修！"站在一旁的外婆见状，赶紧夺下外公手中的菜刀怒喝道："老头子，你疯啦！这不是封资修，这时刘墉题写的匾额啊！"

然而，还是晚了！大木板已经被砍掉了一角。虽然，那时我根本就不明白什么叫"封资修"，也不知道刘墉是谁？但我还是勇敢地帮助外婆从外公手中抢下大木板，藏到了阁楼上。至今，这一场景我依然记忆犹新。后来，我到了上学年龄，便离开外公、外婆家，回到杨浦区读书，那块大木板的最终下落我也不得而知。如今，又在父母家看到了这块大木板，而慈祥的外公、外婆早已驾鹤西去。睹物思故人，心中唏嘘不已。我情不自禁地将这块匾额捧在手中，对母亲说："绝对不能把它卖掉！"

曾有朋友提出要替我修复这块匾额上被外公"一怒之下"砍掉的那部分，被我婉言谢绝了，我想在自己的记忆中，保留住那段"完整"的历史。但我托朋友帮忙考证下，刘墉题写"退一居"这3个字背后的含义是什么。如果仅仅是望文生义的理解，那也许就是"退一步，海阔天空"的意思吧。这是不是刘墉毕生与贪官和珅等斗智斗勇、巧妙周旋时的内心写照呢？如果"退一居"这3个字，果真是寓意与世无争，淡泊名利，退一步，海阔天空，这倒也契合我的人生准则。由此，将"退一居"这3个字作为自己书房的斋名，绝对是一种"正中下怀"的心灵感应。漂泊的心灵，从此有了一个远离尘嚣的"单间"。

说乡愁，道乡愁，留住乡愁显然离不开一个人曾经居住过的地方。城市有基因，更有记忆。回望那些年，我住过的松花新村、长白新村、广远新村、控江新村这四个"村"，如果说，石库门是上海老城厢的一种城市记忆，那么，工人新村则显然是杨浦区这座昔日上海最大工业区的记忆"场所"。工人新村作为一种大规模的集居形式，一直被认为是1949年10月1日中华人民共和国成立后中国城市空间"平等、公正、清洁、卫生"社会主义改造的典型，是一个蕴含着几代上海人的历史记忆的载体。从它诞生的那一刻起，就被烙上了时代的印记。其兴衰与成败深深地嵌入上海的空间发展与社会变革之中，成为这座城市全新生产、生活方式的试点和标杆。

随着社会的发展，时光的流逝，如今的工人新村"老"了。但是，"唯有门前镜湖水，春风不改旧时波"。不管工人新村再怎么"老"，当我走进"村"里时，那些健在的老人依然还记得"村里有个小孩叫翔翔"。如今的我，虽然居住在一个叫作"家苑"的商品房小区，但是，工人新村——是我永远的乡愁、永远的精神家园。

四 | 在上海机床厂职工子弟小学
花圃里采摘一片"岁月"的
绿叶

2012 年 6 月的一天晚上，万籁俱寂。我依然像往常一样，看了一会书后，打开电脑收发邮件。突然一封由《新民晚报》副刊部编辑转来的读者邮件，引起我的极大关注。

一封《新民晚报》转来的读者邮件

这是一名叫朱俊星的读者发给《新民晚报》副刊部编辑的邮件，他写道：

编辑老师你好：我是贵报的常年读者，也很喜欢"夜光杯"版面。看了 2012 年 5 月 22 日 B5 版"十日谈"——"行走在佳木斯路上"，作者：刘翔。我很想和他取得联系。看文章内容，他应该是我们在上海机床厂职工子弟小学读书时的同班同学，半年前的第一次小学同学聚会，因为没有他的联系方式，故没能邀请到他。我们小学同学已有 40 多年没联系上了。现在大家都已经 50 多岁了，以前也没电话和手机，所以想请您帮助一下，让我能和他联系上（这个刘翔，不是跨栏跑步的刘翔），以便下次同学会能够相聚。是否可以请你转告他一下，让他打电话给我，或发邮件给我。或将此电子邮件转发给刘翔。或给我他的联系方式。我的现名：朱俊星，原名：朱大星。上海手机号：XXX。盼复。非常感谢！祝好！

读罢《新民晚报》编辑转来的这封邮件，我先是一愣，但几秒钟后立马就想起这个如今已改名为朱俊星，就是儿时住在松花新村 10 号的朱大星啊，眼前迅速显现出朱俊星当年那稚气的笑容。小学时代的那些"青葱岁月"的场景，顿时在自己的脑海中浮现。令人发噱的是，他还特意用括弧注明：这位署名"刘翔"的作者，并非是那位 110 米跨栏世界冠军的刘翔，而是和大家"失联"了 40 多年的小学同

20 世纪 70 年代初的上海机床厂职工子弟小学（5）班同学合影

学刘翔。希望编辑能够提供我的联系方式，让我们这些昔日的小伙伴能够重新团圆。于是我马上按照朱俊星在邮件中留下的手机号码，拨通了他的手机。

"大星侬好，阿拉是刘翔！"

"刘翔啊，侬终于出现啦，阿拉一直在寻侬噢！"

接通电话那一瞬间，我和朱大星均难掩兴奋之情。我说，大星，你为何要把名字改掉，大星，大明星不也是很好嘛。

电话那端的大星笑着告诉我，"大星"两字音同"大兴"，而上海人如果说一个人缺乏诚信，或者喜欢说空话、大话，常常会贬其为："迭个人经常开大兴！"而一旦某人被认定为是"大兴公司"出来的，那么其必定名誉扫地。但朱大星这个名字读起来，偏偏就是让人不读"大兴"也难。

"我是朱大星，不是朱大兴，我这个人从来不开大兴！"尽管他不断为自己申辩，可是，亲朋好友嘴里的读音永远是"朱大星"等同于"朱大兴"，在旁人听来就是"大兴！大兴！"因此，每每听到大家唤其"大星！大星！"，内心深处很是不爽。于是，有一天，朱大星一怒之下，到派出所申请改名。经过一番周折，终于如愿以偿，朱大星改成了朱俊星。从一个"大兴"明星，变成了一颗俊美之星。

"大星，侬名字虽然改成俊星了，但我还是习惯叫侬大星哦！"我笑着对他说道："名字，不但是一个人的符号，同时也是一种人生记录。只有叫侬一声大星，才能唤回我们儿时的记忆。"

"刘兄侬说得对，侬叫我大星，我开心。因为侬迭个从小一起穿开裆裤的兄弟晓得我这个人从来不开大兴的哦！"朱大星呵呵大笑："近来我有空就一直在千方百计寻找小学同学，今天找到侬，又扩大胜利战果了，改天我来通知小学同学聚一聚。"

"好的，我随时恭候侬的通知。"

李维棠，一个充满军人血性的老师

朱大星没有开"大兴"。

几天后，在朱大星和吕蓓芳等几位热心同学的召集下，我们上海机床厂职工子弟小学（5）班的一些同学，自1972年毕业40年之后重又欢聚一堂。大家在回忆少年的乐事、糗事，感慨岁月的荏苒之时，都不约而同地想起了当年的班主任李维棠老师，同学们强烈表示一定要设法寻找到李老师，因为这位军人出身、极具个性魅力，用现在的话来说很有腔调的老师，给少年时的我们留下的印象实在是太深刻了。可是，据悉，在我们毕业后不久，李老师就调离了上海。

李老师，你如今在哪里呢？依然是通过朱大星等同学的一番努力和周折，总算找到已经回原籍宁波工作定居的李老师。当同学们听到远在宁波的李老师通过电话用带有上海口音的宁波话说道："同学们好！我很惦记大家"时，我们都很激动。久违了，这一声熟悉而亲切的问候，多么像当年李老师走进课堂时的那一声开场白啊！同学们个个急着抢过话筒要和李老师说话。最后大家一致决定约个时间到宁波去探望李老师，重叙40多年前的师生之谊。

可是，就在我们积极筹备宁波之行时，突然接到李老师的小女儿肖红发来的短信，说是李老师将在近日专程到上海来看望同学们，这让我们在惊喜的同时，

李维棠老师（前排中）在妻子和女儿陪伴下，2012年11月6日来到他曾经工作与生活过的上海和当年的学生相聚（前排右一为作者、左一为朱俊星）

不禁感到很是过意不去，岂能让远在宁波，且年事已高的李老师先来看我们呢？但李老师言辞恳切地说，到上海看望自己当年的学生和到曾经工作过，坐落在佳木斯路上的上海机床厂职工子弟小学旧址看看逛逛，一直是他晚年的一个心愿。

最终，不顾我们的"阻拦"，李老师还是抢先一步，2012年11月6日在妻子和女儿的陪伴下来到了他曾经工作、生活过的上海和我们相聚。那天晚上我们师生欢聚，同学们端起手中的酒杯挨个地走到李老师的面前，恭恭敬敬地向这位我们少年时代的启蒙老师敬上一杯迟到了40多年的谢师酒。当我走到李老师的身边说："李老师，你还记得我的名字吗？"他立刻笑道："飞人刘翔！"引得同学们哄堂大笑。

随着笑声的荡漾，岁月的时空仿佛重又拨回到45年之前的小学课堂。当年我们这批同学作为上海机床厂的职工子弟，不仅就读于一个班级，而且绝大多数都还是居住在松花新村和长白新村的邻居，父母又都是上海机床厂的同事，彼此朝夕相处，可谓"穿开裆裤"兄弟。

那个年代，在课堂里调皮捣蛋的人特别多。可是李老师却能把大家镇得服服贴贴。这全依仗他曾经是个军人，因为那个年代是崇拜军人的年代，在少男少女的心目中，解放军无疑就是英雄。因此，在军人出身的李老师"统治"下，再顽皮的学生也都变得老实了。但他的这种"统治"绝不是采取严厉的"法西斯"军管手段来实施。当年只有30多岁的他总是穿着一件上下4个口袋的草绿色军装（在解放军取消军衔制后，军官与士兵的区别就看口袋，士兵的上装是没有下面两个口袋的），像一个孩儿头似的和我们跌打滚爬地"混"在一起打篮球、扳手腕。我们唱歌时，他就拉起二胡伴奏，没有一点师道尊严的味道。但如果谁在上课时讲话、做小动作，并且屡教不改的话，那么他就会毫不客气地将手中的粉笔头精准地向其"射"去。想必，在部队当兵时的李老师一定是个优秀射击手。

1972年我小学毕业后，再也没有见到李老师。40年多后的今天，人到中年的我们和年近八旬的李老师在上海重逢时，时光的回忆又唤起了彼此在那些年特殊而温馨的师生之情。像李维棠老师这种个性鲜明的教师，在知识分子被视作"臭老九"的那个年代，应该也算是一个另类了。直到此次聚会，我才从他老爱人那儿得知，出生于1936年的李老师，1956年从家乡宁波参军，入伍来到地处青藏高原的解放军总后勤部汽车35团当兵，成为一名驾驶军用卡车奔驰在青藏公路上的高原运输兵。1962年中印边境自卫反击战打响后，他和战友们一起驱车赶赴前线，冒着生命危险为前方运送枪炮弹药和补给。1969年他以正营级级别转业到上海机床厂后，厂领导一看档案：共产党员加上军队转业干部，绝对是一个纯上加纯的布尔什维克，便根据当时的"掺沙子"精神，分配他到"知识分子成堆"的厂职工子弟小学担任语文教师。1974年，为照顾年迈的父母和解决夫妻分居两地，李老师通过异地工作对调调回宁波第三中学任教，直至1996年退休。

聚会进入高潮时，当班长代表全体同学把一件厚重的羊毛衫，作为礼物赠送给李老师时，他那张酷似著名电影演员李雪健的脸庞露出了一丝幸福的笑容。我握着李老师那微微颤抖的双手，望着他那布满岁月"年轮"的脸颊，不禁感慨万千，当年那个生龙活虎、充满军人血性的李老师真的老了，而我们这些当年调皮捣蛋的小赤佬，如今也同样不再年轻。

李老师回到宁波后不久，便传来他因病卧床不起的消息。据其老爱人说，其实2012年11月6日来上海之前，他的身体状况已经十分不好。因早年长期在青藏高原当兵，由缺氧等高原疾病导致脑神经系统逐渐萎缩，现在行走也很困难。

家人一再劝他不要去上海了，但他执拗地表示：一定要去上海和当年的学生们见见面。为此，他拿出当年当兵时的军人气概，整整练习了一个多星期的走路。回想起那天我们见到的李老师，虽不能说神采奕奕，但绝对是精神焕发。

得知李老师患病的消息后，同学们便酝酿着去宁波探望李老师，可因种种原因，一直没能成行。2019 年 6 月 3 日，我和朱俊星、马国霞、徐敏等 6 名同学，决定带着全班同学对李老师的一片深情厚谊，代表大家专程驱车前往宁波探望李老师。下午抵达宁波后，随即来到护理院。凝望着昏睡在病床上，已呈现植物人状态的李老师，我们轻声呼唤着："李老师，我们来看你了！"

奇迹发生了，在我们不断的呼唤下，李老师嘴唇蠕动，脸上竟然露出多年未曾出现的微笑。此刻，我深信，我们师生之间，一定是存在心灵感应。此时此景，令围聚在病床周围的李老师妻女和我们无不动容。大家伫立在李老师病床前，把一幅特意请书法家书写的"一日为师 终身为父"匾额恭恭敬敬地摆放在李老师的床头，共同在心中默念：李维棠老师，愿你能早日醒来！

从宁波回到上海后，我依然思绪难宁，饱含深情地写了一篇题为"我们

在部队当兵时的李维棠老师拉得一手好二胡

作者发表在 2019 年 10 月 31 日《新民晚报》"夜光杯"副刊上的"我们的热血老师"一文

的热血老师"散文，刊发在 2019 年 10 月 31 日《新民晚报》"夜光杯"副刊上。李老师女儿告诉我，当她把这篇散文朗读给病床上的李老师听后，他的脸上再次露出了久违的笑容。

感恩有你，师恩难忘。李老师，昔日的学生想对你说：你不仅是一个具有军人血性的老师，更是一个充满侠骨柔情的热血恩师。

45 年后的师生重逢

李维棠老师是我们读小学三年级时担任（5）班班主任的，直至我们小学毕业，第一任班主任则是王雯绮老师。当年上海机床厂职工子弟小学的教师都是由厂里派出的，他们既是学校教师，同时也是上海机床厂的职工。所以有很多老师就和我们一起居住在松花新村。王雯绮老师一家住在松花新村 5 号，和我家居住的 7 号隔排相望。其女儿邵琪与我同龄，我们不仅同在上海机床厂职工子弟小学就读，中学也同在安图中学。2019 年 5 月 1 日中午，安图中学部分校友与从澳大利亚回国探亲的邵琪团聚时，大家闲聊之中，才得知中国近代著名民主人士邵力子是其曾祖父。

2017 年 3 月 12 日，上海机床厂职工子弟小学（5）班的同学与当年的老师林德辉、王雯绮、陈慧珍终于久别重逢（其中我和林德辉老师之间亦有一段故事，留待后文细说）。这是我自 1972 年小学毕业后，第一次见到王雯绮老师，一晃 45 年过去了，王老师的笑容依然是留存在我记忆深处那个 1966 年春季开学第一天画面中的那般温馨灿烂：年轻的王老师轻步走进教室，站在讲台一侧，微笑地对我们说："小朋友好，从今天开始，你们就是一名小学生了！"

笑容虽然永恒，但岁月依然"沧桑"着王老师的容颜。当年迈的王雯绮老师得知同在上海机床厂工作的廖启柏、贺秀珠是我的岳父母时，当即愣住了，紧紧地攥住我的手："真的吗？我和他们是非常要好的朋友啊！"

得知我的岳父母几年前已经驾鹤仙去时，王雯绮老师伤感地说道："廖启柏、贺秀珠她俩还没结婚我就认识他们了，他们是上海机床厂第一代教育工作者，辛勤耕耘在职工教育园地。我出国到澳大利亚定居后，第一次回国时还和他们夫妻俩团聚过。时间一晃，十多年就这么过去了，我们都老了啊！"说到这里，她嗓音哽咽，眼眶中闪烁着泪花，攥住我的那双手微微颤抖着。

王雯绮老师一番深情话语，深深地打动了我。如今 80 多岁的她，虽然和小女儿邵琪定居在澳大利亚，但每年都要回国探亲。1966 年我们进小学时只有 8 岁，父母都是双职工，整天忙于社会主义建设，没空顾及我们。因此，她不仅是老师，还在课余时间，像母亲般呵护我们这些顽童。1976 年学校移交给杨浦区教育局后，王雯绮老师就回到上海机床厂，和我岳父母一起工作，继续为厂里职工教育事业添砖加瓦。

而此次师生重逢中，马国霞同学讲述的林德辉老师关心马家 4 姐妹的故事，更是成为我们小学生涯中师生情谊的一段佳话。马国霞回忆说，她父母都在上海机床厂工作，她们 4 姐妹小学都是在厂职工子弟小学就读的。20 世纪 60 年代末，她的父亲带着姐姐"支内"到陕西汉中机床厂，留下她母亲和她与两个妹妹在上海。当时她妹妹和母亲一起借住在上海机床厂的宿舍里。一天，学校的军训结束时，天已经完全黑了。学生们都被自己的家长领回去了，而她母亲因加班无法前来领大妹妹红霞回厂

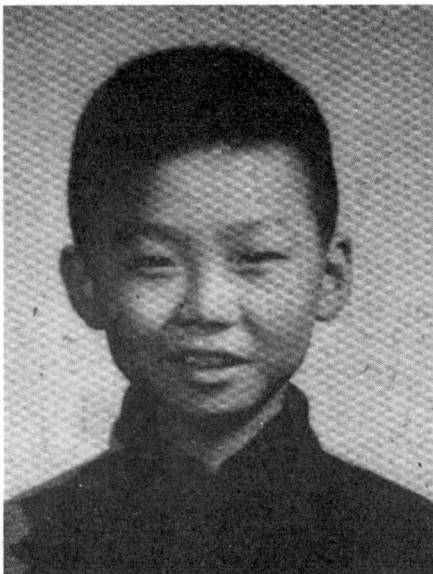

作者的小学毕业照

作者 2017 年 3 月 12 日和分别 45 年，从澳大利亚回国探亲的小学第一任班主任王雯绮老师（左）重逢

上海机床厂职工子弟小学（5）班同学 2017 年 3 月 12 日与林德辉（前排中）、王雯绮（前排右）、陈慧珍（前排左）老师合影（后排左五为作者）

宿舍，年幼的红霞只得独自回去。走到半路迷路了，当年学校所处的佳木斯路还是一条"荒无人烟"的偏僻小路，在浓重夜色的笼罩下，红霞吓得独自蹲在路边大声啼哭。这时，正巧林老师路过，马上走上前去安慰她，并将她护送回厂宿舍。就这么一件小事，林老师早已淡忘了，可却一直铭记在马家 4 姐妹和她们母亲的心中。当马国霞年逾八旬的母亲得知我们和失联 40 多年的林老师重逢后，执意要亲自带着马家 4 姐妹到其家里表达感谢之情。那天，我跟随马家四姐妹和她们的母亲手捧鲜花来到林老师家中，望着马国霞母亲带着 4 个女儿，轮番感谢林德辉老师 50 多年前对她们一家人关心的温馨场景，那种浓浓的人间真情，是无法用文字描述的。

　　作为当年课余时间整天"厮混"在上海机床厂内外的少年，我和我的小学、中学同学之间，我们父辈之间的关系可谓是"错综复杂"。父母之间今天是一个部门的同事，明天就有可能到厂职工子弟小学做我们的老师。我和小伙伴们不但是同学，也是发小和邻居。就说小学同学吕蓓芳吧，她的母亲陈慧珍是厂职工子弟小学的音乐老师，他们一家和王雯绮老师一家一样，都是我居住在松花新村时的邻居。这些老师的子女，与我不仅是小学同学，有的甚至从托儿所、幼儿园就睡一张床、用一个尿壶了。后来我们也继续成为安图中学的同学，彼此就像生活在一个热热闹闹的大家庭里。因此，上海机床厂职工子弟小学的校园就是我们的乐园，上海机床厂厂区就是我们的"部队大院"。

当年上海机床厂职工子弟小学教师的合影，第一排右一为李维棠老师，第二排左四为陈慧珍老师，最后一排左一为林德辉老师

那次师生聚会结束后，我特意专程前往坐落在佳木斯路152号的上海机床厂职工子弟小学旧址，重温儿时的旧梦。说起上海机床厂职工子弟小学地处的佳木斯路，在20世纪60年代，这只是一条"静卧"在上海版图一隅的默默无闻乡间小路。路的一端连接着军工路和一条铁路，另一端的营口路则通向广阔的田野。蜿蜒的道路两旁，除了几排老式的工房、零星散乱的农宅和上海第一混凝土制品总厂外，便都是绿色的农田了，唯一通向"繁华"街区延吉东路、松花江路的通道也就是那座名为中农新村桥的狭窄、陈旧小木桥。因此，绝大多数上海人并不知晓这条小路。

然而，作为一个在佳木斯路上"成长"起来的杨浦小赤佬，却对

上海机床厂职工子弟小学旧址现已是长白二村小学分校

行走在佳木斯路上

作者发表在2012年5月22日《新民晚报》"夜光杯"副刊上的"行走在佳木斯路上"一文

这条路有着挥不去的浓浓情结。我就读的小学上海机床厂职工子弟小学就坐落在佳木斯路旁。从 8 岁那天起，我就开始蹦蹦跳跳地"前进"在佳木斯路上了。每天下午放学回家的路上，我和小伙伴们个个犹如脱缰的野马，尽情地在佳木斯路上玩耍、嬉闹。我们在路两旁的田地里捉蟋蟀，爬在树上粘知了，甚至还时常冒着生命危险，把书包朝路边一扔，脱掉衣服，穿着短裤跳入路旁的虬江河里游泳。很多时候，我们穿行在铁道线上，看到有货运火车驶过时，便立即像"铁道游击队队员"那样纵身一跃，飞攀而上，然后挥起手向路人致意。那种感觉啊，至今回忆起来还很"英雄"哦！

20 世纪 90 年代，上海机床厂将佳木斯路上一套两居室的新工房分配给了父亲。每次去父母家，行走在佳木斯路上，我都会惊喜地发现这条路周围"路况"，不断产生日新月异的变化。昔日乡间小路已拓宽成通衢大道，开通了公交车辆。两旁的农宅、田野早已荡然无存了。代之的是一排排鳞次栉比、错落有致的各式新颖、漂亮的楼房、商场，充满欧陆风情的绿化小品煞是迷人。那座狭窄、陈旧的中农新村小木桥，被拓宽成 4 车道的"大桥"。营口路四周广阔的田野成了一块大上海的"绿肺"——黄兴公园。原上海第一混凝土制品总厂的地块建成了商品房住宅区——佳龙花园，地铁 8 号线也通到了佳木斯路。春去秋来。每当我漫步在佳木斯路上，目睹着这条路上的每一个变化，都仿佛在品味、阅读一部史书。

创办于 1953 年 9 月的上海机床厂职工子弟小学，现今已是杨浦区长白二村小学分校。那天，我走进和我父母居住的佳木斯路 175 弄隔路相望的熟悉校园，举着相机一边拍照，一边沿着操场和教学楼慢慢行走。此时的我，试图重新"捡拾与打捞"那些遗落在校园深处当年一个小小少年的轻狂与梦想。然而，时光如水。昨天所有的"故事"都一去不复返了，留给今天的只有时空的轮回，岁月的嬗变。可是，岁月这种东西啊，却又是如此的无情，说走就走。哪怕用尽自己的一生，硬生生地去拽、去扯，也无法拽住，无法扯回。

沐浴在阳光下，我深情地俯下身子，在校园的花圃里摘下一片绿叶，把岁月"藏"进自己的心灵。无论时光如何流逝、岁月如何无情，学生和老师的情谊、学生和学校的情感是永远拽得住、扯不断的。

五 | 游弋在"国企航母"上海机床厂浩瀚大海中的一叶快乐小舟

那天晚上，我突然做了一个梦。

可是，清晨梦醒后，怎么也想不起究竟梦到了什么。但梦境中多次闪现出的一个地址"军工路 1146 号"却深刻地镌刻在我的记忆深处。

20 世纪 50 年代的上海机床厂大门

20 世纪 70 年代的上海机床厂大门

如今的上海机床厂大门

那晚一个梦

军工路 1146 号，这是哪里？

为什么梦中的一切都遗忘了，唯独这个地方会牢牢地扎根在我的脑海？想啊想，想了老半天，也想不起那是一个什么神秘的地方。好在这个神秘之处，也不"在那遥远的地方"，离我居住地也就 3 公里左右的路程。于是，索性驾车前往弄个明白。

车轮沿着延吉中路驶到松花江路，然后在松花江路军工路口左拐，过了一条铁路专线，就到了军工路 1146 号。下车定睛一看，我顿时愣住了："格搭是机床厂啊！怎么回事？依在梦游是哦，竟然连上海机床厂都勿认得了！"我狠狠地敲了几下自己的脑袋，怅然地站在军工路 1146 号大门旁，望着眼前那 9 个"上海机床厂有限公司"大字，内心不禁有些自责。

我真的不知道那晚自己是不是在梦游，只是时光的荏苒，上海机床厂开始在我的记忆中渐行渐远。"星星不是那个星星，月亮也不是那个月亮"。不能说如今的上海机床厂已经"面目全非"，但随着国家制造业的转型，该厂早已以另一种"业态"静静地伫立在军工路一旁。

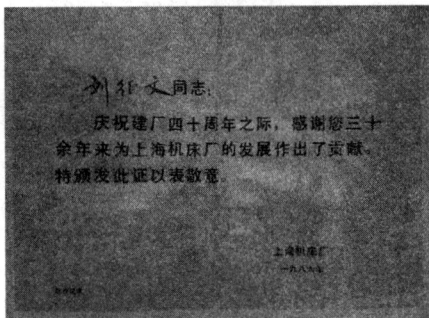

作者父亲在上海机床厂建厂 40 周年时获得的荣誉证书

上海机床厂建厂 40 周年纪念册

上海机床厂 1955 年新产品试制奖励大会纪念册

此地，真的就是当年的上海机床厂吗？

莫说往事不堪回首，上海机床厂至今依然是我少年时代记忆长河中一朵璀璨的浪花。虽说此番"梦游"上海机床厂，我仅是一个匆匆的过客，但40多年前，我进出上海机床厂的大门，就像进出自家房门般频繁。

父亲的写字桌抽屉里珍藏着一本上海机床厂建厂40周年的纪念册。它记载着从1946年建厂到1986年的40年间，上海机床厂所走过的一条中国机械工业发展之路。上海机床厂前身是中国农业机械公司，该公司1943年在重庆成立，孔祥熙是首届董事长，董事会成员中有蒋经国等国民党政府官僚。1946年8月，中国农业机械公司迁往上海，在虬江桥南建造中国农业机械公司总厂。1949年11月30日，改名为虬江机器厂。1950年9月成功生产我国第一台虬13式万能工具磨床。1953年8月23日，正式定名为上海机床厂。解放前该厂只是生产锄头、脱粒机、碾米机等简单农机具的工厂。中华人民共和国成立后发展成全国最大的磨床制造厂。1973年，上海机床厂试制成功世界第一台可磨5米长、5级精度长丝杆的大型螺丝磨床。而1968年7月21日，

时任上海机床厂厂长艾丁、副总工程师李艮同1954年12月30日共同签署颁发给作者父亲的艺徒毕业证书

上海机床厂1950年9月成功生产我国第一台虬13式万能工具磨床有功人员合影

20世纪50年代初的上海机床厂厂徽

毛主席在一份调查报告上批示："走上海机床厂从工人中培养技术人员的道路"，更是让该厂名扬四海。

20世纪80年代的上海机床厂，无疑是该厂历史上的辉煌年代。那时的该厂共有职工6400多名、工程技术人员800多名，其中拥有我国机床行业唯一的中国工程院院士和10多名教授级高级工程师。占地面积36.9万平方米，建筑面积218万平方米，年产各类磨床2000余台，品种与规格占全国三分之一，雄踞国内市场占有率第一，是机械工业部直接对外贸易的扩权单位，产品出口50多个国家和地区，上交国家税收5.8亿元，相当国家投资总额的6倍。

数字的罗列是枯燥、理性的，但在我的心中，这些冰冷的数字背后，却充满了无限暖意。它不仅彰显了那个年代一座工厂的辉煌，而且承载着一个小小少年的梦想与憧憬。因为上海机床厂是我童年与少年时代的梦想之舟。小学，我是该厂职工子弟小学的学生；中学，我在该厂的基建科学工。我童年、少年时代生活圈、朋友圈几乎就是围绕着上海机床厂在"转圈圈"。

那时上海机床厂整个厂区结构主要按头道门和二道门来布局。头道门到二道门之间主要是以大礼堂、俱乐部、食堂、疗养院、集体宿舍、磨床研究所等为主的生活后勤区域。二道门到黄浦江边的大片区域，则全部是厂房林立的铸工、大件等生产车间和一条长达2.6公里的运输产品的铁路专线。一个工厂有两个大门，还有铁路专线，你自己去掂量一下吧，这家厂有多牛逼啊！

头道门区域每个星期六是向职工家属开放的，我们这些小赤佬的活动范围基本上也就被限定在这一区域内。我们在大礼堂看电影，在浴室沐浴，在食堂蹭饭，在游泳池打水仗，在俱乐部看书。总之，头道门至二道门之间，不仅仅是上海机床厂职工子弟，也是附近长白、控江地区小伙伴们的乐园。

因二道门内是"生产重地，闲人莫入"，严禁一切非本厂职工进入，所以负责守门的门卫，个个眼观八方，身手敏捷。他们始终睁着一双警惕的眼睛，严防小赤佬们溜进去"搞破坏"。但越是不让进二道门，越是激发起我和我的小伙伴们对二道门里面那个"世界"的好奇心。正处在叛逆期的我们，个个犹如电影"小兵张嘎""三进山城"中的"齐天大圣"，和门卫一次又一次玩起"鬼子进村"的诡计。有好几次，我瞅准中午开饭时、进出人员多的机会，企图混夹在人流中溜进二道门，可还是被门卫一把抓出来，"押送"到厂部保卫科，随后一个电话打给我父亲和班主任老师，让他们把我领回去进行教育。接下来的事情，你懂的：在学校写检查，回到家里"吃生活"。弄得我身心疲惫，声名狼藉。

今天，当一个偶然的梦境，召唤我来到久别的军工路1146号时，40年多前一切的一切，又是如此清晰地曝光在我心灵的"底片"上。此刻的我，情不自禁再次走进这扇孩提时几乎每天都要"溜进去"玩耍的上海机床厂大门，沿着厂区的中央大道，慢慢朝着这座工厂深处走去，极力去寻回遗落在厂区内那一个个地标性建筑物上的少年旧梦……

中央大道

毫不夸张地说，从上海机床厂头道门到二道门，贯穿厂区中央的那条建于1957年10月，长达一公里左右的宽敞水泥道路，其长与宽，不说国内吧，至少在杨浦区是迄今为止没有任何一家工厂能与其媲美的。道路两旁绿树成荫，鸟语花香，犹如公园般令人赏心悦目。

这条大道不仅是上海机床厂的中央大道，更是该厂一条美丽的景观大道。它

绿树成荫的上海机床厂中央大道

的壮观与大气，毫不逊色于与其一墙之隔的军工路。曾经有一位作家在其一篇散文中，将上海机床厂的数千名职工每天上下班兴高采烈地走在这条中央大道上，形容为走在社会主义的"康庄大道"上。出生于1932年1月30日的父亲从1953年3月进入上海机床厂工作到1992年退休，在这条"康庄大道"上"走"了整整39年，最终从一名普通的学徒工成长为上海机床厂的一名中层干部。

回顾自己21岁从江苏省仪征市新集镇老家到大上海谋生，他说，当年如果没有进入上海机床厂工作，一定会和儿时最要好的发小刘忠凯一样参军奔赴抗美援朝战场了。至今他还珍藏着刘忠凯1954年5月从抗美援朝战场上转赠给其的一本中国人民志愿军步兵第七十二师司令部、政治部奖给刘忠凯的日记本，这本红色硬面日记本的封面上印着"奖给人民功臣"6个烫金大字。在日记本的扉页上，刘忠凯写道"送给亲爱的同志——刘征文，作为我在抗美援朝战争中赠给你的留念！你的同志刘忠凯赠于朝鲜西海岸。54.5.2"。同时，刘忠凯还在日记本内用红笔写下了一段激情昂扬的赠言："亲爱的同志征文：我们相隔千山万水，踏着中朝两国的领土而以最高贵的革命感情来紧紧的握着双手，沿着祖国的大道共同迈开步伐前进吧！一直为着人类所愿望的社会而奋斗吧！并祝你在建设（社会主义）的岗位上做出更大的贡献，争取立功创模，作为我学习的榜样。最后希您确实的执行毛主席所指示的三好——学习好、工作好、身体好。再见吧！致以崇高的革命敬礼。您的同志刘忠凯。"

望着刘忠凯用红笔写下的这段给父亲赠言，我想，他一定是在用自己那遒劲有力的鲜红字迹，来寓意抗美援朝战场上每一场战斗取得的胜利，都是无数烈士用生命与献血换来的。父亲说，他和刘忠凯一个在上海，一个在朝鲜战场，虽然相隔万里，但一直保持着通信联系，彼此激励在各自的工作岗位和战斗岗位上争取立功受奖，为国奉献。在这本来之硝烟弥漫、枪林弹雨的抗美援朝战场上的日记本里，父亲写满了自己的学习体会与工作札记。在一篇写于1957年4月13日的日记中，父亲写道："自1956.9.27党支部大会通过我为预备党员到现在，已将近半年，在这期间我的进步是很少的，在思想和阶级觉悟上虽有所提高，但还是不够，现在我检查大概存有以下些优缺点……"这应该是父亲在"起草"给党支部的思想汇报吧。

刘忠凯赠送给作者父亲的抗美援朝立功授奖日记本和作者父亲的日记

　　刘忠凯从朝鲜战场回国退役复员后，被分配到河北省唐山市工作，父亲经常通过书信与他联系，还曾专程前往唐山市与其相聚，共同缅怀那些难忘的岁月。数年前这位抗美援朝勇士因病离世。2020 年是中国人民志愿军抗美援朝出国作战 70 周年，中共中央、国务院、中央军委将颁发"中国人民志愿军抗美援朝出国作战 70 周年"纪念章。父亲得知这一消息，抚摸着这本见证了 70 年前那场伟大战争的峥嵘岁月，以及自己与发小刘忠凯珍贵友谊的日记本，年逾九旬的父亲眼眶不由湿润了，他哽咽着说道："当年，忠凯在朝鲜战场浴血奋战，我在上海机床厂建设社会主义，我俩互相鼓励。如今，他却不在了……"

　　父亲至今还保存着一张他的上海机床厂艺徒毕业证书。这张证书是 1954 年 12 月 31 日，由时任上海机床厂厂长艾丁、副总工程师李良同共同盖章颁发的。

说起艾丁厂长，这是一位老革命。上海解放后，他担任过华东军政委员会主席饶漱石的秘书兼华东军政委员会机要处处长。2009年8月，在上海华东医院病逝。李艮同副总工程师则是曾在国外留学过的技术专家。当时上海市的高层领导把这两位一"红"一"专"的重量级干部"高配"给上海机床厂，由此可见，该厂的地位是何等的"高大上"。

作者父亲（前排右）20世纪80年代与同事兴高采烈地行走在中央大道上

1957年7月8日上午11时，毛主席亲自莅临上海机床厂视察，就是在厂部门前的中央大道下车，随后，神采奕奕地行走在这条中央大道上，向围聚在大道两旁的干部职工挥手致意。11时55分又从中央大道乘车离厂。

毛主席来到厂部会议室里，观看了挂在墙上展示工厂发展变化的产品图片。艾丁厂长向毛主席汇报说，上海机床厂前身是官僚资本主义企业，原先只能修配、生产简单的农机具。新中国成立后，改造成为专业制造精密磨床的现代化工厂，是第一机械工业部的重点骨干企业。我国第一台磨床在这里诞生，第一代掌握磨床制造技术的职工队伍在这里成长。解放7年来，先后仿制了31种品种，4000多台磨床，供应了全国70多个城市，1041家工厂。

作者父亲（中）和同事在一起

作者父亲（第二排右二）1957年11月14日和同事欢送工友牛奇山（第一排中）赴北京工作

毛主席听完汇报后，希望上海机

床厂干部职工加快社会主义建设步伐，早日设计制造出中国自己的机床产品。

晚年的艾丁曾撰文回忆当年毛主席视察上海机床厂时的情景："当时我担任上海机床厂厂长，方杰担任党委书记。7月8日上午，毛主席莅厂视察。在厂部前面的中央大道，毛主席一下车，微笑着和我们握了手……"

1957年7月9日，上海机床厂的干部职工怀着激动的心情，发出了向毛主席的致敬信。因此，在上海机床厂广大老同志心目中，中央大道更是一条洒满阳光雨露的"金光大道"，每当他们上下班行走在中央大道，就会充满着幸福感。

继毛主席视察上海机床厂不久，1958年4月14日，朱德委员长亦来到上海机床厂视察，对上海机床厂独立自主成功试制出新一代磨床产品大为赞赏。

毛主席和朱德委员长视察上海机床厂时，我还没出生，所以没机会见到这两位党和国家领导人。如果毛主席和朱德委员长晚几年来上海机床厂视察的话，那么，我和我的小伙伴们或许就有可能站立在中央大道的两旁，夹道欢迎他们了，甚至还有机会来到毛主席的身边，向毛主席敬少先队礼，然后献花、合影什么的，都是可能的，这绝对不是我在说大话，"甩浪头"。

20世纪六七十年代，上海机床厂接纳了相当数量的越南、朝鲜、阿尔巴尼亚、罗马尼亚的培训生来厂深造，其中要算越南的培训生最多，走在厂区中央大道上，经常能碰到头戴铜盆帽的越南培训生。这时候，我常常会调皮地冲着他们做出几个鬼脸，然后哼几句当年颇为流行的那首好像是由胡志明作词的歌曲《越南、中国》，"越南中国，山连山，江连江……"抑扬顿挫、铿锵有力的旋律中亦带有几分柔情。

那时的上海机床厂还是上海滩屈指可数的几个允许对外宾开放的"窗口"单位。据相关史料记载，从20世纪50年代至80年代，先后到上海机床厂参观访问的外国领导人有：蒙古国总理泽登巴尔、印度总理尼赫鲁、捷克斯洛伐克总理西罗基、苏联外交部副部长费留金、苏联部长会议副主席扎夏由科、新西兰总理马尔登、索马里副总统戈马、法国总理马尔、马来西亚总理侯赛因、西班牙共产党总书记卡里略、金正日率领的朝鲜劳动党中央代表团等。

作为一项光荣的政治任务，我和小伙伴们经常被老师安排去接待到上海机床厂参观访问的外宾。在把"不要围观外宾"作为一个文明礼仪宣传的那个年代，我们的这种特权常常惹得杨浦区内其他学校师生们羡慕嫉妒。当然，也不是每个学生都有资格到厂区内去夹道欢迎外宾的，学校领导都是挑选一些学习好、听老师话的学生参加。而老师也把能否参加接待外宾作为对学生的奖惩。每当接到迎接外宾的任务，参加接待的学生便不用上课，个个身穿白衬衫、蓝裤子，脚蹬白跑鞋，戴着红领巾，在学校的操场上排好队后，在老师的带领下，从佳木斯路出发，穿过军工路到达上海机床厂，随后早早地列队站在中央大道两边，等待外宾的到来。一旦外宾出现在我们的视野里，大家便根据老师的口令，使劲挥舞手中的鲜花，不停地高声欢呼："欢迎！欢迎！热烈欢迎！"此时的中央大道瞬间成了一条充满欢乐呼喊声的礼仪大道。

那些年，我们欢迎的大多是一些来自亚非拉国家的贵宾。我印象最深刻的是1971年2月24日，夹道欢迎由美达维亲王率领的柬埔寨政府代表团。早在几天前，班主任老师就告诉我们，即将有一个重要的接待外宾任务，要求参加的学生必须以昂扬饱满的状态、衣冠大方整洁的美好形象展示出新中国少年儿童活泼可爱的精神风貌，绝对不允许给国家"坍台"。当时有一个细节，至今还记忆犹新。老师让每个学生在裤兜里放一支白粉笔，如果发现白跑鞋上有污渍，马上用白粉笔涂掉。但这位令我们全校师生兴师动众的神秘外宾是谁，出于安全保密，老师没有说。其实，他自己也不知道是谁。

那天，我们足足提前了两个多小时进入上海机床厂。随后，列队站在中央大道两旁，一遍又一遍地操练欢迎仪式。直到中午时分，随着几辆开道摩托车的轰鸣，在前卫车的引导下，我才看清楚站在敞篷车上不停地向欢迎人群挥手致意的是来自柬埔寨的外宾。当时，这位亲王是和西哈努克亲王在我国新闻纪录片和报纸上亮相最频繁的一位外国领导人。

我们这些"祖国花朵"，能够被学校挑选出来，站在上海机床厂的中央大道上迎接外宾，不仅是一种政治待遇，更是一种崇高的荣誉，我们都十分珍惜每一次的夹道欢迎接待任务。尽管从表面上看，我们似乎很风光，能够近距离地接触到许多外国大人物，其他小伙伴们也非常羡慕我们，可是，其中的酸甜苦辣却也"一言难尽"。每次接到外出夹道欢迎的任务，都是上课的时间，耽搁了课时，回来后还要补课。每次去还都必须提前一个多小时到达中央大道，然后集中在中央大道旁边的毛主席塑像广场上反复进行彩排。夏天头顶骄阳，冬天迎着凛冽寒风，一旦我们不认真彩排，老师就会手指着高达6.8米毛主席塑像说："同学们，我们要欢迎的是毛主席邀请来的外国客人，他老人家现在正在看我们彩排。你们不认真的话，毛主席会生气的。"

作者 2018 年 1 月在上海机床厂内的毛泽东塑像广场留影

老师的这句话真灵，我们这些无比热爱毛主席的少先队员，怎么能让敬爱的毛主席生气呢？于是，我们又继续斗志昂扬地投入到彩排中。最为痛苦的是，好多次，辛辛苦苦地排练了老半天，突然接到通知"外宾不来了"，我们准备了许久的美好"表情"就这样被浪费了。

作者 2018 年 1 月漫步在上海机床厂中央大道，追寻往日的时光

中央大道，对上海机床厂而言，在那个年代它是一条具有政治色彩的"康庄大道"。对我来说，在那时"小道消息"满大飞的情况下，也是一条聆听"大道消息"的"信息大道"。党中央、毛主席的"声音"就是通过安装在中央大道两旁的高音喇叭，在厂广播台男女播音员那嘹亮高亢的播送下，及时传递到了我耳边。

至今依然保持原貌的上海机床厂外宾接待室

中央大道，是一条不折不扣的"中央大道"。1971年7月4日《文汇报》，刊登过一篇该厂"红志坚"撰写的文章，题目就叫"金色阳光照大道"。因此，中央大道不仅是上海机床厂全体干部职工的骄傲，也是我这个该厂职工子弟的骄傲。

大礼堂、基建科

非常遗憾，上海机床厂内的那座我少年时代的"圣殿"——大礼堂，没有了。虽然，我曾经千万遍在心里"痛骂"过机床厂的历届厂长："这么破烂的大礼堂为什么不拆掉，财大气粗的机床厂难道就舍不得花这点钱？"而当这座大礼堂真的消失了，却让我怅然若失。

很矛盾吗？是的，太矛盾了。

很纠结吗？是的，太纠结了。

而矛盾与纠结的实质，就在于"这里是毛主席到过的地方"。随着岁月的流逝，当厂区内一幢幢崭新的建筑拔地而起时，唯独大礼堂始终保持着1957年7月8日毛主席莅临上海机床厂视察时的原貌。

这是一座用毛竹、茅草搭建成的大礼堂，一根根圆形木柱支撑起顶部，座椅则是用一批批长木条架起的。因为是上海机床厂光荣历史的见证物，从20世纪50年代到80年代一直没有翻建过。曾经有人提出为了维护上海机床厂的光辉形象，把大礼堂拆掉重建，立即遭到厂领导的呵斥："不能拆！毛主席到过的地方谁敢拆？"

此言一出，立马鸦雀无声。因而，大礼堂"数十年如一日"，成为上海机床厂独一无二的红色圣地。在1966年9月22日召开的厂职工代表大会上，决定把每年的7月8日毛主席来厂视察日，作为全厂永久纪念日。1977年的7月8日，毛主席视察上海机床厂20周年时，还建立了毛主席视察纪念室。

我作为上海机床厂职工子弟小学的学生，经常到这座大礼堂接受革命传统教育。在老师的带领下，边聆听当年陪同毛主席视察的老工人讲解，边沿着毛主席视察时走过的路线走了一遍又一遍。回去后，不是写心得体会，就是写命题作文。我现在的这点写作底子，也许就是那时练就出的童子功。可是，随着时代的发展，这座大礼堂变得越来越破败不堪,与周围的建筑物显得十分不协调。同时,也似乎有损于上海机床厂那"高大上"的形象,最终还是被拆除了。

如今想来,其实最令我引以为豪的,应是"率领"居住地周围那些不是上海机床厂职工子弟的小伙伴,偷偷摸摸混进大礼堂看电影这档事了。当时,上海机床厂保卫科的那些大叔们,非常忠于职守。每当星期六大礼堂放电影时,他们都会戴着红袖章,神情严肃地"屹立"在大礼堂门口检票,没有票子休想入场。哪怕你夹在人群中混进去了,他们也会眼明手快地一把将你拎出来。

有好几次,大礼堂放映《闪闪的红星》《小兵张嘎》《小铃铛》等热门电影,一票难求。父亲虽然想方设法托工会的朋友多弄了几张票,但依然不能满足我的那些不是上海机床厂职工子弟的小伙伴们的渴求。他们总是可怜巴巴地"哀求"我:"阿哥,倷爷是个小头头,叫伊跟保卫科的人讲一声,带阿拉进去算了。"

"瞎讲有啥讲头,阿拉爷老头子又勿是上海机床厂厂长,伊一本正经来兮的,还是我来带倷进去吧!"

话音未落,小伙伴们立即尖叫起来:"阿哥倷结棍,快带阿拉进去呀!"望着他们一副急吼吼的样子,我小手一挥:"兄弟们,跟我走!"当然啰,我说这句话,绝对不是在小伙伴们面前故意"豁胖",于我来说,这绝对是有百分之两百的把握啦。那么,当年我又是如何带领小伙伴们混进大礼堂里偷看电影的呢?40多年过去了,早已超过保密期,现在让我来解密吧。

别看大礼堂门口戒备森严,但在其后面靠近基建科的地方,只是用一道简易的竹篱笆墙拦住。有天傍晚,我到基建科附近的草地抓蟋蟀,眼看着一只大蟋蟀将要捕捉到手,它却扑地一跃,钻进竹篱笆墙,溜进了大礼堂后面的草丛里。我一急,立即不顾三七二十一地蹬上竹篱笆墙,一个单跃翻进大礼堂追了过去。可是,一路追踪过去,蟋蟀没有追到,却稀里糊涂地追踪到了大礼堂的后台。

没想到,大礼堂里正在轰轰烈烈召开批斗大会,望着台下黑压压的人群,听着此起彼伏的口号声,吓得我立马躲进后台边上的幕布里不敢乱动。一直等到批斗大会结束,才在夜幕的掩护下,再次翻过竹篱笆墙回到家中。此时,父母早已因为寻我不到回家吃晚饭而急得团团转,见我全身一副黑不溜秋的肮脏样子,免不了一阵痛骂。我只得老老实实接受他们的严厉"拷打"。

　　蟋蟀没有捉到，却意外地发现了大礼堂的漏洞，这个发现，不亚于哥伦布发现新大陆。从此以后，一旦家中电影票不够，我总是故意摆出一副长子的"高风亮节"，把票子谦让给弟妹："你们去看吧，我不看了。"令弟妹纳闷的是，尽管我没去看电影，但却对电影的情节了如指掌。这时我就谎称："根据这部电影绘制的小人书，我早就看过了。"好在他们知道我喜欢看书，不会深究。

　　而今，我能够将这个"免票"待遇和要好的小伙伴们一起分享，我，一个少年的虚荣心，得到了无限膨胀。那一刻，我与他们边看电影，边神抖抖地告诉他们："这里是毛主席到过的地方哦！"看着他们对我一副崇拜不已的表情，我真的是不要太神气哦！

　　不过，神气尽管神气，但我们这种"非法"偷看电影的行动还是很"凄苦"的。因为不能光明正大地坐在位子上看，只能偷偷地躲在舞台的后面，坐在地上观看。由于是在银幕的背后，我们看到的画面与字幕都是从右到左，视觉效果很差。不仅如此，还要时刻警惕保卫科的大叔来"捕捉"。有一次，正当我们津津有味地看着时，突然，电影伴音没有了，大礼堂的灯光一下子全部亮起，几个工作人员正朝着舞台后台奔来。眼看我们就要暴露在光天化日之下，被抓个现行，我当机立断，迅速率领大家躲进舞台后侧的大幕布里，吓得都不敢大声喘气。好在几分钟后，音响系统的故障就排除了，电影恢复放映，我们也庆幸躲过一劫，继续在幕后幸福地偷看电影。

　　那些年，每个星期六在上海机床厂大礼堂看电影，是我的盛大节日。由于大礼堂内部是用一根根木柱支撑的，为了避开木柱，取得最佳观看效果，我们这些小赤佬基本上是连晚饭都不吃，早早地进入大礼堂抢位子。等到大人下班后，边啃着他们送进来的馒头，边沉浸在引人入胜的电影情节中。而我最喜欢抢占的位子是电影放映机的边上。这里视野开阔，没有木柱遮挡，是大礼堂 VIP 级别的位子。边看电影，边观察身边放映员师傅的操作，看着他们熟练地在放映机上换片、倒片的动作，以及放映机上电影胶片转动时传出的极其轻微的磁磁声，真的是醉了。

　　在大礼堂，我们不仅看电影，还看样板戏。大礼堂也是上海机床厂职工子弟小学开学、毕业典礼、文艺汇演等的举办地。虽说毛主席到过的这座大礼堂是上海机床厂开会、学习、参观的红色圣地，而我觉得，更像是一座"大剧院"，一座上海机床厂职工与职工家属八小时之外的文化娱乐的殿堂。它的存在，为当年人们"荒芜"的精神生活，增添了一抹五彩的亮色。而和大礼堂毗邻的上海机床厂基建科，则是我少年记忆长河中的另一朵晶莹的浪花。

　　基建科在偌大的上海机床厂属于非主流部门，坐落在几幢半圆形屋顶的黑铁皮厂房内。这些厂房都是上海机床厂的前身中国农业机械公司的产物，在厂内随处可见，构成了该厂一大建筑特色。基建科主要是为大件、铸工等主流车间"打工"的。因此，它只能呆在二道门之外。正是由于它的非主流，也就成为上海机床厂附近的安图中学、图们中学学生的学工基地（当年，按照毛主席的指示，大中学生每学期都要安排一段时间到工厂、农村进行学工、学农）。上海机床厂的核心车间我们是不能涉足的。厂领导生怕我们这些调皮捣蛋的小赤佬，一不小心就可能学工没学成，反而成为"破坏生产者"。

　　学工时间短则一个星期，长则一个月。一个班级几十个同学分成几个学工小组，分别安排到基建科、后勤科、动力科等处去"向工人阶级学习"。我和几个同学来到基建科后，有 3 个师傅领着我们"学生意"。其实，这种所谓的学工，对学校来说，只是例行公事而已。对我们而言则没有一点实质意义，纯粹是"捣浆糊"。男同学有时还能替师傅递递榔头扳手、做做下手什么的，而女同学就彻底是整天到处"荡荡"。"翻司"（面容）好的女同学经常会被厂里的小青工（青年工人）卯牢，谈起"敲定"（恋爱）。由于我所在的 75 届（1）班，是安图中学的文艺班，班级里的女同学大都卖相（外貌）灵光。因此，吸引了上海机床厂许多小青工的目光，甚至还出现了小青工之间争风吃醋的情况。因为我们都是在校学生，注定这种"谈敲定"都是一场游戏一场梦。随着学工的结束，也就烟消云散。但至少还是为我们在空虚无聊的日子里，增添了许多"嘎三胡"话题的乐趣。

　　不过，我们班上最终还是有一个跳舞蹈的大美女，嫁给了其学工时的师傅。据其在一次同学聚会中透露，他们的这段姻缘还是很有点传奇色彩的。这位女同学说，在学工时，师傅对她十分关心，她也对师傅心存好感，但从来没有谈过"敲定"。学工结束后，彼此也就没有了联系。十多年后，她从崇明跃进农场顶替回到市区工作，对自己未来的生活之路充满迷茫，一度情绪十分低落。一天下午，她独自外出闲逛，竟然不知不觉地走到了上海机床厂大门口，当门口门卫问她有什么事找谁时，她愣了半天，脱口而出就报出其中学学工时的师傅名字。于是，门卫一个电话打到基建科，让那个师傅到厂门口来接人。接到电话，这位师傅有点丈二和尚摸不着头脑。到了厂门口一看，原来是当年来厂学工的美女徒弟，不由惊喜交加，赶紧把她迎到基建科，倒茶、买饭，呵护有加，令她热泪盈眶。接下来的事情，也就是现在美好的结果。

"出鬼了，那天我怎么会神使鬼差走到上海机床厂去了，到今天还没搞清楚。"她咯咯地笑道。我想，这不仅是他们命中注定的缘分，也是上海机床厂这块响当当牌子的魔力吧。如今，他们过着幸福的生活。

回想学工日子，一位人称"乔老爷"的师傅给我留下了深刻印象。他是浦东人，我们学工时，他正在用手工打造一辆翻斗车。我说手工打造，绝对不是在吹牛。这辆翻斗车完全是他自绘图纸，找材料，利用厂内机械设备加工的。经过多次失败、反复试验后，最终成功"下线"。当翻斗车的引擎轰鸣声奏响后，"乔老爷"

上海机床厂大件车间1957年第一季度增产节约经验交流会参会者在人民公园合影（第三排右三为作者父亲）

流下了激动的泪水。他朝我们
几个学工的学生大手一挥:"小
鬼头,跟我上车,师傅带你们
到中央大道去兜风!"

　　我们坐在轰轰作响的翻
斗车上,从头道门到二道门,
来回兜了好几圈,赢得了道路
两旁工人们的阵阵喝彩。那一
刻,我们得意得仿佛是在北京
长安街上进行大阅兵。而乔师
傅这种锲而不舍的精神,不就
是今天正在大力倡导的工匠精
神吗?想当年,上海机床厂可
是"盛产"大国工匠的摇篮,
涌现了一大批以劳动模范盛利
为代表的能工巧匠。

作者父亲带着一周岁的作者在人民公园大草坪上以国际饭
店为背景的合影

　　盛利是上海川沙县人,
1953 年他创造发明了"硬质
合金台阶式车刀",首创车床
每分钟切削 550 米的全市最高
纪录,成为全国著名的时代超
人和高速切削能手,连续 3 牛
被评为上海市劳动模范,先后
8 次得到毛主席接见,5 次见
到周恩来总理,著有《不重磨
刀具》一书,1982 年逝世。

　　父亲和盛利是同事,经
常在一起工作、学习。说到盛

利,他总会嗓音提高八度:"盛利是上海机床厂的骄傲,也是上海人的骄傲。"父亲说,当时上海机床厂举行庆贺新产品研发成功,或者召开劳模大会等重大庆典活动,都是安排在外滩、人民公园、国际饭店等20世纪50年代上海地标性建筑物附近的会场召开,还动员带家属一起参加,十分有"排场势"(气派)。父亲拿出一张我一周岁时,他带着我到人民公园开会后,在大草坪上以国际饭店为背景的合影照片。画面中的父亲,面露笑容,左手拿着会议材料,右手搂着年幼的我,定格了一个时代的父子温情。年逾九旬的父亲现在已经把这张照片转交给我保存,这张照片无疑是我的一件珍贵"文物"。而上海机床厂的这种"排场势",也正是契合了这家实力雄厚的"国企航母"当年在国民经济中的重要地位。

俱乐部、食堂、浴室

说到上海机床厂的"排场势",亦可从该厂头道门区域内拥有70多张床位、配有X光室、心电图室、理疗化验室等医疗设施的疗养所,可入托、入园500多名儿童、占地面积达3700平方米的托儿所、幼儿园,以及俱乐部、食堂、浴室、游泳池、小卖部、职工子弟小学等一应俱全,便可窥其豹之一斑。当年,国家的政策是号召企业社会化,承担起更多的社会服务职能。因此,上海机床厂这家财大气粗的国营大厂,几乎把干部、职工和他们的家属八小时内外一切生活、娱乐都包揽了下来,一家工厂就是一个集吃喝玩乐于一体的"小社会"。

在我童年、少年时代的记忆中,上海机床厂俱乐部、食堂、浴室这几个地方,是我去得最多,也是最流连忘返的"景点"。先说俱乐部吧,这是一幢三层楼的建筑,其底楼凸出的门廊和那三扇半圆形的门厅,加上奶白色的外墙面,颇有点西洋建筑的特点。这种设计风格究竟是巴洛克还是邬达克,我也搞不清楚,反正我觉得这是上海机床厂所有建筑中,最漂亮、最洋气的一幢大楼。它和用茅草、毛竹搭建的大礼堂"相映成辉",构成了该厂一土一洋两大地标性建筑。

俱乐部的一楼是图书馆、阅览室、电视放映室,二楼是乒乓室、棋牌室,三楼是会议室等。俱乐部,顾名思义,就是职工乐园。因为我喜欢读书看报,所以每到星期六,我就会想方设法溜进厂内,随后直奔俱乐部,坐进寂静的阅览室,沉浸在书籍的"海洋"中。"文革"的爆发后，图书馆也随之停止对外开放。没有书读，对正处在求知欲旺盛期的我而言，是件十分痛苦的事情。怎么办？一个偶然的机会，我从图书管理员阿姨口中得知，那些下架的图书，都被封存在俱乐部大厅内的柜子里。这时，一个大胆的"贼心"在我胸中滋生：去偷出来看。孔乙己不是说过这样一段名言："窃书不能算偷，读书人的事，能算偷吗？"

贼心已定，就等下手了。可我偏偏是个有贼心没贼胆的人，始终不敢动手。直到我把"贼念"透露给一个同样酷爱阅读的同学，在他的鼓励之下，我们才决定"狼狈为奸"去窃书。一个月黑风高的晚上，在浓重夜色掩护下，我俩翻过军工路靠近佳木斯路一侧的上海机床厂围墙后，躲过夜巡的门卫，神色慌张地来到了俱乐部门口。庆幸的是，俱乐部的大门只是虚掩着，否则只得破窗而入了。由于事先早已踩过点，因此，轻轻推开大门后，我俩在黑暗中熟门熟路来到封存图书的柜子边，用力拉开锁着的柜门（那时我俩年轻力壮，力气用不完），不管三七二十一，抓起几本书籍朝书包里一放，就慌不择路地逃出俱乐部。

回到家里，躲在被窝中把书包打开一看，哇，好激动啊！有《红旗飘飘》《苦菜花》《青春之歌》《建国以来优秀散文选》等。这一晚，我翻阅着这几本"毒草"书，一直读到东方既白。其中，《建国以来优秀散文选》一书中的杨朔的《荔枝蜜》、刘白羽的《长江三日》等脍炙人口的散文，至今令我回味无穷。可见，"中毒"何其深也。

虽然，那几本书看完后，我又悄悄地潜伏回俱乐部，神不知鬼不觉地把书又物归原处了。今天，犹豫再三，我还是坦诚地把少年时的这起"窃书"案的"作案"经过，如实交代并公之于众，也算是一种忏悔吧。好在几十年过去了，早已过了治安处罚期。但自己平生的唯一一次"作案"，却让我后怕了一生，从此不敢再有一丝贼念。

俱乐部还有一个吸引人们的"镇馆之宝"——彩色电视机。那些年，彩色电视机是极其稀有的奢侈品，估计当时整个杨浦区也只有屈指可数的那么几台，老百姓家里能有一台九英寸的黑白电视机已经算是大户人家了。因此，我把到俱乐部去看彩色电视，视作是自己娱乐生活中的一件盛事。

电视放映室里总是黑压压地挤满人群。为了能坐到前面几排的好位子，我每

作者父亲（后排右三）和厂先进工作者在俱乐部前的合影

次都要提前一个小时去抢位子，一旦晚去，坐不到位子，只能站立在后面观看。因彩色电视机是奢侈品，平时都是锁在一个大立柜里，有专人负责保管，等到晚上6点钟，电视台开播前几分钟才打开。记得播放《大西洋底来的人》《姿三四郎》等外国电视剧时，我们欣赏着色彩缤纷的画面，这种感觉真是不要太幸福哦！

还有一个重大事件是绝对不能遗漏的，那就是1968年，毛主席给上海机床厂干部职工送来的几只芒果，曾摆放在俱乐部大厅一个玻璃柜内陈列展示过很长时间。一时间，芒果成了神圣之果。我们厂职工子弟小学的学生也同样要去俱乐部瞻仰芒果，回到学校后还要写参观心得，谈参观体会。记得有个少不更事的同学，老师让他在班会上谈谈瞻仰芒果的体会时，他竟然嗫嚅道："我家穷，爸爸妈妈没钱给我买芒果吃。当我看到那只水灵灵的芒果，真想一拳把玻璃柜打碎，把芒果拿出来咬上一口。"吓得老师赶紧把教室门关上，把这个同学痛骂一顿："侬勿要命啦，是想做反革命分子是哦？"立即罚他立壁角。

从此，我对芒果这个植物，充满深厚的无产阶级革命感情，对它恭敬有加，不敢存有一丝歹念。直到粉碎"四人帮"后，才抖抖豁豁地人生第一次咬了一口芒果。

　　遗憾的是，20世纪90年代初，俱乐部被拆除了，原址建起了厂部办公大楼。父亲保存的一张和胸戴大红花的厂先进工作者在俱乐部前合影照，也就成了一张历史照片。

　　如果说，上海机床厂的俱乐部带给我的是精神愉悦，那么，该厂的食堂带给我的则是舌尖上的享受。如今，回忆起在厂内食堂蹭饭时，手捧搪瓷饭碗，盯着香喷可口的菜肴，我那垂涎欲滴、狼吞虎咽的窘相，依然是回味无穷。

　　那时，上海机床厂职工子弟小学经常组织学生到该厂参观、看电影。活动结束后，已临近中午，大家便到食堂去，坐在饭桌边，等待各自的父母从二道门出来给我们买饭吃。有时，夹道欢迎完外宾我也直奔食堂吃饭。食堂坐落在俱乐部对面，二道门的边上，是一幢半圆形状的三层楼房。中午11点半，当厂广播台准时响起《大海航行靠舵手》的乐曲时，全厂干部职工便从四面八方涌向食堂，其中也夹杂着不少像我这样前来蹭饭的小赤佬。短短半个小时午饭时间，是全厂干部职工最放松开心的一刻。大人们

20世纪七八十年代的上海机床厂俱乐部

上海机床厂俱乐部现已改建成厂部办公楼

至今依然保持原貌的上海机床厂食堂

20世纪80年代上海机床厂在食堂门前举行职工演讲会

三五成群坐在一起边吃边"嘎三胡"，我们这些小赤佬则端着饭碗，在食堂里东奔西跑，相互嬉闹着，一不小心，就把饭碗摔落在地。好在都是搪瓷饭碗，摔不坏，丁零当啷的摔打声瞬时汇成了食堂交响乐。

我印象最深的还有这样两件事。第一件事是上海机床厂的饭菜票。当时单位食堂用的饭菜票都是纸质的小卡片，可唯独上海机床厂食堂用的饭菜票是用铝质材料制作的，中间镂空的数字，则表示金额的大小。这种铝质饭菜票经久耐用，不易损坏，携带起来也很方便，只要用细铅丝从镂空的数字中把饭菜票串起来就可以了。如此创意独特的设计理念，充分显露出上海机床厂人的那种工匠精神。

第二件事是每年的12月26日，毛主席生日那天，食堂里就会免费向全厂职工提供一碗大排面。有时父亲也会多弄一张票子，让我也享受一下免费吃大排面的待遇。在《毛主席，你是我们心中永远不落的红太阳》的歌声中，大家齐刷刷地一起撩面、吃面的场面，煞是壮观。当然，如此壮观的场面，当年亦是全中国的一大景观。

说到大排面，我不得不对上海机床厂食堂厨师烧的大排多啰唆一句。我这人从小喜食素菜，不喜吃肉，出版的第一本散文集的书名就叫《吃素者说》。但奇了怪了，我不喜欢吃肉，却偏偏喜欢吃大排，而且一吃就是好几块。常言道，肉就是排骨，排骨就是肉。因此，朋友们都骂我口是心非。我很冤，我真的是一个不喜吃肉的食素者，哪怕菜肴里有一根头发丝般细的肉丝，我都要拣出来扔掉。可对大排却是情有独钟。我这个饮食上的悖论，连我自己都说不清楚究竟是怎么回事。后来仔细想了想，只有一个道理可以解释：上海机床厂食堂厨师烹烧出来的大排，肯定已经不是肉了，我正是吃了他们烹烧出来的不是肉的排骨，才滋生出如此饮食怪癖。总之，在经济条件不富裕的那些年，去上海机床厂食堂蹭饭，是我改善伙食、增加营养的一个好去处。

到上海机床厂浴室汰浴，是我少年时代又一桩必须拿来说的盛事。现在的年轻人看到我把汰浴列为盛事，肯定要扑哧大笑："爷叔，侬也太夸张了吧！"

不怪年轻人，因为他们不知道，在20世纪七八十年代，老百姓汰浴是一件非常烦恼的事情。那时，家家户户住房狭小，根本不可能有浴室，汰浴只有用浴盆。整个长白地区也只有一家名为"长白浴室"的公共浴室，经常是人满为患。但是，上海机床厂的职工家属却能享受到免费汰浴的待遇。坐落在厂区头道门内的那个浴室，每个星期六都会向职工家属开放。这天，我准备好替换的衣服，早早地等待在厂大门口，5点半下班时间一到，我和小伙伴们便争先恐后朝浴室奔去。

为何要这么急吼吼呢？不是去晚了汰不到浴，而是去晚了，脱下来的衣服没地方放。那个浴室的更衣室很简陋，衣服都是挂在墙壁的钉子上。如果墙上挂满了，只能放在凳子上，这样一来，替换下来的脏衣和干净衣服就只好混在一起，不小心还会掉在湿哒哒的地上。一旦去晚了，没地方放衣服，只好让大人站在更衣室帮助拿着衣服。

当我们赤裸裸地跳进雾气氤氲的大浴池后，那种兴奋感是无与伦比的。而小伙伴之间互相"擦老垢"，也就是擦背，也是一件十分惬意的事情。我们比赛谁身上的"老垢"多，还把擦下来的"老垢"聚拢在一起比较大小。汰浴竟然能够汰出这种"肮脏"的游戏，让在一旁围观的工人叔叔笑弯了腰，他们纷纷挥起大手，对着我们这些小赤佬白花花的屁股，噼里啪啦一阵拍打。

俱乐部、食堂、浴室，分别使我在少年时代从精神、舌尖、肉体上得到了享受。这种美好的享受，让我至今还对上海机床厂充满迷恋。现在，俱乐部消失了，食堂和浴室还在。我想，我一定会在某一天，重返上海机床厂，再去食堂吃一碗大排面，去浴室汰一把浴。

眼底烟云过尽时

上海机床厂是一个有着无数精彩"故事"的工厂，曾经的辉煌，让该厂星光熠熠。可是，随着上海经济结构和产业政策的调整，上海机床厂的经济效益大幅滑坡，截至1995年，亏损达到了7000多万元。从20世纪80年代上交国家税利58050万元的鼎盛时期，"沦落"到一个身负重债的亏损大户。上海机床厂，这个昔日的国企擎天柱，犹如一个功勋卓著的英雄，悲壮地倒在了"血泊"之中。直到2000年，上海机床厂和企业所在地长白街道联合建立上海机床工具工业园区后，才逐步开始摆脱困境。尽管如此，该厂依然不忘"上机人"的传统精神，和长白街道党工委组成区域化党建联盟，联合创办"乐学书屋"，主动为地区的精神文明建设，承担起一个国企的社会责任。

伤了"元气"的上海机床厂，如今似一个孤独的老人，静静地伫立在军工路边。但我相信，随着国家制造业春天的到来，这艘"国企航母"必将乘风破浪，重振伟业。

年轻时居住在军工路上的女作家许云倩曾撰文说："进上海机床厂那样的大厂工作是一个可望而不可即的梦想。"其实，这岂止是许云倩一个人的梦想，它是整整一代上海年轻人的梦想。想当年，中学毕业时，谁如果能有幸分配到上海机床厂这样的"硬工矿"工作，那绝对是无比的幸福。

那些年，每天黄昏放学后，我便独自站在上海机床厂大门口，托着腮帮，目不转睛地盯着运送职工下班的那十几辆解放牌大卡车，从厂区的中央大道鱼贯而出，浩浩荡荡地驶向全市的各个方向，直至最后一辆车子消失在视野中，我依然傻傻地呆立在原地，做着"白日大头梦"。梦境中的我，神气活现地站在解放牌大卡车上，高声对车下的小伙伴们吼道："弟兄们，你们听着，从今天开始，我就是一名光荣的'上机人'啦！"

梦醒时分，我依然沉湎于梦境中

2007年7月1日建党86周年时，作者父亲参加50年党龄老干部茶话会

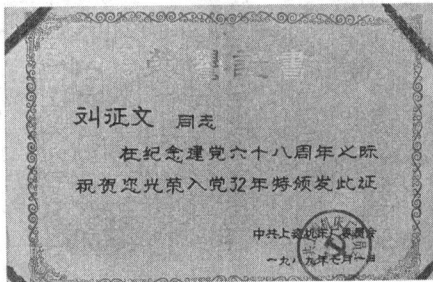

1989年7月1日建党68周年，作者父亲荣获的入党32周年纪念证书

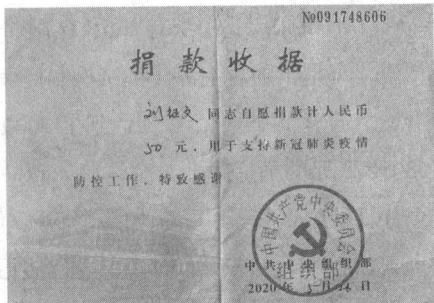

中共中央组织部出具的作者父亲捐款支持新冠肺炎防控工作的收据

难以"归来"。最终倾情写下"上
海机床厂的少年梦想"一文，刊发
在 2016 年第 4 期《上海纪实》上。
2018 年 1 月，上海教育电视台《中
华传家宝》栏目，以我父亲的那本
上海机床厂建厂 40 周年纪念册为
主题，拍摄了一部《父亲的纪念册》
专题片。电视台播放后，在社会上
产生了广泛反响，引发了无数"上
机人"和他们家属的情感共鸣。陪
同摄制组在上海机床厂取镜拍摄那
天，我漫步在厂内的中央大道，凝
望着四周熟悉的环境，不由深深地
感到，如果说，上海机床厂是一艘
"航空母舰"，那我就是游弋在这
艘"国企航母"浩瀚大海中的一叶
快乐小舟，承载着一个少年的纯真
梦想，从梦境中穿越，悠然漂向远
方……

上海机床厂与企业所在地长白街道共同创办职工乐学
书屋揭牌仪式

1982 年 3 月，上海机床厂参加杨浦区运动会获得"练
功十八法"第二名

20 世纪 80 年代的上海机床厂厂房

曾经机器轰鸣的上海机床厂生产车间，如今已是空无
一人，万籁俱寂

六 | 无法逃离的眷恋，我和上海
机床厂前辈共同在生命褶皱
里寻找人生情怀

　　我撰写的"上海机床厂的少年梦想"一文，在《上海纪实》《杨树浦文艺》《杨浦时报》等媒体陆续刊发后，让我始料不及的是，一篇回忆与记叙自己少年时代和上海机床厂陈年往事的文章，竟然会在该厂在职、退休和曾经在该厂工作过的干部、职工中引发了一场不小的"地震"，他们纷纷在微信朋友圈转发此文的同时，不断在亲朋好友和微信中打听作者是谁。

　　一直习惯低调"潜水"的我，也就逐渐被揪出"水面"。于是，有不少朋友调侃我"一不小心成了网红"。其实，网红也好，"地震"也罢，面对喧哗，我选择了宁静。因为我深知，作者是谁并不重要，作为一名从小就"厮混"在上海机床厂的职工子弟，我只是倾情写出了自己对曾经享有制造业"共和国长子"盛名的上海机床厂的那份情感而已。当人们在追寻该厂昨日辉煌之时，也让我这个上海机床厂职工子弟深深地感受到有一种情怀叫"上机人"。在深埋心灵的那份情愫促使下，我情不自禁打开电脑，意犹未尽地写下几代"上机人"的人生故事。

请求加微信的陌生人

　　2017 年 1 月 3 日下午 2 点 48 分，我的手机微信上跳出一条请求加为好友的信息："我是徐志祥。"

　　徐志祥是谁？面对这个陌生名字，我选择了拒绝，我的微信好友均是熟悉的朋友，对不熟悉的陌生人，是一律拒绝的。

　　"我是徐志祥"，下午 3 点 58 分，我的手机微信上再次跳出这条请求加为好友的信息。面对这名锲而不舍的陌生人，我依然是置之不理。一个小时后，我

作者与徐志祥（右）交谈中

的手机响了："侬好，侬是刘翔吗？我是徐志祥。"这下我彻底蒙住了："徐志祥？对不起，我好像不认得侬啊！"我愣了一下答道。

"刘翔，我是当年上海机床厂你父亲刘征文的老同事啊！你写的那篇'上海机床厂的少年梦想'的文章，在'上机人'中间炸开了锅啦！大家都在打听作者是谁，现在终于找到你了。我珍藏着几张当年和你父亲合影的照片，想和你见个面，把照片带给你看看，你啥时有空？"

尽管这名徐志祥我不认识，但电话那端他饱含深情的那句"我是当年上海机床厂你父亲刘征文的老同事啊"，顿时就拨动了我的心弦，立马就拉近了彼此的距离。我马上致歉道："徐师傅你好，不好意思了，两次请求加我微信好友的是你吗？因为不认识你，所以没有同意。"

"没关系的，只要和你联系上就可以啦！"徐志祥爽朗地说道。而我却十分纳闷："徐师傅，你怎么会有我手机号码？"

"哎呀，刘翔啊！说来话长，我们碰头后详细说吧。"于是，我当即和徐志祥师傅约定，第二天下午到我单位办公室见面。

1月4日下午2点，徐志祥师傅准时来到我的办公室。我们一见如故，他刚坐定便激动地说道："小刘啊！为了找到你，我可是费了一番周折。"原来，徐志祥师傅在上海机床厂老同事的微信朋友群里读到我刊发在《上海纪实》上的那篇记叙上海机床厂往事一文后，立马确证作者就是40多年前曾经和他朝夕相处的老同事刘征文的儿子时，顿时十分惊喜。他说，自从20世纪80年代中期调离了上海机床厂后，便和我父亲失去了联系。如今，我的这篇文章勾起了他对在上海机床厂工作时那段美好岁月的怀恋之情，迫切想找到我和我父亲。可是，40多年过去了，怎么找到我父亲呢？他灵机一动，立即打电话到上海机床厂退管会，从那里得到了我的联系电话。

年逾七旬的徐志祥师傅说，20世纪70年代初，他从中国人民解放军第31集团军复员来到上海机床厂，在厂团委担任团干部，后来调到市委办公厅、市档案局工作直至退休。但无论在哪个岗位工作，他对自己曾经在上海机床厂工作时的那段岁月充满自豪与留恋。说罢，他从手提包里拿出10多张上海机床厂的老照片和一本《上海机床厂厂史》，深情地说："每当我翻阅这些珍贵的资料，总会心潮澎湃。现在我每过一段时间，就会约上一些老同事到上海机床厂去走走看看。"接着，他如数家珍般拿着那些老照片，叙述上海机床厂的前世今生，回忆上海机床厂曾经的辉煌。

说着，说着，他突然停顿下来，话题一转，神情凝重地问我："小刘，你知道，再过4天是什么日子？"

"什么日子？"我一脸茫然地望着他。

"是我们敬爱的周恩来总理逝世41周年啊！我永远不会忘记41年前的1月8日，我和你父亲作为上海机床厂的干部，一起在复旦大学校园里参加悼念周总理活动时那难忘的日日夜夜。"

此时，我分明看到了徐志祥师傅眼眶里滚动着泪珠。"徐师傅，你把这段往事给我追忆一下吧，我可从未听我父亲说起过。"我紧握着他的双手，不禁被他的情绪所感染。

这是一段令人沉重的回忆，随着徐志祥师傅的缓缓叙述，我俩思绪的时空，共同回到了41年前的1月8日……

在悼念周总理的日子里

20 世纪 70 年代的中国，"文革"正如火如荼。1975 年至 1977 年，我父亲和徐志祥等上海机床厂一批中层干部，根据毛主席的指示，作为"工人阶级毛泽东思想宣传队"队员，被选派到复旦大学国际政治系，分别担任学生党支部书记和学生辅导员。

1976 年 1 月 8 日，一个巨大的噩耗传来：周恩来总理逝世了。这天，我父亲和徐志祥师傅一走进复旦校园，只见整个校园弥漫着哀伤的氛围，学生们纷纷在冬青树林里采摘绿叶树枝，准备亲手制作花圈。他俩走进国际政治系的办公楼内，看到已经有师生在大厅布置悼念周总理的灵堂，便立即加入其中，将一朵朵黄白小花敬放在周总理遗像前。

正当我父亲与徐志祥师傅和师生们在忙碌时，系党总支书记钱孝衡从楼外走了进来，他紧张地把我父亲和徐志祥师傅拉到一旁："我刚参加校党委会紧急会议回来，上面有三点指示：总理去世，一不准设灵堂，二不准戴黑纱，三不准举行追悼会，希望你们配合学校做好学生的工作。"

"为什么不让我们悼念周总理？"听到这一消息，我父亲和徐志祥师傅惊呆了，他们异口同声地大声问道。这时，学生班的班长戴德娴和学生们闻讯也围拢过来，请求我父亲和徐志祥师傅能够顶住压力，组织学生悼念周总理的活动。戴德娴这名女班长，是一名共产党员，在广大学生中很有威信，她哽咽道："刘书记、徐师傅，希望你们能和我们学生并肩战斗，我们要给周总理戴黑纱，设灵堂！"

此时，比我父亲年轻几岁的徐志祥师傅，望着我父亲问道："刘书记，你看怎么办？"

"小徐、戴班长，我们悼念周总理无罪。我支持大家设灵堂、戴黑纱。小徐，你去购买黑纱布，我来写花圈的挽联。"

话音刚落，一名女教师马上说，自己身上带着布票。于是，徐志祥师傅立马和一名来自部队的解放军学生一起拿着布票，骑自行车到五角场去买黑纱布。很快，国际政治系的师生手臂都带上了黑纱。

当天下午是国际政治系的例行政治学习，我父亲和徐志祥师傅一起参加外语教

作者父亲（第二排左五）、徐志祥（第二排左四）1976年7月和复旦大学国际政治系师生合影

研组的学习。他们果断改变原先的学习内容，组织大家学习中共中央、国务院、全国人大发布的周总理逝世讣告，徐志祥师傅首先拿起报纸读了起来。读了没几句，眼泪就流了下来，哽咽得无法读下去，我父亲马上接过报纸继续读。可是，他读了几行后，声音颤抖得也读不下去了，只得再次传给身边的一名教师。就这样，短短的一份讣告，在十几个人手中传递下才总算读完。此时，会议室里早已哭声一片。

第二天，徐志祥师傅对我父亲说："刘书记，我们一定要在全系举行周总理追悼大会。我俩联名向系党总支打请示报告好吗？"

"小徐，你说出了我心里话，我们现在就去找钱书记。"我父亲拍了下徐志祥师傅肩膀，坚定地说道。

系党总支书记钱孝衡接到我父亲和徐志祥师傅的请示后，这位饱经风霜的老干部毫不犹豫地表示："我支持你们，追悼大会我来主持，小徐组织教师队伍，刘征文书记组织学生队伍，大家立即去分头落实。"

"钱书记，你是系里的一把手，主持追悼大会风险太大，还是让小徐或者我来主持吧，有什么事情，我们大不了被打回上海机床厂。"我父亲恳请道。

"不要废话了，学校党委会是我参加的，上面如果追究责任，一切风险我来承担！"钱书记把手一挥，斩钉截铁地说道。

两天后，国际政治系悼念周总理大会在教学楼前举行。我父亲和徐志祥师傅与全系 70 多名教师、200 多名学生肃立在周总理的遗像前默哀致敬，当哀乐奏响的瞬间，师生们再也控制不住自己的感情，放声大哭，有的甚至哭晕倒地。而此时此刻，整个复旦校园、整个中华大地都笼罩在一片哀伤之中。忧国忧民的周恩来总理走了，中国人民在为祖国的命运担忧。

"我现在很多事情都已淡忘了，唯独 41 年前和你父亲在复旦校园悼念周总理的往事，依然记忆犹新，好像就发生在昨天。那天追悼大会结束后，我和你父亲带领师生在国际政治系教学楼外的草坪上，种下了两棵松柏树来寄托我们的哀思。前几天，我特地重回复旦校园，发现那两棵我们当年种下的松柏树已经高耸入云，我独自默默地站在树下，不禁感慨万千，很久没能离去。"

徐志祥师傅沉浸在往昔的追忆中，久久没回过神来。他对我说，尽管"四

作者父亲珍藏了 41 年的由复旦大学汇编的《人民的好总理》一书

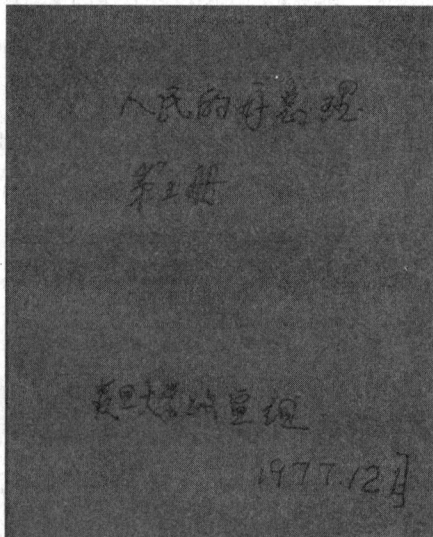

作者父亲用牛皮纸重新包好《人民的好总理》一书封面并写上书名

人帮"不断压制人民群众对周总理的悼念，但他与我父亲依然在当年冒天下之大不韪，投身于悼念周总理的活动，因为周总理生前对上海机床厂的发展十分关心，"上机人"对总理有着深厚的感情。

2017 年 1 月 8 日，周总理逝世 41 周年这天，我来到父亲家，转达了徐志祥师傅对他的问候，聊起当年他与徐志祥师傅在复旦校园悼念周总理的往事，他心情随即沉重起来，似乎不愿多说什么，只是转身从书橱里取出 1 本 1977 年 12 月复旦大学政宣组汇编、封面书名由著名教授郭绍虞题写的《人民的好总理》的书籍递给我："该说的，小徐都说了。这本书我珍藏了 41 年，现在转交你保存吧。"

从父亲手中接过书，我惊讶地发现，41 年过去了，这本书竟然保存得完好如新，书本用厚厚的牛皮纸包裹着，重新做了封面和封底。在牛皮纸封面上，父亲用钢笔工工整整地写上"人民的好总理"书名。

一切尽在不言中。41 年的时光，父亲就是这样以他自己特有的方式，寄托一个上海机床厂的普通干部对共和国第一任总理的怀念与哀思。

一个熟悉而陌生的名字

"林德辉侬晓得哦？"

2017 年 1 月 7 日上午，我在上海机床厂职工子弟小学（5）班的同学，曾任上海机床厂磨床研究所综合室主任的吕蓓芳打电话问我。

"你说的是哪个林德辉？在我熟悉的人中有好几个叫林德辉的啊！"我有点丈二和尚摸不着头脑。林德辉，这个名字太普通了，叫这个名字的人，不说全国，就在上海应该起码就有成百上千个吧。

"就是那个曾经在上海机床厂职工子弟小学做过我们英语教师，后来到上海机床厂担任党委副书记，再后来到你们市公安局所属的上海公安高等专科学校当党委书记、常务副校长的林德辉老师呀！他是我在上海机床厂磨床研究所工作时的党支部书记，也是我的入党介绍人。他看到你写的上海机床厂文章后，激动地打电话问我，是否认识文章的作者。我告诉他认识的，是上海机床厂职工子弟小学（5）班的同班同学，现在也在上海市公安局工作。林老师听后十分高兴，要我尽快把上海机床厂职工子弟小学（5）班同学召集起来，邀请到他家里相聚，他想和大家见见面。"吕蓓芳在电话中一口气说道。

上海机床厂职工子弟小学英语老师林德辉？上海机床厂党委副书记林德辉？上海公安高等专科学校党委书记林德辉？真的是同一人吗？我依然疑惑地问吕蓓芳。

"不会错的，刘翔，林老师还记得你父亲呢！因为他曾经在你父亲所在的二车间工作过的。"吕蓓芳告诉我，前不久，林德辉老师在微信上读到由原上海机床厂办公室主任转发给他的我写的那篇文章后，随即打电话给她，询问这个叫刘翔的作者是否认识，他想和作者碰碰头。

巧的是，吕蓓芳也恰巧在微信朋友圈看到了这篇文章，她在电话中笑着说："刘翔，你现在成了网红啦，无论是在职、退休或者曾经在上海机床厂工作过的干部职工都在说，这篇文章写出了大家对昔日上海机床厂的怀恋之情，说出了几代"上机人"的心里话。他们在微信朋友圈里转发此文的同时，也和林德辉老师一样，在互相打听作者是谁。我代表大家谢谢你哦！"

经吕蓓芳这么一说，那这个林德

作者 2017 年 2 月 18 日和林德辉老师（右）合影

上海机床厂职工子弟小学（5）班同学 2017 年 2 月 18 日和林德辉老师（前排中）欢聚一堂，后排左一为作者

辉肯定就是上海公安高等专科学校的林校长了。人生真奇妙，一篇普通的怀旧之作，竟然重续了中断50多年的师生情，不仅给我，也给上海机床厂职工子弟小学（5）班的同学们带来了意外的惊喜。

2月18日上午，我们部分同学终于在林德辉老师的家中重逢。大家把一束鲜花递给他时，我握着他的双手，不无感慨地说道："林老师，我在公安高等专科学校参加警衔晋升培训时，看到你坐在主席台上，总觉得似曾相识，想不到原来你就是我50多年前的小学老师啊！"

"是啊，是啊，刘翔你的这篇文章勾起了我对上海机床厂的深深眷恋。没想到，文章作者远在天边，近在眼前，居然是我在上海机床厂职工子弟小学当老师时的学生，后来我们还先后到公安战线做了一名警察。你父亲身体还好吗？代我向他问好。"

70多岁的林德辉老师同样感慨万千。身板硬朗的他，眉宇间依然透露出一股集军人和警察于一身的英武之气，但浑身却永远散发着教书育人的儒雅气质。军人出身的林德辉老师，1998年6月到上海公安

时任上海公安高等专科学校党委书记、常务副校长的林德辉

1998年6月，时任上海公安高等专科学校党委书记、常务副校长的林德辉（中）向上海市公安局首任局长李士英（左）汇报学校发展规划

1984年6月14日，时任上海机床厂党委副书记的林德辉（右一）迎接中共上海市委第一书记陈国栋、市委第二书记胡立教来厂视察

高等专科学校担任领导后，本着从严治警、从严治校、从严治学的方针，在治校理念上，重点突出公安院校区别于普通院校的准军事化个性，以争创一流公安院校的行为准则指导学校的各项工作，主持制定了"上海公安高等专科学校1998—2001三年教学改革和发展规划"。在未来警官的摇篮里，挥斥自己的激情与雄心。

得知我居住在杨浦区，林德辉老师说，他的人生之路是从杨浦区开始起步的，对大杨浦有着十分深厚的感情。父亲林增茂曾担任过坐落在军工路上的国棉十九厂厂长、党委副书记。1958年他考入位于杭州路上的建设中学，是班级里的团支部书记。两年后被保送到中国人民解放军外语学院学习，毕业后被分配到海军情报部工作。1969年夏天，从部队转业到上海机床厂后，被安排到厂职工子弟小学担任四年级英语教师。我们这批学生是1966年进小学读书的，这年刚好进入四年级，于是他也就成了我们的英语老师。1972年他被抽调参与接待配合美国总统尼克松访华先遣组的工作，随后被派驻到罗马尼亚参加援外工作。援外结束回到上海机床厂后，先后担任厂磨床研究所工会主席、党支部书记、厂党委副书记。

告辞林德辉老师，走在回去的路上，有同学笑言："刘翔，林德辉老师是你们公安高等专科学校的党委书记、常务副校长，你如果……"他的话还没说完，就被我挥手打断了。我这人生性散淡，属于"钝感"一族，始终用日本著名作家渡边淳一在《钝感力》一书中文版序里的那句话自勉："钝感力是我们赢得美好生活的手段和智慧。"

时光如水。当我与同学们和林德辉老师围坐在一起，共同重温50多年之前的师生情谊，犹如一泓甜蜜而美妙的甘露，流淌在我们每个人心田。此时，我眼里的林老师，显然比曾经的林校长更加可敬可亲。虽然，此刻的林德辉老师，已不是当年那个28岁的年轻英俊的英语教师，我们也同样不再是一个个活蹦乱跳的少男少女。

而今，退休在家的林德辉老师，迷恋于旅游摄影，钟情于琴棋书画。和我们聚会的这天，他特意请来一位书法家，给每个同学写了一幅书法作品，并带我们到"笛王"陆春龄大师家拜访，请他给我们开了一场"专场音乐会"，让我这个曾在中学小分队里吹过几天笛子的"陆粉"，终于和从小仰慕的"笛王"有了一次零距离接触。

　　回首往事，林德辉老师说，他在 1984 年下半年调离上海机床厂后，虽然在市委办公厅、东湖集团、市档案局、上海公安高等专科学校等多个岗位担任过领导职务，但回眸自己的一生，最自豪的职业就是教师。因为他的大伯曾经是温州老家萧江小学的校长，从大伯身上，他耳濡目染了教师的崇高和伟大。从上海机床厂职工子弟小学的英语老师，到上海公安高等专科学校的常务副校长，感谢命运在自己的职业生涯里留下了几段从教经历。哪怕是在上海市档案局担任副局长期间，虽然远离了教坛，但他依然不忘在由其策划的那部荣获"飞天奖"三等奖的 9 集电视剧《一号机密》中，穿上长衫客串了一把 20 世纪 30 年代的小学校长。在他的心灵深处，那种叫作"师魂"的教师情结是永远也难以割舍的。

有一种情怀叫"上机人"

　　坦率地说，出于不愿过多泄露个人"隐私"的角度考虑，在"上海机床厂的少年梦想"一文中，我只是以当年一个小小少年、一名上海机床厂职工子弟的视角，重新捡拾起遗落在上海机床厂的旧梦，回望昔日该厂曾经的辉煌岁月。因此，在写作过程中，我在资料披露和情节叙述上是有所选择与保留的。可是，当文章刊发后，很快就有朋友笑侃道："刘翔，你不仅是'上机人'的儿子，也是'上机人'的女婿啊！"

　　此话不假。我的岳父、岳母，妻子的妹妹、妹夫，我的妹夫均曾经在上海机床厂工作过。岳父廖启柏是上海机床厂的离休干部，1952 年由中共华东局调到上海后，分配到上海机床厂党委办公室工作，曾任厂教育科教务组组长、副科长、厂部办公室副主任等职。岳母贺秀珠曾是厂夜校的教师。

　　掐指一算，一个家族中竟然有 6 个人在上海机床厂的中央大道上"奔波"了数十年。如此庞大的"阵容"集中在一家工厂，不说是奇迹，至少也算是比较罕见的吧。因我从未和家人说起这篇自己写上海机床厂的文章，妻子的弟弟、妹妹、妹夫，还有我的妹夫在微信朋友圈读到同事与朋友转发给他们的这篇文章后，均打电话、发微信我，求证该文是否是我写的，责怪我为什么不早点发给他们看。

这种"出口转内销"的局面，弄得我颇有几分尴尬。

"落其实者思其树，饮其流者怀其源"。虽然今天的上海机床厂已经不是我少年时代的那个上海机床厂了。但是，只要提到上海机床厂，那些曾经在该厂工作过的老中青三代人，无论现在是一名政府机关的官员，还是一名普通的退休工人，在他们心底都有浓浓的上海机床厂情结，一句"我是从上海机床厂出来的"，深情地表露了曾经是一名"上机人"的自豪感。

如今的上海机床厂虽然经济效益一般，可是，历届厂领导始终惦记着那些为该厂作出过贡献的"上机人"，一年两次给70岁以上的高龄退休职工发放慰问金。厂退管会的同志看到我写的"上海机床厂的少年梦想"一文后，特地请吕蓓芳同学看望我父亲并送上慰问金。

每年，上海机床厂的一些老领导、老职工都会自发组织聚会。我每次驾车送父亲去参加聚会，目睹这些曾经为上海机床厂的辉煌而洒下心血与汗水的"上机人"欢聚一堂，回忆在上海机床厂的那些年、那些

作者岳父母的合影

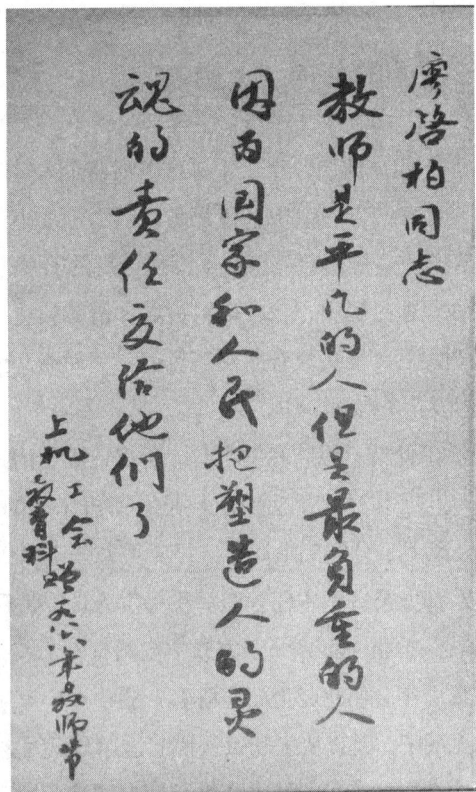

上海机床厂教育科、工会1986年教师节给作者岳父廖启柏的题词

作者父亲（左二）2014 年 10 月 12 日和上海机床厂老同事聚会的合影

事、那些人，我作为一名"上机人"的子弟，便会与他们一起怀恋、一起激动。而每当听到他们说起，今年又有一位老"上机人"走了，参加聚会的人每年都在减少时，我都会和他们一起唏嘘、一起伤感，因为我早已是"上机人"中的一分子。总是在督促自己不断走进老一辈"上机人"无比丰润的精神世界，在他们的生命褶皱里找寻和获取人生的感悟、生命的真谛。我那篇记叙自己与上海机床厂往事的文章之所以能引起如此反响，是因为真实地写出了几代"上机人"的内心情感，从而引发他们的强烈共鸣。

写到这里，大家就明白了，为何我不是一名上海机床厂的员工，却对该厂爱得如此之深、之切。每个人都有属于自己的那个年代，每个年代都有无法逃离的眷恋。当我和几代"上机人"一起重温旧梦时，就是在唤醒那段历史、那份情怀、那种精神。无数历经岁月沧桑的"上机人"，他们是一片淡淡的云、一丝轻轻的风，但云淡风轻的"上机人"，永远是流淌在上海机床厂岁月河床中奔腾不息的洪流。

七 | 恰同学少年，中学时代就读
的安图中学如今在哪里呢？

　　我曾经就读的安图中学到哪里去了？

　　每次路经靖宇东路、安图路口，我都会情不自禁地停下脚步，定睛凝望着路口的一幢崭新的大楼，任自己的思绪围绕此楼，慢慢地穿越时空，驰骋在对中学往事的追忆之中。此地是我中学时代的母校——安图中学的旧址，遗憾的是，这幢崛起的新楼已不是我当年朝夕相伴 4 年之久的教学大楼，我熟悉的那幢安图中学长方盒形状的灰色二层教学大楼已经荡然无存。随着杨浦区学校布局的调整，原先坐落在靖宇东路 158 号的安图中学早在数年前就因撤并而不复存在，消失在杨浦区的版图上，学校的旧址成了焕然一新的上海理工大学附属小学。

安图中学旧址现在已是上海理工大学附属小学

没有文艺细胞的我进了文艺班

这是一个万籁俱静的夜晚，我睡意全无，独自在书房翻箱倒柜，寻找出当年在安图中学就读时的学生证、学生情况报告单、"三好"学生奖状以及一些老照片，还有上语文课时使用的那本"破烂不堪"的《新华字典》。中学时代的一幕幕往事，犹如窗外的满天星斗，随着这些"历史文物"而闪闪烁烁、历历在目……

我是安图中学75届（1）班的学生，1972年从上海机床厂职工子弟小学毕业后，便跨入了安图中学的大门。从一名少不更事的小学生，到青春年少的中学生，是我人生旅程的一个重大转折。一想到自己成为一名中学生了，心中就会升腾起一种"长大了"的自豪感。当时，我家居住的长白地区有安图中学和图们中学两所学校，它们都坐落在我家附近。那个年代是不存在"择校"这回事的，我们这届小学毕业生究竟是进安图中学还是进图们中学就读，由区教育局根据每年的小学毕业生人数的多少，统筹均衡分配。我被分配到了安图中学，后来我弟弟则进了图们中学。

我们这一代人都是"大跃进"年

作者的安图中学学生证

20世纪七八十年代的安图中学校门

代出生的，当时我国的人口生育也同样进入到了一个"光荣妈妈"的年代。因此，我们这一届分配到安图中学的学生，以每个班级 50 名左右的学生来编班，竟然组成了 15 个班级的"强大阵容"。由此可见，我们这一年龄段出生的人，数量上是何等的"蔚为壮观"。

进入安图中学报到后，我被告知分配在 75 届（1）班。让我颇感意外的是，这个班级居然是文艺班，就是说此班的学生基本上都是一些具有文艺特长的学生。而 75 届（15）班则是由具有体育特长学生组成的体育班。我不知道这一头一尾形成的两个班级，是不是就是现在的所谓重点班、特色班的最早雏形。让我至今依然感到迷惑不解的是，像我这样没有什么唱唱跳跳文艺细胞的人，怎么也会混进这个文艺班？

我清楚地记得就在开学后的第一学期，还陆续有几个具有歌舞特长的学生被从其他班级"特招"进我们班级。进了（1）班后，看看同桌那些能歌善舞的美女帅哥，绝对是荟萃了当时长白、控江地区几所小学毕业生中的文艺"大腕"。尤其是班里有好几个是上海电缆厂职工子弟小学毕业的同学，他们在小学里就参加过"少儿版"现代革命京剧《沙家浜》的演出。扮演沙奶奶和鸠山等"主要演员"现在都成了我的同学。而那个拉京胡给《沙家浜》伴奏的同学，由于出色的演奏技巧，在（1）班仅读了一个学期后，便被特招进了湖北省音乐学校。据说，现在已经是某高等音乐学府的教授了。

"文革"时期，全国的文艺舞台上只剩下《智取威虎山》《红灯记》《沙家浜》等 8 个样板戏，杨子荣、李玉和、郭建光等样板戏中的主人公，都是我们这些中小学生心中的偶像。为了"学英雄、演英雄"，各个单位也纷纷自行排演样板戏，参加各类汇报演出。由上海电缆厂职工子弟小学学生排演的那台"少儿版"京剧《沙家浜》，因唱、念、做、打俱佳，在当年的杨浦区风靡一时。剧组经常受邀到附近的工厂、农村、学校、街道进行巡回演出，我就是在上海水产学院的大礼堂观看他们演出的。打那以后，便也经常在放学的路上，模仿着《沙家浜》中的英雄郭建光，扬起脖子，吊起嗓子，右手一挥，慷慨激昂地高亢一曲："要学那——泰山顶上一青松！"，或者从地上捡起一个烟蒂，捏在手上，学着刁德一那阴阳怪气的样子，摇头晃脑地对同桌女同学猛地来一句："阿庆嫂，给我来一杯茶！"

　　如今这些"星光灿烂"的小明星都成了自己的中学同学，我是既有受宠若惊的幸福感，又有一种"艺不如人"、缺乏表演才能的自卑感。那时各个单位都有一支毛泽东思想文艺宣传小分队（简称小分队），因75届（1）班是文艺班，所以安图中学文艺宣传小分队的建制，责无旁贷地就以我们班级的学生为班底组成，而75届（1）班也就理所当然地成了安图中学的小分队。我作为这个班级中的一员，也就"名正言顺"地混进了学校小分队的队伍，使我有了学习演艺技能的机会。

　　至于我的演艺技能是否有了突飞猛进？究竟是成了众人瞩目的"演艺明星"，还是一个跑龙套的"群众演员"，抑或是个滥竽充数的南郭先生？且听我慢慢道来。

方良渊、裘婉儿两位正副班主任

　　我们75届（1）班的班主任是教语文的方良渊老师，方老师毕业于无锡师范学院中文系。他在师范院校里受到的严谨、规范的教育，使得他走上教师岗位后，教学有方，上课很受学生的欢迎，一手流利、美观的粉笔板书，让人看起来赏心悦目。我曾经在一次课间偷偷翻阅过方老师放在讲台上的备课本，红蓝两种娟秀、工整的字迹，给我留下了深刻的印象。

　　然而，在我心中难以磨灭的应该还是他那一口无锡口音的普通话。那种略含乡音的语调，尤其是在方老师诵读课文时，听起来特别有趣。那个年代中学语文课本里最多的是鲁迅的文章。记得有一次方老师给我们讲解、诵读鲁迅的《从百草园到三味书屋》一文。他站在教室中间，手捧课本诵读文中穿插的"美女蛇"的传说和冬天雪地捕鸟的故事时，鲁迅笔下那动静结合、详略得当、趣味无穷的文字，在方老师那抑扬顿挫的无锡口音演绎下，充满着谐趣。三味书屋这样一个死气沉沉的"全城中称为最严厉的书塾"，有着课间学生溜到后园嬉耍、老私塾先生在课堂上入神读书、学生乘机偷乐两个小故事等情景。鲁迅用文字描绘的儿童那不可压抑的快乐天性，在方老师那接近绍兴地区的无锡方言诵读下，引来了我们满堂笑声。一贯在课堂上严肃有余的方老师，自己也不禁笑了。以后随着时间的推移，方老师的普通话也越来越标准了。想必是他自己肯定感觉到作为一名优秀语文老师，给学生授课必须讲一口标准的普通话。

安图中学75届(1班)同学和裘婉儿老师(右四)2001年11月10日在迈玛瑞大酒店共叙当年师生情(右一为作者)

方老师是个多才多艺的教师，他还擅长拉手风琴、吹口琴，现在想来当初学校领导安排方老师担任75届（1）班这个文艺班班主任，应该也是看中他有文艺特长吧。痛惜的是，20世纪90年代中期，方良渊老师不幸因病去世。当时通信与交通不像现在这样发达，方老师去世的消息，我们75届（1）班的同学都是多年以后才得知。如果他还健在的话，也不过是80岁左右吧，在今天看来，方老师真的是属于英年早逝啊！

当年中学里每个班级均配有正、副两名班主任。我们班的副班主任是教数学的裘婉儿老师。身材修长的裘老师毕业于华东师范大学数学系，从她的名字上就可以看出，这是一个有着大家闺秀气质的上海Lady。20世纪60年代，裘老师大学毕业后，从家住上海顶级"上只角"的静安寺，分配到远离市中心、当时连称之为城郊接合部亦很勉强的大杨浦教书。在交通设施落后的20世纪60年代，每天乘坐公交电车，早出晚归，长途跋涉到安图中学上班，对这样一个养尊处优的年轻女教师来说，不啻是一种"炼狱"。

2001年11月10日，我们75届（1）班同学邀请裘婉儿老师参加在江浦路、控江路口迈玛瑞大酒店的聚会。这天，年近七旬的裘婉儿老师身穿鲜红外衣和方格花呢长裙，气质依然还是那样雍容华贵。得知我女儿正在读高中，裘老师还特意赠送了一本由她参与撰写，华东师范大学出版社出版的《高中数学难点剖析》一书给我。这让我情不自禁想起，1976年4月毕业之时，我拿着分配到崇明跃进农场的通知书，到裘老师办公室去向她道别。裘老师紧握着我的手，神情凄然，半响无语，过了好长一段时间，才轻轻叹道："刘翔，你读书很用功，如果没有'文化大革命'取消高考，我相信你一定会考上大学的，到了农场也不要放弃学习啊！"

作为一名教师，裘婉儿老师可说是关心了我们父女两代人的成长。就在这次重逢中我得知，裘老师是与同样居住在静安寺、在杨浦区惠民中学教英语的已故著名女作家程乃珊老师同批分配到杨浦区工作的。当年像程乃珊老师、裘婉儿老师等一批"大人家"出生的"上海Lady"，大学毕业后，因杨浦区缺乏师资力量，便积极响应党的号召，在风华正茂的年纪，无怨无悔地来到这个所谓的上海"下只角"教书育人，走与工农兵相结合的道路。由此可见，当年对知识分子的思想改造的成果，以及老一辈教师对党的教育事业的无限忠诚。

我的以上这几句似乎具有浓郁政治色彩的"点评"，虽说读来有点怪怪的感

安图中学75届（1班）同学与裘婉儿老师（中间捧花者）2001年11月10日在迈玛瑞大酒店合影（左三为作者）

觉，但这确确实实就是那个年代知识分子思想和生活的真实写照。聚会高潮之际，同学们把一束鲜花献给了裴婉儿老师，鲜花的贺卡上写道：敬爱的老师，每一片花瓣，是一份关心与问候。让它叠出鲜花朵朵，叠成千千万万的祝福。

一本见证我学习轨迹的《新华字典》

在方良渊、裴婉儿两位正、副班主任老师搭档管理下，虽然那时还处在"文革"年代，整个社会"读书无用论"盛行，可是75届（1）班虽说也出了少数几个"流氓阿飞"，但无论是读书的氛围还是班级的风气，整体上都要好过75届其他14个班级。因此，在大批特判"师道尊严"的校园里，早已吓得不敢严格教育学生的教师们，都喜欢到我们班来上课。教俄语课的芸庄老师，教工基课（"文革"时中学物理课改名为"工业基础知识课"，简称"工基"；化学课改名为"农业基础知识课"，简称"农基"）的那个操着一口不太流利普通话的鬈发印尼华侨老师，以及体育、美术等任课老师每次在我们班级上完课后，都会在其他班级中称赞（1）班的学生尊重老师，上课认真，不做小动作。

而我作为方老师的语文课代表，那本在安图中学读书时使用的《新华字典》，则见证了自己争取当一名"身体好、学校好、工作好"三好学生的努力过程。《新华字典》对学生来说，是人生从小识字的第一本"工具书"，也是小儿郎书包里的"标配"，被国人亲切地称为"国民工具书"。今天当我翻开这本早已破旧不堪的1971年6月修订后出版的第一版《新华字典》，望着扉页上自己那稚嫩的笔迹："刘翔 75、中一（1）、安中"，内心油然产生一种历史的凝重感。

那时，许多工具书都无法正常出版。因此，不像现在的中小学生有多种字典等大小工具书可供选用。这本"一花独放"的《新华字典》第一页用粗大的黑体字印了一段毛主席语录，版权页上印着1971年6月修订第一版，定价为七角三分。因为没有选择，当时，这本《新华字典》就是我们这代学生的唯一"标配"。我清晰地记得，对学生要求特别严格的方良渊老师，上课时规定我们必须把《新华字典》端端正正地放在课桌的左上方。遇到课文中的陌生的字和词语，不得举手提问，而是自己先查《新华字典》。同时，他还在班级中展开"看谁查得准、查得快"学习竞赛。这一活动极大地激发了全班同学使用《新华字典》兴趣，也使我们养成了勤查字典的习惯。

由于我很喜欢语文课，语文成绩也比较好（见当年的学生情况报告单），方良渊老师经常把我写的作文，作为范文在全班诵读，并让我担任语文课代表。所以，我的这本字典因为使用率高，没多久封面和内页就出现了破损，我也不好意思向父母伸手要钱再去购买新的。尽管在今天看来区区的七角三分，实在是不足挂齿，但对 20 世纪 70 年代一个普通的工薪家庭来说，那可是一笔巨款，于是，我便找来一张牛皮纸，将字典的封面包裹起来，做成了一个新的封面。然后，再请班上一个擅长写美术字的同学，用粗笔写上"新华字典"4 个漂亮的美术字，而破损的内页则用透明胶带一一补好。这样，一本"新"的《新华字典》就在我的手上"出版"了。

回想起来，那个时期，我之所以还能在课堂里静下心读书，并在 1977 年恢复高考后，通过高考从崇明跃进农场返回市区读书，这本自己学生生涯中的第一本《新华字典》，无疑是起到了巨大作用。而这本字典从此开始陪伴着我从少年走向青年，由青年走向中年。

而今的我，之所以能在各类报刊

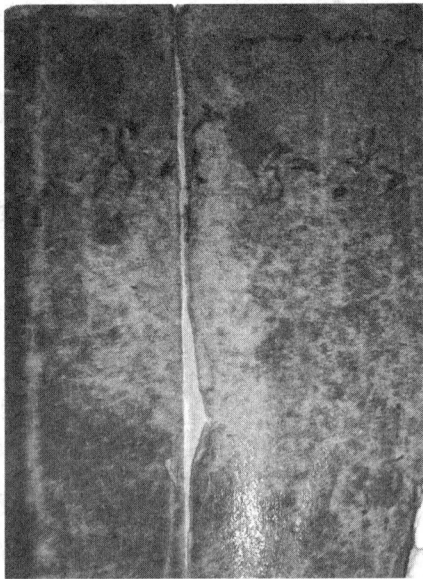

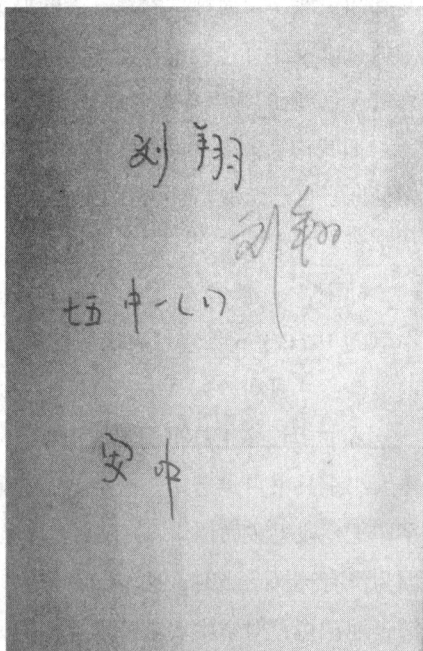

作者在安图中学读书时使用的《新华字典》

安图中学"三好"学生 1975 年 11 月在学校教学楼前合影（前排右为作者）

作者的安图中学学生情况报告单正面

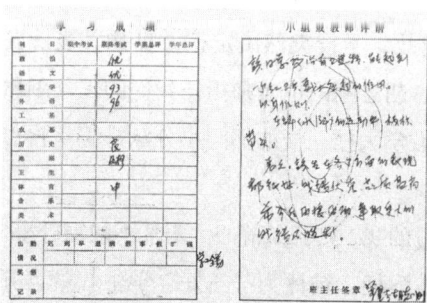

作者的安图中学学生情况报告单内页

上写点文章，显然离不开方老师以及这本《新华字典》打下的底子，他们是我识字解文的启蒙老师。这本《新华字典》不仅见证了我的学习轨迹，更是承载着我的青春梦想和悠长的历史记忆。尽管以后随着各个新版本的《新华字典》不断推出，我也陆续添置了《辞海》《现代汉语词典》等大型工具书，这本近 50 岁"高龄"的《新华字典》，终于完成历史使命，退出了我的使用范围，但我始终将这本《新华字典》视作自己在安图中学读书生涯中的一件重要"文物"而精心珍藏着。每当安图中学 75 届（1）班同学聚会时，我就会聊起这本《新华字典》，和同学们一起分享中学时代的美好时光。

《新华字典》是中华人民共和国成立后出版的第一部现代汉语字典，首次出版于 1953 年。有趣的是，有心人士居然还对《新华字典》的定价总结出了一条"猪肉定律"，即一本字典的价格与同时期 500 克猪肉价格基本相当。如 1957 年版《新华字典》定价 1 元钱，1998 年版 11 元，2004 年版 16 元，2011 年版双色本定价 24.9 元，2020 年新上市的

作者荣获的"三好"学生奖状

12版双色本定价32.9元，几乎都与同期猪肉价格差不多。为此，央视主持人白岩松感慨道：很难说1斤猪肉会改变哪个中国人的命运，但是一本又一本跟它具有同样价格的《新华字典》，却推动着一个又一个中国人，成为真正意义上的文化中国人。

2020年8月，《新华字典》第12版正式发行，作为一本问世67年的字典，它陪伴了几代国人的成长。同时，《新华字典》也创造了两项吉尼斯世界纪录——"最受欢迎的字典"和"最畅销的书"。一本小小的《新华字典》随着时代的发展，深深地融入在国人的集体记忆中。

世事难料。1975年上半学期，不知何故，学校突然决定把方良渊、裘婉儿两位老师调离75届（1）班，调换董盘芬、胡志刚两位老师担任我们的正、副班主任，小分队则立即解散，从此安图中学教学大楼三楼的那间小分队排练室再也听不到歌声与琴声。

没有了唱唱跳跳的"闹猛"，喜欢学习的我，则开始静心"两耳不闻窗外事，一心只读圣贤书"。最终在1975年的下半学期，被评为"三好"学生。董盘芬和胡志刚两位老师在我的"学生情况报告单"上写的评语是："……总之，该生在各个方面的表现都很好，成绩优秀，品质高尚，希今后再接再厉，争取更大的成绩及胜利。"现在再回看这段写于 40 多年前的评语，真是感慨万千。

我是文艺小分队里的"路人甲"

中学毕业 40 多年了，今天，当我试图回忆 20 世纪 70 年代中期在安图中学就读时，如何在课余时间参加文艺宣传小分队（简称"小分队"）排练、演出活动的场景时，很多记忆都模糊。庆幸的是，我的同班同学、亦是当年小分队的女主角之一杨敏敏，竟然还完整地保存着当年小分队排练时的 12 张"剧照"，她特意把这些"历史剧照"翻拍后送给了我。

想不到，40 多年过去了，杨敏敏居然还能将这些照片保存得如此完好。清晰的画面定格了我和我的同学们十五六岁时英姿飒爽、斗志昂扬的青春倩影，给一个时代的"历史场景"留下了宝贵的图片史料。凝望着这些照片，我在回忆安图中学小分队往事时，绵绵思绪犹如一朵朵记忆的浪花，顺着一张张照片画面的展开，仿佛渐渐"开挖"成一条岁月的长河，"浪花"伴随着"河流"涓涓流淌。

那 12 张珍贵的"历史剧照"，基本上囊括了当年我们 75 届（1）班代表安图中学小分队排演时的主要"剧目"。虽然这些照片并不是在舞台上正式演出时的剧照，只是我们在课余排练时的照片，但却是着装彩排，和正式演出的场景并无太大差别，照片都是由我们的班主任方良渊老师拍摄的。

当年的方老师不仅是 75 届（1）班的班主任，同时还集安图中学小分队领队、编剧、导演、服装等于一身。做事严谨的方老师用自己那架"海鸥"牌照相机把小分队排练的一幕幕场景"定格"下来，不仅是为了给小分队积累资料，其实更是想让小分队的每一个成员，通过照片来对照和纠正自己的表情、动作，从而在舞台上正式演出时达到最佳表演效果。

在演出节目的编排与选择上，方老师可谓是煞费苦心。除了一些必不可少的主旋律节目外，他尽其最大努力搞得"百花齐放"，精心编排了舞蹈《洗衣歌》《扇子舞》《草帽舞》《藤圈舞》等一批欢快、奔放、洋溢着年轻人青春气息的节目。那时全国的文艺舞台上只有 8 个样板戏，能够公开演唱的歌曲就是一本《战

舞蹈《草帽舞》

舞蹈《纺织女工》

舞蹈《扇子舞》

地新歌》上的曲目，还有就是"拷贝"样板戏。当年上海电缆厂职工子弟小学小分队排演的"少儿版"样板戏《沙家浜》《红灯记》，由于扮演主角的演员高度"仿真"，后来饰演沙奶奶和鸠山的学生，小学毕业后都被"特招"进入安图中学75届（1）班这个文艺班。而我这个没有什么文艺特长的小学毕业生，却是莫名其妙混进75届（1）班的。在"被"成为小分队一员后，也只能是做个跑龙套的群众演员，充当充当"路人甲"之类的角色而已。

记得我第一次参加排演的节目是为响应毛主席"全世界无产者联合起来，打败美帝国主义，解放亚非拉"的号召，而排演的《国际歌》这个节目表演形式，究竟是表演唱还是歌舞剧或者是情景剧，似乎很难说清楚。整个节目基本上是以宏亮的《国际歌》为音乐背景，我们则高举标语牌、木枪、大刀等道具，扮演亚、非、拉各大洲的革命人民，根据《国际歌》音乐旋律的变化，做出各种慷慨激昂的人物造型，同时不断地变换出各式队形，用现在的话来说纯粹就是3个字——"拗造型"。由于是一个大型节目，为了营造出"压倒敌人"的宏大气势，我们班上三分之二的同学参加了排演。方老师给我安排的是一个身穿绿军装、脚蹬白跑鞋、双手高举一杆长柄木枪的角色。那年我才16岁，但稚气未脱的脸颊上却充满着"一定要解放全人类，把全世界劳苦大众从水深火热中拯救出来"的豪迈革命气概。

大型节目《国际歌》场景之一（中间前左举手握拳者为作者）

男生小组唱《歌唱农村新面貌》，俗称《5个老头》，应该是我参演比较成功的一个节目。有5个男同学，头扎白毛巾，鼻孔插进假胡须，手拿烟杆，分别扮演"王阿三、李阿毛"等5个农村老汉，汇聚在一起聊天时，有说有唱地歌颂"文化大革命"给农村带来的新面貌。后来，学校里其他班级的老师和同学见到我们，都会笑呵呵地直呼："王阿三、李阿毛。"

大型节目《国际歌》场景之二（前排右四高举木杆枪者为作者）

由于我本是"东郭先生"一个，在大型歌舞、小组唱等节目里，有"大腕"同学的领衔演出，夹杂在里面滥竽充数还能混混。因此，后来接连参加排演了男生小组唱《阿瓦人民唱新歌》《太阳最红，毛主席最亲》等节目的演出。想不到，有一天，方老师突然"器重"我起来，让我

舞蹈《洗衣歌》

舞蹈《藤圈舞》

女生小组唱

文艺小分队女同学在安图中学校园一角练功

担任小品《放学之后》的男主角，这下弄得我"脚花"乱了。

该小品记述的是一个自由散漫的中学生，通过课余参加校办工厂的劳动，在工人师傅的帮助下，改造思想后成长进步的故事。角色只有两个，一个是我饰演的中学生，还有一个是73届的学长饰演的工人师傅。按照剧本要求，我不仅需要背诵大段的台词，还有各类形体动作。这对我这样一个没有一点表演能力的人来说，难度太大了。几次排练下来，我不仅台词说了上句，忘了下句，表情、动作也十分僵硬。尽管方老师不断耐心指导，可我却始终不能入戏，惹得他十分光火，大喝一声"真是个捧不起的刘阿斗"后，最终只得换人。

由于《放学之后》这个小品，不仅使我这个"东郭先生"在方老师面前彻底露馅，更使我的自尊心受到了重创。好在方老师发现我实在不具备表演才能后，并没有把我打入冷宫，而是安排我进入乐队学习吹笛子、拉二胡。虽然同学们对方老师的严厉都很惧怕，但通过这次"换人"风波，我则进一步体会到了同学们经常说的那句"方良渊老师是个'看看是方的，量量是个圆的'"俏皮话中所蕴含的外冷内热含义。

乐队的主要任务是为小分队演出伴奏，于是，我开始如痴如醉地学习演奏笛子、二胡、手风琴等乐器。方老师的这一决策在"挽救"了我的"艺术生命"同时，也使我有了吹拉弹唱的一技之长。由于学会了拉二胡，中学毕业分配到崇明县跃进农场后，父母便给我买了一把二胡。正是这把二胡，陪伴我度过了寂寞的农场生活。如今，每当看到每年"春晚"上红火的小品节目，内心也是颇有一点失落的。如果当年我能勤奋一点，刻苦钻研小品表演技艺，或许还可能进入演艺圈混一口饭吃吃呢！弄不好几十年后的今天，俺一不小心就成了一个小品明星。不敢说和赵本山、黄宏等大腕比个高低，但和冯巩、郭冬临等人也还是可以 PK 一下的吧。可惜，这个世界上没有后悔药可买。

呵呵！人生本是一台戏，戏言、戏言。

方良渊老师担任 75 届（1）班班主任的同时，还要上 75 届其他班级的语文课，小分队只是兼管。因此，小分队的排练、演出等大量事务，几乎占据了他的全部业余时间。而我们班级的同学也由于兼任着安图中学小分队队员的

作者迈出安图中学校门多年后，是否依然还有着当年文艺小分队乐手的"腔调"

重任，课余时间也基本上是在学校那间小分队排练室度过的。

　　方老师的妻子在纺织厂工作，工作时间是"三班倒"。小分队排练都是下午放学以后，为了能够排练和照顾家庭与女儿两不误，他经常是把两个年幼的女儿带到排练室，边看管女儿，边指导我们排练。而为了节省费用，除了一些特殊规格的演出服装向沪东工人文化宫租借外，一般的演出服装面料和款式，都是方老师亲自采购和设计。随后，再请其擅长服装裁剪的妻子，缝纫制作出一件件色彩缤纷的演出服装。由此，我们和他的妻子、女儿都很熟悉。有时，如果某个节目中需要儿童角色，方老师也会让其女儿客串一下。

　　除了国庆节、五一劳动节等重大节庆，以及宣传毛主席"最新指示"，是我们小分队的"法定"演出任务外，每年新学期安图中学的新生入学报到和开学那天，向全校师生进行汇报演出也是我们的保留节目。校长讲完欢迎词和新生代表发言后，小分队便开始"粉墨登场"，舞台就是学校操场边上的那个水泥"司令台"。此地是安图中学的"天安门广场"，当我和同学们在"司令台"载歌载舞时，也是我们一年中最为风光的时刻。因为，这些新生都是居住在学校附近松花

当年安图中学75届（1）班文艺小分队女队员依然活跃在社区大舞台上

新村、长白新村的邻居，他们回去后都会羡慕地告诉左邻右舍甚至是我们父母："今天我看到谁谁谁在台上跳舞了，跳得老灵格！"这样一来，不仅自己父母觉得脸上有光，我们也在那些小屁孩面前神抖抖起来。

岁月真是一把杀猪刀。随着时光的流逝，安图中学75届（1）班的女同学们也逐渐进入"大妈"的年龄，可她们依然焕发着炽烈的青春气息，依然保持着当年文艺女生的朝气。她们在小分队里练就的"舞功"并没有废掉。虽然有的身患重病，有的家事缠身，可是仍然乐观地面对生活，积极参加各种文艺演出，朝气蓬勃地活跃在上海市、杨浦区以及街道社区的舞台上，看上去远比同龄人显得活泼、年轻。而我也由于手中有了一把会拉几下的二胡，平添了几分生活乐趣，这一切或许是当年的小分队给我们带来的意外收获吧。

永远的安图中学

安图中学不是一座百年名校，没有悠久、辉煌的校史，它只是一座1964年上海市政府为解决杨浦区工人子弟就学而创办的普通中学。随着杨浦区人口变化与形势的发展，被调整撤并亦属正常。然而，一个不容置疑的事实是，当年安图中学师资力量是十分雄厚的，并不亚于那些名校。且不说方良渊、裘婉儿两位德艺双馨的老师，记忆之中，仅在我就读的那4年里，熟悉的老师中就有担任过上海教育科学研究院家庭教育研究与指导中心主任、社区教育研究中心副主任的乐善耀老师；当年的政治老师、学校党支部书记，后任杨浦区机关党委书记的崔鹏飞；后来担任《解放日报》记者的数学老师胡微。还有体育教研组里那个总是穿着一身运动衣裤的长脚老师，据说是从上海市篮球队退役的，另外一名体育老师也曾经是上海市田径队的100米短跑运动员。教美术课的是一位长须飘飘、颇有艺术家风范的老教师，他十分擅长人物素描。遗憾的是，如今我已经想不起他们的名字了。这些一生秉持"红烛"精神的教师，共同组成了安图中学强大的师资阵容。

如果再放眼一下当年整个杨浦区的教育界，可谓是名师汇集：曾任杨浦区区长、原上海市人民检察院检察长吴光裕曾是市东中学的一名教师；新闻界的前辈，原《青年报》和《劳动报》总编、作家忻才良曾是第十五中学的老师；著有《大上海沉没》等著作的著名作家俞天白曾是江浦中学的老师；著名作家程乃珊老师是从惠民中学走出来的；文学评论家潘颂德和有着"老总诗人"美誉的王养浩亦曾经在图们中学任教多年。而我的老领导、原杨浦区党校校长、区监察局局长贺启堂也曾任教于眉州中学。俞天白、潘颂德、王养浩等至今还活跃在上海市和杨浦区的文坛上。正是有了当年这些星光熠熠的教师，用他们教书育人的"红烛"精神撒播下文化"基因"，才铸就了今天"知识杨浦"的辉煌。

一个人的中学生时期，是长身体、长知识的最佳时期。可是，我们这代人的中学生涯却处在"十年动乱"的年代，生活和知识的"营养"，不仅是"不良"的问题，简直就是极度"缺乏"。值得庆幸的是，我在安图中学求学时，因为有了方良渊、裘婉儿等一批老师的教育与陪伴，在"阴冷"的非常岁月里，他们在我的心灵深处点燃了一把充满暖意的希望火炬，点点火苗照耀着以后漫漫人生之路。今天，那些关于安图中学的点滴回忆，依然温润着我的胸膛。安图中学的建制虽然撤销了，安图中学的校址虽然消失了，作为一名从这座中学走出来的学生，从 1996 年 11 月 30 日开始，我们 75 届（1）班的同学，每年都会欢聚一堂，共同缅怀"恰同学少年"年代的纯真岁月。酷爱摄影的杨敏敏同学每次都背着照相机，将聚会的场景一一记录下来。

2018 年 11 月，身患重病的杨敏敏，也许自感将不久于人世，悄悄独自出资一万多元，把从 1996 年至 2018 年同学聚会的照片编印成一本精美的相册，赠送给每一个同学，并且坚决拒绝大家共同出资的请求。她在相册的后记里深情写道：

"青山在，人未老。同学情正浓，岁月增，水长流，情怀依旧深。时光荏苒，岁月如歌。回首同学生涯，我们不仅收获了学业，更收获了友谊。回顾那青春燃烧的岁月，是那么美好、那么亲切。同桌的笑声记忆犹新，老师的教诲至今难忘。回首风风雨雨，有太多的感言，有太多的记忆。如今的我们已为人夫、为人妻、为人父、为人母。步入社会，成家立业后，才知道青春的可贵。美好的中学时光，恰如流光溢彩的画卷，烙在我们的记忆深处。20 多年的同学聚会，举杯畅饮，唱歌跳舞，拍照留念，是那样的激动、那样的开心，千言万语汇成一句话：真的好想同学们！"

手捧这本厚厚的相册，读着杨敏敏倾情写下的文字，同学们个个热泪盈眶：

作者（第三排左一）每年都要和安图中学 75 届（1）班的同学欢聚一堂（第一排右一为杨敏敏同学）

杨敏敏同学编印的安图中学 75 届（1）班同学历年聚会相册

杨敏敏啊，你也许知道自己生命之炬即将燃尽，想用这本相册定格你和安图中学75届（1）班同学那份永远的情缘吧！

　　2019年6月3日早晨7点45分，同学们在班级微信群里悲痛地读到杨敏敏家人发出的一条微信：永别了！2019年6月3日4点零9分。

　　杨敏敏，你永远活在安图中学75届（1）班全体同学心中！

　　安图中学，你在我心中是一座永不消逝的地标！

八　1976年，从江浦路549号杨浦区"乡办"到崇明县跃进农场江浦路 549 号是中共杨浦区委、区人民政府所在地，这是一座 1899 年英美租界合并为公共租界后，为向东部进一步扩展而兴建的榆林路巡捕房旧址，总建筑面积达 1.9 万平方米。这座红砖清水墙面、颇具欧洲城堡式建筑风格的五层近代优秀历史保护遗迹，在杨浦区广大老百姓眼里，博取他们眼球的主要还不是因为它是一座不可移动文物，他们心中更多关注的是每天忙碌地"移动"在这座大院内的大大小小公仆们，是否在为辖区内的老百姓衣食住行、生老病死而忠于职守，"鞠躬尽瘁"。在广大老百姓心目中，这座大院就是"杨浦区的中南海"，每当途经此处，他们都会放慢脚步，投去敬羡的目光。

人生大转折，从中学生到农场知青

这座"高大上"且颇具历史底蕴的机关大院，原本与我这个小八腊子是没有"半毛钱"关系的。然而，20 世纪 70 年代中期，18 岁的我从安图中学毕业后，却因一个叫做"区乡办"的政府机构，使我得以有机会走进这座神秘的机关大院。

"区乡办"坐落在大院内的 5 号楼，"乡办"，只是人们口语中的一个简称，其全称应是"上海市杨浦区革命委员会知识青年上山下乡办公室"。1968 年 6 月上海市革命委员会正式成立上山下乡办公室后，各区县也相应对口设立了上山下乡办公室，这个机构如今早已不存在。20 世纪 80 年代初，随着上山下乡运动的结束，上海市、区两级"乡办"也完成了它的历史使命。但回望历史，在 20 世纪六七十年代遍及全国的上山下乡大潮中，"乡办"在市、区两级政府的机构序列中，绝对是个名声大、牌子硬的"办公室"。其工作人员主要由机关干部与

当年的杨浦区"乡办"坐落在江浦路 549 号杨浦区人民政府大院内

中学负责毕业分配工作的教师组成，工作职能是负责当年中学毕业分配到外省市和本市国营农场的学生上山下乡通知书的发放，以及为他们办理各类离沪手续、党团关系转移等。同时还不定期地组成知青慰问团，奔赴全国各地慰问在那里插队落户的上海知青。当时"乡办"的工作，不仅决定着整整一代青年人的前途与命运，也直接关系到他们家庭的悲欢离合。

历史，是一个非常有意思的"玩意儿"。1976 年 3 月 30 日下午 1 时，我怀着忐忑的心情，第一次走进了这座杨浦区的"中南海"。想不到，整整十年后的 1986 年 3 月底，我竟然也成了在这个大院内上班的一名机关干部（此为后话，暂且不表，详情下文再述）。

当年，根据"长子务农"的毕业分配政策，我被分配到了地处上海远郊的崇明县跃进农场。3 月 30 日下午，我拿着上山下乡通知书，去"区乡办"所在的江浦路 549 号大院 5 号楼 206 室办理赴跃进农场的报到手续以及团组织关系转移。

据相关档案史料记载，1962 年至 1979 年，上海市上山下乡的知青高达 126 万，占到当时上海人口总数的 11.45%，是京、津、沪 3 个直辖市中比例最高的。而杨浦区 1968 年到 1978 年，上山下乡的知青总计为 133890 人。由此可见，无论是工作量还是工作成绩，"区乡办"所取得的成就都可谓是"辉煌"的。1968 年 7 月 23 日出版的《解放日报》对此曾在头版以大号标题醒目报道："高举毛泽东思想伟大红旗，杨浦区一九六六届高中毕业生首批赴本市崇明县和安徽省的欢送大会，昨天下午在杨浦体育场隆重举行。"这应该是杨浦区启动的本区首批知青上山下乡出征仪式，从这天开始，便正式掀起了波澜壮阔的上山下乡运动高潮。

但是"今非昔比"，和 1968 年的"隆重"相比，1976 年 3 月的"区乡办"，已经度过了它的"黄金时代"。由于上山下乡运动渐入尾声，没有了"四个面向""一片红"的鼎盛时期，我们 75 届毕业生已经不必担心被分配到外省市插队落户了，主要去向是市郊国营农场，最远也就是地处江苏的海丰农场和安徽的黄山茶林场。因而，此时"区乡办"偌大的办公室里，失去了往日那种激情与喧哗。

3 月 30 日下午 1 时，当我按照上山下乡通知书上的要求，走进"区乡办"206 室时，一名年约 40 岁、中学教师模样的工作人员热情地接待了我，他很快就替我办妥了所有去跃进农场的报到手续，然后告知我，4 月 8 日上午 6 时，准时到吴淞码头集中，乘船前往跃进农场。行李必须先自行打包，随后由"区乡办"统一办理托运。届时安图中学的老师会来欢送大家，"区乡办"也会有人专程前往欢送。临别，他还和我握了握手："刘翔同志，祝你在农场这个广阔天地，早日锻炼成为一名无产阶级革命事业的接班人。"

据那些老三届和 70 届、72 届的邻居说，他们当时到"区乡办"办理赴外地插队落户手续时，正是上山下乡运动的高峰期，由于人数众多，且个个都是争先恐后、热血澎湃，都要排很长的队，没个一天时间，根本就搞不定。

攥着上山下乡通知书，走出"区乡办"门口的一瞬间，我突然发现，就这么约莫十分钟的时间，我居然已经完成了从一名中学生到知识青年的"伟大"历史性转折。

时光"留痕"中追寻往日情怀

40 多年过去了，如今，我依然一直精心珍藏着那张盖有"上海市杨浦区革命委员会知识青年上山下乡办公室"大红印章的粉红色通知书。全文不长，不妨照录如下：

刘翔同志：

你响应毛主席知识青年到农村去的伟大号召，积极报名上山下乡，走与工农群众相结合的光辉道路，已光荣批准去上海市跃进农场，参加社会主义革命和社会主义建设。望你在阶级斗争、生产斗争和科学实验的三大革命运动中认真看书学习，弄通马克思主义，努力改造世界观，不断提高阶级斗争、路线斗争和继续革命的觉悟，为把自己锻炼成为无产阶级革命事业的接班人而努力奋斗！

上海市杨浦区革命委员会知识青年上山下乡办公室

1976年3月25日

值得一提的是，在今天看来也许十分惊诧和可笑的是，在这张通知书的右下角，还有用橡皮图章赫然敲着的一排小字："已供竹壳热水瓶壹只"和营业员手写的"牙膏两支"4个字。在物质供应十分贫乏、很多东西都必须凭票购买的20世纪70年代，能够供应给知青"竹壳热水瓶壹只、牙膏两支"，算是一个很优厚的物质待遇了。我清楚地

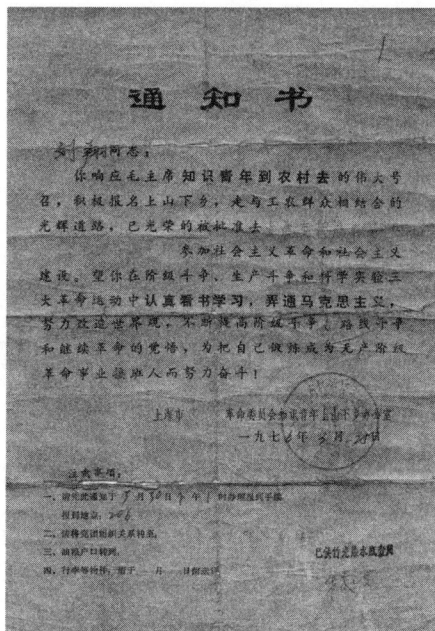

杨浦区"乡办"发放给作者的上山下乡通知书

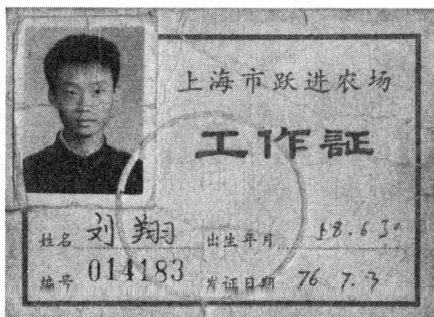

作者的跃进农场工作证

记得，是父母凭着这张上山下乡通知书，到长白商店去购买的。当时还没有拉杆箱之类的行李箱，我的全部行李、书籍包括竹壳热水瓶、牙膏等日常生活用品，均是塞入一只从外婆家里拿来的旧木箱内，再由"区乡办"将其从杨浦区统一运输到吴淞码头，然后通过长江"漂流"至崇明岛上的跃进农场。

这只旧木箱至今还保存在父母家，当年这只箱子已经有些破损了，外婆请一个木匠整修后才旧貌换新颜。几十年过去了，这只箱子更为"老态龙钟"了。我对父母说，你们千万不能把它扔掉，一定要替我精心保管好。它不仅仅是一只箱子，更是陪伴我在跃进农场生活时的一只"宠物"。

为了能寻觅到 1976 年我被分配至跃进农场更完整的档案资料，得知杨浦区档案馆新馆在靖宇东路 269 号落成并对外开放后，我便立马抱着试一试的心情赶到区档案馆，希冀能在那里查找到自己中学毕业分配到跃进农场更多的"蛛丝马迹"。走进档案馆的接待大厅，递上身份证后，工作人员将我的名字输入电脑，几分钟后便在"区乡办"整理归档的 75 届中学毕业生分配到跃进农场卷宗里的"杨浦区知识青年上山下乡名册"中找到了我的名字。随后，工作

杨浦区档案馆"区乡办"卷宗内的"七五届中学毕业生分配到市属农场跃进农场录取名册"

杨浦区档案馆"区乡办"卷宗内的知识青年上山下乡名册中记载的作者名单

人员热心地将这份名册打印出来，并且郑重其事地盖上"杨浦区档案馆档案材料证明章"后递给我。在这份名册上，不仅记载着我家当年的居住地址，还记载着我的"红卫兵排干部以及父系中共党员"等个人政审信息。

回到家里，我把这张"杨浦区知识青年上山下乡名册"和上山下乡通知书、跃进农场工作证、跃进农场颁发的"农业学大寨"先进个人奖状、上海市 1977 年高校招生文化考试准考证、跃进农场劳动工资组开给上海市商业学校的工资发放证明等摆放在一起时，顿时完整地形成了 1976 年 4 月，我被分配至跃进农场到离开跃进农场 1 年 10 个月的一条人生履历"证据链"。

夜阑人静。我默默地注视着这些岁月"留痕"，重新审视这条人生履历"证据链"，不禁百感交集：这些"纸张"不会"说话"，但却无声地"诉说"了我打起背包赴农场、战天斗地在农场、欢天喜地离开农场的青春三部曲，同时也从一个侧面折射出我们国家拨乱反正、改革开放的历史进程。

夜色渐浓，绵绵的思绪情不自禁地又追寻起那往日的情怀、如歌的岁月……

我来了，跃进农场

1976 年 4 月 8 日清晨 4 时半，天还没亮，我就起床了，怀揣着上山下乡通知书，在父母的陪伴下从图们路登上 6 路公交车，然后换乘 90 路公交车，抵达地处宝山的吴淞码头。早晨 7 点，伴随着震耳欲聋的锣鼓声，在"热烈欢送知识青年奔赴农场参加社会主义革命与建设"的大字横幅下，踏上了驶向崇明岛的双体客轮。经过近 4 个小时的长途航行，中午时分，我们一行刚走出校门的年轻人终于到达崇明县南门港码头，踏上了我国的第三大岛——崇明岛，这块对我们来说充满新奇与神秘的大地。

崇明岛虽然是上海的一个郊县，但由于长江这道天堑的阻隔，交通十分不便，从市区到那里，乘车坐船差不多要花上一天时间。因此，20 世纪 70 年代的崇明岛，对居住在上海市区的人来说，似乎并未将其视作上海的"领土"。在我们的心目中，那里就是一块不折不扣的"外地"。而崇明当地人如果去市区的话，也要兴师动众折腾将近一天时间，一旦碰到台风，轮船停驶，就只能望"江"兴叹。因此，他们亦把到市区去称作"去上海"。

下了码头，我们在候船室吃了点从家中带来的干粮后，崇明岛上 8 个国营农场所属的各个连队都派来了迎接各自新职工的干部。他们一手高举手提式电喇叭，一手拿着花名册，不断呼喊着分到自己连队的新职工名字。简陋的南门港码头，一下子涌入数千名农场新职工，顿时显得熙熙攘攘，拥挤不堪，场面甚是壮观。跃进农场派来接我们来自杨浦区新职工的干部是一个年纪比我们大不了几岁的小伙子，人称其"小山东"。他拿着花名册，一一清点了人数后，便领着我们登上了一辆辆早已停泊在公路边的公共汽车。此时，我才得知自己幸运地分配在农机连，而同班的其他同学则全部被分配到了农业连队，顿时有种莫名的幸福感从心底涌出。在农场工作过的都知道，农场里基建、农机、供销、场办工厂等，都是十分紧俏的"肥缺"，而从事农业生产的连队，即俗称的"大田班"，则真正是让人"脱胎换骨"、改造思想的地方。

继续乘坐了近两个小时的车后，傍晚时分，我们总算到达了跃进农场。穿过一片又一片的芦苇林和一幢连着一幢的矮平房后，我们分在农机连的 30 几个男女青年，在"小山东"的带领下，来到农机连下属的刚组建不久的第四机耕队，按照事先分好的房间休息待命。此时，我们才获知，这个"小山东"名叫徐仁玉，是农机连的党支部副书记兼团支部书记，因其少年时便跟随父亲从山东省到崇明岛参加大围垦，大家便称其为"小山东"。

这时，还有一个有趣的花絮。当我走进安排好的寝室，发现其他同伴的行李都根据行李上标注的名字，摆放在了各自的床位上，而我的床位上却没有行李。焦急之中，马上找到农机连负责接待新职工的老职工询问，他说："你叫什么名字？"

"刘翔。"我回答道。"哦，刘翔是个男的啊，看到这个名字，我以为是个女的呢！对不起，搞错了，把你的行李放到楼上女寝室里了。"说完，他赶紧上楼帮我把行李取下来。我很纳闷：难道刘翔这个名字很女性化吗？几十年后，当另外一个从事 110 米跨栏运动的刘翔，成为举世瞩目的奥运会冠军后，我立马联想到当年跃进农场农机连那个把"刘翔"这个名字视作女性的老职工。当他坐在电视机前，观看刘翔获得世界冠军比赛直播画面那一刻，会不会为自己在跃进农场工作时，曾经在 1976 年 4 月 8 日，放错过一个名字也叫刘翔的新职工的行李，而发出这样的感叹：哦，刘翔这个名字其实充满着男性阳刚之气的嘛，我当年怎么会一不留神，居然把刘翔当成女性了呢？

呵呵！回头继续说。稍事休息后，我们便分乘几辆挂着拖斗的上海 –50 型拖拉机，前往位于场部附近的农机连连部，参加欢迎新职工大会。此时，夜幕已经悄悄降临，一路上拖拉机行驶在泥泞的机耕道上，颠簸得十分厉害，震得大家上蹿下跳。但对我们这些刚出校门、从未乘坐过拖拉机的新职工来说却很开心，感觉很好奇，彼此前呼后拥，发出阵阵尖叫声，惊得路边防风林带里归巢的鸟类，不断扑扇着翅膀飞向远方。

到达农机连连部后，我们集中坐在食堂里，先是听连队领导介绍跃进农场场史。据介绍，1960 年 9 月，由上海市黄浦区、吴淞区、高教局等单位，开始在位于崇明岛最西北新安沙组织围垦筹建畜牧场。1963 年 10 月合并成立了上海市新安沙农场。翌年秋冬，数万大军再次围垦跃进沙，得地 9000 亩。1966 年 10 月，更名为跃进农场。随后是农垦战线革命传统与

作者当年在跃进农场农机连工作时，居住在这幢宿舍楼二楼中间的一间寝室

昔日跃进农场农机连知青宿舍楼已是人去楼空，破败不堪

跃进农场农机连拖拉机车库旧址

忆苦思甜教育，接着就开始吃当年十分流行的"忆苦饭"，这也是我们来到农场的第一顿晚饭。令在一旁"围观"的老职工们看不懂的是，这种由粗糠制成的"忆苦饭"，竟会让我们这些新职工吃得津津有味。

晚上 8 时左右，我们又生龙活虎地爬上拖拉机，返回第四机耕队住宿。这一晚，一轮圆月格外明亮，静悄悄挂在浩瀚的夜空。不知什么时候，隔壁寝室的唐赞平取出带来的小提琴，独自来到不远处的防风林带中拉了起来。那缓慢中夹着几丝哀怨的旋律，在寂静的夜空中传得很远，很远……

也许是触"音"生情，这旋律很快就在我们每一个年轻的心灵中弥漫。不一会儿，从楼上女寝室里传来了阵阵低沉的啜泣声。先是局部的，随之就形成了全体女生的"大合哭"，有的女同学还边哭边喊："爸爸呀！妈妈呀！"

与楼上寝室情形截然不同的是，楼下的男生寝室里却始终如死一般的沉寂。也许是"男儿有泪不轻弹"吧，我不知道此刻其他的寝室里是怎样的情景，我们这间寝室中的 8 个人，有的把头颅深深埋在自己的双膝中，有的和衣躺在双人床上，两眼直愣愣地望着天花板，也有的站在窗前一根接着一根吸着"飞马"牌香烟。而我则用被子从头到脚把自己紧紧裹住，脑子里一片空白，默默地任泪水在自己的心河里流淌。

后来我得知，就在这一天晚上，整个崇明岛上是哭声连天，因为岛上的 8 个国营农场一下分配进了近万名新职工。听老职工们讲，这种情形，已经成为每年一度增添"新鲜血液"时所必然出现的周期性"人文景观"。其实，谁能知道，这哭声、这沉默、这无奈，真实地表达了那个年代数十万农场知青对家庭、对父母的思念，对人生、对前途的茫然。

农场岁月中的 30 封家信

小时候

乡愁是一枚小小的邮票

我在这头

母亲在那头

　　每当我吟诵起台湾诗人余光中的《乡愁》这首诗，情感的节奏总会在诗中"邮票"两字上"停顿"。回望我在跃进农场 1 年 10 个月的工作和生活，使我这样一个刚走出校门的 18 岁懵懂青年，在农场这个社会大课堂逐步锻炼成长，其中一个十分重要的因素，便是父母和弟妹写给我的那 30 封家信温润着我、激励着我。每当这些贴着 8 分钱一枚小小邮票的家信，"漂"过长江，邮寄到崇明岛孤僻的跃进农场，再辗转抵达我手中时，浓浓的亲情伴随着悠悠的乡愁，丝丝缕缕地全部都凝聚在那一枚小小的邮票上了。

　　从 1976 年 4 月 12 日到 1978 年 1 月 13 日，父母共给我写了 21 封信，其中父亲 9 封，母亲 12 封，弟妹给我写了 9 封，总计 30 封，平均半个月左右，就会收到家中来信。1978 年 2 月，通过高考，回上海市区读书整理行李时，扔掉了许多生活用品，唯独这些家信和书籍全部带了回来。此后的几十年，虽经多次搬家，但这 30 封家信和亲戚、同学、朋友给我的几十封来信，一封不少地精心保存至今。

　　1976 年 4 月 8 日抵达跃进农场后的第二天，我就写信给父母，向他们简要介绍了一下农场概况。4 月 13 日我收到了父亲的回信。

　　刘翔：

　　11 号上午收到你的来信，知道你到了那里以后大概的情况，使我们全家都能放心。等你基本定了后，南市、天潼路、黑龙江你可各去一信，大概告诉他们一些情况，并向他们问候。这些本来是无关紧要，不过也说明做小辈的道理，因为你刚出去，他们在一定程度上也挂念着，以后如没有什么要紧的，就可不别（必）经常去信了。

　　1976 年 4 月 8 日，是你结束在学校的学习，走上了三大革命运动的课堂……。农村是一个广阔的大地，你在那里锻炼锻炼先全有必要。所以望你能安心……。抽烟、吃酒等等，决不能染上。总之，前途究竟怎样，还得靠自己努力创造，做父母的没有什么留给你们，只不过经常勉励吧（罢）了，主要还得靠自己。我们已经 40 多岁，将近 50 了，我们也有这样那样的缺点，不要认为我们什么都是好的，都要吸取。

　　你来信很好，刘琦、刘定都看了。你走了以后，基本上他们都能料理家务，放心吧。你妈很不放心，10 号就盼望你的信，才定下心来。在前进的道路上，今后不是一帆风顺的，有什么问题，可来信多商量。胡琴等你来上海可以考虑。

你的来信，字迹太草，有些字句我们简直不能理解。过去我一直跟你讲了字要写得正轨（规），不贪快，要人家看得懂，可是你怎么也不改。随信寄上粮票100斤，收到后，望来信。以后有什么书我会替你买一点。

　　　　　　　　　　　　　　　　　　　　　　今天就写到这里

　　　　　　　　　　　　　　　　　　　　父 刘征文　76 .4. 12

自己的东西要当心，如钱、粮票、钢笔，不要用的，不经常用的，不要放在身边，以勉（免）丢失。

整整3页信纸，近800个字，这是我到跃进农场后收到的第一封家信。或许

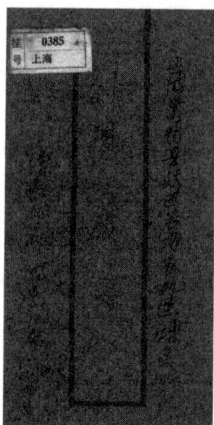

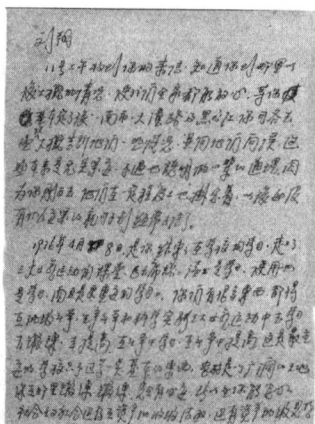

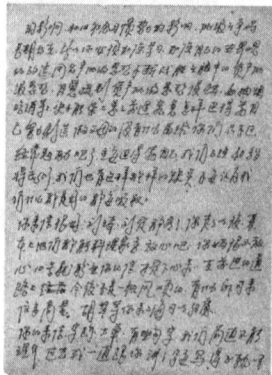

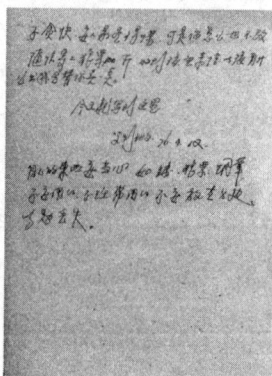

作者父亲 1976 年 4 月 12 日写给作者的信

是显示一个父亲对写给18岁儿子第一封家信特别重视吧，这封信寄的是挂号信，这是我收到家里30封来信中唯一的一封挂号邮寄的，也是父亲写给我的最长的一封信。写完后，父亲又在信的下端仔细叮嘱了几句

40多年后重读此信，我感慨万千。父亲在信中叮嘱我给南市、天潼路、黑龙江去信汇报近况，南市是指居住在南市区王家嘴角街16弄过街楼上的外公、外婆，天潼路是指居住在天潼路657弄21号的表舅方洪生，黑龙江是指在大庆油田工作的大伯刘贞明，他们均是抚养与看着我长大的长辈。18岁的我远离家人，"孤苦伶仃"被分配到崇明县跃进农场务农，在家族中应该也算是一件令人揪心的头等大事了。

当年，父亲在上海机床厂二车间担任党支部书记，用那时的流行语来说，好歹也算是个小头头。那年头，大会小会特别多，父亲经常为了革命形势的需要上台作报告发言，所以，此信中，他依然不忘初心，牢记使命，用了一大半的篇幅对我进行"革命教育"，说的都是放之四海而皆准的马列主义、毛泽东思想伟大理论。

不过，话还得说回来，对工作、生活在那个年代的父亲而言，在写给自己儿子的家信里，字里行间，充满着大道理，这也是无奈的事情。在此，请允许我套用一句官方语言，姑且也算是一种历史局限性吧。至于抽烟、喝酒这两件事，坦率讲，我压根就没有认为是资产阶级思想侵蚀。父亲告诫我"决不能染上"，这话绝对没说错，但把这两件个人生活习性，上升到资产阶级思想侵蚀，就令我莫名其妙，有点上纲上线了。当然，还是那句话，这依然是一件没有办法的事情，处在那个时代的父亲那辈人就是这样的思维逻辑。

在农场工作过的人都知道，知青抽烟、喝酒是十分普遍的一件事情，是知青日常生活的"标配"。酒精和尼古丁不仅能解除知青辛勤劳作后的疲惫，更能宣泄知青对人生、对青春的苦闷与无奈。当年很多农场知青常常因买不起香烟，只好托家人买点廉价烟丝带到崇明，然后用旧报纸卷成"喇叭烟"猛吸几口，过过瘾头，让缕缕的烟云驱散自己青春的愁绪。

但不知何故，我这人却至今还不会抽烟。"侬勒农场呆过，勿会吃香烟？"这是让很多人惊诧的一件事。有时，自己"反思反思"也觉得蛮奇怪的。如今想

来，也许是我这人生性胆怯，严格遵守了父亲的叮嘱，惧怕被"资产阶级思想侵蚀"吧。至于喝酒这件事嘛，我绝对是严重违背了父亲的叮嘱了。一个男人，烟酒不沾在旁人眼里或许是一名君子，但硬要说成是一条汉子，就有点勉强了。天高皇帝远，有长江天堑为我掩护，父亲你显然不可能因我喝了几杯崇明当地出产的味道甜润、色呈乳白的老白酒，和我开打一场"渡江战役"吧！为此，工作之余，时常会和同寝室的几个人一起弄点老白酒咪咪。酒逢知己千杯少，尽管一喝酒就脸红，但既然借酒能够浇愁，还管它那么多做啥。

除了革命教育，"胡琴等你来上海可以考虑"，"随信寄上粮票100斤"，"以后有什么书我会替你买一点"，字里行间透露出父亲在物质食粮和精神食粮对我的关心，用现在的话来说，就是两个"文明"一起抓了。时至今日，我依然将这封人生中收到的第一封家信，视作父亲对我走上工作岗位后的谆谆寄语。如今，面对年逾九旬的老父亲，我要道一声：谢谢你，老爸！

按照父亲的嘱托，来到农场头几天的晚上，我都是趴在床沿不停地给父母、弟妹、长辈亲戚、同学、发小写信。在没有互联网的那个年代，没有QQ、没有微信，从崇明打电话到市区打的是长途电话，我那微薄的24元工资也不是想打就打得起的。唯有写信，贴上8分钱邮票，才是抒发思念家人，排遣孤独与郁闷的唯一渠道。信寄出后，就望眼欲穿地等待着回信。

十天以后的4月22日，我接到了母亲来信。

翔：

你寄来的二封信都收到，第一封信看出你的心似乎在沸腾，我们大小四人跟着同样高兴。

在这不满半个月的日子里，你增了才干，长了知识，字也比以前写得认真了，这是很可喜的，希望你继续努力，不断进步！

您被分配在连部食堂工作，怕我们有想法，故把苦闷隐匿在心里。对你的分配，我们没有任何想法，希望您也不要有任何想法，任何工作总得有人去干。我们同意你信上所作的分析，你安心地、愉快地干吧！什么叫生活，一帆风顺、事事如意，是不现实的。一个真正有志气、有理想、有抱负的青年，我相信是经得起种种考验的。你好好干，深信你能珍惜时间，抓紧学习，不会让宝贵的光阴白白度过。

我打算劳动节来看您，胡琴买了带来还是怎么样，你需订阅书刊，钱我付了，以后我们帮你买，不要样样找人家麻烦。洪涛分配在十九厂，我们厂对面。以后来信你把那里生活情况详细谈谈，好让我们放心。你在外自己身体当心，不要挂念我们。颈部淋巴现在怎样了，跟连干部商量，要求来沪治疗。既要藐视它，也要重视它，再来化验一下是否因结核引起的，要好好查一查，有病该早治。"五一"劳动节我一定到你这儿来，你需要些什么望来信，碰到洪涛姐代我向她问好。

哥：你好！

收到你的来信，我们全家都（很）高兴。对于你在食堂工作，我没有什么意见。你有空余时间，要多学习。我们现在在家里家务都做了，小琦烧饭菜，我帮她拿东西，我们配合得很好，地板我们基本上每天拖。请放心。

弟　定

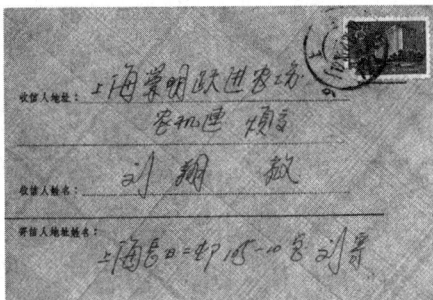

作者母亲 1976 年 4 月 22 日写给作者的信，信封是父亲写的

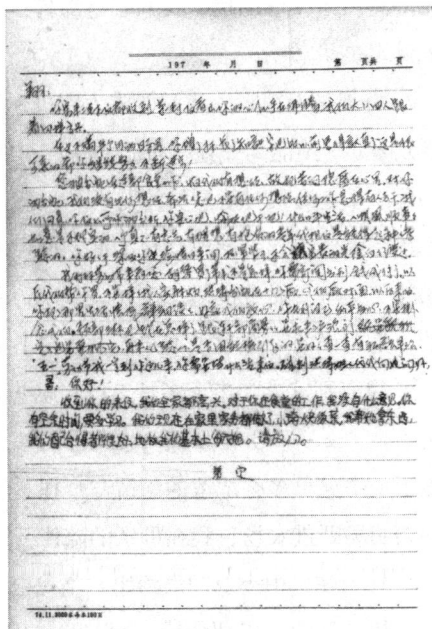

作者母亲和弟弟 1976 年 4 月 22 日写给作者的信

有意思的是，这封信是母亲写的，但在同一张信纸的结尾处，弟弟刘定亦用稚嫩、端正的笔迹写了一封给我的信。因此，可以视作是

一张信纸上的两封信，而此信的信封却又是父亲书写的，从中可以看出，这封信一定是在父母煞费"爱"心的安排下，由全家集体写给我的。

很显然，母亲的这封信与父亲写给我的那封信，是截然不同的两种"风格"，母亲在此信的字里行间充满着一个慈母的浓浓爱心。她在信里提到的颈部淋巴一事，我已经全然记不得当年是否有此症状，然而母亲却始终牵挂在心，念念不忘。至于母亲和弟弟均在信中提及的我对分配在农机连食堂而不安心工作，呵呵，这个确实是我从学校走上社会后遇到的第一个人生"挫折"。当年 18 岁的我，是一个充满浪漫情怀的文学青年，正如母亲在信中写的"你寄来的二封信都收到，第一封信看出你的心似乎在沸腾，我们大小四人跟着同样高兴"。但是，如果说，第一封写给父母的信，我的心是沸腾；那么第二封写给父母的信，我的心已经是充满沮丧了。

由于是近视眼，我没能成为农机连的一名拖拉机手，却被分配到食堂当了一名炊事员。不能驾驶拖拉机驰骋在广袤的田野上，却去食堂烧大锅饭，做一名"饭乌龟"（上海人对炊事员的骂语），感觉是低人一等。所以，在写给父母的信中，字里行间流露出低落情绪。为此，父母不仅自己接连不断地写信安抚我，还动员弟妹"上阵"做我的思想工作。其实，我这个所谓人生挫折，完全是应该打引号的，是典型的身在福中不知福，详情下文细说。

我离别家人才半个多月，可在思儿心切的母亲心里，仿佛离开家人半个多世纪了。"五一"劳动节我一定到你这儿来"，母亲在信中的那"一定"两字，彰显了一个慈母多么浓浓的深情与牵挂。于是，1976 年"五一"劳动节，在"遥远"的崇明岛跃进农场，我在母亲的陪伴下，度过了一个难忘的节日。

母亲在信中提及的洪涛姐，是我松花新村的邻居，上海机床厂职工子弟小学同学胡洪涛的姐姐胡建珍，她与我是安图中学的校友，是 73 届毕业生，一个儒雅而能干的上海阿姐。当时她是跃进农场基办的党支部书记。我分配到跃进农场后，父母经常会托她带些生活用品给我。

40 多年后，每当我和胡建珍相聚，我们总会情不自禁回忆起在跃进农场时的共同岁月。在此，我由衷地向她道一声："阿姐，谢谢你当年对我的关心和帮助。"

哥哥你好：

来信及寄来的钱都已收到，请放心。

《学习与批判》我已买到，但是《朝霞》要到20号、21号两天内才有，所以我想等《朝霞》买到，再一起寄给你。我准备22号寄给你《学习与批判》和《朝霞》。

自从你上次回家以后，我们还是老样子，爸爸、妈妈的身体都比较好，请放心。最近，我们要开学了，在新的学期中，我们一定认真学习，希望你在那里也要认真学习，努力工作。你要注意自己的身体，看书不要看得很晚，这样对眼睛没有好处，对身体也是没有好处的。

　　祝您

　　　　　　身体健康

　　　　　　　　弟 刘定

　　　　　　　　　76.8.20

作者弟弟刘定1976年8月20日写给作者的信

这封弟弟刘定写于1976年8月20日的家信，应该是在父母的叮嘱下写的。自从我离家"远赴"崇明岛后，父母对弟妹说，你哥哥去了农场，一定会想家的，你们要经常给他写信。那时的我，第一次远离父母和家人，十分不适应。因此，思家心切的我，在农机连领导的关心下，7月份便回家探亲了。信中所说的"来信及寄来的钱都已收到"，是

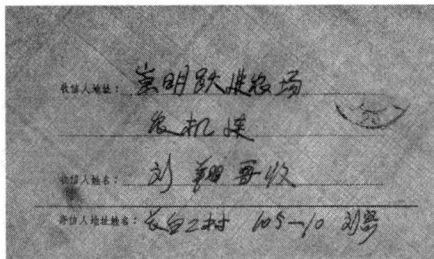

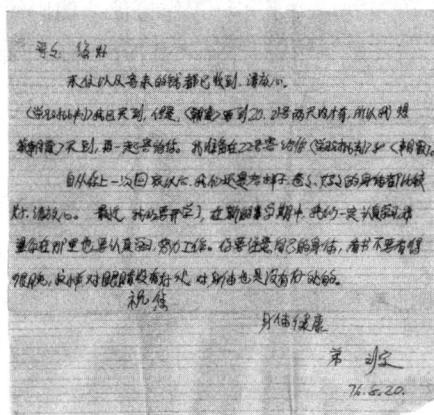

我从工资里省下几元钱，寄给家里的。20世纪70年代的上海人家，家庭生活普遍不宽裕，我走上工作岗位，拿工资了，寄点钱孝敬一下父母，也是义不容辞的。

读小学时，我便养成了阅读书报的习惯，《学习与批判》《朝霞》是20世纪70年代仅存的理论和文学刊物，每个月我都会用父母给我的零花钱，到家附近的长白新华书店购买阅读。来到崇明岛后，隔着长江天堑，信息闭塞，报纸都要一周后才能看到，杂志更是无处购买。我就对父母说，希望他们能定期购买后邮寄给我。由于父母工作繁忙，他们便将这一任务交给13岁的弟弟刘定了。刘定确实也是"不辱使命"，每月到长白新华书店购买，有时书店没有按时进货，他就会焦急地隔三差五地跑去询问。

翔：

上次来信叫你爸爸买的几本书未知跟（给）你办成没有？你在那里身体可好，一定要使自己身体强壮结实才好。你打算什么时候回来，尚使回来的话，我建议你见信就来。因为过了本月21号（端午节）就不许养鸡了。最近上海的蔬菜也没以前那末（么）紧张，鱼也有些，鸡是为你买的，你不回来喝口汤，我们心里是觉得不安的，这种心情只有做亲娘的会有体会。你不吃上，我们吃了再多也是觉得无味。

外婆在上月17号回乡去处理几间草房了，一个要卖，一个不卖，双方各持已利（见）到现在快一个月了，估计要来沪了。外公一人在家，假使你在上海和外公做个伴，他一定会高兴的。

以上意见作（供）你参考，如回来对你有什么影响的话，你就自主行了。据知你在那里表现不差，我们由心（衷）地高兴。年轻人就该勤劳朴素，好学求进。小琦没有下乡劳动，在家里帮助家务，余情如旧，勿念！

母亲 1977.6.16

我这人从小就不喜欢食肉，每每看着他人大快朵颐地吃肉，总感到不理解：肉，有啥好吃的。据母亲说，肯定是幼年时寄养在外公、外婆家时，嗜肉的外公给我吃肉吃过头了，从此患上了"恐肉症"。而对鸡肉我却是情有独钟。每当读到母亲在此信中这段"鸡是为你买的，你不回来喝口汤，我们心里是觉得不安的，这种心情只有做亲娘的会有体会。你不吃上，我们吃了再多也是觉得无味。"总是泪眼婆娑，难以控制自己的情感。几乎是在每一封信中，父母和弟妹都会反复叮嘱我，加强学习，注意身体。

"以上意见作（供）你参考，如回来对你有什么影响的话，你就自主行了"。在这段话的下面，母亲特意划了一道下划线，由此可以看出，母亲在写此信时，既盼望我回家，吃点鸡肉补补身子，又恐怕影响到我的工作的那种矛盾心理。

以上仅是我从 30 封家信中挑选出来的几封，遗憾的是，我给父母和弟妹的信件，除了夹在母亲生前阅读的一本书里，我于 1977 年 5 月 26 日写给父母的一封信外，其余均已无法找到。如果这些信件如今还能"健在"，把它们与父母和弟妹写给我的那 30 封信件，汇编成一本杨浦区与崇明县之间往来"两地书"的话，对我回望自己在跃进农场那些日子里，走过的一串串脚印，一定是非常有意义的。在此，我把唯一"幸存"的这封写给父母的信件抄录如下：

爸爸妈妈：

您们好！

给唐赞平带的东西我收到，请放心。我最近的情况还是老样子，今来信，

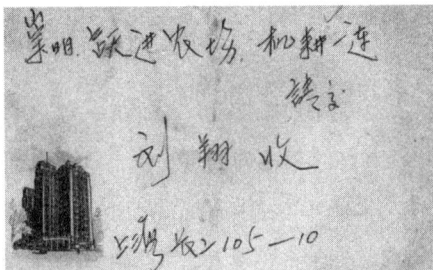

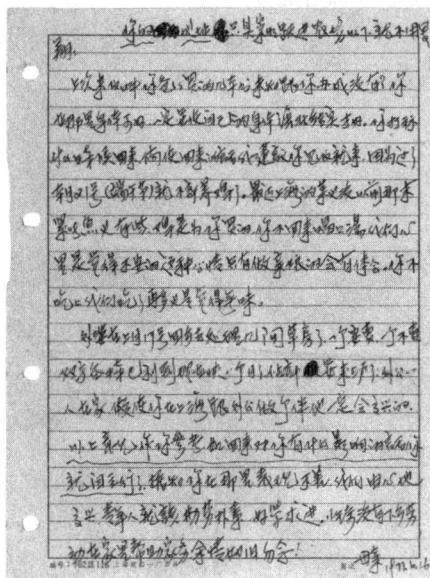

作者母亲 1977 年 6 月 16 日写给作者的信

主要想请爸妈设法给我买几本书

　　1《陈毅诗词选集》

　　2《周总理永远和我们在一起》诗集

　　3 杨沫同志的长篇小说《青春之歌》重版本

　　上述几本书比较紧张，我十分希望爸妈能帮我买到，如买到可邮来，买不到也希望尽早来信告知。您们如有什么想法和意见也可来信告知，正确的我一定接受，你们看怎样？

　　最后希望刘琦、刘定一定要努力学习，现在是怎样的形势他们一定会知道，努力一点。

请父母注意身体健康

致

儿　刘翔 一九七七.五.二十六

　　从此信的语气中，似乎还可以隐约看出我还残存着那么一点"青春期叛逆"。信中提到的唐赞平是我从小一起长大的发小，也是安图中学 75 届的校友，1976年 4 月 8 日，我俩共同奔赴跃进农场后，又一起分配到农机连，他是拖拉机驾驶员，我是食堂炊事员。后来，他亦踏上了从警之路，在虹口公安分局工作，我们又成了一条战壕里的的战友。

　　凭君莫射南来雁，恐有家信寄远人。40 多年后的今天，当我再次捧读那一封封纸张已经泛黄、破损，充满历史"沧桑"感的家信，读着，读着，唐代诗人杜甫的那首著名诗篇《春望》便也情不自禁融入心境……

　　国破山河在，城春草木深。

　　感时花溅泪，恨别鸟惊心。

　　烽火连三月，家书抵万金。

　　白头搔更短，浑欲不胜簪。

　　家是最小国，国是千万家。一代人，一封家信，一生记忆。什么叫家国情怀？

这 30 封家信里透露出的浓浓的亲情、友情，才是真正的家国情怀啊！尺素传深情，家书抵万金。如果说，学生时代我仅是从语文课本上，读懂杜甫这首诗中抒发的诗人热爱国家、眷念家人的真挚感情，那么，来到跃进农场后的我，则真正从心灵中深悟出"家书抵万金"为何能成为千古传诵的名句。每当夜晚降临，一排排简易宿舍里，昏暗的灯光下，劳累了一天的农场知青们或坐在桌前，或趴在床沿埋头写信，成为崇明岛上 8 个农场的一大人文景观。那些年，写信、读信、寄信，不仅是我们倾诉对父母和家人的思念与乡愁，更是成了一代农场知青的一种"生活方式"。

雁寄鸿书，鱼传尺素。以笔墨书写的书信，在中国一写就写了两千多年。然而，如此悠久的书信文化，随着时代的发展，似已濒临"失传"，几乎成为上一世纪的绝唱。如今，人们之间写信、寄信这种"古老"的通信方式早已消失。电话迅速取代了写信，而互联网的横空出世，QQ、微信又很快"淘汰"了电话通信。我保存下来的几十封信件也就成了"文物"。

可是，现代科技通信技术，虽然给人们带来了快捷与便利，但手指在键盘、屏幕上的点按，总还是"冰冷"的，哪能比得上用笔在信纸上一笔一划书写出情感的温度呢？科技的发展在给人们带来巨大便捷的同时，也无奈、无情地带走了脉脉温情和人文情怀。40 多年前，当我独自在崇明岛偏僻的跃进农场战天斗地时，正是父母和弟妹写给我的 30 封家信，给予我的教诲与指点，才使 18 岁的我，逐渐走出人生的迷惘与精神的孤独。在那个家书抵万金的岁月里，家信承载了我太多的思念与期盼。现在，虽然书信往来已经"远离"了人们的日常生活，但是心中对家信的那份情怀依旧澎湃。今天，当我重新捧读这一封封家信，依然能触摸到父母和弟妹温润在字里行间的那一份浓浓的亲情。

九 | 难忘1977，在恢复中断了
十一年高考后的复习迎考日
子里

　　4 月的崇明岛，春寒料峭。

　　吹拂着由海风和江风混搅在一起直刺骨髓的阵阵寒风，我算是真正领教了什么叫不寒而栗。裹着农机连发放给新职工的厚厚工作棉袄，我被冻得像只偎灶猫。但为了给领导留下个好印象，不得不强打起精气神和大家一起在第四机耕队开始了为期一周的新职工集中学习与培训。

在农机连不开拖拉机，太没面子了

　　培训结束那天，大家逐个念完学习小结后，农机连开始分配每个新职工的具体工作。负责生产的连长对我说："刘翔，你是近视眼，就不让你开拖拉机了，照顾你到连部食堂去工作吧。"闻听此言，再瞧瞧和我同来的一批同伴都神气活现地当上了拖拉机手，我急了，当即恳切地说："连长，在农机连不做一名拖拉机手，太没面子了。我喜欢开拖拉机，你还是让我去开拖拉机吧！"

　　"刘翔同志，老实告诉你，农机连现在最缺的劳动力就是拖拉机驾驶员，我当然希望开拖拉机的人越多越好。但你是近视眼，考虑到行车安全，才好心照顾你，你硬要去开，万一出车祸谁负责？我怎么向你父母交代？这可不是开玩笑的事情啊！"连长朝我狠狠地瞪了一眼。

　　连长的话说到这个地步，我还敢说什么呢？每个男人的心里，都有着与生俱来的一种英雄情结。由于学生时代没注意保护视力，经常在黯淡灯光下看书写字，我早早地患上了近视眼。中学毕业报名参军，因近视眼体检不合格，被刷了下来。如今分配到农场，又是因为近视眼，不能雄赳赳气昂昂地驾驶拖拉机（当时正处在备战备荒年代，好像流传着一种传说，一旦打仗，履带式拖拉机就可以迅速改装成坦克驶向战场）。近视眼啊，近视眼！你一次又一次地"摧毁"着深埋在一个男人心底的英雄情结。

我欲哭无泪。

回到寝室后有好几个老职工，得知我为没能开上拖拉机而闹情绪，特地来教训我："小阿弟，不要拎不清啊！侬晓得开拖拉机要早中夜三班倒，一个人在农田里耕地有多吃力哦？食堂里厢做，生活轻松不讲，还能多吃多占，不要太惬意喔。侬看伊拉食堂里的人，啥人不是养得白白胖胖，哪像阿拉一天到晚穿着油腻腻的工作服，跟垃圾瘪三一样。侬跟头头去讲，阿拉和侬对调好了！"

听得老职工这么一说，我似乎有所顿悟，农场食堂里的工种，的确是个令人羡慕的肥缺，基本上都是要开后门才能进去的。想到这点，情绪总算有点平复下来。但内心仍然觉得在农机连，没能成为一名拖拉机驾驶员，是一件很没有面子的事情。在当年反映知青题材的文艺作品里，年轻英俊的拖拉机手永远是"三突出"的高大形象，而各种型号的拖拉机也总是知青电影、宣传画中一个醒目的"道具"。记得在奔赴跃进农场的前夕，为了解崇明农场究竟是怎么回事，以便迎接即将到来的农场生活，我特地到家附近的长白新华书店，用省下的五角二分零用钱，购买了一本由上海市属国营农场"三结合"创作组创作的短篇小说集《农场的春天》，作为自己以后在农场工作、生活的"指南"。

在文艺作品的熏陶下，以及各种宣传攻势的影响下，18岁的我，对拖拉机手充满着革命理想主义与浪漫主义色彩的想象，拖拉机手亦成了自己心目中的崇拜偶像。现在到了农机连，放眼望去，车库里一排排停放整齐的拖拉机，就像一个个精神抖擞、等待受阅的"士兵"，而我却不能成为检阅它们的"将军"，岂不痛苦？但这个颇为"文艺"又有点小资的想法，在当时的历史环境下，我怎么好意思说得出口？别人听了，一定会笑掉大牙的。

理想和现实总是矛盾的。无奈之下，我只得服从组织分配，穿起白色工作服，不太安心地当起了一名"饭乌龟"。但心有不甘的我，还是在当天晚上，钻进被窝里，伏着枕头，偷偷地在笔记本上写下一首充满激情的长诗"我是一名光荣的拖拉机手"，在梦境中驾驶着"东方红"型号履带式拖拉机，迎着初升的朝阳，在一望无际的广袤田野耕田、播种。仿佛是一名威风凛凛的坦克手驾驶着一辆轰鸣的坦克，驰骋在硝烟弥漫的战场。如今想来，这或许就是自己为什么要在 36 岁本命年这年，不顾家人、朋友劝阻，宁愿放弃安逸的生活和工作，执意要从杨浦区审计局调干到上海市公安局，穿上英武的橄榄绿警察制服，从而了却当年因近视眼导致参不了军、开不了拖拉机的那个深埋心底的英雄情结吧。

梦醒时分，已是清晨。赶紧跳下双人床，胡乱地洗漱一下后，快快地走进连部食堂，操起犹如铁锹般的大锅铲，跟着师傅学起了烧大锅饭。好在那时人们对饮食的要求远没像今天这样讲究精致和营养，只要能填饱肚子就行。食堂供应的除了青菜、黄芽菜等蔬菜外，荤菜则永远是烂糊肉丝与红烧大肉。因此，我这个新手在师傅的带教下，没几天就正式上岗成了个"伙头军"。最提心吊胆的倒是独自上早班点火烧不旺大炉、开不出早饭，这绝对是"急死人"的事情。

虽说我少年时就有生煤球炉的底子，但这大炉可不比家里的煤球炉，要把它一次性点燃烧旺，难度极大。有好几次碰到买来的是劣质煤，再加上自己操作上的不熟练，眼看就要到开早饭的时间，可那炉火依然是奄奄一息，不肯往上蹿，朝炉膛里浇上柴油竟也无济于事。耳听得急着赶去耕田的拖拉机手们，不停地拍打售饭窗口和大声骂娘声，心急慌乱之中，我都有"跳长江"的念头了。要知道，在当时，若是因为我工作的失职，没能让全连职工准时吃上早饭，从而影响到他们"抓革命、促生产"，那绝对是一种阶级斗争新动向。

幸运的是，在食堂主任黄木根的帮助下，这样的险情多次都化险为夷了，使我能安然度过难关。当然，随着时间推移，我烧大炉的技能也开始"炉火纯青"。当炉膛里燃起熊熊烈火之时，我就会洋洋得意地走出炉灶间，凝望着食堂顶端的烟囱飘出袅袅炊烟，油然升腾起一种自豪感。

渐渐地我努力的工作态度，得到了连队领导和职工们的好评，再加上在大会、小会上曾经高举手臂，懵懵懂懂喊过几句"保卫海岛、扎根农场"之类的口号，1977 年 6 月，竟也被组织上评为"农业学大寨"的先进个人。作为一个刚到农场工作一年多的食堂后勤人员，能够获得"农业学大寨"先进个人荣誉称号，绝对不是一件轻而易举之事。

与此同时，我的"职务"也从一名炊事员"晋升"为食堂管理员。每天骑着

作者荣获的"农业学大寨"先进个人奖状

一辆重磅自行车，屁颠屁颠地赶到场部供应站采购各类副食品。

食堂主任黄木根是一位 20 世纪 60 年代就来到跃进农场的老围垦，早已扎根在农场结婚成家。敦厚善良的他，对我们这些走出校门、远离家人的农场知青，不仅在工作中悉心帮助指导，生活上也十分关心照顾。当时，粮食和猪肉等副食品等都是必须凭票证供应的，我们每次回市区探亲，他都会利用"职权"，特批从食堂仓库里卖些大米、猪肉等市场上紧俏的农副产品让大家带回家。至今我还清晰地记得，1976 年春节回家探亲时，他笑吟吟地对我说："小刘，你第一次回家过年，带点排骨、皮蛋、大蒜头回去孝敬一下父母吧，钞票我会叫连队会计给你记账的，等发工资时再扣掉。"随后，他又轻声叮嘱一句："我们这是内部供应，你可不能对连队里其他人说哦！"

可别小看这些东西，在食品供应紧缺的年代，我也算是享受了一把"高干特供"的福利待遇了。原本不安心做一个"饭乌龟"的我，随着时间推移，情绪也逐渐稳定下来。而每当开饭时，望着窗口外，那些刚从农业连队耕地回来的拖拉机驾驶员们一双双充满着饥饿的目光、举着搪瓷碗不停晃动的手臂，以及他们指着我手中打菜的勺子说："兄弟，你的手不要抖得太结棍啊！"的一声声急切呼喊，心里就会产生一种莫名其妙的优越感：呵呵，我手抖动的幅度，决定着这盘菜肴的多与少哩！如果你还喜欢对大肉挑精拣肥的话，同样离不开我的手上功夫也。此刻，我终于明白了，那些老职工对我不安心食堂工作，为何要大骂拎不清，这真正是属于身在福中不知福啊！现在，我拎清了，拎得煞煞清。

当时我的第一年工资是每月 18 元，第二年才加到 24 元，物质生活显然是清贫的，但精神生活还算是"富裕"。因为，从小喜欢读书看报，以后逐渐迷恋上了文学，做起了"作家梦"。来跃进农场所携带的行李中，除了必要的生活用品外，还藏有当时被打成"毒草"的巴金的《家》、雨果的《悲惨世界》等中外名著。当然也有长篇小说《金光大道》《虹南作战史》和杂志《朝霞》《学习与批判》等当年的一些出版物。晚上，别人打牌喝酒，我则埋头看书。1977 年 5 月 25 日傍晚，我在农机连阅报栏挂出的当天《文汇报》上，看到从小就崇敬的巴金先生那篇长达 5000 字的《一封信》后，简直不敢相信，历经"文革"劫难，巴金又重新拿起笔，恢复了创作，顿感文学创作的"春天"来了，从而更加痴迷于"作家梦"，开始不知天高地厚地把自己写的诗歌、散文塞入信封，潇洒地写上"邮资总付"4 个字后，投向《解放日报》《文汇报》和全国各地的文学刊物。

可是，等来的结果，不是石沉大海，就是一封封铅印的退稿信。可我并不灰心，依然乐此不疲，刻苦写作。支撑我的坚定信念，除了圆自己的作家梦之外，还有一个强烈的念头，就是渴望能通过在报刊上发表文章，引起农场领导关注，从而也能像《农场的春天》这本短篇小说集里的孙颙、王小鹰、王周生、杨代藩等作者那样（他们当时也都是崇明等地农场知青，现均已是著名作家），以他们为榜样，被吸收进市属国营农场三结合创作组，早日结束"伙头军"生涯，改变自己的命运。

由于自己在中学时参加过文艺小分队，会拉几下二胡，所以来农场时，父母特意替我买了把二胡，让我丰富业余生活。为此，在阅读书籍同时，每当晨曦微露的清晨，或一抹余晖的黄昏，我常常会坐在寝室里、田埂旁尽情地拉上一曲《赛马》《二泉映月》，让悠扬的乐曲冲淡浓浓的愁思与孤寂……

中断十一年之久的高考重新恢复了

具体是哪一天早已忘记了，只记得那是一个落日余晖格外灿烂的傍晚。在食堂辛勤劳作了一天后，我拖着疲惫的身体，早早地回到寝室，爬上了双人床上铺那个自己的小天地，放下蚊帐，早早地入睡了。蒙蒙眬眬中突然被场部广播站一阵激越的播音声惊醒，竖耳一听，是正在反复播送国务院转发教育部《关于1977年高等学校招生工作的意见》。啊！原来是中断十一年之久的高考制度重新恢复了。

然而，面对这么一件在我国历史上具有重要意义的国家大事，我和寝室里的几个职工聆听过后，竟然个个都显得麻木不仁的平静。因为在那个年代，高考，对我们这一代年轻人来说早已是"远古的传说"了。如今，它虽然又回到了我们身边，可是，我们又有多少能力与胆量去攀登那辉煌的知识"殿堂"呢？实在是不敢奢望呀！

第二天下午，连队党支部书记方美萍从场部开完恢复高考招生工作紧急会议后，立即在食堂召开了全体职工大会，进行布置、动员，号召大家踊跃报名参加高考，接受党和政府的挑选。和以往参加任何一次的"春耕、夏种、秋收、开河"动员大会一样，大家都面无表情地呆坐着。

可是，当方书记最后言辞恳切地说道："同志们，你们想想我们连队每年上调名额只有几个？（当时，农场每年都有抽调到市区企事业单位工作的名额，俗称"上调"，但需在农场工作满二年以上。因名额十分少，竞争非常激烈。）不管考得上还是考不上，你们都要报名去试一试，千万不要放弃这个机会，万一有谁考取，也是减轻我们农机连上调工作的压力啊！"

方书记此话刚说完，顿时，一片群情激奋，整个食堂里开始沸腾了。在农场工作过的知青都知道，每年一度的上调，是农场里竞争最为激烈与惨烈的一件事。为了获得上调回市区工作的名额，其难度就是"蜀道难，难于上青天"，其中的酸甜苦辣，只有我们自己最清楚。而作为一个到农场一年多的新职工，连上调的资格都还没有呢。走出食堂的大门，我终于决定一定要抓住这个机会，报名参加高考。

此时，距离正式考试的日子也只有两个月左右时间，要在这短短的时间内娴熟地掌握数学、语文、政治、史地这4门高考课程，对我这个75届中学毕业生来说，无疑是"残酷"的。在没有老师辅导的情况下，只得依靠中学读书时保存下来的教科书，和父母寄来的几页高考复习提纲复习迎考。

　　因为白天我要继续充任"伙头军"，复习时间只能放在晚上。那些日子里，我一下班就捧起复习资料，直到深夜才睡觉。满脑子塞的尽是"二元一次方程、安史之乱、唯物主义"等公式、概念。而这时又恰逢冬季开河，这是整个农场系统每年"兴修水利"的重大战役。崇明岛上8个农场的职工几乎均是"倾巢而出"，奔赴开河工地。开河，既是一项兴师动众的浩大工程，也是一场似乎带点考验农场知青吃苦耐劳精神的"革命运动"。那种在冰天雪地下，顶着凛冽寒风，男知青站在冰冷的河道里挥锹挖泥，女知青肩挑泥土，艰难地一担担往河堤上运送的"炼狱"般情形，现在回想起来，依然让许多农场知青"心有余悸"。很多人的肩膀上，至今还留有肩挑河泥时鼓起的那块"肉疙瘩"。

　　好在农机连的任务，不像农业连队那样纯粹是手挖肩挑的体力活。他们拼的是苦力，我们干的是机械化操作活，驾驶拖拉机平整土地。而食堂的工作是做好

当年农场知青在"兴修水利"开河工地上

作者在农场辛勤工作之余，依然刻苦学习

拖拉机驾驶员的伙食供应，每天将饭菜运送到开河工地。那天深夜，食堂主任带着我为正在工地加班的驾驶员运送馒头等点心。这是我第一次目睹开河，场面十分壮观。虽已是凌晨时分，但数以千计的男女知青依然还在热火朝天地进行劳动竞赛。整个工地红旗猎猎，喇叭震天。在"小太阳"的照耀下，灯火通明如同白昼，标有各个农业连队番号的队旗，插在各自的工地上，在高亢的《大海航行靠舵手》歌声烘托下，让人有一种血脉贲张的感觉。

当我把一只只散发着热气的肉馒头给驾驶员分发完后，食堂主任关切地说："小刘，这么晚了，你到那边去休息一下吧。"顺着他手指的方向，我走到一个类似战场上的"猫耳洞"的掩体旁，原来这是一个驾驶员临时休息处。此时，早已疲惫不堪的我，顾不得阴冷潮湿，就和衣躺了进去。遥望着头顶上满天星斗，情不自禁地又开始背诵起名词解释、数学公式……

令我感动的是，在临近高考前一个星期，连队里憨厚而略显腼腆的赤脚医生方伯生，突然悄悄地把我叫到医务室，将一张写有"全休两天"的病假条塞到我的手中："刘翔，我看你来农场后，一直喜欢读书看报，这次高考应该还是蛮有希望的。我是 73 届的，肯定是考不取的，所以也没有报名。我预祝你成功，为我们农机连争光。"望着他那诚挚的眼神，我捏着这张显然是造假的病假条，紧握着方伯生的双手，久久说不出一句话……

总算能够"全脱产"复习了，这混到的两天病假，对我来说实在是太珍贵、太珍贵了。

别了，我的跃进农场

1977 年 12 月 11 日，这是我人生之路中永远难忘的日子，停顿了十一年的高考，终于在这一天重新开考了。那天，我们整个跃进农场充满着喜庆的气氛。众多的考生如赶集般纷纷搭乘卡车、拖拉机、牛车，或骑着自行车从各自的连队向考场所在地——崇明县三星中学进发，一路上浩浩荡荡，成为跃进农场的一大景观。

我们农机连也有近三分之一的人报考，连部特意调用了 3 辆拖拉机挂上了拖斗，作为运送考生的专车。当我踏进考场，端坐在教室，将那张编号为 136511 的准考证庄重地放在课桌的右上角时，心中不由掠过一丝激动的颤抖，突然感到自己正在行使一个被历史所延误了十一年的神圣权利。正式开考的铃声响起后，我迅速埋头在语文试卷上撰写起作文"在抓纲治国的日子里"。

高考后的第二天，我特地起了个大早，天还没有亮就兴冲冲地赶到场部食品供应站，买了一条上好的猪后腿，准备为全连的职工，也为自己好好地改善下伙食。在复习迎考的这段时间，由于自己一门心思忙于复习迎考，工作上也就有点"心不在焉"，食堂的菜谱上已经好长时间没"开大荤"了。

1978 年 1 月的一天，我接到了去崇明县城南门港体检站参加高考体检的通知，不禁令我欣喜若狂，"啊，我考上大学啦！"立即写信向父母汇报这一喜讯。2 月 23 日，跃进农场参加高考考生录取名单终于揭晓。场部广播站在有线广播中反复播送着录取者名单。我竖起耳朵仔细聆听，却始终没能听到自己的名字。怎么回事？我顿时懵住了。更惨的是，我们农机连竟然是全军覆灭，没有一人被录

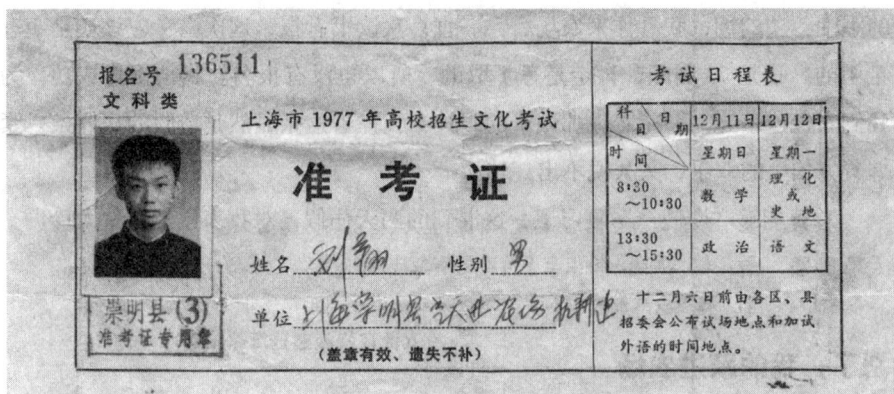

作者参加1977年高考的准考证

取，这样的结果显然是无情的，全连顿时陷入一片无言的沉默中。当天晚上开饭时，来买饭的人也少了许多。

"一颗红心，二种准备"。由于父母早已在考试之前就不断写信给我"敲木鱼"，因此，和那些急于想通过高考"逃离"农场的老职工相比，我除了因参加了高考体检却没拿到录取通知书而赶到遗憾，和对赤脚医生方伯生有点愧疚外，情绪上倒也颇为坦然。自己文化底子差，靠临时抱佛脚毕竟是不行的。再说，到农场才一年多时间，年纪还轻，今年没考上，明年还可以继续考嘛。于是，饭照吃，觉照睡。

谁知，第三天上午，当我一如往常地从场部买完菜回到食堂时，突然听到食堂对面连部办公室里有人朝我大声呼喊："刘翔，你考取了！"还没等我反应过来，食堂主任已急匆匆走到我的身旁："小刘，你真的考取了，方书记已经帮你到场部去拿录取通知书了。"

不一会儿，方书记从场部回来了。当她把一份上海市商业学校录取通知书郑重交给我时，我简直不敢相信这是真的，傻愣愣地呆站着，不知说什么才好。手捧这份迟了三天到达我手中的录取通知书，一切仿佛是在梦境中。

1977年12月，"文革"后恢复的首次高考，不知为何，没有公布录取考生的高考分数。所以，至今为止，我都不知道自己的高考分数。事后细想，我之所以被上海市商业学校这座中专学校录取，或许是因为我自不量力，大胆地把这年高考最为热门的复旦大学中文系，作为自己报考的第一志愿。再说 1977 年高考，恢复招生的高校原本就不多。我这个 75 届中学毕业生，根本就不是那些实力雄厚的"老三届"考生的对手。

1977 年高考全国有 570 万名考生报名参考，但录取率却很低，包括大中专在内仅为 4.7%。我能成为 27 万名录取者中的一员，至少证明自己在这次复习迎考中还算是努力的。凭着在安图中学读书时那点微薄的文化底子，能够在这次高考中，最终因离高校录取分数线几分之差，被上海市商业学校录取，绝对也是额角头碰到天花板了。能够早日"逃离"崇明岛，尽早和跃进农场"拜拜"，对我来说，就是最大的成功与幸福，用现在的网络语言来说，那就是个"喜大普奔"啦！

不过，40 多年后，我们这些"文革"后首批进入上海市商业学校就读的学生，回望 1977 年高考，不约而同地感叹：当年如果没有在录取志愿中填报上海市商业学校、如果没有达到上海市商业学校的录取分数线，也许就不会被上海市商业学校纳入"怀抱"，那么极有可能在紧接着的高校扩招中，被大学"收入囊中"，成为恢复高考后的 77 届大学生。

"兄弟，'诡异'的人生哪里会给侬这么多的'如果'，认命吧，很多东西都

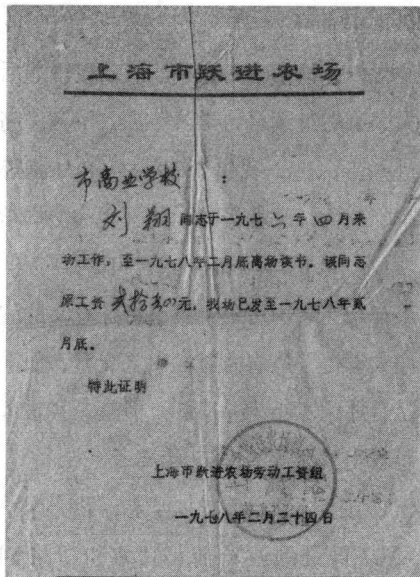

跃进农场劳动工资组开给上海市商业学校的作者离场读书工资发放证明

是侬的命中注定！"今天的我们，彼此经常以此话来嘻哈自嘲。从商校毕业后，大家虽然继续努力学习，进入了各类高校进一步深造，我也于 1989 年 6 月获得华东师范大学政教系的本科文凭和法学学士学位。可是，参加了 1977 年的高考，结果却与在中国历史上具有特殊意义的 "77 届大学生"擦肩而过，失之交臂，似乎还是有那么点小小的遗憾。但是，我永远感恩改变我命运的 1977 年高考。

按照录取通知书规定，我必须在 2 月 27 日赶到位于闸北区共和新路 1458 号的上海市商业学校报到，时间非常紧迫。方书记拉着我的手说："刘翔，你是我们农机连的骄傲，我现在就去场部劳动工资组帮你办理离场手续。你马上打个长途电话把这一好消息告诉你父母，争取准时赶到学校报到。"

这时，连队里的其他职工闻讯也纷纷围拢上来，向我表示祝贺。同寝室的王自强特地到场部小卖部买了一本精美的绸面日记本赠送给我，并在扉页上题写："刘翔友，刻苦学习，努力攀登。临别纪念。友自强赠 78 年 2 月 24 日"。

此时此刻，此情此景，我再也按捺不住兴奋的心情，疾步奔向寝室，顺手操起一个热水瓶就向窗外的田野狠狠扔去，为我的录取、为高考制度的恢复，"砸"

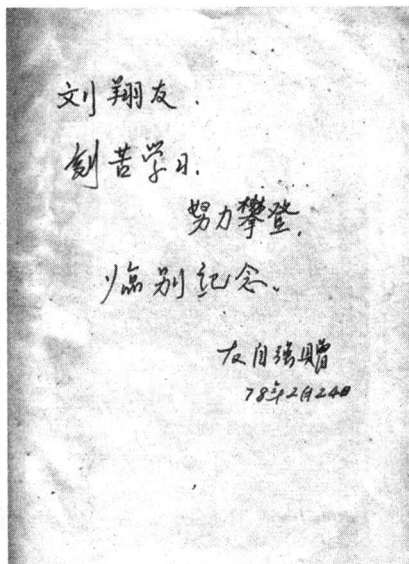

农场同寝室的王自强赠送给作者的日记本和赠言

响欢庆的"礼炮"。

那一晚，我掏出身上所有的钱款，购酒买烟，并利用食堂管理员的"职务之便"，加了几个菜，邀请食堂主任、方伯生、王自强以及同寝室的兄弟们"欢聚一堂"，以至连回家的路费也没有了，只得向会计借了 5 元钱，购买车船票。

那一晚，我们疯狂地喝酒、猜拳，不擅喝酒的我，端着斟满崇明老白酒的搪瓷茶缸，大口大口地干了一杯又一杯，和着茶缸你来我往的"叮当"碰杯声，我与他们嬉笑怒骂……

这一晚，我醉了。

醉得一塌糊涂。

醉得一天世界。

1978 年 2 月 25 日清晨，淡淡的薄雾飘浮在广袤田野的上空，寒冬还笼罩在大地，但跃进农场机耕道两旁的小树，已经开始泛出点点绿芽，春天渐渐露脸了。

一位老职工开着手扶拖拉机，悄悄地将我送到前往崇明县城南门港的公共汽车站。临别之际，我没有去惊动那些朝夕相处的兄弟姐妹们，因为我知道，我的"逃离"，很大程度对他们来说是一种深深的刺激，在当时上调市区工作名额少得可怜的情况下，他们不知道，自己究竟何年何月才能离开农场，回到父母的身边。他们对青春、前途、人生依然充满着迷茫，而我还算是一个幸运儿吧。

"呜……"随着汽笛鸣响，我独自站在驶往吴淞码头的双体客轮甲板上，凝望着前方蒙着层层薄雾的岛屿，迎着凛冽的江风，我终于流泪了。我在心中默默地和那些同时代的农场战友告别，为农机连的兄弟姐妹们祈祷：谢谢你们，在我 1 年 10 个月的农场工作与生活中，是你们的真情呵护，温暖着我的心，祝你们能够早日上调回市区……

别了，崇明岛。

别了，我的跃进农场。

8 封家信，见证父母与我的 1977 年高考往事

1977 年 10 月，党中央、国务院决定恢复高考，这是一个具有历史意义的决

定。对于当年参加高考的 570 万名考生来说，这是他们一段惊心动魄的生命历程。作为 570 万名考生中的一员，今天，当我回望 1977 年的高考，自己之所以能够大胆决定报名参加考试，其中一个很重要的因素，就是父母对我的鼓励与支持。

40 多年后，我在整理 1976 年 4 月至 1978 年 2 月我在崇明县跃进农场工作时父母给我的 21 封家信时，捧读这些敲盖着岁月邮戳的信笺，让我感动的是，其中有 8 封居然是专门谈及 1977 年高考的。尤其惊讶的是，早在 1977 年的 3 月，母亲就从这年 3 月 21 日《参考消息》读到的一则外电报道上，敏锐地察觉到高考招生制度会发生变化，当即在 23 日给我写了一封信：

翔：

春节探亲回崇明怎么一直没来信？家中甚不放心。

你在那里可好？前几天报上刊登了崇明与南汇开展社会主义劳动竞赛，接着其它（他）县与县之间又向崇、南学习，掀起竞赛热潮。在我们想象中大概农场现在很忙，不知你们情况怎么样？

今天参考消息上有一条关于《中国整顿考试制度》说今后大学招生拟采取"两条腿"做法，既从工农兵中选拔，

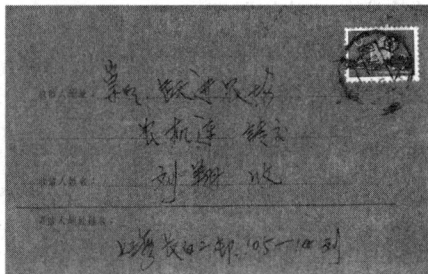

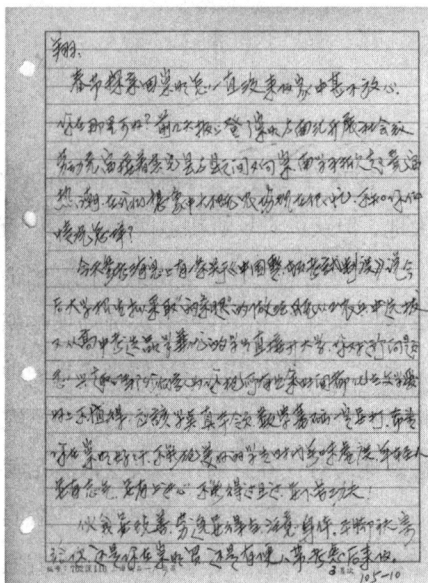

作者母亲 1977 年 3 月 23 日写给作者的信

又从高中考选品学兼优的学生直接升大学，你对这个问题感兴趣吗？我们认为你把所有业余时间都化（花）在文学爱好上不值得，应该学点真本领，数学基础一定要打（好），希望你在崇明好好干，不能把美好的学生时代虚度。年轻人要有志气，要有上进心，不能得过且过，要下苦功夫！

伙食要改善，劳逸要得当，注意身体。平角裤寄给你，还是你在崇明买，还是有便人带，考虑后来信。

105—10

信尾的落款 105—10，是当时我家居住的地址长白二村 105 号 10 室。因"文革"中取消高考制度，我中学毕业没能参加高考，父母始终为我遗憾。出生于 20 世纪 30 年代的父母，均具有高中和大专文化程度，他们平时不但自己很注重读书看报学习，对我们 3 个子女的学习亦是抓得很紧。因此，当母亲从《参考消息》上一则外电报道，说今后大学招生拟采取"两条腿"做法，敏锐地嗅觉到高考制度可能会有变化，当即来信问我"你对这个问题感兴趣吗？"而《人民日报》是在当年的 10 月 21 日才正式发表《高等学校招生工作进行重大改革》通知的。

我知道，母亲之所以如此"心急如焚"地把这一仅是参考的"消息"写信告知我，是在对我"敲木鱼"，让我对接下来高考制度可能产生变化做好思想准备。母亲是一名从事航天事业的科技工作者，科学救国、科技强国是她的人生信念，因而，对我喜欢文学，经常写写弄弄，一直是持反对态度的，她曾在 1977 年 6 月 19 日给我的一封来信中这样写到："对你来讲，关键问题不在于会写文章，现在大家文化水平都在提高，不稀奇。就拿姚文元来讲，前几年是红得发紫的人物，现在怎么样了？"经历了"文革"风暴后的父母，深知舞文弄墨是十分虚幻的，甩笔杆子的人，弄得不好就会引火烧身、身败名裂。

1977 年 10 月 21 日，当全国各大报纸发表《高等学校招生工作进行重大改革》通知后，母亲立即在 24 日给我来信。

翔：

你好！最近高教部关于招考事项已在报上刊登，谅你阅悉。不知你们这些知青有何反应？你本人有什么打算没有？我室是知识分子成堆的地方，收集了各届大学招考的试题，以及今年应考的复习提纲，不知你可需要，如有报考的雄心壮

志，又有应考的充分准备，那末（么）
来信，我给你寄来。

　　已上山下乡的知青也可报名，不
需要二年工令（龄）。裘老师那里应去
联系，多多请教。即使今年没有没打好
基础，可以从现在起好好下苦功，待今
后招生时去应考。过去"四人帮"把求
上进的正派青年污为中了读书做官论的
毒，可是这帮人就看不到文盲加流氓会
灭种亡国的危险。最后希望你在农场搞
好本职工作，注意锻炼身体，素质好同
样体质也要好。家中一切正常。刘琦学
习有进步，阿三有些骄傲。

　　　　　　　母亲　1977 年 10 月 24 日

　　一定是言犹未尽，母亲在信的上
端，又加上了一段话：你看要不要跟董
老师也联系一下，谈谈当初求学受挫的
情景，或者把自己的志愿向校党支部反
应（映）。

　　从报上得到恢复高考的消息后，
母亲便在第一时间写信向我下达动员
令，并准备把应考的复习提纲邮寄给我。
信中提到的裘老师、董老师是我在安图
中学就读时，先后担任过我们 75 届（1）
班班主任的裘婉儿、董盘芬两位老师。
因母亲经常参加安图中学的家长会，故
和裘老师、董老师十分熟悉。信中提到
的"求学受挫"，是指毕业分配时，母

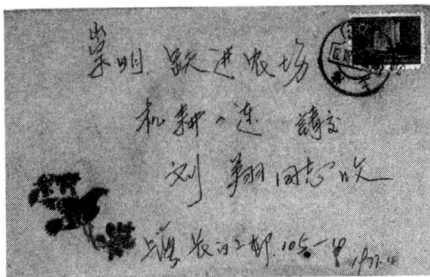

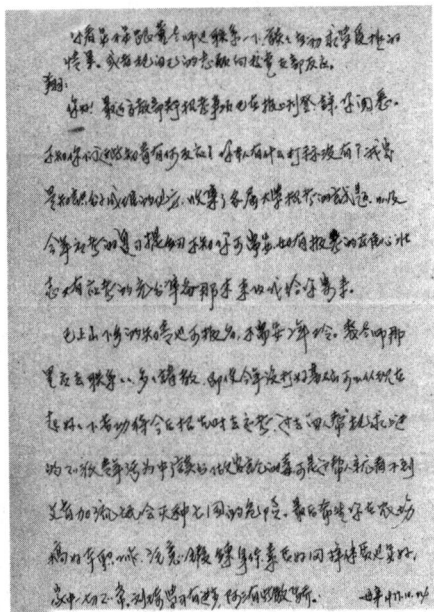

作者母亲 1977 年 10 月 24 日写给作者的信

亲曾经向校方恳求："刘翔在学校里读书很卖力的，最后一个学期还被评为'三好'学生。现在高考取消了，能否分配他到技校继续读书？"

但学校负责毕业分配的工宣队领导斩钉截铁地告诉母亲：根据"长子务农"的毕业分配政策，刘翔别无选择，去农场务农，是他唯一的出路。我离开安图中学，分配到跃进农场已经一年多了，可母亲依然还在为我当初的毕业分配而"耿耿于怀"，因此，也就有了加在此信上端"求学受挫"这一段话。

虽然在安图中学读书时我在学习上还算用功，但仅凭我 75 届中学毕业生的这点文化基础，还是缺乏报考胆量的。可最终在父母的鼓励下，我毅然决定报名参加高考。

然而，要在一个多月的时间里，完成语文、数学、政治、历史、地理 5 门课程的复习，对我这个每天都在忙于烧"大锅饭"的人来说，难度是可想而知的。我在给父母的信中，诉说了自己的苦恼，表示对这次高考只能是试一试，不抱录取的希望，一颗红心，二种准备。收到我的去信，父亲当即在 11 月 2 日回信给我：

　　刘翔：

　　来信收到，你抓紧复习功课，准

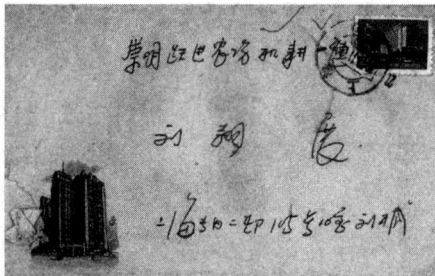

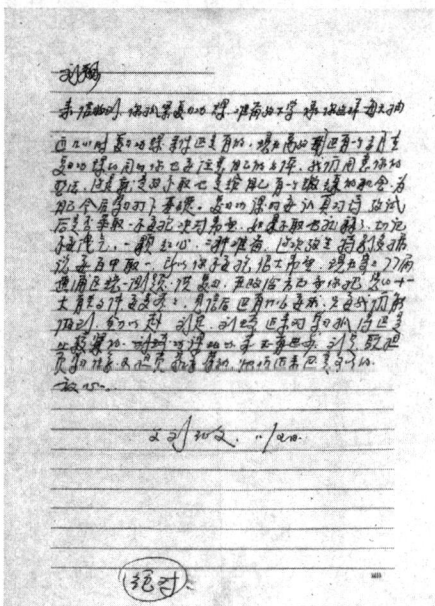

作者父亲 1977 年 11 月 2 日写给作者的信

备考大学，像你这样每天抽出几小时复习功课，条件还是有的，现在离考期还有一个多月。在复习功课的同时，也要注意自己的身体。我们同意你的想法，这是（次）就是考不取也是给自己有一个锻炼的机会，为自己今后学习打下基础。复习功课时要认真对待，考试后是否录取，不要抱决（绝）对希望。如果不取也就算了，切记不要泄（泄）气。一颗红心，二种准备。这次考生特别多，据说要百中取一，所以你不要抱很大希望。现在寄上77届黄浦区统一测题，供复习。在政治方面你要把党的十一大有关文件要多看看。见信后，还有什么要求，只要我们能做到的，全力以赴。刘定、刘琦近来学习抓得还是比较紧的，刘琦功课比以前大有进步，刘定既担负学习任务，又担负家务劳动，他们近来还是可以的。放心。

父 刘征文 11月2日

写好此信，父亲发觉把"绝对"写成了"决对"，于是便在信纸的下端订正了这个错别字，还特意划上一个圆圈。言教不如身教。从这么一个小细节可以看出，父亲正是以自己的认真，来教育我必须做到如其在信中所说的"复习功课时要认真对待"。作为单位里的党支部书记，父亲以他的政治敏锐性提醒我"在政治方面你要把党的十一大有关文件要多看看。"

11月7日，母亲再次来信。

刘翔：

您好，最近你们一定很辛苦，要注意身体。照片收到来信，最好把有关报考概情谈谈。一颗红心，二个（种）准备这态度很好。我想，只要扎实认真，也许能有希望。今天报上已登出各高校招生科目，你一定很关心这方面消息，在此我不多谈了。你准备报考文科，听你父亲说，标点符号也要考，比如一篇文章要你注上标号，说出主语、宾语、谓语，什么词……要把颠倒不成句的词组织成通达有序的文章。总之，说难也不难，讲易也不易，到那时要沉着对待，头脑要冷静。看题答问。天气冷了，你棉袄没有，我很不放心，买件球衣还是买件现成的棉袄，望来信。在食堂不冷，假使出去投考没有棉袄怎么行呀。你慎重考虑。如崇明有棉袄买我将钱和布票寄给你，免得我买好再寄了。

祝你健康

母亲

此信中母亲说的"照片收到来信"，是指我让父母邮寄给我的参加高考的报名照。信中母亲不仅对我继续强化"一颗红心，二种准备"的思想教育，为我心理减压。同时，如何应对高考的点拨，则更为具体化了。

三天后的 11 月 10 日，父亲又来信。

刘翔：

这几天你复习功课一定很紧（张）吧，我去信已跟你说了，要认真对待，但也要一颗红心，二种准备。今来信告诉你，我搞到一份复习提纲，内容分：政治常识、历史、哲学、语文、中国历史分古代近代，地理分自然、中国、世界三部分。人家只限借二天，现在准备复写。我想，现在离高考期很近，你是否能请假，回来专门复习，或者我们另外再写信给你，就说你母亲身体不好，望你回来，你看这样行不行，想征求你的意见，究竟怎样，速来信。

父　刘征文　　11 月 10 日

收到此信，距离 1977 年 12 月 11 日高考考期仅剩下整整一个月的时间了。我白天工作，晚上看书，复习迎考进入了白热化状态。为了让我能有一个较好的复习环境，父母便来信问我是否以母亲身体不好为借口，向领导请假回家复习。为不增添父母的负担，我拒绝

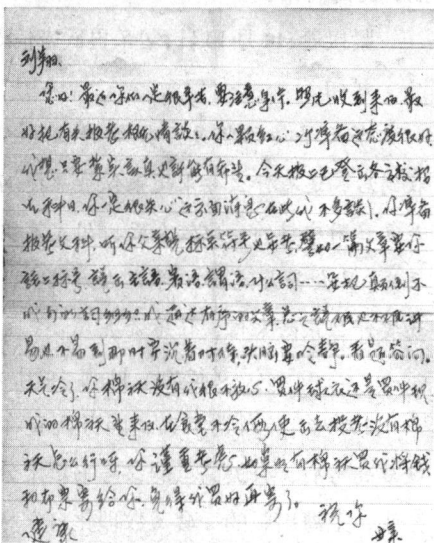

作者母亲 1977 年 11 月 7 日写给作者的信

了，只是要求他们能想方设法帮我多搞点复习资料。当时，各类高考复习资料非常紧俏，父母好不容易借到复习资料后，又必须限时归还。那个年代没有复印机，这些高考复习资料全靠父母用一张蓝色复写纸，一个字一个字抄录复写后，再邮寄给我。

紧接着，11月14日，父亲再次来信。

刘翔

今天早晨已将复习提纲寄出了，收到后，还有什么要求望来信。此提纲是复旦附中搞的，比较全面，用完不要丢失。吴金芳大概在20号左右回崇明，还要什么东西来信，让她带去。

父 刘征文   11月14日

1977年，当党中央、国务院宣布恢复高考后，有关高考的参考书籍十分紧张，上海出版的一套《数理化自学丛书》洛阳纸贵，父母跑遍各个新华书店也没买到。幸好当年父亲作为上海机床厂派出的工宣队员，在复旦大学国际政治系工作，所以还能利用在该校工作的便利，搞到一些复习资料。吴金芳是我在食堂工作的同事，当时农场知青只要谁回市区探亲，相互之间都会帮助带点日常生活用品。

这以后，随着高考进入倒计时，为了不打扰我静心复习迎考，我和父母

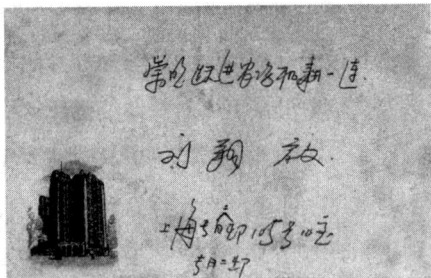

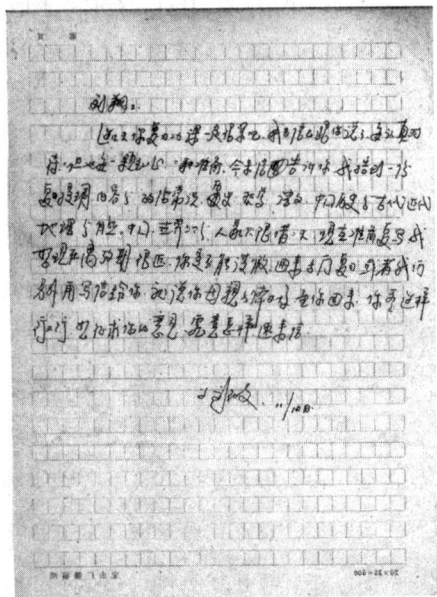

作者父亲1977年11月10日写给作者的信

也就暂时中断了通信。直到 12 月 12 日下午 3 点半，高考结束后，我当天晚上就写信给父母汇报高考考试的情况。12 月 25 日，母亲回了信。

　　刘翔：

　　12 号你寄出的信收到，我们很高兴。这次报考的人数甚多，不能抱很大希望，你接到通知或不取都该来信。

　　上海考生情况无法了解，有的说大多数（考题）只能做一半，其中有时间关系的，也有对试题生疏的，总之不怎么容易。现在你在农场具体怎样安排自己的业余时间，一定要树立持久的学习信心，但也要注意自己的身体。

　　七室的老二在 12 月 22 号到崇明了，据说是跃进农场某个机耕连，其它（他）情况跟你在沪时一样。你们农场有什么变化，来信谈谈，免念！上海听说今年崇明有一万人上调，此消息不知可否正确？又听说崇明要大发展，要建个大型化工厂，造船厂，看来崇明是有前途的，我看不要多少年崇明一定会大变样。你要珍惜青春好好干！

　　　　此祝

　　健康！

　　　　　　　　母 苏诚

　　　　　　　　1977. 12. 25

　　应该是从 1978 年开始，上海实施

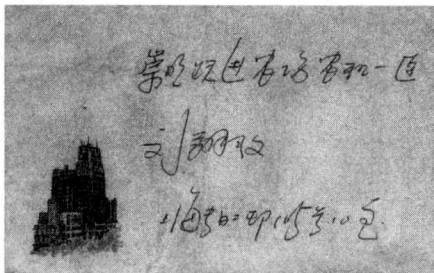

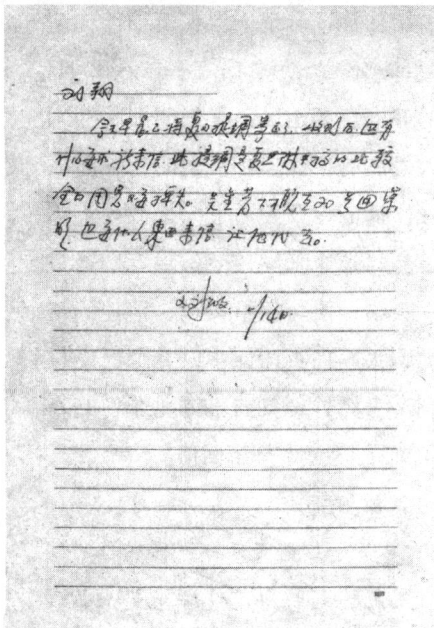

作者父亲 1977 年 11 月 14 日写给作者的信

邮政编码了，母亲便在信的末端补充了一句"以后回信写上邮政号码（编码）200093"。考完试，我如释重负。父母一如既往地鼓励我"一定要树立持久的学习信心"。

也许是为担心我一旦高考落榜情绪受挫，母亲不但在信中传递了"上海听说今年崇明有一万人上调"的好消息，还展示了崇明即将迎来大发展的宏伟蓝图。这时，上海人民广播电台开始通过广播教授英语了。我心血来潮，准备跟着广播自学英语，便写信给父母，请他们帮忙购买广播英语课本，并把已经接到高考体检通知告知了他们。1978年1月13日，母亲回信。

刘翔：

关于广播英语接到你第一封信时刘定就到长白、控江、平凉书店去买，一直没有候到。星期四我也出去看了，这书暂时可能买不到，现在我托人想办法，如办到立即会邮来，不用着急。今天我手抄了几页，你先学起来，26个字母你要学懂，要会背会默，刘定是学英语的，春节回来可以叫刘定帮你补上。

体检情况不知怎样？据说要在2月5号才能发出录取通知，你不

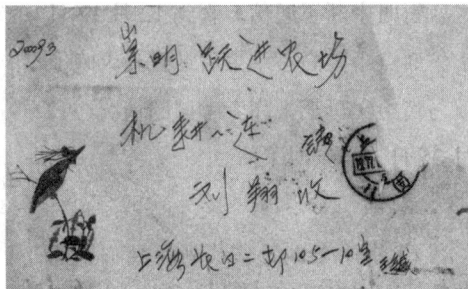

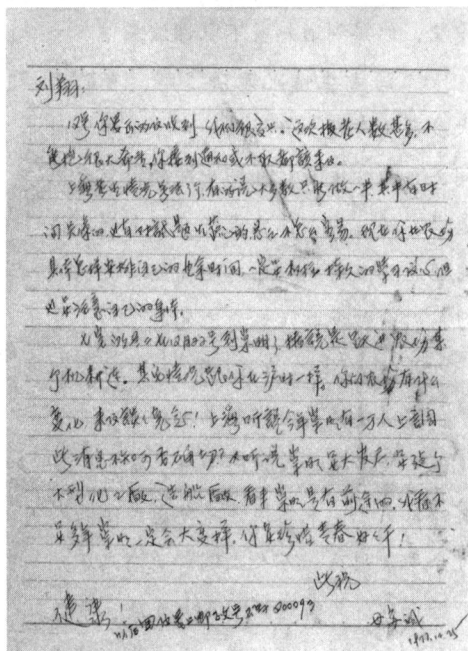

作者母亲 1977 年 12 月 25 日写给作者的信

管是取或否总要等通知后才能考虑回沪（这是我的猜想）。今年乡下肉也比较紧张，所以一点年货没有，你那边假使能买到一点的话，就买一点。回来时可以先来信，让你爸爸到吴淞码头接，或到崇明去一次都可以，你看怎么样？

外公特别喜欢吃肉，没肉吃就没劲了。年纪这样大了，也叫人同情。肉票不敢多给他们，家中也没啥菜吃，你见信后也不要当作大事，好买就买一点，没有就算，要注意影响，一点东西都没有也不会怪你的。自己在外身体保重！

祝你

健康进步！

母亲　78 . 1 . 13

信的结尾处，母亲又特意补充了两句："刘琦、定学习均好，琦比以前大有进步。"

粉碎"四人帮"，恢复高考，让年轻人对自己的前途充满了信心，全国上下掀起了一股学习热潮。一本广播英语课本，刚到书店就会被抢购一空。母亲和弟弟刘定为了替我购买到这本课本，想方设法，四处奔波，在一时难以买到的情况下，母亲只得向他人借来课本，手抄了几页后寄给我。因我在安图中学就读时，学的是俄语，母亲便在信中嘱咐"26 个字母你要学懂，要会背

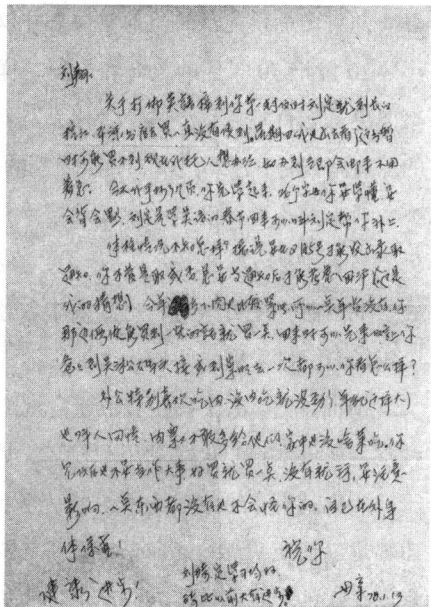

作者母亲 1978 年 1 月 13 日写给作者的信

会默，刘定是学英语的，春节回来可以叫刘定帮你补上"。

20世纪70年代的上海和全国一样，吃穿用等日常生活用品均需凭票供应，猪肉更是老百姓餐桌上的"奢侈品"。在我儿时的记忆里，我们家除了凭票购买的那点猪肉外，逢年过节，父亲老家的亲戚来上海时，也会捎带点猪肉过来。"外公特别喜欢吃肉，没肉吃就没劲了。年纪这样大了，也叫人同情。肉票不敢多给他们，家中也没啥菜吃"。今天，当我再次读到母亲写于40多年前的这段话，心中依然感到十分酸楚，母亲信中叙述的当年我们家庭的生活状况，其实也是那个年代老百姓家庭生活的一个缩影。

前面说过，由于我在农机连食堂工作，每当我们食堂工作人员回市区探亲时，食堂主任黄木根总会"利用职权"，悄悄地特批点农副产品，内部供应给我们，于是，也就有了母亲信中所说的"今年乡下肉也比较紧张，所以一点年货没有，你那边假使能买到一点的话，就买一点"。当然，母亲肯定是懂得这种利用我在食堂工作的便利，购买农副产品的事情，也只能是"见机行事"。为避免造成不好影响，影响我的前途，母亲又叮嘱："你见信后也不要当作大事，好买就买一点，没有就算，要注意影响，一点东西都没有也不会怪你的。"

慈母手中线，游子身上衣。
临行密密缝，意恐迟迟归。
谁言寸草心，报得三春晖。

虽说母亲已经远离我而去，但每次展读她和父亲在40多年前，为了鼓励和帮助我参加1977年高考，频频写给我的这些信件，仿佛母亲就在自己身边娓娓细语。手捧着那一张张形状各异的信纸，依然能触摸到母亲留在纸上的那一缕缕温润如玉的暖意和永不消失的母爱。凝望着母亲的遗像，我多想铺开信纸，拿起笔，再给亲爱的母亲写一封信："姆妈，您在天国生活得好吗？来世我继续做您的儿子。"在手写书信式微，人们之间写信、寄信这种"古老"通信方式逐渐消失的今天，这穿越时光隧道的8封见证父母与我1977年高考往事的家信，无疑是折射出了时代转折中一对父母和一个儿子之间的历史侧影。

无需烹饪"青春无悔"式的矫情"盛宴"

时光如梭。

从微观上而言，1976 年 4 月，我从安图中学毕业后，告别家人，挥别杨树浦，奔赴崇明岛上的跃进农场，迈出了人生之路的第一步。1977 年恢复高考后，通过高考，我结束了跃进农场 1 年 10 个月的工作和生活。1978 年 2 月底，我又回到了杨浦区的家，回到了父母身边。身份从一名农场知青又重新变成了一名学生。漫步在绿树成荫的校园，坐在宽敞明亮的教室里，听着老师讲课，角色的切换，时空的转换，恍如隔世。而此时，我们的家也从长白二村 105 号 10 室的"二万户"，搬迁到了位于控江路、军工路口的广远新村 35 号 504 室，住进了煤卫独用的一室半新工房，居住条件得到了较大改善。

如果再用更为宏观的视野去回望公元 1976 年至 1978 年的华夏大地，那是中国现代史上极其不平凡的 3 年。惊天大事接二连三，先是 1976 年这一年中，毛泽东、周恩来、朱德三位党和国家领导人相继逝世。7 月 28 日，河北省唐山市发生死亡人数高达 242769 人、受伤 164851 人的 7.8 级大地震。然后是 10 月 6 日，

作者 2018 年 12 月 1 日在跃进农场农机连旧址的留影

作者 2018 年 12 月 1 日在跃进农场场部的留影

一举粉碎"四人帮"。紧接着，伴随"两个凡是"而引发的关于"实践是检验真理的唯一标准"大讨论、大交锋，以邓小平为代表的一大批在"文革"中受到迫害的老干部陆续出来工作，以及实现"四个现代化"口号的提出。等等等等的个人微观小事与国家宏观大事，共同组成了共和国 1976 年至 1978 年之间的"惊心动魄"。此时，我们的国家、我们的党在粉碎"四人帮"后，正处在党的十一届三中全会召开前夕的微妙时刻。拨乱反正、改革开放的前奏曲，也正在中央最高领导层悄然奏响。

家事国事，事事揪心，从而让我刻骨铭心。

一个人的命运有时真是不可捉摸：知识青年上山下乡，我有幸乘上了末班车；"文革"后首次恢复高考，我又幸运地赶上了头班车。1 年 10 个月的跃进农场工作与生活，磨练了我的意志，练就了我吃苦耐劳、独立生活的能力。更重要的是，培育了我勤于学习、善于思考的生活习惯。行走在漫漫人生之道，一路阅尽人间喜怒哀乐、千姿百态，不管遇到什么困难与挫折，始终做到淡泊明志，笑对人生。喟叹命运，感谢生活，我时常扪心自问：我真的是一个幸运儿吗？现实社会中，任何人都不可能成为幸运儿，主宰命运的只能是你自己。我，只是生逢其时，抓住机遇而已。

转眼 40 多年过去了，1997 年 11 月，在纪念恢复高考 20 周年的时候，上海人民广播电台《人到中年》节目主持人范蓉在 30 日晚上 8 时 30 分，声情并茂地在电台里诵读了我撰写的回忆 20 年前参加高考的散文"岁月如歌"，并对我进行了直播采访。1998 年 4 月，上海人民广播电台举办"风雨同路"征文，我的这篇散文在征文中获奖，4 月 11 日参加了在南汇县东海镇举办的颁奖仪式。

上海市档案馆在举办《百姓档案话发展》大型展览时，亦曾将我珍藏的上山下乡通知书、跃进农场颁发的"农业学大寨"先进个人奖状、上海市 1977 年高校招生文化考试准考证借调去作过专题展览。在纪念改革开放 30 周年时，《新闻晚报》记者张建群对我作了专访，并在 2008 年 12 月 18 日的《新闻晚报》上整版刊登。为纪念恢复高考 40 周年，2017 年 6 月 10 日《杨浦时报》在头版用一个整版刊登了我和当年的一名考生各自拿着 1977 年准考证、2017 年准考证在一起、穿越 40 年时空隧道的合

为纪念恢复高考 40 周年，2017 年 6 月 10 日的《杨浦时报》在头版整版刊登作者（左）和当年的考生，手持各自的准考证在考场门口的合影

作者（中）与女儿（左）2018 年 2 月 10 日在山东卫视《一张照片》节目中，父女两代人共同回忆各自经历的高考

一九七七，我的高考

刘翔

这几天，参加完高考的学子、考生家长总算能轻松些了，看到朋友圈里年轻朋友纷纷晒着PS的1977年高考准考证，我翻出了自己那张编号136511如假包换的准考证，思绪万千。

40年前的冬天，我中学毕业分配到崇明岛跃进农场机耕连已经有一年多了。一天傍晚，我拖着疲惫的身体，早早回到寝室，爬上上铺床早早地入睡了。蒙眬中听到广播站正反复播送国务院转发教育部《关于1977年高等学校招生工作的意见》。啊！原来是停顿11年之久的高考制度重新恢复了。此时距离正式考试的日子只有两个月，我还是决定报名试一试。

因为白天要继续在食堂充任"伙头军"，复习时间只能放在晚上。在既没有辅导老师又没有复习提纲的情况下，只得依靠中学读书时保存下来的教科书和父母寄来的自学教材，见缝插针地，好在食堂的工作是每天将饭菜运送到开河工地。那天深夜，食堂主任派我为正在工地加班的驾驶员运送宵夜，等心后让我太驾驶员临时休息处取，一个类似战场七"猫耳洞"的掩休处，我顾不得阴冷潮湿，和衣躺了进去。遥望着头顶上满天星斗，又开始背诵起语文解释、数学公式。令我感动的是，临近高考前一个星期，连队里的医生突然悄悄把我叫到医务室，将一张写有"全休三天"的病假条塞到我手中……

1977年12月11日，那天，是永远难忘的日子，好多考生如赶集般搭乘着卡车、拖拉机、牛车，或骑着自行车从各自的连队奔向考场所在地——农场职工子弟学校进发，正式开考的铃声响起后，我迅速取出语文试卷在上揮写起作文《在抓革命的日子里》。

次年2月下旬，高考的结果终于揭晓。场部广播站播送录取名单，我望穿秋水却始终没听到自己的名字。和那些急于想着讨高考"逃"农场的老知识工相比，我情绪上到也很坦然。谁知，第二天七月，我突然听到连部办公室里有人大声朝我呼喊："刘翔，你考取了！"还没等我反应过来，机耕连支部书记急匆匆走到我的身旁，把一份中专学校录取通知书郑重地交到我的手中。

原来，因我自不量力，大胆地把这年高考最为热门的复旦大学中文系作为自己很可的第一志愿。那时恢复招生的高校原本名额比，我这个"小三届"根本不是那些实力雄厚的"老三届"的对手，最终因高考高校录取分数几分之差，被调剂录取到中专，但这绝对也是额骨头硬花朵了，要知，全国有570万名考生报名参考，包括大中专在内的录取率仅为4.7%。我按捺不住兴奋的心情，汹涌地奔向寝室，像是一个水瓶向自己外的田野狂泼去，为我的录取、为高考制度的恢复，临时欢庆的"礼炮"。

当晚，我拍出身上所有的钱款，请同寝室的兄弟欢聚，不擅喝酒的我，那将……暴明……白酒的凛冽，大口大口干了一杯又一杯，这晚我醉了，醉得一塌糊涂。

夜　光　杯

作者发表在2017年6月12日《新民晚报》"夜光杯"副刊上的"1977，我的高考"一文

影照片。2018年2月10日，山东卫视《一张照片》节目编导在网上看到这张照片后，邀请我与女儿共赴山东济南，录制父女两代人回忆各自经历高考的节目。为纪念中华人民共和国成立70周年，杨浦区档案局的"最忆杨浦"微信公众号，在2019年9月20日推出的杨浦区"70年的十个瞬间"之三："高考1977"专题中，亦将我参加1977年的高考经历列入这一专题。

1977年12月自己参加的一次高考，几十年后，竟然成了国家与个人不能抹去的一段历史记忆。早在2000年4月，我的这段人生经历就被上海东方电视台《星期五档案》栏目拍摄了一部题为"刘翔和他的'准考证'"的电视专题片在荧屏上播放。那天，我和摄制组一起专程来到跃进农场农机连的旧址，沿着我当年生活、工作的轨迹，重新走了一遍。这是我20多年后第一次重返跃进农场。目睹着那幢曾经居住了整整1年10个月的两层宿舍楼，如今，已是人去楼空，一副破败不堪的景象，一种难以诉说的复杂情感，顿时弥漫在心中。毕竟在此楼两楼中部的一间房间内，留下过自己青春时代的生活印迹。遥想当年，我和我的农场知青兄弟们，在这块土地上挥洒过多少泪水与汗水啊！

2018年12月1日，我再次重返跃进农场，来到当年农机连旧址寻觅旧梦。然而，如今此地已是"跃进农机服务中心"，除了停放在车库内的一辆辆拖拉机，还能唤起我对当年农机连场景的依稀记忆外，已经很难再找到自己当年工作、生活的痕迹了。

现在，每当我翻看上山下乡通知书、上海市 1977 年高校招生文化考试准考证等一系列浓缩着我青春印迹的私人档案，常常会使自己沉湎于情感的强烈冲击之中。严格地说，和那些在新疆、云南、黑龙江、江西、安徽及其他老、少、边、穷地区插队落户的老知青们相比，我也许只能算是当年知识青年上山下乡大军中，有幸赶上末班车的一名"细小族"。今天，我们更应该向广大的老知青致以崇高敬意，社会亦应该给他们更多的人文关怀。我，作为后知青时代的一名市属农场知青，没有经历过知青生活的真正苦难，只有那些或埋骨异乡或终老乡野，以及周围无数开始步入晚年，却至今依然还在为生计、为家庭而打拼而操劳的那代老知青，他们才拥有对知青年代历史的权威"发言权"。

然而，社会现实正如复旦大学历史系教授金光耀、上海社科院研究员金大陆所言，这代老知青却因"人微言轻"，不是所谓"成功人士"，因

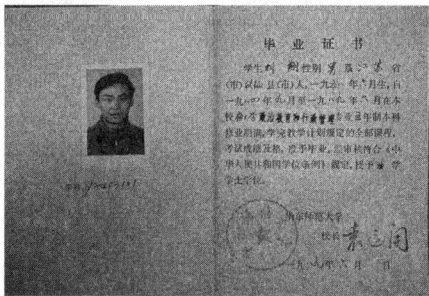

作者的华东师范大学毕业证书

作者 2000 年 4 月和上海东方电视台《星期五档案》栏目摄制组在跃进农场拍摄专题片时的留影，此时的跃进农场已改制为上海农工商集团跃进总公司

而"无法或无由发声"。他们只是用知青生涯时练就的那股韧劲，任劳任怨、默默无闻地"闪烁"着自己的人生余晖，社会不应该"遗忘"他们。作为一代知青中的一员，我和他们曾经共同手持"区乡办"发放的上山下乡通知书，奔赴祖国的四面八方，并和他们一起走过那段上山下乡的岁月。这段难忘的岁月，无疑是我、是他们、是我们一代知青整个人生旋律中极富经典意义的一曲咏叹调。

今天，当我不再青春时，追忆 18 岁至 20 岁这个年龄段，1 年 10 个月的崇明县跃进农场工作、生活经历，当然不是，也绝对不会是用自己的文字去烹饪一场所谓"青春无悔"式的矫情"盛宴"。我用电脑键盘敲打出的每一个字、每一段词句，并用这些字、这些词句组合成眼前这篇文章，只是一种带有个人情感温度的私家记忆，充其量也只能算是在知青历史的长河里，扬起的一朵晶莹小浪花。当时光不经意地把岁月的年轮镌刻在我的内心深处时，一切的一切都恍如昨日在时空倒流之河独自泛舟，从而给自己心灵送去一丝暖意、一抹温馨。

十 商校两年，重返学生时代的
恍然与激动再筑校园之梦

1978 年 2 月 27 日，一个阳光灿烂的日子。

这天，是我人生又一个重要的转折点。我早早地就起床了，匆匆吃了早餐后，就跳上 6 路公交车，再换乘 47 路公交车，赶往位于共和新路 1458 号的上海市商业学校办理入学报到手续。还没踏进校园，就远远看见校门上方悬挂着一条横幅"热烈欢迎 78 级新生入学"。

重返校园，恍然与激动的交织

1977 年恢复高考时，文科上海只有两所大学招生 100 多人，一所是复旦大学，一所是由原华东师范大学、上海师范学院、上海音乐学院、上海体育学院、上海教育学院五校合一组成的上海师范大学。我当时填报的第一志愿是复旦大学中文系文学评论专业，第二志愿是上海师范大学中国语言文学专业，同时在中专、中师录取志愿中填报了上海市商业学校。其实对商业学校的情况和专业设置一无所知，之所以填报该校，因为当年招生的中专、中师只有上海市第四师范学校和上海市商业学校。因此，在二选一之下，就随手填报了商业学校。报到后才得知，这是一所上海市商业二局所辖的培养会计和统计人才的学校，创办于 1960 年 8 月，是首批国家级重点中等专业学校。校址原本在四平路 1149 号，1964 年 7 月，从四平路迁到共和新路，是一所创办了 60 多年的历史悠久学校。

新生报到处设在校门里面，两旁的长桌边学校的教师个个笑容满面在替新生办理注册和缴费手续。我至今还保存着一张那天缴费的粉红色收据，上面写着：代办费 5 元。

办完入学手续后，我便提着行李兴冲冲赶往学生宿舍楼。走进305寝室一瞧，里面已经有好几个同学了。简陋的寝室放置着5张双人铁质床铺，每间寝室住10个人。同学之间年龄有差异，均来自市郊农场与青浦、松江等郊县。也许是第一次独自出远门，来自青浦的顾同学是由其母亲陪同来的。当年的青浦县到位于闸北区的商业学校有多远呢？40多年后，顾同学曾经写过一段回忆文字："从我家里到学校可以坐火车，也可以坐公共汽车。坐火车需要先到松江县的新浜站，大约6公里路，步行差不多一个小时。到北站票价1.20元。然后想办法转乘46路或95路公交车到闸北公园就可。如果坐汽车，得先到小蒸，也差不多6公里路。然后到青浦城区，票价0.45元。再到徐家汇，票价0.55元。从徐家汇出来坐26路到西藏路下来，然后步行到人民广场武胜路坐46路直到闸北公园。不管坐火车还是汽车，大概时间都需要大半天。由于路远，又费钱，我一般很少回去，差不多一个学期回去一次。"

从青浦到商业学校居然还可以坐火车？不读顾同学的回忆文字，我还真是不知道。由此可见，当年顾同学

20世纪80年代的上海市商业学校校门

20世纪80年代的上海市商业学校教学楼

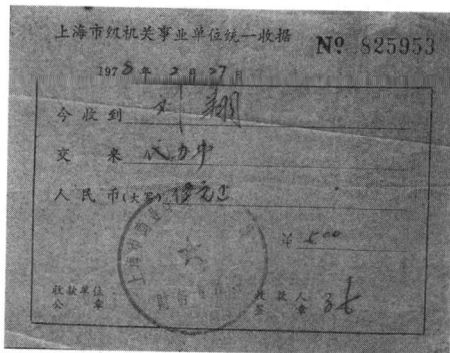

作者1978年2月27日入学报到时缴纳代办费的收据

长途跋涉到这么远的地方上学，其母亲肯定是不放心，要亲自陪同他来学校报到的。顾母是一位淳朴、善良的农村妇女，至今我还记得，她边挥动扫帚帮助清扫寝室，边操着青浦家乡话叮嘱我们说，你们现在是同学了，一定要相互关心，并热情帮助和指导大家如何铺床叠被。虽说对已经在崇明跃进农场独立工作和生活过 1 年 10 个月的我来说，操办此类生活琐事已属"小菜一碟"，但我依然被顾母这种将我们视作自己小囡的慈母之情而感动。

商校财会 78（1）班全体同学合影（第二排右四为作者、第三排左三为第一学期的班主任王月琴老师）

进校之前，学校已将我们的床位安排好，我与同龄人，来自奉贤县燎原农场的王同学一个床铺，我睡下铺，他睡上铺，课位我们也是同桌，我的学号 46，他的学号 45。安顿好床铺后，我便按捺不住激动心情，独自走出寝室到学校内兜兜逛逛。此时的我，需要好好感受一下久违的校园氛围，以便适应即将到来的学习生涯。学校大门是朝东的，走进校门迎面就是一幢灰色砖墙的学校办公大楼，校长室、教务科、学生科、教师办公室都在这里。穿过办公楼，是一个类似小花园的绿地，左边是奶黄色的大礼堂，大礼堂南边是操场，操场边上有一个卫生室。再西边就是两幢教学大楼，教学大楼

作者（前排左一）和商校财会 78（1）班第四学习小组同学摄于闸北公园

的北边是学生宿舍，西面是食堂。由于"文革"期间，学校停办了十多年，环顾整个校园，络绎不绝的新生的到来，虽然让人有种生机盎然感觉，但当我怀着兴奋和新奇之心，在校园内兜了一大圈后，却又觉得有些失落。无论是操场还是小花园，虽说不上"荒芜"，但一切都似乎还处在百废待兴。不很茂盛的花园里，只是稀疏点缀着几排含苞待放的蓓蕾，好在百花齐放的春天已经来了。

随后，我走进寂静的教学楼，推开一间虚掩的教室门，在一排课桌椅前坐下，凝望着眼前的讲台、黑板，许久没能起身。右手使劲揉着眼睛：这一切都是真的吗？恍然与激动交织在一起，令我情不自禁地扪心自问：这不会是虚幻的梦境吧！1976年4月中学毕业，奔赴崇明岛跃进农场，1978年2月告别崇明岛，再次坐进课堂，我从一个农场知青，转型为上海市商业学校的学生，此刻，重返学生时代的恍然与激动，交织筑就了一个真实的校园之梦。

班主任戴剑影以及商校的那些任课老师

1977年高考，恢复招生的上海市商业学校当年只招了三个班级，其中财会两个班级，计划统计一个班级，我被分在财会78（1）班。后来，这三个班级被称之为商校"文革"后恢复高考的"黄埔一期"。时任校长是于香亭，这是一位"三八式"老干部，在校园里遇到我们学生总是笑眯眯地嘘寒问暖，问长问短，大家都亲切地叫他"老校长"。

开学第一课是三个班级集中在学校大礼堂听报告，邀请两位上海商业系统著名劳动模范王裕熙和桑钟焙给我们作如何全心全意为人民服务报告。说起这两位劳动模范，现在的年轻人也许知道的不多。可在20世纪80年代，他们绝对是家喻户晓的大咖"明星"。王裕熙是原上海星火日夜食品商店经理，商业部劳动模范，9次当选上海市劳动模范。他是上海第一家24小时营业的商店——星火日夜食品商店的创立者。他为"星火"定下了"热情、周到、薄利、贴心"的服务宗旨，总结了"和气、快速、方便"的"6字服务法"和"售前热、售中情、售后便"的"9字服务法"。如今，王裕熙和星火日夜食品商店依然是上海滩上一张闪亮的"名片"。

作者（前排左）1985年11月16日和同学在商校新教学楼前与戴剑影老师（前排中）合影

桑钟焙是坐落在南京西路上人民饭店一位工号为3号的服务员，他多次被评为上海市社会主义建设先进工作者和上海市劳动模范，照片还被挂在人民公园围墙外的光荣榜上，这个光荣榜亦是当年上海的一个著名景点。在平凡的饮食服务工作岗位上，桑钟焙创造了"四心"（热心、耐心、虚心、细心）、"三快"（菜点出得快、账算得快、服务动作快）、"八满意"（进门、招待、上菜、卫生、度量、价格、时间、出门都满意）的"3号"服务特点。他的这些经验，还被编写成越剧《红花村》和现代大型滑稽剧《满园春色》，搬上了文艺舞台。

王裕熙和桑钟焙这两位著名劳动模范都是属于商业二局系统的，商校领导安排开学第一课时，把他们请来给学生作报告，显然是一种思想政治教育，希望我们在即将开始的学习生活中，以劳模为榜样，做一个德智体全面发展的好学生。

当年商校的这个大礼堂绝对是高大上的一幢建筑物，称得上是商校的一个地标性建筑，除了在大礼堂召开全校师生大会、听报告和三个班级一起上大课，为丰富住校学生的课余生活，商校还每个周末在大礼堂放映电影，日本电影《望乡》

《追捕》和《苦恼人的笑》等中外电影，我都是在商校大礼堂里看的，现在这个大礼堂好像被改建成办公楼了。

　　我们第一学期的班主任是王月琴老师，以后三个学期都是戴剑影老师，他不仅担任班主任，我们的会计专业课程也是由他教的。戴老师"文革"前毕业于上海财经学院，他个头不高，外貌略显瘦小，但人很精神，为人做事绝对是老一辈知识分子的风范。

　　因为妻子与家人均在安徽合肥老家，他独自居住在学校操场边的教工宿舍里，因此，和我们全班48名学生朝夕相处。上课教学，他严谨认真，一丝不苟。在学习和生活上，犹如父辈般对同学们关心备至。有位住在郊县的同学，家庭经济较困难，戴老师不仅帮他申请到每个月19元的最高助学金，同时还每个季度再为他额外申请5元生活补贴。这样这位同学在每个月缴了伙食费后，还可以多出5元作为零用钱。虽说是一件小事，但却让这位同学终身难忘。

　　在我的那本商校的学生成绩册中的品德评语一栏，戴老师对我的评语是：该同学能认真学习，通过努力取得了较好成绩。在政治上要求进步，作风正派，团结同学，关心集体，热情地为班级同学服务，积极参加学校劳动和体育锻炼，

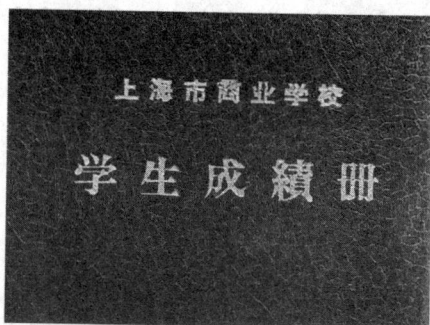

商校学生成绩册

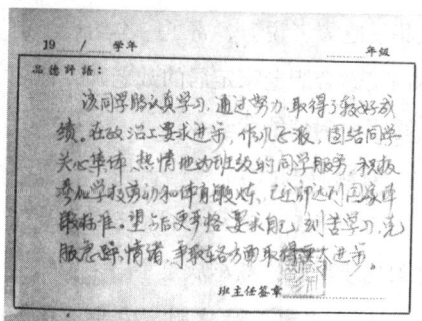

商校学生成绩册中班主任戴剑影老师对作者的品德评语

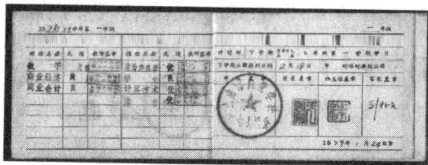

作者的商校学生成绩册内页

已全部达到国家体锻标准。望今后更严格要求自己，刻苦学习，克服急躁情绪，争取在各方面取得更大进步。

1980 年 1 月从商校毕业后，戴老师依然关心着我的工作和学习。1985年 11 月 16 日商校举行校友会成立大会和校友联谊活动，我早早来到商校，与阔别多年的戴老师欢聚一堂的场景，至今历历在目。

1999 年 10 月，我出版了第一本散文集《吃素者说》，寄了一本给已经退休回安徽合肥老家定居的戴老师，他随后写了一封信给我。

刘翔同志：

大作收到。商校一别，已二十载，您们进步之快，颇感欣慰。

七月中旬，叶建刚、左申、王家一和高捷来此，曾告知你原拟共来，因车小人多，未能成行，你我虽未晤面，但你对我关切之情，殊为感激。

书中的作者像，反复看了两次，都为（未）找出 20 年前的相似之处，说实话，如不是有你的书、信，我真认不出了。

大作已读数篇，写得很好。但从"但愿人长久"和"岁月如歌"两文中，发现存在时间上的不一致，在"岁月如歌"中，你 1978 年 2 月 25 日离开农场（见

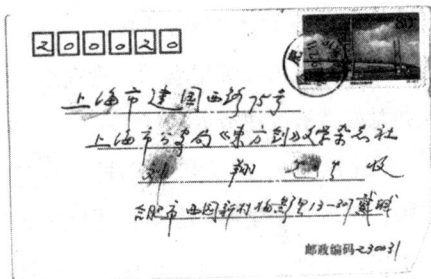

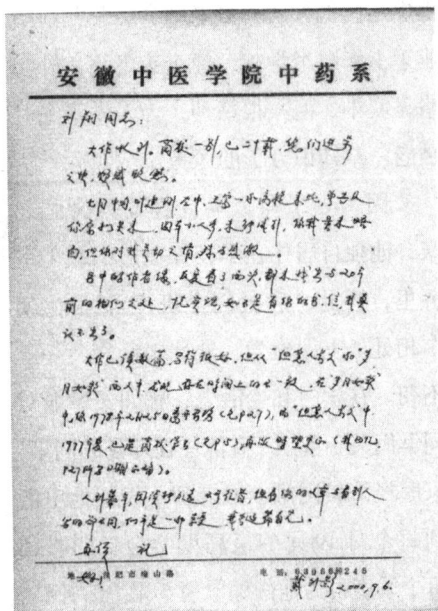

戴剑影老师 2000 年 9 月 6 日写给作者的信

P27），而"但愿人长久"中，1977年夏已是商校学生（见P15），再版时望更正（我回忆P27所写日期正确）。

　　人到暮年，阅读能力远不如往昔，但看你的文章与看别人写的却不同，似乎是一种享受，我会逐篇看完。

再颂　祝

好！　　戴剑影　2000.9.6

　　从此信中看出，退休后的戴老师依然像任教时对学生严格要求，认真指出我的这本散文集中一篇文章时间上的笔误。2014年1月13日，戴老师不幸因病逝世。如今，再次捧读已经远去天国的戴老师这封信，感念师恩，令我感慨不已。戴老师，你永存我心。

　　2018年5月，我在财会78（1）班的微信群里，读到了一份曾经任教我们班的全体老师名单：

　　班主任：王月琴　戴剑影（已故）

　　普通课任课老师：

　　政经：何梅英 吉怀农

　　哲学：丛培基（已故）

　　语文：申明清 吴震南（已故）

　　英语：李敏芳（已故）

　　数学：季仁融 何香凝（已故）

　　体育：卢走向 李惠忠 陈喜成（已故）顾桂生（已故）

　　专业课任课老师：

　　商业会计：戴剑影（已故）

　　商业经济：倪允京（已故）

　　珠算：周葵 刘峰

　　商业计划：丁贻钧 顾炜如（已故）

　　商业统计：李璧君

　　商业财务：王志平（已故）

1978年商校在学校操场举行全校珠算比赛的场景

　　十分感谢搜集整理出这份名单的同学，让我的记忆在40多年后，能够再次重温这些老师站在讲台上的音容笑貌。令人痛惜的是，随着时光的流逝，这份名单上的老师，有一半已经去世。在这些任课老师中，珠算老师周葵因其平常不苟言笑，外貌酷似著名电影演员于飞，给我留下了很深印象。当年珠算是商校的标志性课程，也是唯一贯穿两年学习的一门必修基础课，课程表上它的正规名称叫计算技术。记得上第一堂珠算课时，周葵老师拎着一个教学用的大算盘，走进教室将大算盘往黑板上一挂，随后右手扶着大算盘，目光威严地朝课堂里一扫，严肃说道："同学们，作为未来的会计，这把算盘就是你们以后的吃饭家什！"

　　从此，我们除了每周两节珠算课外，还必须在早晚的自修课前各安排一刻钟的练习，珠算课代表每天都会发下来几大张练习题。从简单的加减到复杂的乘除，从个位数到百位数，右手马不停蹄地在算盘上拨弄。我们这些从未触摸过算盘的学生，从此便陷入到一种近似魔鬼式的训练之中，那噼噼啪啪的拔珠声成了响彻商校校园的特有旋律。

刚开始时，我的手指怎么也不听使唤，每拨弄一只算盘珠都很费劲，最后的结果是既不准又不快。可是，随着训练强度的不断增大，我的右手指便渐渐开始在算盘上"健步如飞"了。而打算盘时发出的那噼噼啪啪响声，便也成了宛如大珠小珠落玉盘的天籁之音，总能使自己沉醉不已。尤其是在打完一道题目洗珠的时候，食指和中指并拢从右到左往算盘上一扫，"哗"的一声，所有算盘珠瞬间归位。其速度之快，绝对是迅雷不及掩耳之势，既有摧枯拉朽般的豪迈，又有秋风扫落叶般的利索。用现在的流行语来说，就一个"爽"字。内行人一瞧，就知道这个打算盘的小子肯定是学院派出身的，而这个技法也是属于商校传授的独家秘笈。据悉，那时商校派出去参加全市性珠算比赛的学生屡获佳绩，名列前茅，也就是靠的这个秘笈。

作为商校计算技术教研室带头人的周葵老师，是我国珠算教育界泰斗级人物，最早被评为副教授的他著书立说，写了一本颇有影响的《省除法》珠算专著，现在，我还保存着这本《省除法》和商校的珠算教材。虽然毕业后没几年，我就改行了，辜负了周葵和刘峰两位老师的一片苦心，最终没有成为一个用算

作者在商校就读时使用的珠算教材

作者在商校读书时使用的算盘

盘作为吃饭家什的会计，但始终还珍藏着一把算盘，几次搬家，对它始终是不离不弃。遇到需要计数的时候，也经常会拿出来"打打"。但尴尬的是，每当我捧出算盘时，周围的人总会露出惊讶和不屑的目光，常常羞得我无地自容。想想也是，在计算器早已普及的今天，谁还会去拨弄算盘这个老古董啊！

此后，我便羞于让心爱的算盘公开露面了。自己打算盘的技能也一直秘而不宣，只是闲暇时分，偶尔拿出来独自偷偷拨弄几下，但那也纯粹是把玩古董的心态而已。可是，内心深处却始终有点郁闷：珠算以简便的计算工具和独特的数理内涵，被誉为世界上最古老的计算机和中国的第五大发明，这种中国独有的运算方式承载着中国的传统文化，是中国文化的 DNA。如果真的让珠算远离国人的生活，让我们后辈只能到博物馆去观看算盘，那无疑是一种悲哀。

令人欣慰的是，2013 年 12 月 4 日，珠算正式被联合国科教文组织列入人类非物质文化遗产名录。得知这一消息，我兴奋地找出那把珍藏已久的算盘，右手熟练地拨弄着一串串算珠，那噼噼啪啪清脆的响声，顿时"响彻云霄"，让周围的人听得惊诧不已："嗨，怎么从不知道你小子居然还会打算盘啊！"

"我现在是非物质文化遗产的传承者啦！"几十年没好好碰过算盘了，想不到在商校练就的手上的这点"武功"居然还没有废掉，自己也觉得很惊喜。望着大家羡慕的目光，我颇有些洋洋得意：呵呵！我可是科班出身，受过整整两年珠算训练的选手啊！如今，伴随着中国人经历了 1800 多年漫长岁月的珠算，终于申遗成功了，我也应该扬眉吐气啦！于是立即把家中的那把算盘公开摆放在书房的显眼位置，每天边拨弄着算盘珠，边嘴中不停地念叨：二一添作五，三下五除二。虽然我没能将算盘当作吃饭家什，但是，此生掌握了既健脑又健手，还可预防老年痴呆症的打算盘技能，内心永远感谢周葵、刘峰两位老师。

当年我们的语文老师是吴震南和申明清，他们分别毕业于北京大学中文系和复旦大学新闻系。那些年，我们这批学生大多是文学青年，因此，这两位毕业于名校、文学功底深厚的语文老师颇受学生追捧。至今我还保存着在商校就读时的 4 本作文簿。40 多年后，重新翻阅作文本中吴震南和申明清两位老师用红笔写下的批注与评语，不由深深感到，自己以后能够在从事编辑、记者工作中，较好地运用语言文字，离不开这两位语文老师的培养。吴震南老师 1978 年 4 月 22 日在我的一篇题目为"班长"的记叙文后面，就如何写好、写活人物形象，写下了这样一段评语：写小张的性格，应通过一件具体的事例来叙述描绘，才能表现。议论、说明多，人物形象就较难突出。写事例是为写人物，而写人物又必需通过事例、行动、语言才能体现人物优秀品质。今天读来，对我的写作依然十分受用。

同学王德才至今还难以忘怀在一堂语文课上，他与吴震南老师的一段互动佳话。那天，语文课是对著名作家魏巍的报告文学"谁是最可爱的人"一文进行阅读与分析，吴震南老师点名让王德才站起来朗读课文。当年的王德才是一个来自上海县马桥乡 20 岁不到的农村娃，当他用含有马桥口音的普通话结结巴巴朗读到"在汉江北岸，我遇到一个青年战士，他今年才 21 岁，名叫马玉祥，是黑龙江青冈县人。他长着一副微黑透红的脸膛，高高的个儿，站在那儿，像秋天田野里一株红高粱那样淳朴可爱。"这一段落时，引得全班同学哄堂大笑，令其羞赧不已，十分尴尬。此时，吴震南老师走到他面前，亲切鼓励道："你朗读得很好，继续读下去！"同时，转身对大家说："同学们别笑，王德才同学站在这里朗读课文时的神态，多么像红高粱啊，他同样像秋天田野里一株红高粱那样淳朴可爱！"从此，红高粱就成了王德才的代名词，而他亦以"红高粱"而引以为豪。直到今天，同学们相聚，吴震南老师的"红高粱"之说，依然是大家谈笑风生的佳话，并逐渐演变为财会 78（1）班永远保留下来的一个经典"段子"。

如今，捧读这份已经有一半任教老师去世的名单，我的情感充满哀伤。生命就这样追随着时光，慢慢老去，逐渐消失。但是，有一种"红烛"精神，将永远燃烧在三尺讲台。

《桑叶》情，文学梦

20 世纪 70 年代到 80 年代是文学的春天，我们这批恢复高考后首批进入商校的学生，高考填报的志愿大都是中文系或新闻系。个个热爱文学，喜欢写作，人人心中都有一个作家梦，文学青年是我们这代人的一个特有标签。虽然，在商校读的是会计或统计专业，但在紧张的学习之余，大家依然热衷于写诗、写小说、写散文，在学校团委和学生会的支持下，三个班级均创办了油印文学刊物。我们

商校财会78（1）班学生创办的油印文学刊物《桑叶》

作者刊登在《桑叶》上的小说"发生在丁字路口的一桩闲事"（第1页）

财会78（1）班创办的是《桑叶》，其他两个班级分别是《野草》和《音符》。刊物名为《桑叶》是取商业的谐音，有两层寓意，一是商业学校，二是商校校园里盛开的这片"桑叶"，像蚕茧一样，吃着桑叶，抽吐着文学的蚕丝线。

当年参与《桑叶》组稿、编辑、打印的主要有我和王德才、陈观、杨鲁申、叶建刚等，这本创办于1979年10月的《桑叶》，设有小说、散文、诗歌、评论、杂文与小品、古文翻译、寓言与幽默、游记等栏目，翻开《桑叶》，第一页上是序：

我们，一些爱好文学的青年，为了交流思想，漫话对现实生活的感受，创办了这期《桑叶》。本刊刊登的这些作品，包含的题材是较广的，有对社会上"泥足巨人"施以冷嘲热讽的作品，也有通过直接的描述，曲折兴寄，从而劝喻人们的作品，更有以强颜欢笑的笔触直抒青年率直心迹的作品。

与题材相适应，这些作品所猎涉的体裁也是很多的，其中有寄意咏怀的古诗词、新歌体、托物抒情的散文、形象生动的小说、短小犀利的杂文、小品文、精炼隽永的格言，这些不同的体裁，都在为内容忠实地服务着，交相辉映，各生异彩。

本刊的一些作品中，由于所认识的思想深度，具备的生活阅历、文学修养方面的局限，不可避免地出现一些瑕疵，但假若它能像桑叶被春蚕所食，间接地造福于人类，为繁荣业余创作，丰富文化生活做出点努力，又有什么值得气馁的呢？为此，我们就把近来的作品加以蒐集成册，将这朵并不瑰丽的野生小花——《桑叶》谨献于大家。本刊的编辑、刻印得到不少同学帮助，在此谨表谢意。

编者　1979.10

已经记不得这篇序是由谁执笔撰写的了，我在上面登载的是一篇小说"发生在丁字路口的一桩闲事"。小说通过第一人称 "我"，记叙目睹马路边几个街道生产组青年兜售艺术石膏像，遭受到路人误解的境遇，从而引发出的种种社会思考。现在看来，这只是一篇稚嫩的习作。

《桑叶》情，文学梦。《桑叶》这本我们学生自办的油印文学刊物，不仅构成了当年商校中一道亮丽的校园文化风景线，更是40多年后，我和我的商校同学们人生记忆中的一本"青春凭证"。

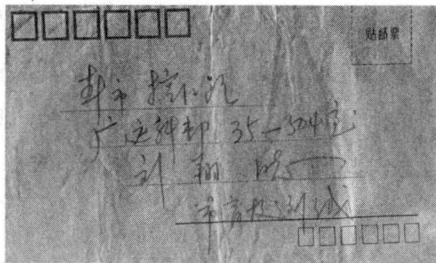

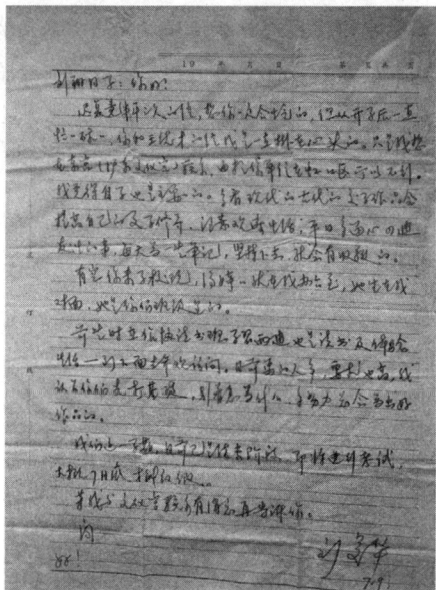

商校刘曼华老师1980年7月9日写给作者的信

1980 年 1 月，我从商校毕业了，但依然还"痴心不改"，孜孜不倦地逐梦文学。2020 年春节，因新冠肺炎疫情爆发，宅在家整理旧书信时，发现一封商校刘曼华老师 1980 年 7 月 9 日给我的来信。此信是我从商校毕业后不久，写信向其讨教文学创作方面事宜，她在回信中写道：

刘翔同学：你好！

迟复竟半年之久的信，想你一定会生气的，但从开学后一直忙忙碌碌，你和王德才的信我是一直挂在心头的。只是我想在东宫（沪东工人文化宫）联系，由于你单位在虹口区所以不行。我觉得自学也是主要的。多看现代的古代的文学作品会提高自己的文学修养，注意观察生活，平日多留心四周发生的事，每天写一些笔记，坚持下去，就会有收获的。

有空你来商校玩，汤婷婷就在我办公室，她坐在我对面，她是你们班级里的。前些时在作协读书班学习两周，也是读书及体验生活——到下面去参观访问。目前写的人多，要求也高，我认为你们先打基础，别着急写什么，多努力总会写出好作品的。

我们这一学期，已是结束阶段，即将进行考试，大概 7 月底才能放假。

等我文化宫联系有消息再告诉你。

问

好！

刘曼华　7.9

已经记不得当年我与同学王德才，是如何写信向刘曼华老师讨教文学创作的细节了，我们在商校求学时，她没有给我们班级上过课，应该是由于得知她曾经师从著名儿童文学作家陈伯吹，经常参加上海市作家协会和沪东工人文化宫的文学活动，而慕名写信向其求教的吧。信中提到的汤婷婷是我们班级毕业后留校的。当年刘曼华老师住在杨浦区长白三村 19 号，所以她想介绍我参加沪东工人文化宫举办的文学活动。据汤婷婷说，刘曼华老师后来随儿子移居美国了，40 多年过去了，刘曼华老师，你还好吗？

现在，我已是全国公安作家协会会员、上海市作家协会会员，出版了《刘翔来了》《吃素者说》《为警亦风流》《上海大案》等 10 本书籍，从事着编辑、记者这个自己喜爱的职业。王德才出版了个人专著《老王说鱼》，计统 78（1）班的俞奭勋也选择了记者职业，出版了长篇人物纪实作品《情囚》。我不知道我们这届商校毕业生中，最终有多少人走上了弃"商"从文的道路。今天，当我和我的同学回望我们在商校校园"采摘"文学的那一片"桑叶"时，那个年代特有的校园文化氛围，依旧令我们心潮澎湃。

有个老张是"满涛"

那天，我偶然在 2019 年 12 月 17 的《文汇报》"笔会"副刊上读到上海戏剧学院副院长杨扬为《张可译文集》所作的序"天地间一个素雅的人"一文中"张可还受到她哥哥满涛的影响。满涛是当时进步的知识分子，参加了地下党领导的文艺聚会和沙龙活动，他家还曾一度是进步文艺青年聚会的场所。"脑海中顿时浮现起在商校读书期间，和满涛先生的邂逅，而产生的一段交往。

那是 1978 年的夏天，根据商校的教学计划，我和几位同学到位于南京西路、靠近木偶剧场的金陵食品商店参加为时一个月的劳动实习。每天下午 4 点左右总有一位中等个子、年逾六旬、体态微胖的老人顶着炽热阳光，步履蹒跚地从马路对面，上海市血液中心所在的南京西路 455 弄走到店里来买刨冰。他穿着一件上海人称为"老头衫"的白色圆领衫，浅黄色的眼镜后面闪烁着睿智、憨厚，却又隐约含有几丝忧郁的目光。也许我们几个青年学生的出现，给店堂里带来了几分欢乐气息，老人经常会一边喝着刨冰，一边隔着柜台和我们聊上几句。听店里的营业员说，他是店里的常客，喜欢喝刨冰，会说外语，中风刚痊愈。

我和我的同学很喜欢与这位亲切而慈祥的老人聊天，有时我们会故意指着我国某种特有的糕点与糖果让他用英语或俄语来说。他总能流利地翻译给我们听，随后笑吟吟指着我们："小鬼头，我是懂几句外语的，你们难不倒我。"

如果偶然有一天，老人没来买刨冰，我便会惦记他，心想，他会不会身体不好了？而第二天下午 4 点，当他又准时出现在我的面前时，还没等我询问，他便歉意地说道："对不起，昨天家里来客人了！"

"老先生，你走路不方便，穿马路很危险的，以后就不要到店里来买刨冰好吗，我给你送上门。"望着气喘吁吁的老人，我说道。

"谢谢侬，谢谢侬，我每天要出来透透气的。"老人不仅一口拒绝，而且脾气十分固执，问他的名字和住址，他始终闭口不语，只是说自己姓张，让我喊他老张，连叫他张先生都不允许。无奈之下，我能做的就是在卖给老张的那杯刨冰里，尽量偷偷多放点冰霜。

1978年的中国，刚刚经历了一场重大的历史转折。万木复苏的大地，终于迎来了改革开放的春天。大批的世界文学名著得到了解禁，社会上掀起了购买世界名著的热潮，一时是洛阳纸贵。这天下午，我趁着休息的时间坐在店堂一角，翻阅着从南京东路新华书店排队抢购到的《契诃夫选集》。

"小刘，你喜欢俄国文学？"不知何时，老张来到了我的身旁。"是的，老张，可是我们年轻人现在能看到的外国名著实在是太少了。"

老张望了我一眼，缓缓地摇了摇他那不太灵活的右手，默默地转过身子，缓缓向马路对面的家中走去。不料，没一会儿，他又出现在我的面前，竟然送来了两本"文革"前出版的巴尔扎克的著作《欧也妮·葛朗台》《邦斯舅舅》："小刘，这两本书你拿去看吧！"

望着老张满脸的汗珠，身上的老头衫几乎全被汗水浸湿了，我是激动而又感激，不知说啥是好，赶紧端上一杯刨冰递到他手上："老张，这杯刨冰我请客。"

"不行，你是学生，没有工资。"老张边说边哆嗦地从裤兜里掏出一角五分钱交给柜台里的营业员。从此，我也就与老张结下了忘年交。每天下午4点他来买好刨冰后，就喝着刨冰和我聊天。他的知识非常渊博，他从"四人帮"的粉碎，谈到巴金发表在《文汇报》上的"一封信"，从巴尔扎克的小说语言，谈到别林斯基的创作理论，进而谈到桀骜不驯的傅雷夫妻惨死。我很惊讶的是，他为何对外国文学和中国文坛的那些人与事那么熟悉。遗憾的是，他始终闭口不谈自己，一旦我问到他本人情况，马上就环顾左右而言他。我曾经多次试图打探他的生活与工作经历，但他的回答永远是那句："我就是一个姓张的普通老头啊！"

一个普通老头家里会有《欧也妮·葛朗台》《邦斯舅舅》等世界名著？一个普通老头会说几国外语？会知道巴尔扎克、别林斯基、巴金、傅雷？

我开始对老张这个人越来越好奇。那天，他又来买刨冰时，我故意顽皮地对他说："老张，你不告诉我你是做什么的，今天刨冰就不卖给你了。"

老张愣住了，过了一会，才缓缓说道："小刘，我只是在出版社混口饭吃的翻译匠，译的都是些乱七八糟的东西，不值得你们年轻人看的。"

"老张，你太谦虚了，你肯定是翻译家吧！"我竖起大拇指对他夸道。然而，谦虚的老张却给我感觉，他的这种谦虚绝对是一种过于谨慎、甚至是防范的谦虚。从其言谈举止中，我明显能觉察到，老张的内心有着沉重压抑感。因为每次和我聊天时，他都会习惯性地朝四周张望一下。聊天结束了，也一定会反复叮嘱我："我和你说的话，你千万不要传出去哦！"

"究竟是什么原因导致老张如此谨小慎微？"眼前这个抑郁的老张，对我来说显得越来越神秘莫测。

一个月的劳动实习转眼就结束了。那天，老张来买刨冰时，我笑呵呵地说："老张，我要回学校了，你以后来买刨冰就碰不到我了，今天你可以把自己的尊姓大名与家里地址告诉我了吧，我要来拜访你哦！"

"你真的要回学校了？"老张望着我愣了一下，沉默无语。过了半晌，他颤抖着握住我的双手哽咽道："小刘，我的名字叫张逸侯，在上海译文出版社上班，现病休在家，正在翻译俄罗斯作家果戈里的《死魂灵》。你喜欢文学，希望你能在学好自己的专业之余，多接触社会，开拓视野，多读点世界名著，拿起笔写点能讲真话的文学作品。"随后，把他家的地址写给了我。

回到学校后，老张那憨厚、睿智的笑容，依然时常浮现在我眼前。半个多月后，我将在劳动实习时的感悟和生活体验，尝试着写了一篇短篇小说寄给了他。几天后，我正在学校晚自修，突然接到老张打来的电话。他说，寄给他的小说看了，让我星期天到他家去下，他要当面和我谈谈。

星期天的下午，我如约来到了南京西路 455 弄 4 号他的家中。只见他穿着一件背心，正埋头伏在一张大写字桌前，面前摊开着一本厚厚的俄文原版书。见到我，老张很开心，他让我坐在他的对面，拿出那篇我寄给他的短篇小说，从主题的提炼、结构的安排、细节的描写，一一作了点评。此时的他，情绪高昂，和那个每天下午到金陵食品商店买刨冰的老张，简直是判如两人。临别时，他又从书橱里拿出几本俄罗斯作家的作品，要我认真阅读世界名著，提高自己的文学修养。

　　这以后，由于学业繁忙，同时也不想影响老张翻译果戈里《死魂灵》的工作，也就没有和他联系。1979 年 2 月中旬，学校期终考试结束后，我想到许久没听到老张音讯了，便给他写了封信。2 月 19 日，收到一封寄自本市南京西路 455 弄 4 号的信件，打开一看，竟然是老张夫人顾津苹的回信。

　　刘翔同志：

　　你给我爱人的信来迟了，我非常悲痛地告诉你，老张不幸于 78 年 11 月 18 日已离开了这个世界，我还能对你说什么呢？

　　希望你不断进步！

　　　　　　　　　　顾津苹　　2.18

　　是的，老张啊！老张，我还能对你说什么呢？捧读着这封来信，我的神情有些恍惚："可敬可爱的老张，你怎么说走就走了呢？"对我这个年轻人来说，你忧郁的眼神中透出的那些未解之谜，我一直在期待着答案。还有你借给我的那几本世界名著还没还给你呀！

　　当天晚上，我悄悄来到老张寓所的南京西路 455 弄弄堂口，寂静的南京西路夜色阑珊。回想起那天，老张站在家门口握别我时的情景，泪水不禁流了下来。然而，我徘徊许久还是没有勇气

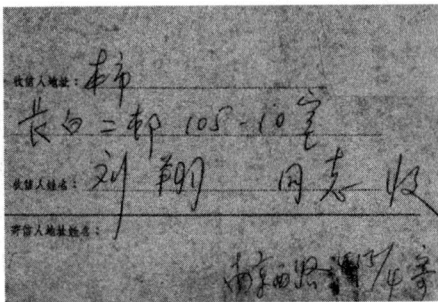

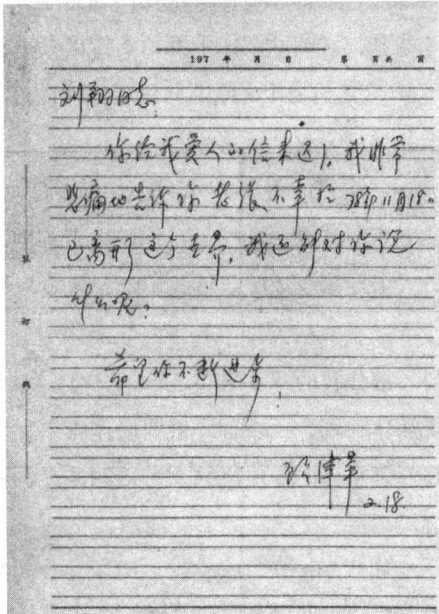

满涛夫人顾津苹 1979 年 2 月 18 日写给作者的信

敲响他家的房门。"老张，你没有走。此刻，你一定是依然伏在写字桌前，翻译着果戈里的《死魂灵》。也许你实在是太累了，换个地方休息休息而已吧！"

弄堂对面的金陵食品店还没打烊，店堂内的人依然络绎不绝。突然，我发现了老张那熟悉的身影，赶紧边呼唤着"老张、老张"，边迅疾奔过去。店里的营业员见到我突然出现，惊讶地问道："小刘，这么晚了，你来有什么事？是从学校溜出来玩的吧？"

"我找老张！我找老张！"我大声说道。"哪个老张，是那个经常来买刨冰的老头吗？我们也好长时间没看到他了，听说他已经死掉了。"一位营业员说道。这时，我才感到似乎有种幻觉在自己脑海盘旋。

"我……给我买一杯刨冰。"我定了定神，掏出一角五分钱放在柜台上，端起一杯刨冰转身就冲向马路对面的弄堂。走到老张的家门口，把这杯刨冰放在门沿上："老张，我不打扰你了，你安静地翻译《死魂灵》吧！"

第二天开始，我就不停地在学校图书馆、上海市图书馆查找老张翻译的著作，希望能从他的译著里重温其敦厚的笑容。遗憾的是，我始终没能找到一本署名是张逸侯的译著。直到有一天，偶然在人民文学出版社出版的《新文学史料》杂志上一篇记叙解放前"孤岛"时期，上海文艺界的文章中读到："著名翻译家满涛，原名张逸侯，曾翻译出版了契诃夫《樱桃园》《别林斯基选集》《果戈里短篇小说集》等大量俄罗斯文学作品与文学理论著作，为文学翻译事业作出很大贡献。"我的目光顿时就停留在这段文字上：难道张逸侯就是满涛？我不禁为这一"重大发现"而惊喜。从老张说自己是"混口饭吃的翻译匠"，而且正在翻译果戈里作品等"迹象"来看，应该是同一人。但我还有些将信将疑，这个世界上巧合的事情多了去了。于是，便开始对张逸侯是否就是满涛进行了考据。在商校图书馆和市、区图书馆查阅了众多书刊资料后，白纸黑字确凿无疑地告诉我：张逸侯应该就是满涛。

1979 年 11 月 14 日中午，午饭后，我在商校的阅报栏看报，当在《文汇报》"笔会"副刊上读到著名作家、翻译家楼适夷"满涛周年祭"，和巴金《随想录》第三集中"怀念满涛同志"两篇文章，终于对老张坎坷的人生之路有了较为全面的了解。随后又在 1983 年 10 月 25 日的《新民晚报》"夜光杯"副刊，读到原《新民晚报》总编辑束纫秋用"越薪"笔名撰写的"购＜果戈里选集＞有感"："满涛默默地工作、默默地忍受那些无端的重压。尽管他有令人敬佩的才华，也总是默默地、谦虚地、微笑地走在人家后面一些，坐在人家旁边一些，一点也不想出头露面。"

著名散文家何为读到束纫秋追忆满涛的文章后，感慨万千，随即提笔撰写"沉默的微笑"一文，发表在同年11月18日《新民晚报》"夜光杯"副刊，文中写道："满涛同志是我们青年时代在上海结识的友好之一。近几年到上海，途经满涛昔年住过的那条弄堂，总想进去看看。我不止一次到过他那间亭子间。他是个质朴的人，正直善良，温文谦让，然而他也是倔强的。最难忘的是透过他的深度眼镜，闪烁着沉默的、睿智的、有时近乎腼腆的微笑。数十年来，满涛的微笑总是在我眼前浮现。"

楼适夷、束纫秋、何为这3篇追忆满涛先生的文章，我均小心翼翼地剪下来精心保存，作为考据满涛其人的"证据"。至今，这3份剪报和满涛夫人顾津苹的来信，我仍然完好地保存着。

老张的祖籍是江苏吴县。1916年3月29日生于北京。1935年考入复旦大学，未毕业即东渡日本，进入专修大学学习，同时在俄语讲习会学习俄语。1936年赴美国，在印第安纳大学读化学。1938年初，到法国学法文。同年回国，定居上海。1944年起，先后参与编辑《戏剧与文学》《翻译》《奔流文艺丛刊》《奔流新辑》《文坛》等期刊。解放后，在时代出版社、上海编译所、上海译文出版社工作。当选为中国作家协会上海分会理事、上海市政协委员。1978年11月18日，因患脑溢血，病逝于上海长征医院。主要译作有：契诃夫的《樱桃园》《别林斯基选集》《果戈里短篇小说集》等，其妹妹张可是原中共上海市委宣传部部长王元化的夫人，也是一位英语翻译家，曾在上海戏剧学院任教。

可是，令我最为惊诧的是：这个满涛竟然就是1955年在上海和王元化、贾植芳、彭柏山、罗洛等一起被捕的17名"胡风分子"之一。此时，我总算恍然大悟，这个老张为何始终不愿告诉我"满涛"这个给他带来苦难的笔名。他的眼神为何始终如此忧郁，原来直到他去世，还没获得平反昭雪，他始终是心有余悸、小心翼翼地生活在这个世界上。也许只有在与我和我的同学们，这群不熟知那段历史的年轻

20 世纪 50 年代初，王元化（左二）与王元美（左一）、满涛（右二）、张可（右一）在苏州合影

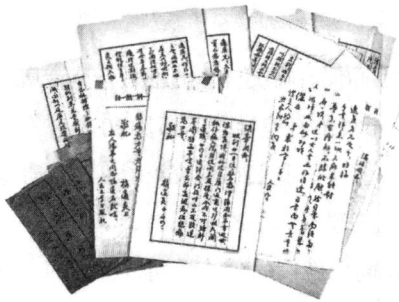

满涛和著名作家、翻译家楼适夷等人的通讯信札

满涛翻译的果戈理《狄康卡近乡夜话》

人在一起，喝着刨冰聊天时的那一刻，他的心灵才会获得短暂的轻松与愉悦。

1979 年，满涛终于获得了平反，但他自己没能等到这一天。王元化先生作为满涛的亲戚、挚友、知己，陪伴满涛走过了人生最后一段路。他在 1978 年给友人陈冰夷的信中谈到满涛的去世时，动情地写道："一旦人天两隔，我就失去了心上最宝贵的那一部分。我失去了一个兄长，一面可以照出我的灵魂，使我不敢妄为、时时促我上征的镜子。这损失太大了，这是无可弥补的啊！"

巴金在"怀念满涛同志"一文中写道："我想人都是要死的，人的最大不幸就是活着不能多做自己想做的工作。"楼适夷亦在"满涛周年祭"中写道："黄源对我说过，'鲁迅先生生前念念不忘，想编一部六卷本的《果戈里选集》，终于未成。你如有机会回到出版岗位，务必请出版社能完成先生这个心愿。'我当时相信只要活着，总会有发言权。而且想过，完成先生这个遗愿，满涛倒是一个合适的人才，但现在满涛已经不在了。"

老张啊，老张，你最终没有等到春回大地，胡风集团冤案得到彻底平反的那一天。一顶"胡风分子"的帽子，压得你几十年喘不过气来，让你活得很憋闷，最终导致你积忧成疾，溘然离世。我的哀思，正如你夫人在给我的回信所说的"我还能对你说什么呢？"在第四届全国文代会上，大会在悼念被迫害致死的文学界前辈名单中，我终于看到了你的名字：满涛。你的译著也能够重新出版了。

岁月荏苒忆老张。今天，遥想40多年前，我把自己学生时代在南京西路金陵食品店参加劳动实习时，因买卖刨冰而与满涛邂逅的那段史实记录下来，不由深深地为满涛他们这一代知识分子谦逊低调、命运坎坷而唏嘘。

那些年，我和我的同学的那点糗事

年轻，固然有着蓬勃的青春朝气。同时，亦伴有啼笑皆非的稚嫩乃至荒唐。1978年2月进入商校就读时，我们同学之间年龄虽有差异，但都是20岁左右，英气勃发的青年人。现在同学聚会时，回眸那些年，我们在商校校园度过的青春岁月，彼此在嬉笑怒骂之间，总能抖露出一大筐糗事。

在此，首先自曝家丑吧，揭秘1978年在商校就读的第二学期，自己的一桩糗事吧！那天晚上7点晚自修结束后，酷爱阅读的我，像往常一样，到学校图书馆阅览室阅读报刊。不知不觉中就到了8点半阅览室的关闭时间，整个阅览室就剩下我一人，埋头沉浸在阅读中的我却浑然不知。当时，阅览室是由三个班级轮流派同学值班管理的，当晚值班的是计统78（1）班的一个同学，他走到我身边提醒说："同学，时间到了，我要关门了。"

"再等会吧，这篇文章我正读到一半，马上就要读完了。"我双眼紧盯桌上的杂志，头也没抬地答道。"不行，必须严格执行学校的规章制度，你现在马上离开，我要熄灯关门了！"话音未落，便一把夺走杂志，神情威严地下达逐客令。

不知为何，平时一贯温和的我，此刻却不可思议地"血气方刚"起来，倏地起身，一把抓住对方的右手，欲将杂志从其手中夺回，双方拉拉扯扯之际便引发了肢体冲突。此时，对方突然大声呼喊道："你竟敢动手啊！走，到老师那里去评评理。"一把抓住我的右手，拼命朝图书馆外面拽。

他那"凄厉"的呼喊声，顿时划破寂静校园的夜空，我随即被闻声赶来的当

商校财会 78（1）班毕业照，第三排右六为作者、前排右八为校长于香亭、右四为班主任戴剑影、右三为珠算老师周葵

晚学生科值班老师带到办公室训诫、反省，很晚才被"释放"回寝室。"刘翔与人打架"的消息亦连夜传遍整个校园。

第二天上午，学生科老师将我与他人打架的情况打电话告知了我父母，要求家长配合校方做好思想教育工作。班主任戴剑影老师一大早就找到我，愠怒而不解地喝道："刘翔，你喜爱读书看报是件好事，但你必须遵守学校的规章制度，更不可以动手打人啊！"

面对怒气冲冲的戴老师，我真是悔恨交加，无言以答。最终，此事以我写检讨书，并向那位同学道歉而"圆满"收官。2018 年 5 月 5 日，在纪念商校 1978 级三个班级毕业 40 周年返校活动中，我又"意外"巧遇了这位 40 年前在学校阅览室忠于职守的同学，彼此目光深情对视了好几秒，随即互相握手微笑道："你好。"有句话叫"相逢一笑泯恩仇"，其实，当年我和这位同学根本就谈不上什么恩仇，纯粹是年轻人之间在荷尔蒙"泛滥"下，一时冲动而做出的荒唐之举，如今想来，甚是可笑。在此，让我对这位同学真诚道一声："两年商校情，你我皆兄弟。"

当年的商校，对学生的管理是十分严格的，校内不准抽烟，就是一条不容触

商校财会 78（1）班同学纪念恢复高考 30 周年聚会留影（后排右三为作者）

碰的铁律。但依旧还是有不少同学难忍烟瘾，偷偷躲到厕所或寝室，掏出香烟过过瘾头，有的还你来我往，相互之间将"小白棍"扔来扔去。其实，也难怪这些同学敢于"顶风作案"，当年我们这批学生大都来自农场、农村，吸烟的同学早已在社会上"混"的时候就染上了烟瘾，当他们的角色从知青、农民转换成学生后，要立即革除抽烟"劣习"太难了。

顾同学是个烟瘾很大的好学生。称其好学生首先他是我们班上的数学课代表，学习成绩始终名列前茅；二是他为人淳朴厚道。可就是这样一个好学生，却也走上了违反校规的错误道路。一天，有个同学递了一支烟给他，他犹豫了一会，最终还是难以抵挡住诱惑，接过香烟后躲在寝室里吞云驾雾，刚抽到一半，就被正在宿舍楼巡视的学生科老师闻到烟味，随即敲响了寝室房门。

说时迟，那时快，顾同学迅速将香烟掐灭扔向窗外，但萦绕在室内的烟雾，是其无法逃脱的"罪证"。铁证如山，这位好学生只得乖乖地走到教室讲台前，向全班同学做出了深刻的书面检讨。他回忆说："这次检讨是我人生中的第一次，也是唯一的一次。对抽烟写检讨书我的内心是有抵触情绪的，于是就在检讨书中巧妙地嵌入'由于吸烟，影响了学习成绩'等字眼，事实上我的成绩一直名列前茅，同吸不吸烟毫无关系。但我还是要感谢商校，正是学校钢铁般的校纪铸就了我钢铁般的意志，让我决心戒掉抽烟这种坏习惯。"

作者（最后排中）1981 年夏天与商校同学在金山海滨浴场游玩时的合影

打这以后，顾同学痛定思痛，发誓要戒烟，也真的戒烟成功了。他说，有时候同学递上香烟一定要让其抽，盛情之下，为了不得罪同学，他便接过香烟，叼在嘴上假惺惺吸几口，然后把吸进去的烟全部都吐出来，根本就没有吸入肚里进行"内循环"，用这种假抽来忽悠一下。呵呵，顾同学这小子还是蛮诡异的哈！没办法，数学好的人，脑瓜子就是特别会"算计"。回过头细想，幸亏我这人和抽烟这档事天生没缘分，否则必定会和商校那帮烟友同学"同流合污"。

与我打架、顾同学抽烟这类糗事相比，王德才同学和另一名同学的"所作所为"，才真正是"惊天动地"般牛逼了。他俩竟然被治安联防队员"捉"到老派（派出所）蹲"班房"去了。回顾当年身陷"囹圄"这一重大事件，喜欢舞文弄墨的王德才同学，还专门撰写了"初识'班房'"一文，我捧读之后，觉得颇有"历史意义"，便把此文刊登在自己供职的《人民警察》杂志 2015 年第 4 期上，现将此文转录如下：

1979 年的秋天，我是上海市商业学校的一名学生。一天傍晚吃过晚饭后，我和一个同学在学校附近的共和新路上溜达。当我俩走到共和新路柳营路桥时，从桥对面走来一个头扎土布、右手挎着一只竹篮，纯朴中透出机灵的 30 岁左右农村妇女。只见她快步穿过马路，走到我俩身旁轻声问道："粮票有吗？可以换鸡蛋。"

20世纪70年代，农村开始出现了养鸡专业户。但是，养鸡需要粮食，光靠自家交公粮剩下的粮食是不够的。于是，一些农民便拿鸡蛋换粮票，再用换来的粮票购买粮食用来养鸡。然而，粮票是政府发放的无价票证，是不能交易的。鸡蛋换粮票，在计划经济年代是属于法律禁止的"投机倒把"犯罪行为。但我转而一想，身边的同学经常溜到校外，用粮票和农民换鸡蛋，一直太平无事，便心动了。再说，也就是换几只鸡蛋，等到晚自修结束回到寝室把鸡蛋放在保温杯里，用水煮熟了吃白煮蛋，给自己正处于生长发育期的身体补充点营养，又不是去做投机倒把生意。于是，我和那个同学抱着侥幸心理，借着夜幕的掩护，像做贼一样从口袋里掏出五斤粮票，与"换蛋女"换来五只鸡蛋。

谁知，正当我俩准备把鸡蛋藏入口袋，一声"你们在搞投机倒把啊！"的喝斥，几个身材魁梧的治安联防队员神不知鬼不觉地出现在我俩面前。那个"换蛋女"见状，迅速转身逃走了，而我俩却呆如木鸡站在原地。治安联防队员随即把我俩带到了附近的共和新路派出所。

进了派出所，我俩吓得半死，向民警老实交代说，我们是商校学生，用吃饭省下的几斤粮票换鸡蛋是自己吃，不是为了做投机倒把生意的。民警得知我们是学生后，严肃地批评了我们，说鸡蛋要没收，你们先在派出所呆着，深刻反思自己的行为，我会通知商校老师来领人。随后将我俩送进了一间窗户很小、看不见外面、面积仅有10平方米左右的班房。我俩蹲坐在地上，心想：完了，这下商校肯定会开除我们学籍了。

约莫半个小时后，商校学生科来了一名老师将我俩领回学校。回去的路上，这名老师一言不发，进了校门便扔下我俩，回自己的办公室去了。最终，学校没有对我俩作出任何处罚。我想，可能学校碰到的这类事多了，没精力去管。也可能学校领导觉得学生这种行为，不就是为了用粮票换几个鸡蛋吃补补身体嘛，不应该上纲上线到投机倒把行为。

因为用粮票换鸡蛋被关进派出所的班房，这件事不仅极大地丰富了一个农村娃从乡村到市区求学的人生经历，同时也折射出我国政治、经济发展进程中的一个历史侧影。我非常感激当年商校没有给我和那个同学任何校纪处分，让我俩卸下沉重的心理包袱，轻松愉快地毕业后，顺利走上工作岗位。

必须指出的是，王德才同学在文中说"被关进派出所的班房"，显然是不对的，其实那只是一间派出所的留置室。当年他和那个同学因用粮票换鸡蛋，被送进派出所留置室呆上半个多小时，今天回想起来，是一件令人觉得十分荒唐的事情，却也是两个商校学生求学生涯中，一段啼笑皆非的人生插曲，让他俩终身难忘，并且成为商校同学们相聚时，必定会拎出来抖露一下的他俩当年犯下的"前科"。

盘点一下那些年，我和我的同学在商校内外的大大小小糗事，让我想起伟大的列宁同志说过的一句话：年轻人犯错误上帝都会原谅。好在过去的早已过去，我们已无法追悔年轻时的幼稚和莽撞。

粉碎"四人帮"后，有一句话是年轻人经常挂在嘴边的，叫做"把失去的青春夺回来"。今天，回望随风飘逝的青春岁月，18 岁正值风华正茂的我，中学毕业去了崇明县

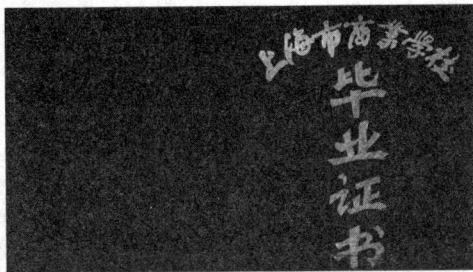

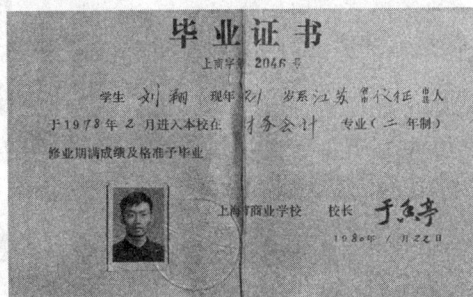

作者的商校毕业证书

跃进农场做了一名知青，青春在岁月中蹉跎。20岁依然青春的我，重返商校校园，再次坐进课堂成为一名学生，可谓是不折不扣地把失去的青春给夺了回来。人生之命运，很多时候就是这般微妙而美妙。当时光不经意地把年轮刻在我的心灵中，过往的一切，仿佛都是一场梦幻的岁月。

2018年5月5日，上海市商业学校78级的三个班级联合举行了入校40周年"再聚首"返校活动。我们徜徉在焕然一新的商校校园，我们把一束束鲜花敬献给当年的校领导、班主任、任课老师。感谢商校，感恩任教过我们的每一个商校老师。从商校毕业后，我依然始终奉行商校"和善雅正、笃学敦行"的校训，低调行事，诚实做人。

再聚首，恍然如梦。

再回首，我心依旧。

作者2018年5月5日参加商校78级同学入校40周年"再聚首"返校活动的留影

十一 | 从多伦路到江浦路，似水流年就这般弹指一挥间

　　一个春光明媚的午后，我驱车行驶在绿树成荫的控江路上，就在拐入大连路的瞬间，脑海里突然打了个激灵：此处不正是自己从杨浦区拐入虹口区的一条人生"变道"吗？杨浦与虹口是隔着一条大连路相望的"邻居"，虹口区有一条多伦路，杨浦区有一条江浦路。多伦路是一条连接四川北路的人文气息浓厚文化街，江浦路是一条直通杨树浦路的通衢大道。回望 20 世纪 80 年代到 90 年代中期，我每天都行走在这一街一道上班、下班。这街、这道，构筑起了我的一段难忘的人生"街·道"。

从多伦路跳槽到江浦路

　　1976 年 4 月，中学毕业后我从杨浦区来到崇明县跃进农场。1977 年 12 月恢复高考，使我"意外"地从一名农场知青，再次成为一名学生，又从偏僻的崇明岛"横渡长江"回到了杨浦区的家。

　　1980 年的早春二月，我从上海市商业学校财会专业毕业后，分配到虹口区副食品公司财务科工作，我的人生"足迹"，开始从杨浦区迈入了虹口区。在百废待兴的 20 世纪 80 年代，全日制中等专业学校财会专业毕业生，不仅属于社会紧缺的专门人才，同时，也有着正式的国家干部编制。那天，我拿着报到通知单，踌躇满志地第一次走进位于多伦路 48 号公司所在地的那幢小洋楼。

　　这是一幢建于清朝光绪年间具有欧洲巴洛克风格的文艺复兴式花园住宅，假三层的砖木结构，外观比例匀称，典雅华丽，屋顶呈坡面状，铺有红色瓦片。据相关史料记载，此楼曾是恒丰茶庄，店主就是著名日本友人内山完造先生。20 世

多伦路 48 号小洋楼

纪二三十年代，一大批左翼作家相继住进多伦路后，48 号便成了鲁迅、瞿秋白、丁玲、冯雪峰等左翼文化人士经常喝茶聚会的"据点"。因此，恒丰茶庄又称为"名人会所"。

当我在人事科长引领下来到一楼财务科办公室时，哇！房间里居然还有一个精致的壁炉，雕花的屋顶，小长方格玻璃落地式木框门外是一座 100 平方米左右的姹紫嫣红小花园。与院外一墙之隔、人声鼎沸的马路菜场相比，这里简直就是极具西洋情调的世外桃源。从那一天起，我每天风尘仆仆地从杨浦赶到虹口，坐在这个办公室内办了 6 年的"公"。

那些年，我上班做会计报表，下班爬格子。枯燥单调的工作"折磨"得我头晕眼花，一个个魔幻般的阿拉伯数字亦在不断蚕食我的形象思维。正当我陷于苦恼之时，一个偶然的机会，让我得以暂时脱离了数字"苦海"。

1982 年，国务院决定在全国开展第三次人口普查，这是一个规模宏大的国家工程。在进入第三次全国人口普查准备阶段时，市政府发文，要求从各行各业抽调干部参加普查工作。公司领导便对我说："小刘，你年纪轻，派你到外面去锻炼锻炼。"科长老刘虽说不愿让我去，但这是硬任务，市、区政府都有文件规定，她也无奈。这样，我就来到了虹口区曲阳街道人口普查办公室，担任了为时半年多的普查指导员。普查办公室成员都是从机关、派出所、学校、医院、企业等抽调组成，负责人是从东海舰队转业到曲阳街道担任副主任的老李。

上世纪 80 年代不像现在信息化程度这样高，电脑这玩意我只是听说过，根本就没有见过，互联网就更不要说了。因此，我们的普查工作完全是依靠手工操作，首先要从曲阳新村派出所里把一本本厚厚的户口内册搬出来，然后在民警的指导下，一家一户地仔细核对一遍后登记在人口普查的草表上，工作量非常大。而且要求高，不容许一丝差错。上世纪80年代初的曲阳街道还是个城郊结合部，有不少自然村和一些老旧的工房。同时作为上海东北部的一个正在逐渐兴起的大型居民住宅区，许多地方都是一个个建设工地。等到正式普查的那天，我胸佩人口普查指导员标志，带领一名普查员按照管辖的区域挨家挨户上门登记核对。

作者在公司财务科办公室翻阅财务制度，办公桌上放着一把"吃饭家什"算盘

那个年代的人们十分纯朴与好客，对政府的号召积极响应，很配合我们开展人口普查，只要敲开一户人家的房门，左邻右舍听到后，都会自动打开房门，将我们请进屋内，并且还递茶倒水，非常热情，没有一点戒备之心。因此，普查工作开展得十分顺利。最终，我们的工作得到了市区两级政府的高度好评。

作者的虹口区副食品公司工作证

至今我还珍藏着当年参加第三次全国人口普查时的两张证书、普查指导员和普查员标志以及普查结束后全体普查员的合影照片。两张证书是由上海市第三次人口普查领

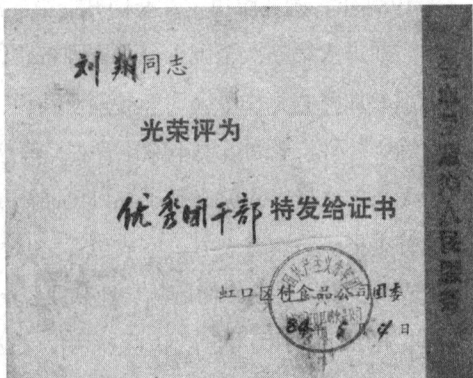

作者荣获"优秀团干部"的证书

导小组颁发的，一张是发给所有参加普查工作人员的感谢证书，另一张则是专门发给普查指导员的。写到这里，顺便插一句，2020 年我国将进行第七次人口普查，11 月 1 日普查员就要正式开始入户普查登记。随着人们观念的变化，现在人口普查碰到了不少新难题，一些居民以保护自己住房、人口隐私等为由，拒绝普查员入户普查登记，甚至把房门紧闭，把普查员拒之门外。为此，各级政府在宣传第七次人口普查政策时，只得"苦口婆心"地对每一个公民喊话："大国点名，没你不行。" 由此，每当我察看珍藏的第三次全国人口普查证书和普查员标志，回望参加第三次人口普查的美好时光，不禁感慨万千。

现在每当途经曲阳新村，回想起自己曾经在这个改革开放后上海建造的第一个大型居住社区里走家串户，不辞辛劳地为"大国点名"，内心总会油然引腾起亲切的情感。再一细想，多年以后我执意要走上从警之路，也许正是当年参加人口普查时，和曲阳新村派出所的民警朝夕相处后，衍生出来对公安机关、对人民警察的"一往情深"吧！最终如愿使得自己成了一名警察，此为后话。

1982 年第三次全国人口普查结束后，全体普查员和曲阳新村派出所民警合影（后排左三为作者）

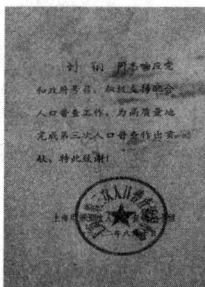

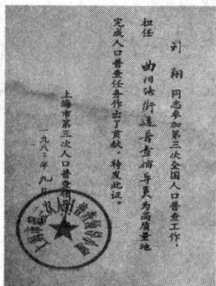

作者 1982 年参加第三次全国人口普查的证书

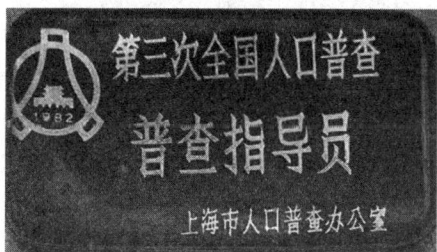

1982 年第三次全国人口普查时普查指导员和普查员佩戴的标志

人口普查结束后，虹口区有关领导或许觉得我还算是一个知识型的年轻干部吧，便又将我借调到海南路 40 号虹口区政府大院内的区物价局工作。此时，虽然公司经理多次要我早点回去，可"野"在外面近一年的我，"野心"已经收不回来了，况且是顶头上司区政府要借人，最终也无可奈何。

在物价局工作了一段时间后，全国开始组建审计机关，虹口区审计局看中了我，意欲调我到该局工作。但是，最终我还是决定选择离家较近的杨浦区审计局。公司经理得知我要跳槽，对我说："小刘，你从商校毕业分配到我们公司，是我们要派用场的专业人才啊！"但他看我去意坚定，便说："只要侬科长老刘同意，我就放侬。"

科长老刘一开始也是不同意，但听说我是调到审计局，作为一名财务科长，她深知审计对单位财务收支进行监督审查的重要意义，她思忖了一会儿说："小刘，财务离不开审计监督，你如果去其他单位，我是不放的，但你去审计局工作，我没意见。"

就这样，兜了一圈，我又回到了杨浦区。1986 年 4 月，我走进了江浦路 549 号杨浦区政府大院，跳槽到了杨浦区审计局，从一名企业干部转型为机关干部，工资也变成了"赤膊工资"，从而开启了我另外一段人生之路。可是，我自己也没料到，8 年后又会和杨浦区审计局拜拜，跑到市公安局去当警察了。呵呵！年轻就是任性。现在想想，那时的我也真是会折腾，但我永存一颗感恩之心。

多伦路 48 号的那些人、那些事

多伦路 48 号，是一幢有故事的小楼。

离开那里已经 30 多年了，但这幢楼里的那些人、那些事，至今依然清晰地镌刻在我的脑海里。令我难忘的是公司财务科长刘茹芹，她是黑龙江人，出生于 1934 年 6 月，是一名 1949 年 6 月参加工作的"老革命"，是从部队转业到上海工作的。年近五旬的她，身材颀长，衣着考究，发型时尚，戴着一副精致的眼镜，说着一口悦耳的普通话。据说她在部队里就是搞财务的，可我的感觉她倒像是部队文工团里的"芳华"。让我不解的是，公司从上到下为何都叫在我看来并不老的刘茹芹科长为"老刘"，后来才知，其实这是大家对她的一种尊称。

别看老刘外表温文尔雅，但如果谁想在财务报表或费用报销上"捣浆糊"，那绝对是逃不过她的火眼金睛。有好几次业务科同志拿着公司经理已经签字同意的发票来报销，她审核后，斩钉截铁地说道："这个不能报销！"，就毫不客气地把对方打发回去。后来，公司经理在发票签字时，总是先要询问一下她："老刘，你看这个能报销吗？"然后才落笔签字。

由于老刘的忠于职守，全公司的干部职工都十分敬重、敬畏这位好管家。虽说她常给人不怒自威的印象，可骨子里绝对是一个充满温情的女性。财务科有一名会计患有小儿麻痹症，她视如自己女儿般精心呵护，关心备至，上下班都是搀扶着她一路同行。她还经常利用节假日，组织大家聚餐、旅游。记得大约是在1982年吧，大闸蟹上市后，老刘购买了一大箩大闸蟹，邀请财务科全体人员到山阴路大陆新村，鲁迅故居隔壁的她家中聚餐。望着餐桌上那一只只肥硕的大闸蟹，我垂涎欲滴，吃了一只又一只。我不知道大闸蟹是不是从阳澄湖捞上来的，但野生是绝对的。这顿蟹宴令我大快朵颐，从此爱上大闸蟹这劳什子，现在只有在梦境里咀嚼那个年代的大闸蟹了。作为一名离休干部，80多岁的时尚老太刘茹芹科长现在过着幸福的晚年生活，回望她一生的职业生涯，就是朱镕基总理为国家会计学院题写的那4个大字：不做假账。

20世纪80年代是计划经济年代，物资供应十分紧张，许多商品都须凭票购买。当时有一句话叫做"菜篮子里看形势"。老百姓每天餐桌上的副食品供应，是上到市长、下到区长亲自抓的民生大事。小小一只菜篮子，一旦有啥风吹草动，各级领导的神经就会高度绷紧，必定会在第一时间赶到副食品公司开会研究。而每年进入国庆、春节两大节日，副食品市场供应倒计时，整个公司大楼从上到下犹如一架高速运转的机器，充满紧张氛围。

每天下午3点，我和科里同事守在电话机旁，把全区各家菜场上报的当天副食品进、销、调、存情况记录下来。然后把这些阿拉伯数字汇总后，再跑到二楼经理室，用橡皮图章将数字敲到墙上的"虹口区副食品进、销、调、存一览表"上，供领导决策参考。因此，多伦路48号，就是整个虹口区副食品供应市场的指挥中心。然而，有谁知道，时间一长，这种业内称之"报数字"的乏味到极点活儿，让我看到、听到数字头皮就发麻，从此患上"数字恐惧症"。应该就是从那时起，我的心底萌生了尽早逃离数字"苦海"的念头。

计划经济年代，商品价格是国家严格管控的，最让领导头疼的是物价调整。因为，所谓调整，其实就是涨价，尤其是烟、酒、糖、副食品等关系到老百姓开门八件事的商品价格调整。为稳定市场，不在社会上引发抢购潮，每次调整价格前是高度保密的。先由市政府财贸办传达到各区政府财贸办，随后区财贸办再传达到区内各财贸单位。公司经理从区里开会回来后，立即通知各菜场经理召开紧急会议，布置第二天区内各大菜场的菜价调整工作，严防私自截留货源"卖大户"（即将大量商品集中卖给某一个人）的违纪现象出现。公司的干部作为联络员则被分头派往区内数十家菜场，督查营业员是否严格执行商品调价政策。

经常是凌晨时分，我就从杨浦的家里摸黑起床，睡意蒙眬地乘坐头班公交车赶到著名的"中华老字号"企业、上海最大的室内菜场三角地菜场明察暗访。还没睡醒的我跟在科长老刘后面，在这家菜场里兜来兜去，巡查营业员有没有明码标价和趁机乱涨价。那时，该

作者在公司财务科办公室打电话联系工作

公司财务科同事 1983 年 4 月 9 日在无锡三山公园旅游时的合影（后排右为作者，后排左为科长刘茹芹）

菜场一天的副食品销售总量高达 40 吨左右，一旦在物价政策上有个"风吹草动"，就是"天大"的事情了。随后，在早市收摊后，再急匆匆赶回公司向等在会议室的各级领导汇报，我则赶紧抓住机会躲在会议室一角打个盹。1997 年，由于大规模的城市更新改造，三角地菜场被拆除了。从此，这家有着 100 多年历史的老字号菜场，也就成了上海滩的一个传说。

虹口区副食品系统是个先进人物与劳动模范辈出的地方，三角地菜场经理王福洲作为上海市商业系统先进代表，出席过全国群英会。浙兴菜场安根娣、商丘菜场陆美红都是全国商业特级劳动模范。我曾经多次在各类场合见到安根娣，对其印象特别深。她卖菜眼观六路，耳听八方，手脚利索，嘴上"阿姨、爷叔"喊个不停，深受顾客欢迎。站在大礼堂讲台上作报告也是头头是道，妙语连珠。如今，80 多岁的安根娣和儿子住在一起，享受天伦之乐。据说依然口齿伶俐，脑子煞清。而陆美红则走上了领导岗位。

写到这里，我不禁想起"躲"在这些著名劳模身后的一位笔杆

作者（左）20 世纪 80 年代在多伦路 48 号小花园内和同事合影

作者（前排左）20 世纪 80 年代和公司团员青年泛舟在长风公园银锄湖上

原虹口区副食品公司老同事 2015 年 1 月 18 日聚会合影（后排右二为作者）

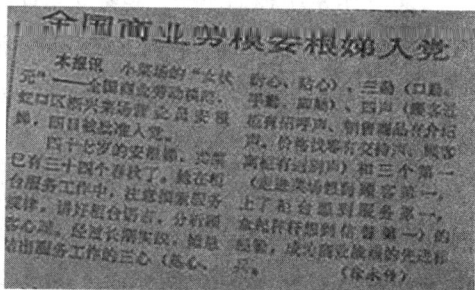
1983 年 6 月 6 日《解放日报》刊发通讯员徐永传撰写的全国商业劳模安根娣入党的新闻报道

子——公司秘书科的徐永传。他是上海滩"三报二台":《解放日报》《文汇报》《新民晚报》,上海电视台、上海人民广播电台的通讯员。当年其报道虹口区副食品系统和劳动模范事迹的"豆腐干"新闻频频见报,王福洲、安根娣、陆美红等劳模能够家喻户晓,绝对离不开这位笔杆子的辛勤宣传与策划,他应该也算是一名劳苦功高的著名通讯员。爱好写作的我对他十分崇拜,见到三天两头报社寄给他的2元、5元稿费单,更是羡慕不已。曾经动过调到秘书科跟着徐永传搞宣传报道的念头,却不敢对科长老刘说,生怕被她骂。日前,偶然在孔夫子旧书网上看到,一张1983年6月6日的登有徐永传报道47岁的安根娣入党新闻的《解放日报》,已经被炒卖到25元了,不禁勾起对他的惦念。

多伦路48号这幢小洋楼里的许多干部,后来都成了虹口区委组织部、宣传部、党校、区政府办公室、财贸办的领导,也有的做了检察官、警官、公司老总。现在微信上我们有了一个共同的名字:虹副微友。多年后,当我调干到上海市公安局政治部工作后,竟意外地在上海公安博物馆碰到原虹口区副食品公司秘书科的史济慧,此时的她已是一名研究、整理公安文物的专家。她的侄女史美琴是世界跳水冠军。想当年,我经常到她办公室听她绘声绘色讲述史美琴为国争光的故事。想不到,几十年后我们又成了同事,世事就是这般充满美妙的巧合。

一切恍如昨日,一切又都物是人非

多伦路,我回来了。

2017年8月12日下午,趁着双休日空闲,我来到了多伦路。站在多伦路48号这幢酱红色小洋楼前,我反复端详着:没变,一切都没变。随着多伦路文化街的兴建,这幢老建筑的外观整旧如旧,一如留存在我记忆之中的20世纪80年代时期原貌,只是旧貌换新颜了。

20世纪80年代的多伦路,是一条嘈杂、混乱的小马路。整条道路被四川北路农贸市场占据着,各类饮食店、杂货店、菜贩盘踞在马路两侧。我每天都是穿行在充溢着市井气息的喧闹声中上下班。直到离开多伦路后很久,当这条马路开发成闻名于世的文化街之后,我才知道原来这是一条充满人文历史的马路。而湮没在一排排由彩钢板搭建的摊位后面的众多文化名人故居与别墅，居然还原了一座现代文学重镇的风貌，见证了中国近现代文学史上许多重要时刻。

"一条多伦路，百年上海滩"。修建于 1912 年的多伦路是一条长仅 550 米的小马路，东北两端都和四川北路交汇。20 世纪二三十年代，鲁迅、瞿秋白、丁玲、茅盾、郭沫若等文学巨匠均聚居于此从事文学活动，谋划左翼作家联盟成立事宜。（左联）成立大会会址就坐落在多伦路 201 弄 2 号。1930 年 3 月 2 日，鲁迅、夏衍、田汉、阳翰笙等 50 余名文化界著名人士出席会议。鲁迅作了题为《对于左翼作家联盟的意见》的著名演讲。著名的公啡咖啡馆、孔祥熙公馆、白崇禧公馆、汤恩伯公馆等建筑，更使得多伦路仿佛成了海派建筑的"露天博物馆"。而位于多伦路 59 号，始建于 1925 年的基督教"鸿德堂"，则是一座极少数采用中国古典式建筑风格的教堂。

多伦路如此深厚的文化底蕴与历史价值，我在多伦路 48 号工作期间，却浑然不知。有关部门也没有把这些红色资源发掘出来。每天上下班穿行在多伦路上，我的眼前也就是一条拥挤不堪、五方杂处的小马路。"鸿德堂"就坐落

作者 20 世纪 80 年代在多伦路 48 号小花园阅读报刊

作者在公司团委主办的油印团刊《小字辈》1983 年第 3 期上刊登的微型小说"雨中曲"

在 48 号对面。1983 年上海肝炎大爆发时，它被辟为肝炎隔离病房，后来又成为虹口区文化馆。如今想来，颇有身在宝山不识宝的滋味。但是，走进多伦路 48 号，却又让我冥冥之中感觉到了一股无形的文化磁场在"辐射"。我虽然学的是会计，毕业后干的也是会计，可我是个天生就数字感很差的人。1977 年恢复高考时，填报商业学校的会计专业，纯粹是属于不管三七二十一，先"逃离"崇明岛再说的权宜之策。

从上海市商业学校毕业，走进多伦路 48 号，虽然拨弄算盘，做了一名"账房先生"，但我依然做着痴迷的文学梦，时常忧虑自己的形象思维是否会被"数字化"。因此，在工作之余，努力阅读，勤奋写作，在担任公司本部团支部书记时，在公司团委主办的油印团刊《小字辈》1983 第 3 期上刊登了一篇微型小说"雨中曲"，受到了团员青年的好评。

尽管财务工作单调乏味，但公司图书室订阅的《收获》《当代》《十月》《作品与争鸣》等文学刊物，极大地满足了我的阅读欲望，丰富了我的精神生活。公司工会发放的每月两次在四川北路上的永安电影院的电影票，也让我尽情地欣赏了各类中外优秀影片。而每天到山阴路工商银行拿银行回单时，也必定会到坐落在内山书店旧址隔壁的新华书店转转，挑选几本喜欢的书籍。

公司财务科中有一位叫姚路平的老法师，在旁人看来，这是一位脾性有点刻板、古朴的"账房先生"。可我和他却蛮投缘的。他不仅精通会计业务，对中国古典文学也非常稔熟。我俩的办公桌相对而放，见我这个新来的小青年喜欢读书看报，他便时常拉我到办公室外的小花园，边侍花弄草边"嘎三胡"。从李白"嘎"到杜甫，从苏轼"嘎"到白居易。当然，绝大多数时候，都是我洗耳恭听老法师的教诲。他最为推崇的一本书是清代诗人袁枚所著的《随园诗话》。他可以将诗人先天的禀赋，到后天的品性，从其写景、言情、咏物、辞采，到韵律、比兴、寄托、空灵等说得头头是道，津津有味。尤其是他吟诵起袁枚一首首脍炙人口的诗篇时，摇头晃脑，旁若无人地陶醉在自己世界中的神态，至今仍清晰地镌刻在我的脑海。

文学，作为一种业余爱好，毕竟不是我的吃饭"家什"，我的本职工作是噼噼啪啪打算盘的会计（那时计算器还没普及）。如果上班辰光我们不是埋头核算成本与利润，而是津津乐道于李白与杜甫，科长老刘一定会"皮笑肉不笑"地喝道："好勒，老姚，小刘，当心算盘珠拨错啊！"因此，我和老法师姚路平，只能在茶余饭后谈古论今"嘎三胡"。据悉，这位可亲可爱的老法师已经去世了，他生前最喜欢吟诵的袁枚的这首诗，便也成了我心中的咏叹——

飞云依岫心常在，

明月沉潭影不流。

明月有情应识我，

年年相见在他乡。

也就在这一时期，我参加了由作家、筷子收藏家蓝翔老师负责的虹口区工人俱乐部文学创作组。蓝翔是一个辛勤耕耘在职工文学创作园地的长者，为人十分敦厚。1984年12月，他邀请张士敏、陈继光、程乃姗、孙树棻、陈村等作家和上海文艺出版社编辑邢庆祥等举办了一个小说创作辅导班，特地写信让我报名参加，他在信中写道：

刘翔：

我已调一俱。这次主办小说班，老师很热情，希望你来报名，争取向他们学习。握手

　　　　　　　　蓝翔　12.5

信中所说的"一俱"即坐落在飞虹路400号的虹口区第一工人俱乐部，

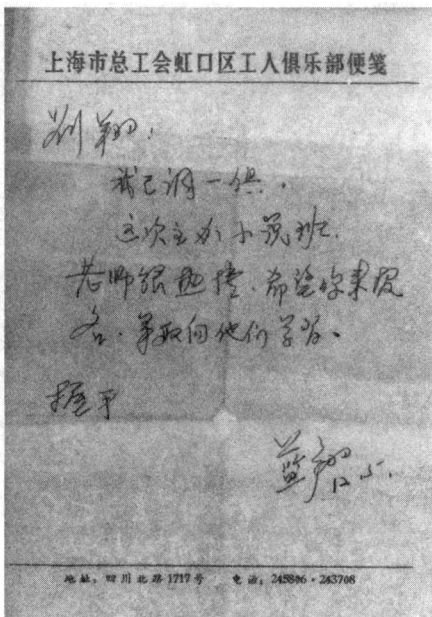

作家、收藏家蓝翔1984年12月5日写给作者的信

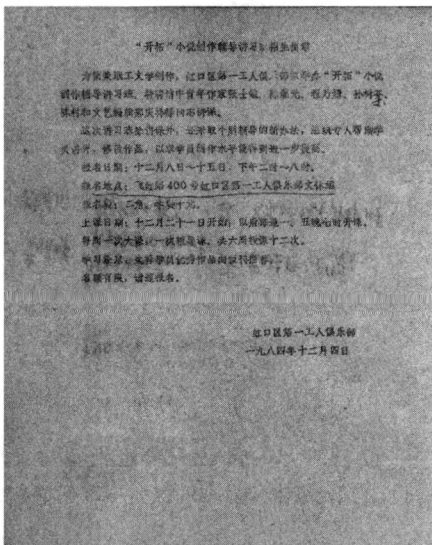

虹口区第一工人俱乐部举办的小说创作辅导讲习班招生简章

多伦路 48 号如今已经成为上海一个著名的旅游文化景观

这些作家均是活跃在 20 世纪 80 年代文坛的知名作家，他们的作品我都拜读过。接到蓝翔老师的来信后，我第一时间报了名，全市众多文学爱好者闻讯也纷纷报名参加。辅导班开班日期是 1984 年 12 月 21 日，每周一、五晚上 7 点在虹口区第一工人俱乐部上课，每周一次是大课，一次是个别辅导课，共 6 周授课 12 次。

能够面对面地接受这些我喜爱的作家辅导，对我这个文学青年来说，是一个难得的机会。于是，每周一、五下班后，我便带上几个面包或者馒头，兴冲冲地赶到虹口区第一工人俱乐部听课。与此同时，我坚持写作，开始陆续在报刊上发表了不少文章，好歹也算是在中国近现代文学重镇的多伦路上迈开了蹒跚的文学"脚步"。

在多伦路改建成文化街后最辉煌的时期，我曾来游逛过。2017 年 8 月 12 日下午，当我再次踏上多伦路，一切都是昨日的辉煌了，今天的多伦路又一次走到了何去何从的十字路口。我来到 191 号蓝翔老师创办的、曾经门庭若市的"藏筷馆"前，大门紧闭，透过门缝，只见室内摆设凌乱，还飘浮出丝丝霉味，台阶上散落着报纸。我朝房内大声喊着："蓝翔老师！蓝翔老师！"隔壁商铺的人说道："不要叫了，已经很久没见到人来过了。"

作者 30 多年前在多伦路 48 号小花园内拍了两张照片（左），30 多年后作者在原地又拍了两张同样场景的照片

想起曾经在电视新闻上看到白发苍苍的蓝翔老师面对镜头忧郁叹道："我老了，已经无力操持'藏筷馆'啦！"伤感之情顿时袭上心头，转身朝多伦路48号走去。虹口区副食品公司在数年前更名为三角地总公司后，已搬离了多伦路48号这一黄金地段，现在这幢小洋楼已是浙江某富豪出巨资买下的私宅了。我试图走进楼内，可楼边上的大门紧闭，正巧有送快递的过来，赶紧尾随快递小哥走了进去。这时，一个操着外地口音的中年女子走过来警惕地问道："你找谁？"

茫然无语的我，赶紧拿出照相机拍了几张照片后，"逃"出多伦路48号。原本财务科办公室小长方格玻璃落地式木框门外那座封闭的小花园，现在已改建成供游人休憩的开放式平台。30多年前我曾在此地拍过两张照片，30多年后我在原地又拍了两张同样场景的照片。凝望着这幢曾经朝夕相处了6年的小洋楼，时空的穿越，一切恍如昨日，一切又都物是人非。

时间都去哪儿了？一声叹息，我缓步折入一旁车水马龙的四川北路，再次深情回望了一眼沐浴在夕阳下的多伦路48号小洋楼，随即遁隐在茫茫人海之中。

从多伦路到江浦路，似水流年就这般弹指一挥间。

十二 | 人生是一个周而复始的循环，
十年后再次走进江浦路 549 号

人生是一个周而复始的循环。

1976 年 3 月 30 日，因要到区"乡办"办理奔赴跃进农场的手续，我第一次走进了江浦路 549 号杨浦区政府大院。想不到，十年后的 1986 年，我竟然也成了在这座大院内上班"办公"的一名机关工作人员（当时还没有"公务员"这个称呼）。

1986 年 3 月，我作为一名业务干部从虹口区副食品公司调入杨浦区审计局，正式从一名企业会计人员转型为国家审计干部。2014 年区审计局成立 30 周年时，审计局副局长贺东明送了一本纪念册给我。当我翻阅这本纪念册时，屈指一算：本人也可算是杨浦区审计局初创时期的一名"元老"了！

从会计到审计

20 世纪 80 年代，由于我国没有专门的审计机关，因此，人们并不清楚"审计"是干什么的，连我这个上海市商业学校财会专业的毕业生对"审计"这两个字眼也很陌生。其实，通俗地讲，审计，望文生义，就是审查会计。理论地讲，审计，是由专职机构和人员，对行政机关、企事业单位的财政、财务收支及其他经济活动的真实性、合法性和效益性进行审查和评价的一种独立性经济监督活动。为此，亦有人形象地将审计人员称之为"经济警察"。

中华人民共和国成立后，我国对企事业单位的财政经济监督，分别是由财政、税务、工商、物价、银行等部门执行。粉碎"四人帮"后，随着改革开放的不断深入，经济活动日趋活跃。与此同时，经济领域内的各类违法犯罪现象亦日趋增多。

为进一步维护国家经济秩序，加强对行政机关、企事业单位经济活动的审查与监督，1983 年 9 月 15 日，党中央、国务院决定成立中华人民共和国审计署，并在各级政府机关序列中同时成立审计机关。杨浦区审计局就是在这样一个历史背景下，在 1984 年 6 月正式成立的。其成员主要是以区财税局的干部"转岗"为主，首任局长是原区财税局的副局长周吉才（后任杨浦区人民政府副巡视员）。办公地点就在江浦路 549 号区政府大院内（我们上下班一般都是从榆林路 707 号区政府边门进出），后来按照区政府的统一安排，搬迁到龙江路 241 号一幢小楼单独办公。

当时审计机关的工作宗旨是：根据《中华人民共和国审计法》的规定，充分发挥审计监督作用，为全面深化改革保驾护航。作为共和国的第一代审计人，我们本着严格执法、客观公正、不辱使命的理念，1994 年率先在上海市开展了企业领导干部离任审计。杨浦区审计局这个"初出茅庐"的政府机关，被全区行政机关、企事业单位尊视为经济领域的"保护神"，走过了一条辉煌的道路。从 1991 年至 2003 年间，连续6 年被评为区文明单位，还被评为上海市审计系统先进集体和全国审计机关廉

作者的上海市审计局工作证（当年上海市各级审计机关工作证有市审计局统一配发）

坐落在龙江路 241 号的杨浦区审计局

政勤政工作先进集体。

1987年10月，为纪念建局3周年，审计局准备搞一台纪念联欢会，局领导知道我擅长写写弄弄，便要我写一篇诗歌"讴歌"一下审计。于是，我就激情澎湃地创作了一首散文诗"我们都有一颗火热的心"，这也是我写过的唯一一首散文诗：

作为一个单位它很小，

36个人，两间办公室，就是它的全部财产。

作为一个单位它很年轻，

3岁，一个处于蹒跚学步的孩提时代。

总之，它很小、很年轻……

可是，作为一种力量，它所释放出的能量却是很大的……

请看，仅1986年查出违纪金额2765万元，比1985年增加6.8倍，其中应缴财政金额291.9万元，比1985年增加3.4倍，揭露万元以上违纪案件3起。成立3年来，有近34%的同志得到上级领导机关记功奖励，并连续两年被评为文明单位。

此时，你也许会问，它是谁？那就让我们豪迈地答道：这就是杨浦区审计局，共和国第一代审计干部。

第一代意味着创业，

第一代意味着开拓。

作者在杨浦区审计局办公室的工作照

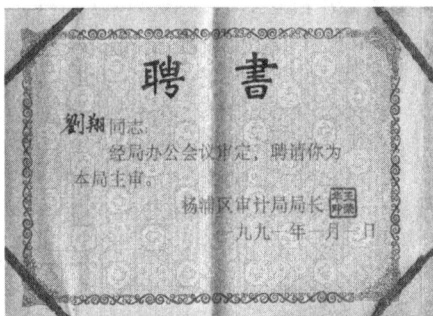
作者被聘为杨浦区审计局主审的聘书

作者荣获杨浦区审计局先进工作者的奖状

理想种子的撒播，提高了大家对审计工作的责任感、光荣感。

职业道德的建设，使大家树立了良好的工作作风。

清正廉洁，客观公正，是我们的座右铭。

实事求是，依法审计，是我们一贯的工作准则。

如果说眼睛是心灵的窗户，那么两个文明建设就体现了一个单位的精神风貌。

文明审计，礼貌待人，已成为我们每一个同志的自觉行动。

努力学习，积极进取，已在全局上下蔚然成风。

朋友，你如果来到这里，就会发现：

此地充满着朝气、洋溢着青春。

是的，作为一个单位我们很小，

是的，作为一个单位我们还很年轻。

但是，作为共和国第一代审计干部，我们——

对伟大理想，有着不懈的追求，

对党和人民，有着无限的忠诚，

对审计事业，有着崇高的献身精神。

因为——

我们都有一颗火热的心。

其实，我并不喜欢这类主题先行的命题写作，但这是局领导交办的任务，我岂敢说个。经过一番冥思苦想后，当我忐忑不安地把稿子交上去后，10 月 15 日，局办公室主任徐进法在稿子上批示：王副局长阅过，认为可以，请陈洁同志准备。

随后，此散文诗在全局联欢会上，经由局内两位说得一口标准普通话的男女青年声情并茂的诵读，取得了很好的"剧场"效果。此时，坐在台下的我，终于松了口气。其实，这种口号式的所谓散文诗，完全和艺术无关，纯粹是一项政治任务。此篇散文诗后来还刊发在由杨浦区文化馆主办的《杨浦文艺》1988 年第 4 期上，也算是为"初出茅庐"的杨浦区审计局做了一次宣传"广告"。

我还保存着一份在杨浦区审计局工作时撰写于 1991 年 2 月，题目为《从商业审计的实践看如何强化流通领域的监督机制》的文章，此文是当年为申报专业技术职称所需而写，姑且也算是一篇"论文"吧。文中有一段引用了当年我在五角场朝阳百货公司进行审计后，撰写的审计报告中的材料。从审计监督的角度，对该公司在资金的使用、管理、效益等方面进行了剖析。文章既有数据分析，又有理论阐述。如今想来，还是蛮"敬佩"自己的，当年我这个始终沉湎于文学形象思维的"文青"，居然还能撰写出如此充满理性思维的"论文"，想必也是为了更好地捧住手中那只"铁饭碗"吧！

说起这家早已消失的五角场朝阳百货公司，这绝对是几代杨浦人的珍贵记忆。坐落在邯郸路、淞沪路转角上的五角场朝阳百货公司，在五角场还被人称为"下只角"的时代，曾是该地区最高、最豪华的地标性建筑。杨浦的老百姓如果要购买点上档次的商品，必定会去"朝阳百货"，犹如今天去五角场的"巴黎春天""万达广场"。随着新世纪的到来，五角场将蜕变为上海城市副中心，朝阳百货公司也将结束其历史使命。得知朝阳百货公司将在 2004 年 7 月 6 日早晨将被爆破拆除的消息，很多杨浦区市民凌晨 4 点便拿着照相机前来拍照留念。其中有一群来自五角场街道的老年摄影爱好者特别引人注目。他们年龄都在六七十岁，每人手里都举着摄影器材，身上背着摄影包，有的支着三脚架，有的站在小梯子上，纷纷将镜头对准将要爆破的朝阳百货公司大楼，认真拍摄每一个镜头。他们动情地说，我们都在五角场住了几十年，看着这幢大楼建起来，朝阳百货公司承载着杨

当年的五角场朝阳百货公司大楼

浦老百姓太多、太多的珍贵记忆。今天拍摄的照片，要作为重要资料保存下来，留给后人看看，当年的大杨浦还有这样一幢大楼，这样一家百货公司。

清晨 5 点，随着爆破指挥员的一声令下，朝阳百货公司大楼这幢像扇面一样的建筑在巨大的爆破声中轰然倒下，化为缕缕尘烟。如今，穿过时空的隧道，当年朝阳百货公司的原址，已经耸立起杨浦城市新地标"万达商业广场"，每当我徜徉在这座美轮美奂、富丽堂皇的巨大"商业航母"中，总会情不自禁想起那些年，此地曾经有过一个朴实无华的朝阳百货公司。

"五角场朝阳百货"，注定是广大杨浦区老百姓心中一个无法释怀的情结。

国家行动："财税大检查"

回望从 1986 年 3 月至 1994 年 4 月，我在杨浦区审计局工作的整整 8 年光阴，让我印象最为深刻的莫过于是每年一度的"财税大检查"。从 1985 年开始，为查处国家税收的流失和经济领域的违法、违纪现象，国务院决定每年在全国部署开展税收、财务、物价大检查（简称"财税大检查"），并在各级政府中层层成立"财税大检查"办公室，由政府"一把手"亲自担任"财税大检查"办公室主任。每年"财税大检查"开始之初，都要召开颇具规模的动员、部署大会，由市长、区长作动员报告。由此可见，从中央到地方对"财税大检查"工作是何等重视，它就是一个举国上下的"国家行动"。如果说，当年有评选年度十大流行语的话，"财税大检查"这 5 个字，无疑是一个可以列为榜首的热词。

每年将进入第三季度时，区审计局的工作重点就开始进入了"财税大检查"模式。我和同事们不仅要参加上海市审计局组织的各类业务培训，还要对被检查单位进行摸底调查，只有做到心中有数，才能有的放矢地开展检查。根据上海市"财税大检查"办公室的部署，"财税大检查"是打破行政区划管辖与条块管理的一个重大"国家行动"。杨浦区审计局作为区一级的政府审计机关，只要经国家审计署、上海市审计局授权，就可以进驻任何一家在沪央企与市属企事业单位开展"财税大检查"。当我与同事们将盖有"财税大检查"办公室大红印章的"财税大检查"通知书，送达给一家家被检查单位时，面对那些颇为"高大上"的央

杨浦区审计局全体干部携家属外出活动时合影（第二排右一为作者、第三排右四为首任局长周吉才）

企、国企负责人，得知前来检查他们单位的仅是一家区级审计机关，流露出可谓五味杂陈的神情，我这个年轻的审计员，内心便会不由地滋生出一丝"得意"的自豪感：请配合检查吧，我们执行的是"国家行动"！

1985 年至 1997 年连续 12 年的"财税大检查"，杨浦区审计局共检查了 353 家单位，查处成本核算不实、漏交国家税款等违纪金额 9133.14 万元。枯燥而辉煌的数字背后，不仅反映了我们的工作成就，更是凝聚了我们的心血。以后，随着我国法律、法规的不断健全，以及企事业单位遵守财经纪律意识的增强，"财税大检查"也结束了它的历史使命。如今，我和当年一起参加"财税大检查"的审计局老同事相聚时，"财税大检查"是一个被常常提起的话题。通过参加"财税大检查"，不仅提高了审计业务水平，也极大地拓宽了自己的社会视野。后来我把几年来参加财税大检查的心得与感悟，用日记体写了一篇"我的独白——一个年轻审计员的手记"，发表在 1992 年的《债事纵横》杂志上。在此文开头的题记中我写道：在这篇手记中，本人将忠实地记录下"我"——一个战斗在廉政第一线的年轻审计员的喜怒哀乐、甜酸苦辣。它并非是一本"流水账"，而是一幅社会某个层面的"心电图"。在此，请允许笔者借用某作家的一句箴言："这里有黄金"。

作者发表在 1992 年《债事纵横》杂志上的 "我的独白——一个年轻审计员的手记" 一文

"月饼" 风波以及 CJ 的命运逆转

经常会有朋友问："你在杨浦区审计局工作的 8 年里，给你留下最深刻的印象是什么？" 我总是不假思索地回答："廉洁。"

想不到，这个回答几乎遭到一致嗤笑："好啦，兄弟，侬不要装得一本正经好哦？啥人不晓得啊！你们审计局的人到下面去查账，人家拍马屁还来不及呢。"

听到如此嗤笑，我既感到冤枉又感到郁闷。坦率地说，我们这些被誉为 "经济警察" 的审计员，确实经常会遇到被审计单位发出的各种诱惑，有请客吃饭的，有赠送高档礼品的，也有邀请我们参加他们组织的旅游。在没有 "八项规定"，社会上存在 "吃喝风" 的 20 世纪八九十年代，这些似乎都不是什么大问题。问题是 "客观公正" 地对被审计单位的经济活动进行审查、评价、监督，是审计机关成立伊始就定下的一条铁律。如何保证客观公正，那就要求审计人员必须做到廉洁自律。

因此，按照规定的工作流程，我们进驻被审计单位的第一件事，就是让该单位的负责人带我们去食堂买饭菜票，和该单位的职工一样，自己排队买饭吃，绝对不允许进他们的小食堂吃"桌头"。由此，经常有其他区机关的朋友，得知我们外出工作是自己掏腰包买饭菜票吃饭时，都会露出惊讶的神情，大吼一声："你们领导大概脑子坏脱了。"

此时，我只得无奈地露出一丝苦恼人的笑。请注意，我这里既然使用了"无奈"这个词，那就隐约透露出自己内心深处对审计纪律似乎还是处在一种无可奈何的被动接受状态。果然，一个偶然的机会，我出"状况"了。大约是在1988年的中秋节前夕，我和一名老审计员一起在五角场朝阳百货公司开展财务收支审计。中秋节的前一天，公司的杨经理拎着两盒月饼走进我们办公室，对那名老审计员说："我们单位给职工发月饼，正好多了两盒，你与小刘拿去算了。"

我们连忙说："不要，不要，我们不能拿的。"杨经理当即和那名老审计员不开心了："我与你曾经是一个单位的同事，就算是我私人送给你们的好哦？"话音未落，把两盒月饼朝办公桌上一放，掉头就走。

"算了，算了，我们就拎回去吧。这是杨经理私人送给我们的，两盒月饼也不值什么钱。"老审计员说道。于是，下班后，我与他一人拎着一盒月饼回家了。谁知，一个星期后，我突然接到区纪委一个女同志打来的电话，让我到区纪委信访接待室去一下。纪委找我，岂敢怠慢，忐忑不安的我马上下楼赶到隔壁大楼纪委信访接待室。踏进房门，一位50岁左右的女同志，热情地请我坐下后问道："你是小刘吧？"

"是的，是的。"由于我们都在一个机关大院内办公，彼此虽不认识，但总还是有点面熟的。

"我姓赵，找你来是了解一下，你在朝阳百货公司审计时，店经理是否送过东西给你？"赵阿姨开门见山地问道。

"送，送过的，是一盒月饼。"此刻，我早已紧张得语无伦次。

"这样吧，你写个情况说明，明天交给我。"

我已经记不得当时我是如何走出纪委信访接待室的，反正我觉得自己应该是"受贿"了，即将受到纪委的严厉惩处。这天晚上，我是坐立不安，彻夜未眠。

可是，第二天我把那份情况说明交给赵阿姨后，便一直杳无音讯。但是，心中的那块石头却始终没能放下，总觉得自己随时有可能会被纪委弄去"双规"什么的。

直到半年后，一不小心，我竟然有幸与这位纪委的赵阿姨成了杨浦区纠正行业不正之风办公室（简称"纠风办"）的同事。一次吃午饭时，我小心翼翼地和赵阿姨提起那个"月饼"事件。赵阿姨笑呵呵地说："没事，没事。当时我们接到一个匿名举报电话，说是你们审计局的人收受被审计单位的高档礼品。于是，便分别找你们当事人了解、核实一下情况而已。经过调查，这个举报是失实的。"那一刻，我顿时如释重负："赵阿姨，你可把我吓得不轻哦，这半年来我始终提心吊胆啊！"我笑嘻嘻地和赵阿姨说道。

大家不妨替我想想，用现在的话来说，这种被纪委请去"喝咖啡"的待遇，能不令我胆战心惊吗？虽然最后区纪委澄清了事实，没有"立案"。但话说回来，从高标准、严要求来说，我们拿一盒月饼也是不对的，因为我们不是朝阳百货公司的职工，就不该享受该店的月饼福利。虽然那名老审计员和商店杨经理曾经是要好的同事，送一盒月饼给我们，属于朋友之间的人之常情，但现在我们身份不同了，作为审计和被审计的关系，就应该做到"不拿群众一针一线"。纪委赵阿姨的那次"约谈"，无疑是对我敲响了一记警钟。从此，再也不敢"笑纳"被审计单位的小恩小惠，哪怕是一根"针头线脑"。

当然，对审计局廉洁自律的各项规定，也有一部分同事觉得不近人情，一旦有单位开出高薪、封官等优厚待遇，立马跳槽走人、另谋高就的也大有人在。那些年，杨浦区审计局也流失了一些人才。这里我不得不提到一个名叫 CJ 的女科长，在跳槽到上海制皂（集团）有限公司担任高管后，最后竟然酿成一起震惊全国的利用国企改制之际、疯狂侵吞国有资产高达 1027 万元的大案。

我与 CJ 同在杨浦区审计局的商贸审计科工作。当年 30 岁不到的 CJ 就显露出作风泼辣的女强人性格。作为从区财税局选拔到区里筹建审计局的首批干部之一，她聪明好学，十分熟悉财经法规，是审计局的业务骨干，很快就担任了科长。1998 年，时年 35 岁的 CJ，通过工作关系结识了先后担任上海制皂（集团）有限公司董事长、华谊集团副总裁、双钱集团董事长的范宪后，因其娴熟的财税业务水平，被范宪一眼相中，最终以高职、高薪、车子为诱饵，将其从区审计局挖走，担任了制皂（集团）有限公司副总经理兼财务总监。

　　CJ 的这个跳槽，让她顿时成了一名令人羡慕的成功人士。至今我还记得，当她从一名区审计局的小科长，一举成为市属大型国企的高管后，特地打电话给我，让我到位于杨树浦路 2310 号的制皂（集团）有限公司的百丽大厦其办公室去坐坐。那天，我坐在她的办公室，短短半个小时内，不仅看到了她成为女企业家后的"日理万机"，更看到了她对下属的那种居高临下的颐指气使。临走时，她特地批条子给供销科长，送了一大箱蜂花牌系列洗涤产品给我，实实在在地让我见识了这个当年审计局同事的"权"威。

　　这以后，我们的联系并不多，只是听审计局的老同事说，CJ 的事业越做越大，还担任了制皂集团所属的森凌置业公司的总经理，搞起了房地产开发，已是身价高达数千万的富姐。可是，很快风云突变，不断传来有关 CJ 的"利空"消息。先是 2008 年 8 月 1 日，CJ 被虹口区纪委带走调查。接着是范宪这个当初相中 CJ 的伯乐，在 9 月 27 日被检察机关以贪污和受贿罪立案侦查。而 CJ 的名字也以同案犯的身份，迅速在本市与全国的各大媒体版面上"蹿红"。

　　2010 年 2 月 12 日，上海市第一中级人民法院依法判处范宪无期徒刑。紧接着，3 月 9 日，上海市第一中级人民法院判处 CJ 无期徒刑。法院的判决书写道："2002 年至 2005 年间，范宪与 CJ 利用职务便利，共谋在森凌置业公司先后两次改制过程中，采取虚构销售事实、虚列成本等手段，共同贪污 1027 万元。"

　　得知 CJ 最终竟然落得如此结局，我仿佛读到一个唏嘘、伤感的悲惨人生故事。坦率地说，我眼中的 CJ，是个聪颖的女性，她业务能力强，性格刚强，是个奋斗型的女强人。其父亲是个船员，很早就不幸落水身亡。作为长女，她协助母亲将两个年幼的妹妹领养长大。家庭的变故，促使她去为改变自己和家庭的命运而奋斗。结识范宪这个"著名"的国企"改革"风云人物，是她的幸运，更是她的噩运。

　　曾经有过趁工作之便、到女子监狱去探望 CJ 的念头，可犹豫再三，还是断了这个念头："不去惊扰她了。"因为，我不能想象，一旦我们在戒备森严的监狱会见室相遇，彼此之间角色的转换，该会令我们何等的尴尬。算了，还是让她在监狱中安安静静地接受改造吧。

机关轶事：权力的神奇与魅力

在杨浦区审计局工作期间，我还被借调到区加强廉政建设、纠正行业不正之风办公室（简称"纠风办"）、区招商引资办公室（简称"引进办"）工作过一段时间。这两个办公室均是根据市、区两级政府工作需要而设立的临时机构。人员由区政府的各个部门抽调组成。在"纠风办"中，我是审计局派去的，上述提到的赵阿姨就是区纪委派去的。

我不知道审计局领导为何会派我去这两个临时机构工作，有同事对我悄悄说，这是王荣华局长（后任浦东新区财政局副局长，不幸因病英年早逝）在培养你，让你有机会了解更多的区情，得到更好的锻炼。对这种真假难辨的传言，我似乎颇有点不以为然。殊不知，那时的我，还执拗地做着美妙的文学梦哩！

"纠风办"的主管单位是区监察局，由区监察局局长贺启堂担任"纠风办"主任。主要任务是针对当时房管所、工商所、派出所、粮管所等七所八所，存在的吃拿卡要、对前来办事的群众态度粗暴，以及商业企业服务态度差等不正之风，

杨浦区"纠风办"全体人员 1991 年 9 月 20 日在桂林公园合影（后排右三为"纠风办"主任贺启堂，后排右一为作者）

进行明察暗访。然后，轻者予以通报批评，重者则由监察局进行查处。我们怀揣着一张检查证，犹如钦差大臣般，经常"神出鬼没"地对区内各个单位进行"飞行"检查。很多单位领导一听到是"纠风办"来人了，神经都会高度紧张，生怕被检查出什么问题后，吃不了兜着走。

作者的杨浦区"纠风办"检查证

"纠风办"的成立，对当时政府部门的廉政建设、遏制社会上不正之风起到了有力的作用，社会风气有了很大好转。后来根据在区"纠风办"工作的这段难忘经历，我专门写了一篇大特写"'影子部队'——记'纠风'检查员"，刊登在1991年7月6日的《文汇报》上。文章开头是这样的："1990年12月22日清晨4时30分，朦胧的夜色中，某菜场的一个大组长正悄悄把10筐青菜和10筐菠菜转卖给其家属，然后准备加价倒卖。突然，几位"不速之客"出现在他的面前……

作者发表在1991年7月6日《文汇报》上的"'影子部队'——记'纠风'检查员"一文

某医院的药房前，一个男青年手持两张处方，配了大量的"三九胃泰"等紧俏药品，正欲得意地离去，一位中年人上前拦住了他，出示"检查证"后，验看了处方，五官科医生开"三九胃泰"？无疑这又是一张人情方。

他们，就是被广大市民喜称为"影

子部队"的纠正行业不正之风检查员。"

　　该文的刊发在社会上产生了不小的影响，有不少朋友戏称我们是"鬼子进村"，我这个"纠风"检查员也就被恶搞成了一个"鬼子"。一年多后，我结束了在"纠风办"的轮岗锻炼，回到审计局干起了老本行。不料，没多久，区政府为大力繁荣发展杨浦经济，成立了招商引资办公室（简称"引进办"），局领导又抽调我去加盟。

　　我在"引进办"接到的第一个任务是和区物价局的两位同志一起，对江浦路上的以上海第一冷冻机厂为龙头的号称"冷冻机产业一条街"和控江路上的以上海电焊机厂为龙头的、同样有着"电焊机产业一条街"之称的这两条马路开展摸底调查。因为，当时，坐落在江浦路与控江路上大大小小的冷冻机、电焊机企业有数十家之多。区政府欲将这些林林总总的企业纳入区域经济发展的总体规划之中。为此，我们冬天迎着凛冽的寒风，夏天顶着炎热的骄阳，每天骑着自行车穿行在江浦路、控江路上。把这些企业的经营规模、纳税情况、发展前景等一一摸清，随后写成专题报告，提供给区政府领导参阅。

　　在繁忙的工作之余，我一直坚持写作，陆续在各类报刊杂志上发表了不

作者在杨浦区政府招商引资办公室（简称"引进办"）工作时使用的名片

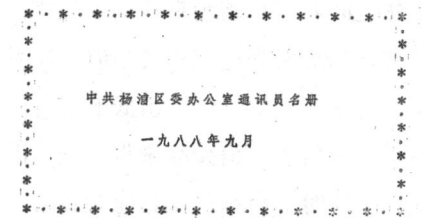

作者担任中共杨浦区委办公室通讯员时的通讯员名册

少作品。然而，审计工作是整天和枯燥、冰冷的数字打交道，需要的是严谨的逻辑思维。而文学创作需要的是生动活泼的形象思维。这两种不同的思维方式，经常会在我的脑海里发生冲突。从会计到审计，依然没有逃出被数字"折磨"的魔圈。表现在日常工作中，自己的精神状态就会显得心神不定，甚至还有点"痛苦不堪"的意味了。虽然这时我已被聘为审计局的主审，还被评选为局先进工作者，但在我看来，这些"成就"似乎还抵不上自己在报刊上发表一篇作品来得喜悦。因此，领导时常会有意无意地对我来一句："刘翔，侬要安心本职工作啊！"

写到这里，情不自禁地想到了一个人，他的名字叫忻才良。曾任《劳动报》总编、《新闻报》常务副总编、杨浦区作家协会副会长等职，原是杨浦区第十五中学的语文老师。由于我平时喜欢读书看报，因此，从20世纪70年代就经常在《青年报》读到忻老师撰写的一系列"以情动人。以理服人，以德感人"的短评与随笔。那时他是《青年报》青年修养组组长和总编办主任。由此，我开始记住了"忻才良"这个名字，但他并不认识我这个青年读者。

20世纪90年代初，应从杨浦区监

上海市监察局《监察与廉政》编辑部颁发给作者的特约记者聘书证

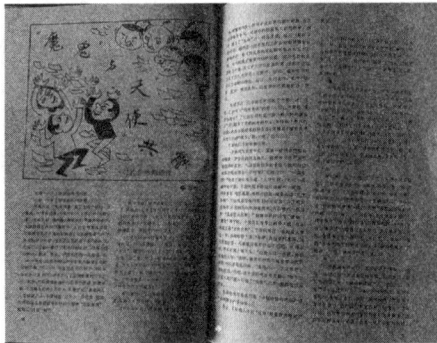

作者刊发在《监察与廉政》杂志1993年第4期的大特写"魔鬼与天使共舞"一文

作者刊发在《监察与廉政》杂志1993年第9期的大特写"小费大世界"一文

作者 1992 年 12 月 22 日至 23 日参加上海市监察局《监察与廉政》杂志社举行笔会的请柬与名单

察局调到上海市监察局主办的《监察与廉政》杂志社担任副主编的好友徐经川之约，我时常在该杂志撰写一些剖析社会热点、针砭社会时弊的大特写之类稿件，忻才良老师也是这家杂志言论栏目的主力作者。由于他具有敏锐的新闻嗅觉，所写的评论短小精悍、深刻犀利，广受读者好评。

1992 年 12 月 22 日至 23 日，我以《监察与廉政》杂志社特约记者的身份，应邀参加杂志社在金山县举行的笔会。参会的有新华社、人民日报、解放日报、文汇报、新民晚报等主流媒体的大腕记者、编辑，还有吴承惠（秦绿枝）、司徒伟智、潘益大、吕怡然、忻才良、沈栖，和华东政法学院教师刘宪权（现已是著名的刑法学教授）等报刊评论员、专家学者。在笔会上，我和忻才良老师一见如故。当时，忻老帅是《新闻报》常务副总编，但为人没有一点架子，总是笑呵呵地与我们一帮青年作者聊写作，谈人生，这应该是与他曾经做过中学教师和在《青年报》工作过有关吧。

再后来，我参加杨浦区沪东电影院影评组活动时，又在那里遇到了忻老师。原来，忻老师还是这个影评组的骨干。从此，我与他结成了忘年交。他常常邀请我到《新闻报》社去坐坐。那时报社在虹口区乍浦路375号5楼，忻老师在等待签发报纸大样的间隙，我与他一杯清茶，相对而坐，促膝谈心，天南地北，相谈甚欢。他那活跃的思维，宽广的视角，给我留下了深刻的影响。忻老师经常以自己丰富的人生阅历，为我这个后生指点迷津，使我受益匪浅。

2004年忻老师退休后，被聘为上海市委宣传部新闻阅评督查组成员，并且相继担任了上海市伦理学研究会副会长、上海市庭院经济与文化研究会副会长、上海市百老讲师团副团长、杨浦区作家协会副会长等职，依然活跃在社会大舞台上。每次在各类会议与他相逢时，总是关切地询问我的工作和创作情况。

在此，不妨"解密"我与忻老师之间交往的一个秘闻。当年，他得知我因心中存有"作家梦"，"不安心本职工作"后，在要求我做好本职工作的同时，积极向有关部门和领导推荐我。大约是在1993年深秋的一天，忻老师突然打电话给我，要我到他办公室去一下。我来到他的办公室后，他拿出一张自己的名片，在名片背后写道："请刘翔同志专呈顾启良区长……"。他说："我已经把你的情况告诉顾区长了，你拿着我的这张名片到顾区长的办公室去找他吧。"

从忻老师手上接过他的这张介绍我去找顾区长的名片，我百感交集：忻老师，莫非是你觉得我这个人笔头还可以，想推荐我去做顾区长的秘书吧！然而，犹豫再三，我最终却把忻老师的这张名片压了下来，没有"专呈"时任杨浦区区长的顾启良。这既源自我的性格，又源自我不喜仕途，敬畏高官。当然，当时我并没有把这一切告知忻老师，只是把他的这张名片珍藏好，内心深处对他道一声："谢

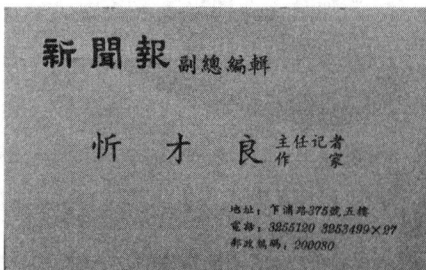

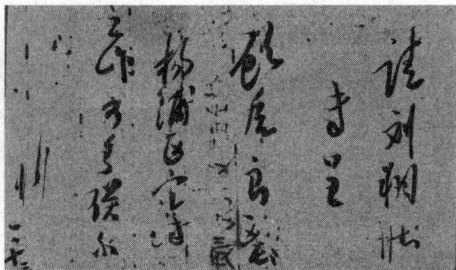

忻才良老师介绍作者去找时任杨浦区区长顾启良的名片

谢你！忻老师。"

后来诸多朋友看到这张名片后，纷纷指责和调侃我，说我失去了一个步入仕途的绝好机会，否则，我如今肯定是某某、某某级别的官员了。对此，我只是付之一笑。我深知，忻老师让我拿着他的名片，并且写上推荐语去找顾区长，并非是要我去"跑官、要官"，他只是以一个新闻界领导的眼光，向杨浦区领导推荐我，发挥我的写作专长而已。这张名片至今我依然完好地保存着。

人生无常，生命脆弱。2015 年 7 月 20 日清晨 4 时 59 分，正处在睡梦中的我，突然被手机铃声惊醒。拿过手机一看，是知名工人作家管新生发来的短信："7 月 19 日早上 7 时许，忻才良老师因病手术后心衰抢救无效在建工医院辞世，享年 71 岁。"手中的手机当即滑落在枕边：这怎么可能啊？就在 4 月 17 日，我收到忻老师快递给我的，为我新出版的散文集《刘翔来了》撰写的书评手写原稿复印件"'翔'到深处，文思自来"。在稿子的右上角，他写道"刘翔，遵嘱书评，烦请打印，复印 3 份给我，以便分送晚报读书版或文汇读书周刊。我女邮箱另发。文字有误可改。忻才良 2015.4.13"

第二天，忻老师又打电话给我，叮嘱我把文稿打印后，发送到他女儿的电子邮箱中。电话那端的忻老师声音洪亮，完全听不出患病在身的样子。撰写此文之时，我重新找出了那份手写原稿复印件和那张名片。见字如见人，忻老师的音容笑貌顿时浮现眼前，哀伤之情油然而生，不禁含泪写下追思悼文"感念忻老师"。《大善如常》是忻老师一本与青年朋友谈心之作的书名，更是贯穿他 71 年人生的信条。

现在流行这么一句话"有钱就任性"。20 世纪八九十年代的机关公务员是

1993 年上海市机关工作人员工资改革后作者的工资单

很清贫的。1993 年上海市机关工作人员工资改革后，我的工资只是从 326.5 元，增加到 389.5 元。可是，清贫的我，却让我十足地体验了一把"有权就任性"所带来的快感。

当时，我还住在控江二村 107 弄 6 号 103 室煤卫 3 家合用的老公房。一天，厨房的下水道堵塞了，邻居多次到房管所报修，但不是无人搭理，就是铁将军把门，严重影响了 3 家人家的正常生活。那时的房管所是朝南坐的，被老百姓称为"房老虎"，牛逼得不得了。无奈之下，邻居对我说："小刘，侬在区政府上班，想办法找区长反映一下吧！"

我知道，这种小事情不可能去惊动区长，再说我一个普通的机关工作人员也不是想找区长就随时能见到区长的。望着邻居焦急的眼神，我思忖了一下，大腿一拍，办法有了！对邻居说："侬放心，这事我来解决。"

当时区政府晚上的总值班室是由江浦路 549 号大院内的各个部门轮流派员参加的，这天晚上正好是我值班。进入值班室后，我第一件事就是拎起电话拨通了区房管局值班室的电话，故意用一副官腔十足的语调说道："喂，是房管局吗？我是区政府总值班室，今晚你们的值班局长是谁？让他接电话！"

"好，好，我立即把电话转给局长。"一听是区政府总值班室打来的电话，房管局值班工作人员的语气很是敬畏。现在我已经记不得接听电话的那个局长姓甚名谁，我在电话中严肃地对他说："某局长，我是区政府的总值班室。控江二村 107 弄 6 号的下水道堵塞好几天了，居民多次到你们房管所报修无门，现在他们向区政府投诉了。请你现在马上通知房管所派人去抢修，并把抢修结果第一时间报告区政府总值班室，区长等着回复。"

搁下电话，我不禁笑出了声。为了让对方听起来显得老成持重，有官腔的味道，我可是一直压着嗓音在说话啊！大约半个多小时后，邻居打电话过来说，房管所的人来把下水道疏通好了。与此同时，房管局值班室向区政府总值班室的"汇报"电话也来了。一件很简单的民生小事，就这样被我"机灵"地解决了，也算是平生第一次替小老百姓，任性地玩耍了一把权力的魔杖。

通过这件事，使我深刻地体验到了权力的神奇与魅力。权力本身并不可怕，可怕的是很多人不懂得自己手中的权力如何用？为谁所用？有钱不可任性，有权更不可任性。一旦你乱用或用错了地方，那么，权力就会让美丽的天使变成狰狞的魔鬼。CJ 或许就是如此。

　　1994 年 4 月，在即将迎来自己第 3 个本命年之际，我决定跳槽了。没有高薪，更没有封官许愿等诱人待遇，只是为了圆自己的从警梦和英雄情结而已。虽然刚刚新任区审计局局长的刘珏一再挽留我，可是，最终我还是离开了杨浦区审计局，挥手告别了江浦路 549 号杨浦区政府大院。拿着上海市公安局政治部的干部商调函，穿上英武的橄榄绿警服，步入警营，以一名随警作战的公安宣传干部的身份，开始了另一种活法。

十三 为了一个男人的英雄情结、
为圆英雄梦，毅然选择从警
生涯

我又要跳槽了。

在即将迎来 36 岁的第 3 个本命年之际，突然向家人和朋友宣布：我要调干到市公安局政治部宣传处当一名警察了。众人不无惊诧地问道："刘翔，审计局介灵光的工作侬不做，怎么会想起来去当警察呀？"

从审计局到公安局

尽管 20 多年过去了，和同学、朋友相聚，这个问题依然还是个被时常提起的话题。

这难道真是个问题吗？随着提问的人不断增多，弄得我自己似乎也有点纠结起来。于是，一句"为了一个男人的英雄情结、为圆一个文学青年的英雄梦，从警梦就是我的英雄梦"成了我的标准答案。可是，我精心准备的这个标准答案，却又让众人觉得我的回答永远是在"捣浆糊"。对此，我很无奈。

抱歉了，亲们，我只得"呵呵"了。

当然啰，作为同道之人的许多作家朋友还是非常懂我的。比如童孟侯，比如王岚。童孟侯就在发表于 2001 年 11 月 8 日《文学报》上题为"感悟"一文中写道："刘翔是我的好朋友。请注意，大家千万不要以为是我在'傍'那个 110 米跨栏世界冠军的刘翔。此刘翔非那刘翔。这个刘翔是个警察，是作家刘翔。虽说我们相交已久，可是我一直不明白，为什么他好端端地大学毕业，好端端地在政府机关呆着享受清福，却要跳槽到公安局去当什么警察？我一直不明白，为什么他把他的那根笔杆子已经玩得很圆熟，却又喜欢去玩火药味十足的枪杆子？直到最近我读到了刘翔的报告文学集《上海大案》，我总算读懂了他。原来，他要圆他孩童时一个灿烂的梦想，也许这和刘翔的心底永远有一个挥之不去的英雄情结有关吧。"

而王岚则在 2002 年 4 月 7 日《新民晚报》"夜光杯"副刊上，以"钟情于文字的警察"为题写道："如今，以公安为题材的文学作品是越来越多了，这倒使我想起一个人，人民警察刘翔。和刘翔认识，已不是一年两年的事。那时他还不是警察，是杨浦区政府的一名机关干部。我、他还有其他许多年轻人，都是名副其实的文学爱好者，可时至今日，当年的同道中人已成鸟兽散，不知往哪儿奔前程去了。倒是刘翔的名字，时不时地在各种报刊上闪闪烁烁，不亮，却颇有一股"恒星"的架势。再后来，他成了拿笔杆子的警察，到上海市公安局《东方剑》杂志社专门为别人作"嫁衣"去了。所以，我认识的刘翔，应该先是文人后为警察。"

其实，早在 1993 年年底，我就在报刊上发表过一篇题目为"给我一根红腰带"的散文，该文已经明白无误地透露出自己在即将迎来第 3 个本命年之际，有所"动作"的信息，全文如下：

告别了 1993 年，也就迎来了 1994 年。屈指算来，这农历甲戌年，亦就是俗称的"狗年"，竟也是本人的第 3 个本命年了。

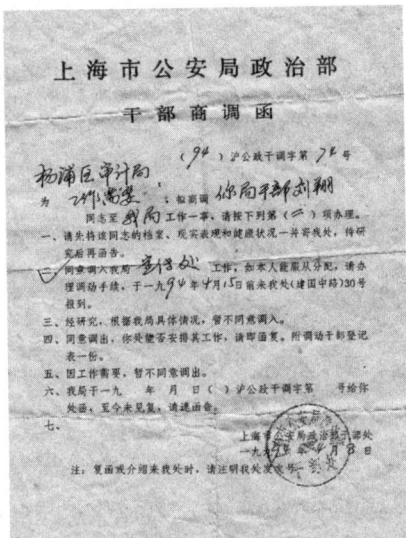

上海市公安局政治部干部商调函

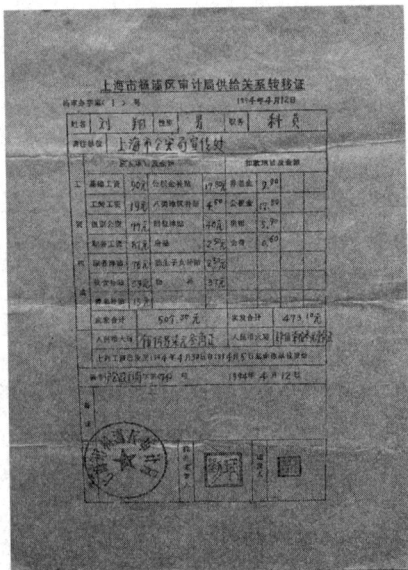

杨浦区审计局发给上海市公安局的作者供给关系转移证

作者1994年5月穿上英武的橄榄绿警服圆了从警梦、英雄梦

此时此刻，回首36载岁月，禁不住产生几分"狗急跳墙"的紧迫、危急之感。岁月不饶人啊！

　　也不知道，前面两个本命年是怎样稀里糊涂地过来的，记忆中也不曾有在本命年中弄根红腰带扎扎，以所谓图个大吉大利，这日子总还算是平安无事地一如既往地"走过从前"。不是有一首歌这样唱的吗，"好人，一生平安。"有伟大领袖毛主席在天之灵证明，我是个地地道道的好人。

　　随着狗年的钟声猛烈敲响，在踏入人生的第3个本命年的门槛之际，不知为何，我突然有点"焦躁不安"，内心深处涌动起一股"换一种活法"的强烈欲念，说得高尚些，就是不满现状，不甘平庸。是的，本命年里论"命运"，按老人的说法，应是"老老实实、安分守己"。而我的所谓"换一种活法"的念头，实在是属于禁忌之列的，若是被疼爱自己的外公、外婆那在天之灵得知，少不了是要弄几只"麻栗子"吃吃的。

　　可是，没有办法，属狗的，永远是不会安分的。我不是一个坏孩子，但更不是囿于笼子的"一只小小鸟"。一个人降临到这个世界上，父母给了他肉造的身体，而精神的"躯体"却只能靠自己去创造和再生。我不能说，我现在的"精神大厦"是一座"陈旧的建筑"，但是，时代在发展，精神观照的坐标系亦在更替，不进则退，这是一条永恒的法则。"平平淡淡，从从容容"当然是"真"，可总让人感到缺少一点"九州生气恃风雷"般的浩然大气。

于是，本命年里，我想，我会有所"动作"的，去创造一个崭新的自我。一言以蔽之，1994年主题：不断超越自我。只有这样，当我步入不惑之年时，"拥抱"的才不会是缠人的"困惑"。

我渴望辉煌，渴望成功，为了这渴望的实现，请允许我破天荒地大呼一声：给我一根红腰带！

年轻，就是这般激情荡漾。今天，重读此篇旧文，感觉文字很"膨胀"，精神亦励志，如今或许已经写不出这种节奏的文字了。

作为上海市公安局对外宣传的两个文化"阵地"，《东方剑》文学杂志、《东方110》电视栏目，是在社会上拥有很高知名度的两个公安法治宣传品牌。《东方剑》的前身《剑与盾》作为一本在20世纪80年代，发行量曾经高达近百万份的畅销杂志，是全国公安文学园地中的一朵艳丽的"玫瑰"，深受广大读者、作家的好评。作为一名文学青年，我是这本

作者的人民警察证等证件

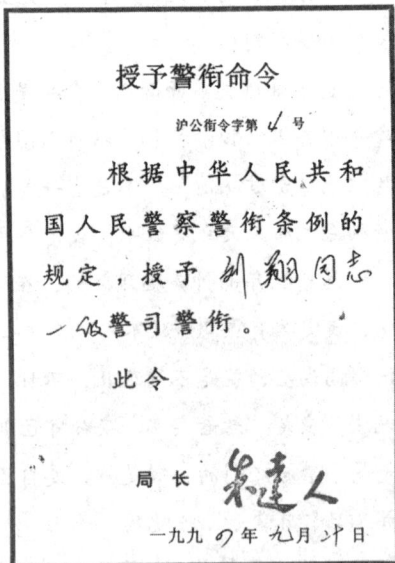

时任上海市公安局局长朱达人签署的授予作者警衔命令

杂志的忠实读者。因此，当有一个让我成为"警察中的作家，作家中的警察"这种蛮有意思的混搭机缘时，岂能不动心？我没有任何理由拒绝市公安局宣传处抛来的"橄榄枝"。尽管此时，杨浦区政府办公室调研科亦有意"引进"我去做秘书，可我还是不顾家人、朋友的反对，"一意孤行"地作出了一个对我而言是两全其美的跳槽决定。当然，话得说回来，如果真的让我去当一名站马路的交警或者搞破案的刑警，对我这种只会动动笔杆子的人来说，似乎还得掂掂自己分量、三思而后行的吧。

经过严格的政审和繁琐的干部商调手续，1994年4月底，我终于穿上英武的橄榄绿警服，从一名从事业务的审计干部，转型为从事公安宣传的人民警察。如愿以偿地从杨浦区审计局跳槽到上海市公安局当了一名人民警察，做了一名从事编辑、采访、写作的"字警"，成为《东方剑》杂志和《人民警察》杂志的编辑、记者。虽然工作地点由杨浦区"跳"到了徐汇区，但"杨树浦"依然是我的牵念。作为编辑部对口杨浦公安分局的联系人，我还是与杨树浦脱不了干系，还得继续奔波在杨浦的大地上，只是换了一个"根据地"战斗而已。写到这里，突然想到，我的身份证号码的前3位数字是310110，这个110，难道是冥冥之中锁定了我必然会和公安那

从警之梦是绚烂归于宁静的平凡

份缘定吗？呵呵，感觉还似乎真有那么几分玄乎哦！

　　然而，时光飞逝到 2019 年 12 月，当人们拿到第 12 期《东方剑》杂志时，却读到了这样一则停刊启事：

　　《东方剑》杂志在与深爱她的广大读者相随相伴走过风风雨雨的 27 个春秋后，今天要和大家说再见了。

　　创刊于 1993 年的《东方剑》杂志，是一本致力于普法宣传的文学月刊，因其丰富的题材和精彩的故事内容而深受广大读者的喜爱，也获得了相关主管部门的充分肯定，先后获得了国家新闻出版总署授予的"双效期刊"称号，并入选"中国期刊方阵"，被评为"华东地区优秀期刊"。但近年来，随着新媒体的迅猛发展，《东方剑》杂志与全国众多传统媒体一样受到了巨大冲击，运行与经营面临严重的瓶颈，只能遗憾地选择了"退场"，本期的出版将成为《东方剑》杂志"最后的出版"。

　　值此，向长年关怀和支持《东方剑》杂志发展的社会各界人士、辛勤撰稿的作者朋友和深深喜爱她的广大读者，致以最深的谢意！

　　再见亦是朋友！

　　作为《东方剑》杂志的编辑、记者，《东方剑》杂志历史的亲历者与见证者，眼见《东方剑》杂志无奈选择"退场"，捧读"最后出版"的 2019 年第 12 期杂志，我不禁想到了法国作家都德的那篇著名短篇小说《最后一课》，有点感伤、有点悲壮。《东方剑》杂志"最后的出版"，就是新媒体时代下一个"无言的结局"。

与杨浦三位老警察有缘

　　时光虽然已经悄然逝去几十年了，但他们的形象依然镌刻在我的记忆长河里。身为警中一员，时常会想起自己和"警察"这个职业的情缘。而这份情缘的渊源，也许冥冥之中决定了我对职业选择的最终走势。

　　说情缘，话情缘，我就先不说孩提时经常吟唱的"我在马路边捡到一分钱，把它交给警察叔叔手里面"那首脍炙人口的儿歌了，也不说少年时观看过的《羊城暗哨》《今天我休息》《斗熊》等一大批公安题材的电影了。这些文艺作品中机智神勇、和蔼可亲的警察形象虽说也令我感动，但在情感接受度上基本是属于"熏陶与教育"。如今，就来说说我心目中最初对警察这个职业的那份真切感知吧（这种"原始"的感知，应该就是所谓的情缘吧）。它，来自于三位曾经在我早年生活圈中出现过的杨浦老警察。

第一位警察叫郭震，他是 20 世纪 70 年代中期，我家住在长白二村 105 号时的邻居。那时我家住在二楼 10 室，郭震家住在底楼 1 室。他是杨浦公安分局长白新村派出所的一位户籍警，邻居们都热情地叫他老郭。那时长白派出所坐落在靖宇东路与延吉东路路口，印象中的老郭总是穿着一套蓝色的警察制服，整天笑呵呵地奔走在派出所和长白新村之间。最初我并不知道老郭是个警察，只知道他在新村里说话很有"力道"。邻居之间发生纠纷了，只要请老郭出来摆两句闲话，矛盾就会很快平息。新村里再蛮横的流氓阿飞，只要有人对其大喝一声："老郭来了！"立马就不敢发声，老老实实地躲到一边。当然，也有的会嬉皮笑脸地向老郭示好几句："老郭警察，侬辛苦了，来，抽支香烟！"而此时老郭则会严肃地呵斥对方："侬太平点噢，不老实的话，刮台风俫侬刮进去。"当年，公安局经常"刮台风"，用现在的话来说，就是"严打"。

"晓得了，阿拉拎得清的。"那些平日里飞扬跋扈的小流氓，见到老郭简直就是"一帖药"。

"爷叔，迭个人哪能嘎结棍？"一天，我悄悄地向一个年长的邻居问道。"啊呀，小赤佬，侬哎晓得啊，伊是老派里厢做的呀！"

老派？老派是做啥事体的？邻居的回答让我一头雾水。后来才晓得，所谓的老派，就是指派出所。当年上海滩的老百姓都喜欢将派出所唤作"老派"。哪个小孩调皮捣蛋，人们就会说"俫伊捉到老派里厢去夭儿大"。因此，我们只要听到大人讲："老派里厢来人了"，脚骨就会发抖。"老派"不仅是派出所的简称，也是警察的代名词。

称派出所为"老派"，似乎还可以理解。但让我直到如今还搞不懂的是，虽然从市级机关的派出机构序列上来说，各区有公安分局、工商分局、税务分局等等，但长期以来，只要你说一句"我是分局的"，别人马上就明白他是警察，绝对不会把你误认为是工商分局或者税务分局什么的。尤其是那些企图做坏事或者图谋不轨的人，你只要对他大喝一句："我是分局的"，他立马"心领神会"，知道站在自己面前的是一个"老派"，也就不敢轻举妄动了。

真的，很灵的。"我是分局的"这句话，几乎就等于说"我是警察"，这其中究竟隐含着什么样的社会心理，还是一个蛮值得上海城市风俗研究者关注一下的有趣语言现象。当然，如果你不是一个警察，就千万别在大庭广众随便说："我是分局的"，否则一不小心就触犯了"冒充人民警察"的法律啦！

20世纪70年代初，在砸烂"公检法"的浪潮中，老郭被下放到上海热处理厂接受"劳动改造"。以后随着我家的搬离，也就不知道老郭的情况了。只是后来听老邻居说，"文革"结束后，老郭提前退休，被其在海丰农场的小儿子顶替进杨浦公安分局工作。听长白新村一位老邻居说，老郭已于2018年因病去世，享年93岁，他是我在日常生活中第一个零距离接触的警察。

第二位警察叫莫文杰，他是我父母的同辈人。听母亲说，莫文杰和其父母早年居住在南市区的王家嘴角街时，和我外公、外婆是老邻居，与我外婆、外公、父母亲的关系很好。后来他到杨浦公安分局当了一名警察，而我家居住在杨浦区，也就免不了和他产生一些联系。父母经常和我说，莫文杰对他们很关心，他们在生活中遇到什么难题，也时常会向他讨教，用现在的话来说，就是有困难找警察。父母时常感念："小莫这个警察，真正是人民警察为人民。"

曾经在父母家见过莫文杰几次，那时我还小，好像也没和他说过什么话。印象中的莫文杰是个斯文儒雅的中年人，从外表上看根本就看不出个警察。可是，当他穿上威严的警服，骑着自行车到辖区里巡查时，那些调皮捣蛋的小流氓，见到他个个都拔脚开溜，唯恐被"莫老派"盯住后训上几句。而周围的阿姨爷叔见到他，就像见到自家的亲人般一个劲儿地小莫长、小莫短的，他总是笑呵呵地听着他们叙述家长里短，为他们解忧排难。后来听说他当领导了，担任过好几个派出所的所长，在工作中屡创佳绩。这个"马天民"式的好民警，为辖区的一方平安，作出了一个老公安的贡献。如今的莫文杰，退休在家，安享晚年。

第三位警察叫章承煜，曾经担任过杨浦公安分局五角场派出所所长和大桥警署署长。巧的是，莫文杰是章承煜在五角场派出所时的前任，章承煜到五角场派出所当所长时，接的正是莫文杰的班。说起章承煜这个警察，只要是在长白地区居住过、年龄在四五十岁左右的中年人，对他都不会陌生。20 世纪 70 年代中期，他从外地插队落户回到上海后，成为长白派出所的一名普通的户籍警。由于他个子小、脑子活、年纪轻、干劲足，所以居民群众都亲切地称他小章。

当年的小章还是我就读的安图中学校外辅导员，老师经常把他请到学校里来给我们"训话"。学校中的那些不良少年，只要听说"老派"里的小章来了，马上就会规矩起来。而在我的青春记忆里，与小章有关的有这么两件事印象特别深刻。一是，抓抽香烟的人。那个年代青少年抽烟是一种被视作必须"严打"的恶习。学校是绝对不允许学生抽烟的，如果哪个学生抽烟，一旦被老师发现，那就是一起性质严重的违纪事件。尽管如此，还是有学生偷偷地抽烟。于是，学校就时常请小章这个校外辅导员出场来训诫那些抽烟的学生。他们一听说"老派"来学校抓"坏人"了，顿时吓得屁滚尿流，把香烟一扔，逃之夭夭。二是，组织校外治安巡逻队。小章成为长白地区安图中学、图们中学的校外辅导员后，便把这两所学校的学生组织起来，利用课余时间在辖区内进行治安巡逻。他像个孩子王一般，经常率领我们穿行在大街小巷。其实，我们这些"儿童团"并不清楚巡逻是为了保一方平安这个大道理的，只是觉得屁颠屁颠地跟在"老派"的人后面逛马路，雄赳赳气昂昂地太神气了。以后，随着走上工作岗位，我和小章也就没有了联系。

想不到，数十年后，我居然会和小章成为"同一条战壕里的战友"。不过此时的小章，已经是一个管理几十名警察的章所长了。那年，我看到一份杨浦公安分局五角场派出所携手五角场地区驻军开展军警民联合治安巡逻，并得到公安部领导批示表扬的简报后，当即来到五角场派出所采访。没想到，这个先进经验的创造者竟然是当年的小章，现任五角场派出所所长的章承煜。当我和章所长在"老派"里相重逢时，彼此紧握双手，连连感叹：　有缘分，有缘分，想不到你也当警察了，我们又'混'在一起了！"

一个"混"字，道尽了我们之间的情深意长、岁月嬗变。这里还有个插曲，采访结束时，章所长让派出所内勤邬建平带我到食堂去就餐时，我和邬建平左看右看，总觉得彼此很面熟，细细一问，原来我们竟是 1976 年 4 月 8 日上午乘坐同一艘双体客轮，前往崇明岛跃进农场且一起分配在农机连的兄弟。

正是太巧了，又是一份情缘啊！文笔不错的建平兄，以后陆续给《人民警察》

杂志写了不少接地气、反映基层派出所民警心声的稿子，我将稿子在"警务札记"栏目编发后，受到了广大一线民警的好评。

2017年春节前夕，我意外地在黄浦区卢工邮币市场偶遇章承煜。他笑哈哈地说："我已经退休好几年了，现在业余时间玩玩邮币卡，为晚年生活增添乐趣。"握着他的手，我不禁暗暗感叹：虽说廉颇老矣，但他的嗓音依然宏亮，他身上那股警察的精气神依然还令人荡气回肠。让我情不自禁想起，我撰写的那篇记述侦破震惊全国的魏广秀"敲头案"的长篇报告文学"神秘的敲头幽灵"中的章承煜"形象"。在此，不妨将这一段落摘录如下：

对于发生在1997年的这起系列"敲头案"，时任五角场派出所所长的章承煜，由于他的一个"布置"，为案件的侦破起到了重要作用。在"敲头案"接连发生后不久，共青国家森林公园又发生了一起袭击一对来公园游玩的老人的惨案。当晚，杨浦公安分局领导立即在全区范围内布置落实控赃工作。晚上9时，章承煜所长从分局开完会后，回到所内立即召开全体民警会议，再次落实在辖区内对控赃范围内的金银饰品修补行业进行查漏补缺。4月15日上午，民警曹学军来到朝阳百货商场金银饰品柜台了解情况。修理工庄某告知曹学军，一个小时前有人来此修理过"明月"两字的鸡心挂件。他立即回所将这一重要情况向章承煜所长汇报。

经深入了解，此人系一外地民工模样的男子，剽悍强壮，操一口并不纯正的普通话，身着紫红色茄克衫，且不止一次来此修理、重铸金银饰品。这一消息，犹如晴天惊雷，迅速反馈到市局专案组，神笔张欣立即绘出犯罪嫌疑人的模拟像。当晚，专案组侦查员通过技术手段，终于从5个可疑的窝点中确定宝山区淞南镇华浜二村某号202室为犯罪嫌疑人魏广秀的落脚点。随即，一支由时任市公安局刑侦总队重案支队支队长刘道铭率领的特别行动队直扑淞南，一举将魏广秀擒获。

20多年后，当年安图中学、图们中学校外治安巡逻队"儿童团"的几个兄弟和"小章"重逢时，回忆起魏广秀"敲头案"的侦破和中学时代跟着"小章"走街串巷参加治安巡逻时的如烟往事，时光仿佛又回到了那个充满欢乐与激情的年代。

在我们国家，"警察"这两个字前面是有前缀的，叫"人民警察"。面对郭震、莫文杰、章承煜这三位为人民鞠躬尽瘁了一辈子的警察，当我"一不小心"也成为"业内人士"后，不仅是梦中的那份情缘，更是他们的故事让我读懂了"人民警察"这4个字背后的酸甜苦辣。他们都是令我尊敬的前辈，在此，我向他们敬礼。

以笔作枪，冲锋陷阵

转眼投身警界20多年，以笔作枪，冲锋陷阵、呕心沥血，没有辉煌的"战果"，但偶尔回眸一瞄，亦有一些可圈可点的"战绩"可晒。从2001年至2016年出版了《上海大案》《上海大案续篇》《上海大案纪实》《上海大案实录》《上海大案揭秘》5本系列报告文学集，主编出版了《防诈骗攻略》。这一期间发生在杨浦的大要案，我几乎都采写过。2014年出版了一本报告文学集《为警亦风流》，该书汇集了我历年来采写的26个上海警察故事，其中有10个是杨浦公安分局的。

在积极撰写反映杨浦公安分

作者2016年8月21日在上海书展《上海大案揭秘》读者见面会上

《上海大案揭秘》读者见面会现场

局民警工作、生活的稿件同时，我还组织作家、作者深入杨浦警营，采写与编发了大量上至局长、下至普通民警的稿件。足迹几乎踏遍了杨浦公安分局的所有派出所，涵盖了社区、刑侦、经侦、治安、交警、网安等警种。尤其是在公安部"一级英模"、原杨浦交巡警支队民警肖玉泉和原杨浦巡特警大队大队长严德海烈士事迹稿件的撰写与编发上，我借用一句网络用语吧——蛮拼的。作为圈内人，这既是我的职责，亦是我的使命。

在"警星，在这里闪烁"这篇报告文学中，我毫不吝惜地使用了一连串排比句来讴歌杨浦交警支队。这种遣词造句，在我的写作中并不多见。之所以在此文中如此"大肆挥霍"排比句，实在是因为杨浦交警支队创造了上海公安史上"绝无仅有"的殊荣和辉煌。文章的开头是这样的：

双阳路357号，位于大上海东部的一条并不起眼的马路上，每当行人匆匆路过此地时，都会情不自禁地放慢脚步，向那里投去敬仰的目光。因为——

这里——群英荟萃，

这里——榜样无穷，

作者（左）在杨浦公安分局交警支队采访

作者（右二）2000年6月和杨浦公安分局政治处全体同志在杨浦区禁毒展览会上合影

这里——星光灿烂。

数风流人物，还看这里——

这里，就是上海市公安局杨浦分局交警支队。

你看，公安部"一级英模"——肖玉泉，是在这里培养的；

你看，"全国特级优秀人民警察"卢鹤鸣是在这里涌现的；

你看，"全国特级优秀人民警察"钱龙根是在这里成长的；

你看，"全国优秀人民警察"沈谦同样也是在这里锻炼的；

这里，是真正的英雄辈出。无论是人数之多还是荣誉级别之高，杨浦交警支队可以说是在全上海，乃至全中国均独树一帜。一个春光明媚的午后，我走进这扇大门，情不自禁地用心灵去聆听英雄们感人的故事，去触摸英雄们心海的脉动，去寻访英雄们成长的轨迹与"奥妙"，去探寻这支光荣警队的过去和未来。

纵观这些文章的内容，奏响的是主旋律，文中的警察亦绝对是传统意义上值得弘扬的先进人物。但在写作时，我还是希望读者在阅读这些文字时，不要把我笔下的警察视作远离普通人日常生活的英雄。因为英雄是属于崇高和伟大范畴，而我所"讴歌"的警察，在他们"高大上"事迹的背后，却也经常充满着普通人的喜怒哀乐。他们也会为自己职业生涯中遇到的诸多瓶颈与烦恼而纠结，他们就是生活在老百姓身边的一个个有血有肉的平凡警察。如果读者能够通过阅读我的文字，而能理解警察、走近警察，能够读到一种正能量，并且还会由衷地点一个"赞"，那对我就是莫大的欣慰了。如今，我笔下的这些人物，有的退休了，也有的已经退居二线，更多的还依然奋战在维护杨浦平安的第一线，他们永远是杨浦人民的"守护神"。

穿上一双"红舞鞋"

警察的主业是什么？在此，我就不故作深奥地用公安理论来阐述了，还是用老百姓那句大白话来说吧——是破案子、抓坏人的。

"当警察，就要当刑警。"这是公安圈内的一句行话，也是许多刚步入警营的青年民警的心愿。刑警是干什么的？刑警就是专门破案子的警察。一部《刑警"803"》广播剧，让"803"家喻户晓。其实，"803"只是上海市公安局刑侦

作者（中）深入基层参加街头巡逻

总队所在的中山北一路 803 号门牌号。现今，"803" 已是上海刑警的代名词，因此，从广义上说，杨浦公安分局刑侦支队的刑警就是 "803" 的组成部分。

由于工作关系，我经常深入杨浦公安分局刑侦支队采访，采写了大量发生在杨浦区的大案要案。做到闻警而动，随警作战。只要发生在杨浦的大案要案，我都力争在第一时间赶赴现场采访，随后撰写成报告文学。这些稿件均刊发在《东方剑》《人民警察》《人民公安》《现代世界警察》《派出所工作》等刊物上。然后，将稿件汇编成《上海大案》系列报告文学集出版。让我欣喜的是，这 5 本《上海大案》系列成了广大读者欢迎的畅销书，市场上甚至出现了盗版本。这也就更加 "纵容" 我把《上海大案》打造成系列记述刑警破案故事，融丰富史料性与极强可读性为一体的品牌读物的 "野心"。

每当夜深人静之时，我静下心来再次回读、梳理那一个个触目惊心的案件时，当时采访时的一幕幕场景，随着文字的徐徐 "展开"，又渐渐浮现在眼前。这些发生在上海、发生在杨浦区的大案要案及曾在国内外产生重大影响的刑事案件，艰难、曲折的侦查过程，绝大部分是我的独家披露。我在采写中并不片面追求 "刑侦破案题材"

公安部《现代世界警察》《派出所工作》杂志社颁发给作者的奖牌

作者（右一）2000 年 12 月和派出所民警一起参加夜间治安巡逻

的卖点，而是以一个公安作家的责任感，用凝重的笔触去展现国际大都市中的上海刑警，与形形色色犯罪嫌疑人作斗争时的大智大勇。

在一个个"刀光剑影"的案发现场聆听刑警介绍案情，看着他们时而神情凝重、时而抽烟不语、时而面露微笑，作为同样是一名警察的圈内人（这一刻，作家也罢，记者也罢，任何旁观者的身份似乎都难以真实地走进刑警的内心世界，都难以真正和我们的刑警同呼吸、共命运），我的心情始终是难以平静的，我为案发现场的血腥而震惊，我为犯罪嫌疑人作案的残忍而愤怒，我为老百姓的无辜受害而悲恸。我始终和刑警们分享着案件侦查过程中一次又一次的喜怒哀乐。可是，最终我的心情还是充满着欣喜。因为，我的这些刑警兄弟，历经千辛万苦，顶着各种压力，凭着高超的智慧和顽强的意志，终于把案件破了，终于把犯罪嫌疑人抓获归案了。

当我近乎"原生态"地再现这些堪称经典的破案故事，没有在文字上使用任何文学描写手段，因为这些案件的本身就充满着惊险和悬念，无需再运用写作技巧去构思情节、去丰富故事，来达到引人入胜、发人深省的效果。作为作者，我要感谢终日奋战在刑事侦查战线的广大刑警：你们才是《上海大案》系列作品真正的作者和当之无愧的主角，我只是"历史"的忠实记录者。

在我所有采写过的案件中，1997年三四月间，发生在杨浦、宝山的那起震惊全国的"敲头案"，是最为令我难忘的。如今，时光已经过去 20 多年了，罪犯魏广秀也早已伏法，很多杨浦人也许已经淡忘了曾经发生在身边的这起令人恐怖的大案。可是，作为一名警察，作为一名采写过此案的作者，"敲头案"依然是我脑海中时常盘点的经典名案。

每写完一篇稿件，均已是凌晨时分。我会挺起疲倦的身子，眺望窗外，夜幕下的大上海、大杨浦，犹如披着皎洁月光的美丽女神，透露出一种和喧嚣的白天截然不同的宁静与安详。辛劳了一天的人们此刻正沉浸在温柔的梦乡之中，只有闪烁着红蓝警灯的警车，依然忠诚地巡逻在城市的大街小巷，守护着城市女神的圣洁。目睹着渐行渐远的警车，我不由默默地念叨："兄弟们，辛苦了。"

在 1996 年 6 月 20 日的《解放日报》"朝花"副刊上，我发表过一篇题为《申城"警"观》的散文，我在文中写道：

朋友，当你漫步在上海的大街小巷，一定会注意到那跃动在茫茫人海中星星点点的橄榄绿，他们那微笑的目光、英武

作者出版的《上海大案》系列等著作

上海公安博物馆颁发给作者的客座研究员聘书

作者发表在 1996 年 6 月 20 日《解放日报》"朝花"副刊上的"申城'警'观"一文

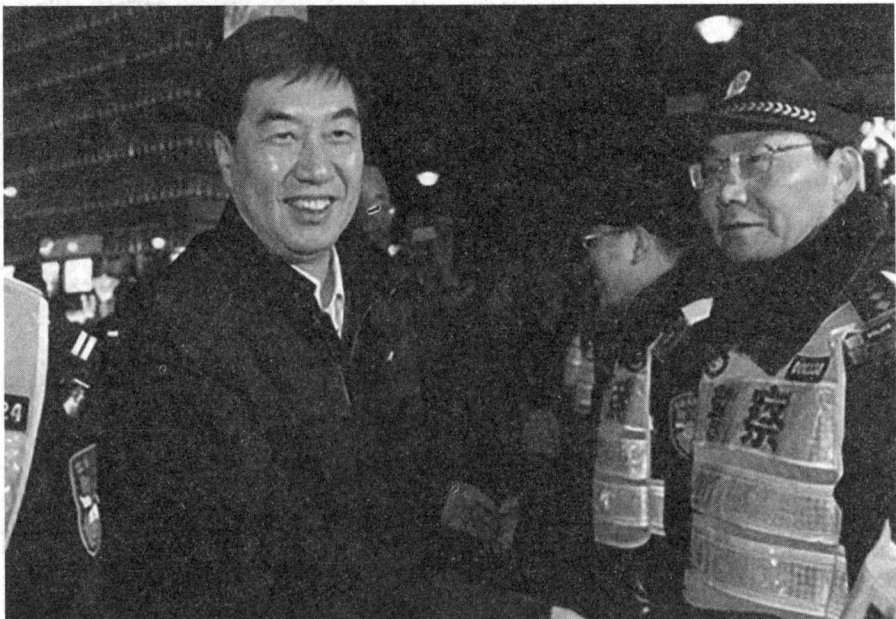

时任上海市副市长、市公安局局长白少康2015年2月18日晚上9点，在徐家汇商圈慰问增援徐汇公安分局治安巡逻的市局机关民警（右为作者）

的身姿，给你送来片春光、一份安宁……

一座真正美丽的城市，显然是由旖旎的自然景观和卓越的人文景观有机地组成。如果说东方明珠广播电视塔、内环线和南北高架道路、南浦、杨浦大桥、地铁一号线等标志性建筑是上海壮美的自然景观，那么，被誉为"城市守护神"的广大公安干警，犹如蕴含在这座城市内核中的一颗晶莹的绿宝石，用自己的热血和忠诚，默默地闪烁着神剑之光，庄严地构筑起申城一大瑰丽的人文"警"（景）观。

散文的写作当然会有一点浪漫化的抒情，但现实生活中的我不知道是否还能继续把写作、出版《上海大案》系列作品，这种并不浪漫的情怀进行到底。但是，有一点则是不容置疑的，那就是：我永远会用文字去记录、去讴歌神勇的刑警。尽管他们不是神探福尔摩斯，也不是大侦探波洛。他们和在这个城市中匆匆行走的每一个老百姓一样普通，甚至比老百姓还不起眼。但他们却是老百姓的保护神，是每一个试图在上海作案的犯罪嫌疑人的克星。正是因为有了他们，才有了上海、杨浦的平安。

凝望灿烂的星空，我不由想起了小时候听过的那个关于"红舞鞋"的童话故事。这是一双魔鞋，一旦穿上它跳起舞来就会永无休止，耗尽舞者全部精力。但是，仍有一个酷爱跳舞的小女孩，不顾同伴的劝阻，疯狂地爱上了这双红舞鞋，她穿上了红舞鞋，一直不停地跳着、跳着……

从星空中收回目光，我猛地发现自己的脚上竟然也穿上了一双"红舞鞋"，原来我也像那个小女孩一样"停不下来了"。没办法，身为警察队伍中的一员，当我目睹着身边的刑警为了社会的安宁、百姓的安居、为了法律的尊严和正义，每日每夜、每时每刻都在和犯罪嫌疑人作较量时，当刑警为了打击犯罪，为了捕捉犯罪嫌疑人而流血流汗，甚至献出了宝贵的生命时，我这个耍笔杆子、敲电脑键盘的警察岂能"熟视无睹"？如果熟视无睹的话，我也许会轻松些。可是，我的灵魂会不安的，不说渎职吧，但肯定会在自己的内心深处产生一种失职的负疚感。因此，只要刑警奋战在案发现场，我也必将"在现场"，用文字去"讲述"刑警破案的"故事"、用文字去记录他们破案的"历史"。这就是我，一名奋战在公安宣传阵地的"敲字"警察的宿命和使命。

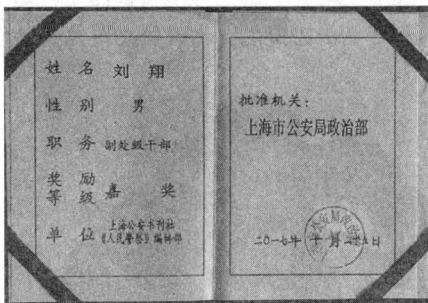

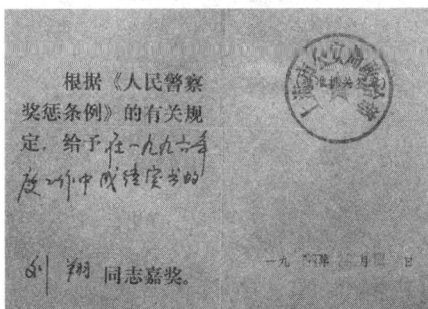

作者从警生涯中荣获的奖励证书

作者 2014 年 5 月在南京东路派出所亚信峰会安保指挥室

　　学生时代有过当兵的梦想，但当一名警察好像没想过。当初，毅然选择从警生涯，颇有点"少年壮志不言愁"的热血气概。不过，如今想来，如果让我去当一名舞刀弄枪的"纯粹"警察，不知道自己是否还会"一意孤行"，好在我要当的是一名以笔作枪的"字警"，而不是挥舞枪杆子的特警。当然，作为一名警察，常规的射击、擒拿格斗等警体训练科目肯定是躲不过的啰。

　　从上海公安高等专科学校培训结束后，写过一篇题为"感悟手枪"的散文，文中有一段文字是这样写的："少时崇尚英雄，源于英雄腰间的那支手枪。从此，玩具中最多的是手枪。而为能拥有一支真正的手枪，似乎也就从那时起成了我的一种深深的英雄情结。直到 20 多年以后，当我穿上英武的警服，站在警校的大操场上，从神色凝重的教官手中将一支沉甸甸的"64"式手枪紧紧地握在掌心，用颤动的双手反复抚摸着时，犹如抚摸着孩童时代一个灿烂的梦想。那一刻，我伸出右臂，微眯左眼，面对几十米外的靶心，缓缓地扣动扳机，"砰"的一声射出了平生的第一颗子弹时，一种从未有过的激动瞬间充溢全身。那枪声，仿佛替我在庄重地宣告："我是警察，我是英雄。"

　　此文主题是围绕一名人民警察与一支手枪而展开，但袒露的是深埋在一个男人心底的英雄情结。于我而言，这是一个永远难以割舍的情结。2020年10月，上海公安博物馆聘请我为客座研究员，我将继续遨游在浩瀚无垠的沪上公安"史海"中寻访英雄的踪迹。

　　"只要坚持，梦想总可实现。"本人能够成为"警察中的作家，作家中的警察"，也可算是"梦想总可实现"了。20多年来，当自己从一名稚嫩的"小警察"，逐渐"熬"向一名老警察的过程中，逐渐悟出一个道理：任何一丝的张扬与炫耀，都和警察这个崇高的职业无关，真正的从警之梦是绚烂归于宁静的平凡。

　　为吏为官皆是梦，能诗能酒总神仙。回眸自己跋涉在从警梦与英雄情结之路上留下的每一个脚印，那就是一段"激情燃烧的岁月"。如果再有人问我："刘翔，侬当初做啥要去公安局当警察？"我的回答就是没有一点"浆糊"的这样5个字——有获得感啊！

作者（右）在手枪对抗射击训练中

作者（左）2018年5月9日在杨浦公安分局交警支队机动大队采访

十四 | 给时光以生命，母亲的一生
就是一段如歌的不老岁月

杨浦区有座航天城？

相信包括杨浦区市民在内的绝大多数上海人，一定都会觉得我是在开"国际玩笑"。

"兄弟，侬勿要瞎三话四好哦！大杨浦纺织厂多得不得了，侬如果讲杨浦区有座纺织城好像还差不多吧。"一位同样是家住杨浦区的朋友，重重地拍了一下我的肩膀。

"朋友，讲讲侬也算是老杨浦了，但是迭个事体侬就勿晓得了啦，还是老老实实听阿拉来跟侬讲几句吧！"我一把将他的手从自己肩上推开，得意地朝其回了一句。

神秘的黎平路 203 号

在杨浦区域内，确确实实地存在着一座航天城，它是由上海航天局所属两家单位组成（当年航天局是保密单位，对外叫机电二局），一家是坐落在黎平路203号的上海新华无线电厂，另一家是坐落在齐齐哈尔路76号的上海有线电厂（已故著名作家赵长天曾担任过该厂宣传科科长，后任航天局宣传处处长）。

提起杨浦区这个上海著名的工业区，人们都会如数家珍般说起机床厂、电缆厂、棉纺厂、柴油机厂、发电厂、自来水厂等一大串工业巨头，但为何从未有人知晓还存在着由无线电厂与有线电厂两家工厂组成的"航天城"？道理很简单，从20世纪50年代到80年代，我国的航天事业始终处在高度的保密状态中，位于杨浦区内的这两家厂是生产航天军工产品的保密单位，因而不为外界所知，也就不足为奇。上海人经常说"低调就是腔调"。其实，保密何尝不是一种低调呢？

我的母亲王苏诚和杨浦区的航天城有什么关系呢？

让我先从杨浦区内一条很短小的马路说起吧，这条马路叫黎平路，它东起军工路，西至杨树浦路。我至今还没弄懂，为什么一条长达十几公里的军工路，到了平凉路就硬生生地给"斩断"了，开始叫黎平路？而在黎平路上还没走几步，这条路就又没了，展现在人们面前的是一条著名的杨树浦路。因此，夹在军工路和杨树浦路之间的黎平路，不要说绝大多数上海人根本就没听说过，就连许多居住在杨浦的居民也不知道。只有经常乘坐 25 路电车的人，才知道该路电车的终点站叫黎平路。而把它夹在中间的军工路和杨树浦路在上海滩的名气又实在是太响了，因此，黎平路就这么一直默默无闻。

军工路上没有一家军工单位，但在黎平路上却有一家从来没有挂过厂牌、路牌的单位，电话也不对外公开。这是一家什么单位？无人知晓。居住在附近的人们，只知道这是一家保密单位。如果路人欲走近该单位大门，探头朝里面张望几眼，立即就会有几个人高马大的门卫冲出来，对你严厉呵斥与驱赶。

记得有一次，我和一个小伙伴在沪东工人文化宫游玩后，沿着平凉路一直走到黎平路。途经黎平路 203 号大门时，小伙伴好奇地发问："咦，为什么这家单位没有牌子啊？"接着，他竟然人小胆大，企图独自闯入大门看个究竟。还没等到他走近大门，里面就冲出几个彪形大汉，二话不说，一把将其拎到马路对面。他吓得坐在地上哇哇大哭。

这时，我赶紧冲上前去，一边安慰小伙伴，一边悄悄地把他从地上拉起来扶到一旁，神情严肃地教训道："侬昏头了是哦？他们没把侬抓到'老派'里去还算是客气的啦！侬晓得迭是啥地方吗？"

"啥地方？"小伙伴瞪大眼睛望着我。

"迭是保密工厂啊！"

"不要吹牛皮了，侬哪能晓得格得是保密工厂？侬有本事就讲给阿拉听听，伊拉是生产什么东西的？"倔强的小伙伴半信半疑，继续不依不饶地追问着。

此时，在这个平日里一直很老卵的小伙伴面前，我似乎一下子找到了可以炫耀自己的资本："侬真的想知道是哦？那么就乖乖地叫我一声阿哥，我再告诉侬。"

坐落在黎平路 203 号的上海航天技术研究院第 802 研究所

我故意卖弄起关子。

这小子仅仅比我早出生 3 天，经常逼着我在大庭广众面前叫他阿哥，弄得我很不爽。今天，我总算也有机会让他也开口叫我一声阿哥了。

"阿哥，侬快点讲好哦啦！"

看他一副急吼拉吼的样子，我得意地拍了拍其肩膀，随后对着他的耳朵神秘兮兮地炫耀道："听好了，格得是新华无线电厂，侬千万不能告诉别人啊！"

"侬哪能晓得格得叫新华无线电厂？"

"因为阿拉姆妈勒里厢做生活啊！"

"阿弟，侬勿要骗人了，无线电厂保密个屁啊，阿哥我老早就会安装无线电了。"

这小子的脸说变就变，我想反驳，但已经没招了。我对黎平路 203 号的这家保密工厂，所能知道的也仅是一个"新华无线电厂"的厂名而已。

现在想来，也许正是黎平路的默默无闻，才适宜新华无线电厂这家保密单位低调而奢华地"耸立"在杨浦区的一隅。改革开放后，随着我国航天事业逐步去神秘化，1984 年 3 月，新华无线电厂改称为上海航天技术研究院第 802 研究所后，才向世人撩开了其神秘的面纱。

据解密后的相关公开资料披露，新华无线电厂在 20 世纪 60 年代至 80 年代，主要从事生产防空导弹上控制设备，研制生产导引头、引信及其测试设备。1964 年仿制红旗 1 号导弹的控制仪获得成功，1965 年开始研制红旗 3 号导弹弹上设备，1967 年转入红旗 2 号导弹控制仪生产。1968 年研制红旗 4 号导弹的弹上末制导和引信，1969 年又开始研制红旗 61 号导弹的弹上末制导及引信。1970 年 3 月承担风暴 1 号火箭的安全自毁系统和外弹道测量系统的研制任务。1975 年 7 月 26 日参加首次发射技术试验卫星获得成功。至 1979 年先后参加发射卫星共 6 次均获得成功。1987 年开始承担新型号防空导弹引头、引信、天线罩以及相应测试设备的研制，为我国的航天事业做出了巨大贡献。

也正是因为新华无线电厂曾经是个高度保密的单位，所以，我对该厂的所有记忆，也仅是从母亲晚年时的一些随意唠叨中略知一二。那时，公交 59 路黎平路站就在新华无线电厂的对面。我乘坐 59 路车时，看着近在马路对面的新华无线电厂，很想混进去白相白相，可是，看到工厂的门卫个个虎背熊腰，目光如炬地扫视着行人，我胆怯了。

最近几年，每当我回父母家时，母亲时常会坐在餐桌边望着我，和我唠叨起我在新华无线电厂托儿所寄托时的往事，说她每次下班到托儿所接我回家时，阿姨都会夸奖："迭个小囡老乖的，躺在睡床上从来不哭闹。"

听母亲这么一说，我才依稀想起，当年厂托儿所就设在厂门右边的那座两层楼的小楼内，这幢楼也是我对该厂内部建筑的唯一记忆。那时的母亲生下我不久，便将我寄放到厂托儿所，一门心思投入到工作中，这就是她们那一代人特有的一种奉献精神。

我这个人从小就对任何事情都抱有强烈的好奇心，少年时经常会缠着母亲带我到她单位去玩，她总是一口拒绝。我问母亲："你们单位说起来是无线电厂，你怎么从来没有买回来一台内部价的无线电？生产的无线电是什么牌子啊？"母亲往往是笑而不语。

终于有一天，慈祥的母亲在被我缠得头昏脑涨后，火冒三丈，狠狠地训斥道："侬迭个小人哪能介烦啊！姆妈单位是生产军工产品的，是勿好到外头去讲呃，依要懂点规矩，勿好问的事体就勿要瞎问。"

直到很多年后，我国的航天事业逐步解密，开始在媒体上公开宣传后，守口如瓶的母亲才告诉我，新华无线电厂生产的军工产品，其实就是研发与导弹技术有关的产品，并且从导弹领域渐渐拓展到了卫星和深空探测领域。

从此，每当我路过黎平路 203 号，便会情不自禁地向那扇颇具神秘色彩的大门投去敬仰的目光，对母亲也平添了几分崇敬之情。

"二九七"电校

由于母亲从未谈及自己年轻时是如何走上从事航天事业工作岗位的，因此，对母亲的过去，我基本上是一无所知。直至几年前的一个偶然机会，我看到母亲拿着一本打印的"二九七电校五十八周年校友通讯录"去参加同学聚会时，才得知母亲年轻时曾经在这座学校就读过。

"二九七"电校是一座什么学校？

怎么从未听说国内还有这么一座学校？

母亲又是怎么会在这所学校就读的？

作者母亲 20 世纪 50 年代的留影

作者母亲 20 世纪 60 年代的留影

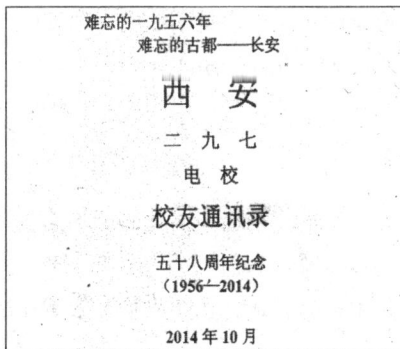

难忘的一九五六年
难忘的古都——长安

西 安

二 九 七

电 校

校友通讯录

五十八周年纪念
（1956—2014）

2014 年 10 月

作者母亲的"二九七"电校校友通讯录

作者母亲（前排中）和"二九七"电校同学合影

　　当我第一次看到这本通讯录时，内心是既惊诧又好奇，一连串的问号盘旋在脑海。于是，每次和母亲聊天时，总会有意无意地以这本通讯录为由头，套她透露内情。

　　母亲说，"二九七"电校是当年国家为培养航天军工人才，在陕西省西安市的东郊设立的一座特殊培训学校。当年，我国的航天事业还处在初创时期，为了高度保密，对外便以"二九七"代号命名。至于"二九七"究竟是什么含义，据母亲回忆，也许是学校成立的日期，或者是学校的门牌号。

　　在这本"二九七电校校友通讯录"的扉页上，我读到了母亲的同学柴文华，一位年逾古稀老先生写下的一段激情洋溢文字——

　　时代的列车隆隆鸣响，青春的歌声充满了车厢。难忘1956年，我们怀着对未来的憧憬，挥泪惜别浦江父老。西去的列车把我们送到了故都——长安。在故都的东郊，我们同窗于"二九七"电校。西安，这里是我们这批年轻人人生命运的重大转折地，也是我们未来事业的美好起点，黄土高原上留下了我们充满朝气的青春足迹。岁月虽已跨越了半个世纪，但回忆往事，却历历在目……

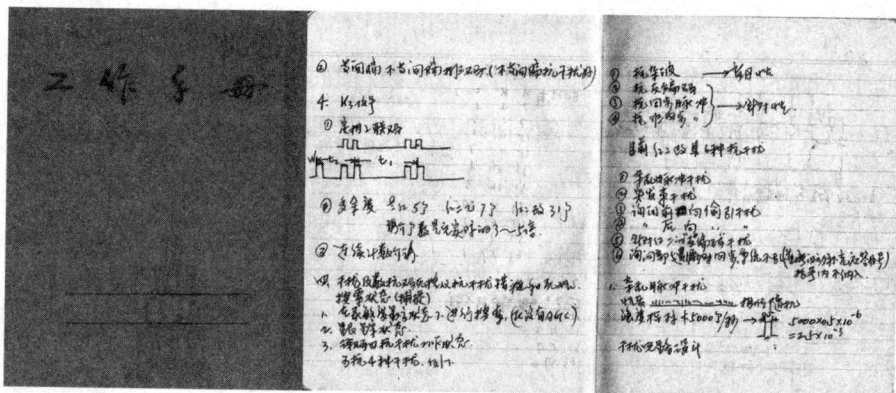

作者母亲的工作笔记

1956 年，年仅 22 岁的母亲，已经在上海市南市区的天佑群学会小学做老师。可天性不安分的母亲，不顾外公、外婆要其留在上海工作的劝导，执拗地要去外地闯荡一番。为此，经常和外公、外婆大吵大闹。母亲是两位老人的独生女儿啊，他们怎么会舍得让宝贝女儿远走高飞呢！

然而，母亲是个任性的人。一个偶然的机会，她得知西安"二九七"电校来上海招生的消息后，便瞒着外公、外婆，悄悄地从家里偷出户口簿去报了名。当外公、外婆知道这个消息后，一切都已木已成舟。为了母亲能够实现自己的"理想"，尽管外公、外婆内心有一百个不愿意，但依然挥泪"放行"。

1956 年 3 月，母亲和一批志同道合的年轻人一起，离开上海远赴坐落在西安的"二九七"电校求学。这里，我不妨透露一个细节。母亲的原名叫王根娣，这是一个非常具有上海特点而又有点俗气的名字。2015 年 6 月的一天，我曾经特意问问母亲，为何会把王根娣改为王苏诚。

母亲笑着说，当年她瞒着外公、外婆从家里偷出户口簿，到街道报名去西安"二九七"电校求学时，感到自己好歹也算是个小学教师，根娣这个名字实在是太俗气，便擅自到派出所把名字改了。因 20 世纪 50 年代我国正和苏联老大哥处在"蜜月期"，因此她就将名字改为王苏诚，寓意中苏两国对彼此友谊的真诚与忠诚。外公、外婆得知母亲未经父母同意擅自改名后，气得不得了。但面对自幼任性、倔强的母亲，也只能是无奈地摇头、叹气。

　　有关在西安"二九七"电校读书的经历，母亲平日里和我说得并不多。只知道求学期间，她还曾去坐落在辽宁省沈阳市的沈阳低压开关厂实习过一段时间。有一次，我问她，你后来怎么会又回到上海工作的呢？

　　母亲用自豪的口吻告诉我，他们这批从上海赴西安求学的同学毕业后，并没有全部进入航天部门工作。只有她和学业优秀的同学，经过严格考核，1957年被选调到上海航天技术研究院第802研究所的前身——上海新华无线电厂工作。

　　那些年，我听到母亲说得最多的一个单词是"基地"——

　　"明天有同事要到基地出差了。"

　　"基地里又有新任务了。"

　　"我多次要求到基地去，可领导说基地生活条件艰苦，女同志不适合。"

　　至于基地是干什么的？在哪里？母亲从不透露半句。

　　直到我国的航天事业解密后，我才知晓，母亲口中的那个基地，就是位于甘肃酒泉著名的西昌卫星发射中心。此时，母亲已经退休了，她把自己的青春年华默默地奉献给了国家的航天事业，多次荣获"五好"职工称号。

　　1988年10月1日，为褒奖母亲从事国防科技事业25周年，国防科工委授

作者母亲荣获"五好"职工的奖状

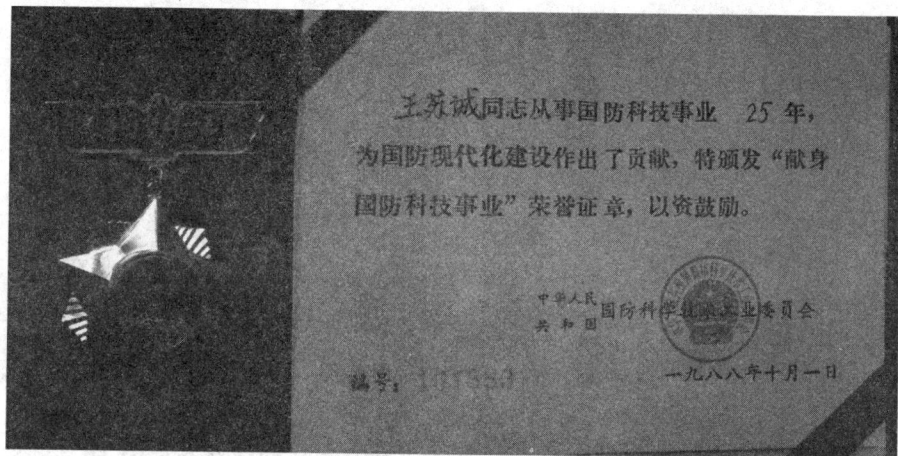

中华人民共和国国防科工委授予作者母亲的"献身国防科技事业"荣誉证章

予她"献身国防科技事业"荣誉证章。捧着这枚荣誉证章，母亲激动地说："作为一个航天人，我感到无比的自豪。"

"二九七"电校，这座孕育了我国第一代航天人的特殊学校，虽然名不见经传，但它必将会载入中国航天事业史册。母亲在"二九七"电校求学的那段时光，正处在她人生中最璀璨的金色年华。20世纪50年代的年轻人，个个都有着一颗单纯、透明的心灵，他们的内心充满着理想主义色彩。这一切，正如柴文华老先生在那本"二九七电校校友通讯录"中所写的——

半个多世纪悄悄地过去了，我们都老了，大家已从各个岗位上退了下来，但我们的心是永远年轻的。因为我们是50年代的青年，我们的一生虽然也有坎坷与艰难，可是，我们无怨无悔。我们无愧于时代赋予我们的历史使命，我们为自己感到无比的欣慰和骄傲。

母亲的别样人生

母亲走了。

2015年9月26日晚上8点26分，这是一个让我们全家永远难以释怀的时间节点：慈祥的母亲终因一场突如其来的疾病，手术后导致心力衰竭，走完了她八十一年零十个月的人生旅程，在这个本该阖家团圆的中秋节前夜，永远离开了她所珍爱的丈夫和我们3个子女。

没有母亲的日子里，令我在喟叹生命脆弱、人生无常的同时，第一次悲恸而深切地读懂了何为生离死别、天上人间。我的神情整日处在恍惚之中。母亲的音容笑貌始终在我的脑海里挥之不去，夜不能寐。在整理母亲的遗物和文字资料时，我突然发现，作为子女，我们兄妹3人虽然从生活上始终关心着母亲，但在精神层面上似乎有点忽略了母亲丰富的内心世界。比如，我从未知晓年迈的母亲居然还一直有记日记的习惯。在日记中，母亲不仅有记事的"流水账"，更有倾吐她对家人、孙辈、朋友、同事、同学的关爱之情，对自己曾经从事过的航天事业的眷恋，以及她情感上的喜怒哀乐。她的最后一篇日记是2015年8月31日，一个月零五天后，母亲便告别了这个世界。

回望母亲的一生，她是一个具有理想主义浪漫色彩的女性。她虽然出生于20世纪的30年代，但却是一个不甘心落伍于时代的时尚老人，始终有着强烈的求知欲望。年轻时她远赴西安"二九七"电校求学，被选调到上海航天局802研究所工作后，她又进入"七二一"工人大学学习，把自己的青春年华献给了国家的航天事业。母亲去世后，我们在医院里整理她遗物时，在她那只几乎每天随身携带的小包里，发现里面放着的是那枚国防科工委授予她的"献身国防科技事业"荣誉证章。

母亲啊，母亲！您虽然早已退休，可是，您的心灵深处仍然珍藏着对航天事业的牵挂，依然对自己从事过的航天事业充满着自豪。

回望母亲的一生，她是一个对生活品质有追求的女性，尽管已是一位八旬老人，可内心却从不服老，心理年龄依然还很年轻。退休后的母亲，依然不停地忙碌着，居然先后创下了其人生之路上的好几个第一：

上海市退休职工大学第一批学员；

上海市外来人口治安管理服务队第一批协管员；

上海市杨浦区社会福利院建成后第一批聘用的员工。

母亲保存完好的上海市退休职工大学学员证等证件，不仅完整地呈现了其退休生活中的3个第一，更是展现出她在自己的人生进入退休模式后，迎来了丰富

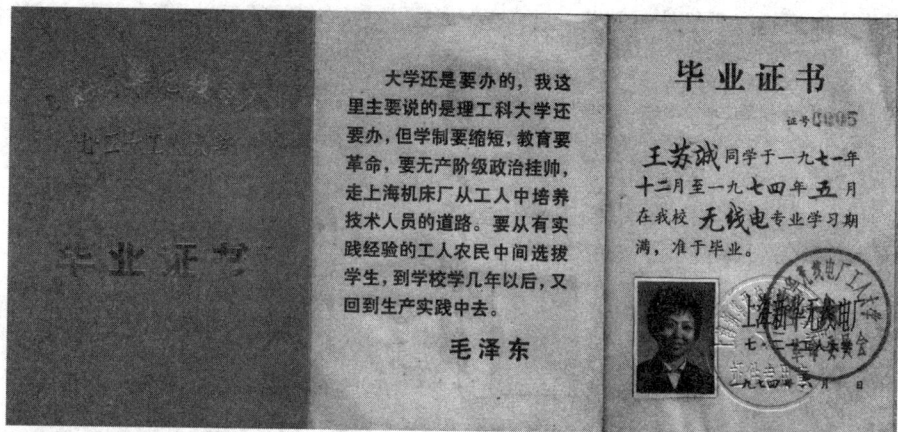

作者母亲的上海新华无线电厂"七二一"工人大学毕业证书

多彩的晚年生活。

1985 年 5 月母亲退休后，她并没有在家安享天伦之乐。退休，对她而言，只是意味着人生角色的转换，换一种活法而已。她秉持着航天人那种勤奋好学的精神，继续在人生大舞台演绎着属于自己的精彩。退休后不久，她便报名参加了刚创办的上海市退休职工大学商业会计专业学习，成为该校的第一批学员。"学业有成"后，陆续在杨浦区的各个工作岗位上留下了印迹。

先是在杨浦公安分局宁国路派出所（该所现已撤并）的"外来人口治安管理服务队"从事管理工作。当时，在改革开放的大背景下，大量的外来流动人口涌入上海，鱼龙混杂，杨浦区的治安状况面临严峻考验。母亲在派出所民警的带领下，全力投入对外来人口的管理，为地区的一方平安作出了贡献。那时候我还没有从警，屈指一算，母亲参加"公安工作"的时间竟远早于我哩！后来，随着杨浦区社会福利院的建成，有着一技之长的母亲，又成为该院建成后聘用的第一批员工，默默地为杨浦区的老龄事业添砖加瓦。

晚年的母亲，尽管饱受类风湿关节病的折磨，但她固执地保持高昂的斗志与疾病抗争。这里我用"斗志"这两个字眼，绝对不是在随意挥霍文字。殊不知，为了在精神上"鄙视"病痛，母亲时常会不按时服药。面对病魔，她常会斩钉截铁地对我说："我就是不相信，看谁硬得过谁！"弄得我提心吊胆之余，只得软

硬兼施地逼她、哄她按时服药。就在她
住院治疗的最后阶段,一辈子爱美的母
亲,为了保持自己形象的完美,多次趁
我们不注意,悄悄拔掉插在鼻子里的胃
管。以至我不得不用口罩替她遮掩一下。
没办法,母亲的性格永远就是如此倔强、
任性。我知道,亲爱的母亲,您是心有
不甘啊!

子欲养而亲不待。正当我与弟妹
筹划母亲即将到来的 82 岁生日庆贺之
时,母亲却走了。在整理她的照片、日
记、文稿等遗物时,我从另一个角度回
望了母亲一生工作、生活轨迹,让我重
新读懂了母亲,看到了她的别样人生。
母亲的离去,令我顿悟:我们每个人真
正理解人生,其实应该是从理解自己父
母开始的。做子女的一定要经常回家与
自己的父母聊聊天,陪伴他们共同守望
生命里的每一圈年轮。而这正是被我们
小辈忽略、亟需补上的一门生命课程。

在为母亲守灵的那天晚上,是我
结婚成家 20 多年后,第一次回家彻夜
静坐在母亲生前睡觉的那张温馨大床
上。凝望着母亲遗像,我仿佛回到了孩
童年代,依偎在母亲那温暖的怀抱里。
凌晨过后,面对到来的中秋节,我默默
地念诵:姆妈,今天,您是在用另一种
方式,让分散在各地的亲朋好友"团圆"

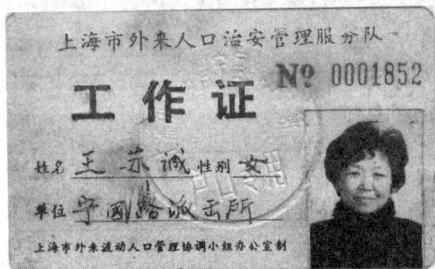

作者母亲的上海市退休职工大学学员证等证件

了。您的微笑、您的灵魂，必将永远铭刻在我的心中。

母亲不老：从文学青年到文学老人

心若年轻，岁月不老。

步入高龄后的母亲，依然像年轻人那般在孜孜追寻着自己的人生梦想，时常唠叨着让我给她"找点事情做做"，来丰富自己的晚年生活。我多次和她开玩笑说："姆妈，侬绝对是老骥伏枥，壮心不已啊！"

每次读到我在报刊上发表的文章后，母亲都会对我说："我也很喜欢文学的，年轻时也是一个文学青年啊！在学校读书写的作文，经常受到老师的表扬。改天我也写篇文章，侬帮助我修改后投到报社去吧！"

"好的，好的，侬写吧！"每当听到母亲这么说，我都会笑呵呵的。可心里从未想过母亲真的会拿起笔写稿投稿，感觉她只是说说罢了。有一天，母亲突然打电话给我，让我抽空回家一趟。我问："有什么急事吗？"她说："你来了就知道了。"

当我心急火燎地赶到母亲家时，只见她拿着一张纸，笑吟吟地说："我看了侬发表在《新民晚报》夜光杯副刊上的'大世界与我的'青葱'岁月'这篇文章，我也有感而发写了一篇关于'大世界'的小文章。"

"姆妈，侬真的写文章了啊！"接过母亲递给我的题为"大世界今何在"的短文，我不禁惊诧道。

"我写得没有侬灵光啊！但是写出了我的真实思想，麻烦侬帮我修改修改，投寄到《新民晚报》好哦？"

"姆妈，侬真来赛啊！我回家后一定认真拜读侬的大作。"平时和母亲玩笑开惯了，这次看到她果真动笔写文章了，虽然还没来得及细读，但还是轻松地调侃了一句。

临别时，母亲再次叮嘱我，别忘了替她将这篇文章投寄给《新民晚报》。然而，因终日忙忙碌碌，居然将母亲所托付的这件事给拖延了。如今，当母亲已经永远离开我的时候，我悲恸地感到，由于自己一个不经意的忽略，却铸就了一个终身遗憾，让我的内心充满了自责："所有做儿女的，切记、切记，对家里老人叮嘱的事情，一定要抓紧去做啊！因为时间对他们来说是无情的。"

今天，当我再次捧读母亲的这篇遗文，早已泪流满面。在此，我把母亲倾情写下的这篇短文，除个别字句稍作修改后，全文照录如下——

上海有个大世界，不但上海人知道，可以讲在全世界都有点小名气。不管何方客人凡来到上海，都想到大世界白相相。为啥？实惠。买一张门票从中午一直可以玩到夜里。场子多剧种多，特别是逢年过节不回老家的人们的第一选择——大世界。一进门是一排大镜子，站在镜子前就会让你自然而然地笑起来。为什么看着镜子就会发笑？因为它们变幻莫测：一面会使你变得像矮冬瓜，再换一面照照，就像根电线杆。凡去的人都会照一照，笑一笑。七十多年前大世界就有电梯了，大世界的戏可以说百花齐放，南北东西中任你选，京、沪、越首当其冲。现在电视机里的节目都及不上。大世界没了，来沪打工的朋友没去处，只有麻将为伴。退休的人没去处，只有麻将为伴。闲散人员没去处，只有麻将为伴。这种现象正常吗？电视节目迎合青年胃口，多的是搂搂抱抱、

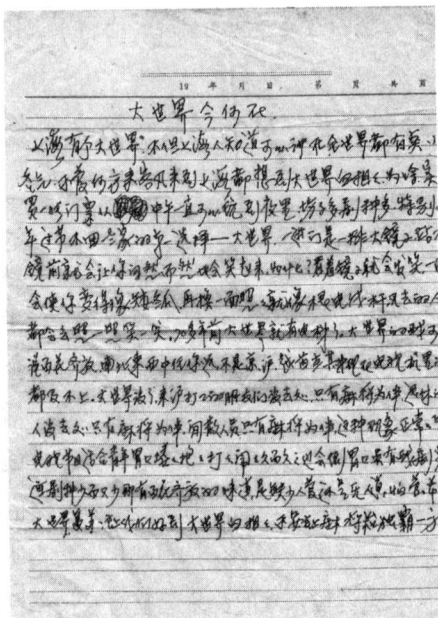

作者母亲撰写的"大世界今何在"一文手稿

作者发表在 2016 年 12 月 29 日《新民晚报》"夜光杯"副刊上的"母亲的大世界情结"一文

打打闹闹，久而久之也会倒胃口。虽有戏剧频道，但剧种少而又少，哪有百花齐放的味道？究竟是缺少人管，还是无人肯管，或者是怕管。希望大世界早日复苏，让我们好到大世界白相相，不要让麻将台独霸一方。

母亲从小在上海的南市老城厢长大，经常去大世界游玩，对大世界有着很深的感情。在这篇文字朴素的短文中，她不仅怀念了昔日大世界的闹猛，更是针砭了当下人们"麻将为伴"、电视节目单调，众多退休老人、外来人员娱乐生活枯燥的时弊。

2016 年底，得知大世界即将重新开放后，我饱含深情地写下"母亲的大世界情结"一文，发表在 2016 年 12 月 29 日《新民晚报》"夜光杯"副刊上，以此告慰远在天国的母亲，了却她老人家心底的一个念想。

耄耋之年的母亲，一直关心国家大事，始终怀有"忧国忧民"之情，有着一颗操不尽的心。经常让我替她订报送书，保持着每天看书读报的习惯。她还是居委会读报小组的组长，整天和一帮老伙伴们"喋喋不休"地共商国是。就在她去世前的半个月，还十分关注《新民晚报》关于老工房安装电梯的系列报道，让我替她把报纸搜集整理好，且不

作者父母的金婚纪念照

作者父母 1957 年拍摄的结婚照

断通过各种渠道呼吁早日为广大老年人办成这件实事。作为一个患有类风湿关节病的老人，她是多么期盼能在有生之年，看到自己居住的楼房能装上电梯啊！

在没有母亲的日子里，我的神情始终处在恍惚之中。那天，我翻阅、整理母亲生前留下的一些文字时，看着、看着，猛然想到：在母亲经常对我唠叨，她学生时代作文写得很好，她也很喜欢文学的时候，我总是"呵呵"一笑了之。其实，今天的我，之所以能够写点东西，出版了10本书籍，真的是离不开母亲的启蒙与帮助啊！

20世纪80年代，工资不高的母亲省吃俭用，特地为我订了一本《世界文学》杂志，说是让我开拓一下视野。当时我国刚刚改革开放，这本刊登外国作家优秀文学作品的杂志，为我打开了一扇瞭望世界文坛的"窗口"。而主编高莽用简练的素描笔触，为各国作家绘就的一幅幅栩栩如生的头像，更是让我对这本图文并茂的杂志爱不释手。同时，母亲还经常把由上海航天局团委主办的文学杂志《同时代人》带回家给我阅读。

还有一件让我记忆犹新的事，有一天，母亲下班回来喜滋滋地对我说："作家胡万春的小女儿也在新华无线电厂工作，我认识她的，要不要我叫她带你去见见胡万春？"

胡万春可是个大名鼎鼎的工人作家，能见到他当然是个千载难逢的机会，可是，这个大作家愿意见我这个名不见经传的文学青年吗？犹豫再三，我最终还是没勇气让母亲带我去见胡万春。

20世纪八九十年代是文学的黄金时代，也是一个盛产"文学青年"的年代，那时的年轻人几乎都有一个"作家梦"。而母亲总是有意无意地在为我圆梦。我每出版一本新书，她都要我第一时间送给她阅读。并且还用包书纸小心翼翼地把书籍包好放在枕边。30多年过去了，当母亲渐渐步入人生的晚年后，开始重拾年轻时对写作的爱好，梦想从一个文学青年成为一个文学老人时，而我又为母亲的圆梦做了什么呢？

1970年4月24日，我国第一颗人造地球卫星"东方红一号"发射成功，拉开了中国人探索宇宙奥秘、和平利用太空的序幕。2016年是中国航天事业创建60周年，党中央、国务院决定将每年的4月24日，设立为"中国航天日"。作

上海航天技术研究院第 802 研究所职工联谊会合影（第三排右三为作者母亲）

为老一代航天人，2015 年 10 月，母亲也将迎来从西安"二九七"电校毕业 60 周年，她早已和同学何英美阿姨等新中国的第一代航天人约好相聚在金秋。然而，就在母亲准备参加聚会前夕……

2015 年 10 月的一天上午，当我第一次走进黎平路 203 号、母亲工作过的上海航天技术研究院第 802 研究所时，心中满是哀伤，感叹生命的无常。想不到，我第一次走进这扇曾经充满神秘的大门，不是在母亲带领下，聆听她用自豪的口吻讲述老一代航天人的创业故事，而是领取抚恤金……

走在 802 研究所宽敞的大道上，望着那一幢幢大楼，一个个实验室，我睁大双眼寻找着母亲在这里留下的工作印迹。竭力在自己脑海中想象着，在那个火红的年代，母亲和她的同事们为了航天事业的发展是如何奋发努力的。此时的 802 研究所不再被神秘所笼罩，电话、地址也已对外公开，所内的新一代航天人也都是拥有博士、硕士高学历的年轻人。但这里到处醒目地张贴着的"国防重地，注意保密"的提示标牌，提醒我在外松内紧的氛围中，走在这里依然必须谨小慎微。

临别时，我请该所工会的同志复印一份母亲的人事履历档案给我。她为难地说，按照保密规定，所内复印任何一份纸张，都必须经过所领导的审核批准。无

作者在上海航天技术研究院第 802 研究所门口留影

奈之下，我只得从该所在母亲追悼会上所作的悼词中，了解母亲较为完整的人生
履历。

黎平路 203 号，依然是一片神秘的土地。

"姆妈，您在天国还好吗？"

没有母亲的日子里，哀伤的云，始终浓重地飘浮在我的心海。每当撰写到有
关母亲的文字，总是无法控制自己的情感，不得不停下在电脑键盘上蠕动的手指，
平复一下心情。为缅怀母亲以及她一辈子献身国家航天事业的那段峥嵘岁月，我
噙泪写下了"母亲不老"、"母亲和她那代航天老伙伴们"两篇文章，先后刊登
在 2016 年 1 月 6 日、2017 年 5 月 28 日的《新民晚报》上。文章发表后，在母
亲生前的同事、同学中引发了很大反响，他们纷纷打电话给我，表达对我母亲的
追思。2018 年 1 月，上海教育电视台将母亲一生从事航天事业的生涯，拍摄了
一部题为《母亲的荣誉证章》电视专题片。看到母亲的音容笑貌在荧屏上出现时，

我情不自禁地流下热泪……

你养我长大，我陪你变老。

虽然我们每个人都生于尘土，终于尘土，但是，生命的过程就是一个美丽的舞蹈。时光易老，人不老。人类生命的真谛，不仅仅是给生命以岁月，更应该给岁月以生命，从而让自己的生命在岁月中璀璨。母亲虽然走了，但她平凡的一生，应该就是一个美丽的舞蹈、一段如歌的不老岁月。无数个夜深人静的时候，我的脑海里总会萦绕《妈妈留给我一首歌》悠扬的旋律——

在我童年的时候

妈妈留给我一首歌

没有忧伤没有哀愁

每当我唱起它

心中充满欢乐

啦……啦……

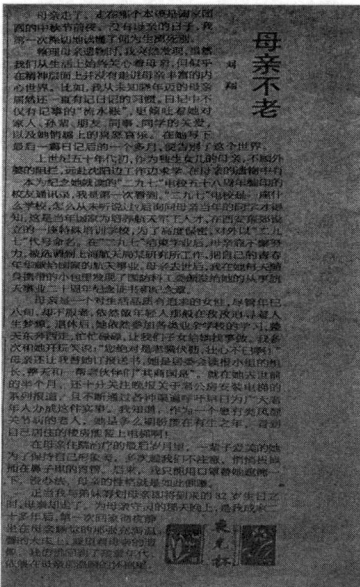

作者发表在 2016 年 1 月 6 日《新民晚报》"夜光杯"副刊上的"母亲不老"一文

作者发表在 2017 年 5 月 28 日《新民晚报》上的"母亲和她那代航天老伙伴们"一文

十五　　激情澎湃的纯真年代，赤膊
　　　　兄弟"青春不散场"

　　写下这个标题，我很忐忑，"赤膊"两字总好像有点不登大雅之堂，但想来想去，似乎也只有这个词语能"赤裸裸"地折射出自己青春年少时，和我的那帮"小赤佬"之间的兄弟之情了。更何况，我手头确是珍藏着好几张在自己"青葱"岁月里和几个兄弟们穿着泳装，在大风大浪里"乘风破浪"的老照片，一个个都是名副其实的赤膊兄弟。想到这里，内心也就不再有一丝纠结，爽爽地在电脑键盘上敲下这个标题。

"赤膊五兄弟"

　　在我的微信群里面，有一个听起来很特别的群名，它叫"赤膊五兄弟"。群里的马、孙、程、武，加上我本人，五个人都是从小一起在长白新村、松花新村长大的发小。记得当初起群名时，曾经想过"恰同学少年""走过青春"等颇具人文情怀的群名。但众兄弟总觉得不尽人意，没能把我们之间那种从小一起长大的发小之情生动形象地凸显出来。后来，武兄大腿一拍，猛喝一声："不要啰唆了，就叫'赤膊五兄弟'吧！"

　　"好！好！"

　　"这个群名爽，听起来煞根！"

　　于是，在一片喝彩声中，"赤膊五兄弟"微信群便"诞生"了。兄弟们之间的联系渠道因融入了互联网，从而变得"朝夕相处"。

　　我对这个听起来或许有点俗气的群名是大大点赞的。所谓赤膊兄弟，说的就是赤膊的男人，北方话的意思是光着身子的膀爷。虽说南北说法不同，但含义一

作者（左二）20 世纪 70 年代和赤膊兄弟们在杨浦公园合影

致。在上海话的语境里，如要形容某人与自己是从小在一起长大的发小，那句言简意赅的"伊是阿拉赤膊兄弟"多生动活泼啊！还有更厉害的索性豁上一句"阿拉是穿开裆裤朋友"。而如果说某男愿为他人两肋插刀、赤膊上阵，那就彻底袒露此仁兄的雄心和侠义了。更何况我手头也确确实实珍藏着好几张见证我们年少时，赤膊傲立在吴淞口炮台湾长江边，迎着波涛汹涌的大风大浪"胜似闲庭信步"的历史"倩影"呢！

说来说去，赤膊兄弟用文绉绉的话来说就是小伙伴们。其实，我们这五个兄弟并不是中小学的同班同学，我和武兄就读于安图中学，其他 3 人则就读图们中学，各自年龄也相差了一两岁。只是因为对阅读和文学的共同爱好，才使得我们走到了一起。而当年长白街道那间简陋的图书室，就是让我们有缘结识的平台。

20 世纪 70 年代的长白街道图书室坐落在靖宇东路靠近延吉东路上，也就是现今的长白街道办事处所在地。当年这是一幢简易的三层楼建筑，印象中，一楼是被称为"红旗食堂"的大众食堂，我们这些双职工家庭午饭经常是到这里吃的。

二楼是供居民娱乐的乒乓室、图书室等，三楼则是街道办事处的各个办公室。由于我经常在课余时到图书室看书、借书，便陆续认识了同样爱好阅读的马、孙、程、武等各位兄弟。那时的我们青春年少，踌躇满志，写诗作文，个个都在做着作家梦。图书室管理员刘军是一名30岁左右、从外地插队回沪的女知青，我们称她为刘阿姨。她看到我们这几个年轻人喜欢看书、写作，便让我们参加书评组，经常给我们布置撰写书评的任务。于是，我们便不知天高地厚地评论起浩然的长篇小说《金光大道》《艳阳天》，以及反映上海郊区农村生活的长篇小说《虹南作战史》等当时流行的文学作品。

说是书评，其实，天知道啊！我们这几个懵懂少年笔下的文字，充其量也只能算是读后感之类的作文而已。可是，每当刘阿姨将我们誊写在方格纸上的文章，张贴在图书室墙壁上供读者阅读时，我们就会神经兮兮地四处宣扬："我的文章发表了！我的文章发表了！"得意忘形之中，还不断地手舞足蹈。如今想来，甚为可笑。

十分感谢长白街道图书室管理员刘军阿姨，她当年不仅鼓励我们撰写书评，还利用职务之便，将一些热门书籍

作者20世纪70年代赤膊傲立在吴淞口炮台湾长江边

作者（左）20世纪70年代和程兄（右）、武兄（中）在吴淞口炮台湾长江边游泳时的合影

作者（左）20世纪70年代和程兄在吴淞口炮台湾长江边游泳时的合影

20世纪70年代出版的《虹南作战史》《金光大道》《艳阳天》等长篇小说

优先借给我们阅读，有好几次甚至冒着风险，把已经列为禁书封存的《青春之歌》《悲惨世界》《基督山伯爵》等中外名著偷偷地拿出来借给我们看。如今的她，应该也是七八十岁的老人了。感谢刘军阿姨，衷心祝愿她健康幸福。

20世纪70年代中后期，我们中学毕业时，我和程兄分配到了崇明跃进农场，马、武、孙3人则分配在工矿，留在了市区。去留时分，兄弟们理想迷惘，颇为伤感。一封封你来我往的书信，也就成了彼此之间情感交流的"桥梁"。在信中，我们谈人生、谈工作、谈读书、谈文学。"恰同学少年，风华正茂"。我们依旧是"书生意气，挥斥方遒"；依旧是"指点江山，激扬文字"。

1977年12月恢复高考，我回到市区读书。程兄也已在1976年底在跃进农场参军入伍，奔赴青岛成为一名海军战士。记得1977年的夏天，我从农场回市区探亲，恰好程兄也从部队回上海探亲。于是，我们这几个赤膊兄弟和其他一些发小，带着面包、熟食和当作救生圈用的汽车内胎，相约去吴淞口炮台湾长江边野餐、游泳。不会抽烟的我，居然还歪戴海军帽，很"流氓"地在嘴上叼了一支烟。在那个年代，抽香烟的绝对是被视作不良少年的，想必当时的

20世纪70年代赤膊兄弟们在吴淞口炮台湾游泳时，不会抽烟的作者（左二），居然还很"流氓"地歪戴海军帽，嘴叼香烟

我们，应该是在走上社会，脱离了家长和老师的管教视线后，精神上彻底放松的一种情感流露吧。不知哪位兄弟居然用照相机，在一旁悄悄地将这一场景拍了下来，留下了一张珍贵的历史影像记录。

当年的年轻人对军人是非常崇拜的，都以能成为一名解放军战士为荣。因此，我们都十分羡慕当兵的程兄。当他身穿蓝白相间的水兵服神抖抖出现在兄弟们面前时，那模样用今天的话来说，就是好一个酷毙了的帅哥。

我们在"哇！哇！"的尖叫声中，争先恐后地把其水兵服扒下，随后手忙脚乱地套在自己身上，"冒充"一下海军。对我而言，也算是弥补一下中学毕业时，因体检不合格而没能参军的遗憾了。从而在我珍藏的老照片里，就有了一张双手紧握一支气枪，"冒充"海军伫立在吴淞口长江边，貌似"我为祖国守边疆"的以假乱真照片。可惜的是，因居住在控江二村107弄时遭遇台风暴雨侵袭，屋内进水致使书籍、照片等物品被水浸泡后发霉受损，这张照片的画面已经模糊不清，好在整个人物形象的轮廓还算清晰，现在也只能当作一副剪影来"顾影自怜"了。

作者双手紧握一支气枪，伫立在吴淞口炮台湾长江边，貌似"我为祖国守边疆"的以假乱真照片

作者（右）20 世纪 70 年代与吴兄的合影

山水无言祭 H 兄

"空气在燃烧，仿佛大地在颤抖！"

"是啊，暴风雨就要来了！"

"看，这座城市，它，就是瓦尔特！"

这是前南斯拉夫电影《瓦尔特保卫萨拉热窝》里的经典对白。每当听到或想起这些曾经让自己热血沸腾的对白，便会情不自禁地缅怀我的另一位赤膊兄弟："H 兄，你在天国还好吗？"

虽说那个微信群名是打着"赤膊五兄弟"的旗号，但穿一条开裆裤长大的赤膊兄弟其实并不仅仅是五人，玩得最好的还有两个赤膊兄弟。一个是 H 兄，另一个是吴兄。我与他们两人同为安图中学的校友，H 兄和我同为 75 届，吴兄是 76 届，我和他们也都是在长白街道图书室书评组认识的。中学毕业后他到市郊南汇县插队，恢复高考后，考入北京外国语学院。毕业后分配至上海通用机械公司工作，1989 年赴德国定居。他出国时，我们几个赤膊兄弟在杨浦公园附近的一个餐厅，为他举行了一个隆重的"欢送仪式"。如今的吴兄经营着自己的公司，奔波在中德两国之间的生意场上。每次回国时，我们这些赤膊兄弟必定相聚一堂，把酒言欢。

H 兄与我同龄，我们是松花新村的邻居，也是上海机床厂职工子弟小学的同班同学。其读小学的时候，父亲就支内到陕西宝鸡机床厂。中学毕业时，因他的两个姐姐一个随父支内，一个分配到崇明跃进农场，毕业分配是属于硬工矿档次，被分到国棉十九厂当工人。后通过刻苦自学，考入厂财务科从事会计工作。

作者（左）20 世纪 70 年代与 H 兄的合影

H 兄是个在学习上具有天赋的人，不仅作文写得好，那一手漂亮的钢笔字与毛笔字也令我们羡慕不已，至今我还保存着一页我与他共同撰写的书评文章手稿。而其随口背诵起李白、杜甫那一首首脍炙人口的诗词时，声情并茂、摇头晃脑的沉醉神态和肢体动作，总会赢得小伙伴们阵阵喝彩。而且，他还酷爱围棋，周围的朋友没有一个是他的对手。H 兄无疑是我们大家一致公认的才子。

20世纪70年代，随着《追捕》《佐罗》《桥》《简爱》《蒲田进行曲》《尼罗河上的惨案》等国外译制片的放映，H兄迷恋上了配音艺术。那年我与他在上海机床厂大礼堂观看南斯拉夫电影《瓦尔特保卫萨拉热窝》后，顿时就被瓦尔特这个充满硬汉气质的男人迷住了。回家的路上，我俩一边模仿影片中瓦尔特的动作，一边高声诵念瓦尔特那段经典台词："空气在燃烧，仿佛大地在颤抖！"兴奋之情，溢于言表。而他的模仿力明显胜过我。从此，这段台词就成了他炫配音之技的保留节目。

H兄对上海电影译制片厂的配音演员非常熟悉，只要提到谁的名字，他就可以一口气说出其配过哪些电影，并能把影片里的经典台词一字不差地背诵给你听。而这些人中他对著名配音艺术家邱岳峰最为崇拜。每次我们几个赤膊兄弟碰头，他必定会自告奋勇模仿几段邱岳峰在译制片中的台词，其足以乱真的嗓音，令我们拍手叫绝。

"看吧，外边阳光灿烂，而你却要在这黑暗的牢房中默默地死去！"这是阿尔巴尼亚电影《永不屈服》中，纳粹军官对被囚禁的女游击队员说的一段话。H兄将邱岳峰配音的纳粹军官那邪恶的阴阳怪气语调，模仿得惟妙惟肖，入木三分。

"杜丘，你看，多么蓝的天！走过去，你可以融化在蓝天里。一直走，不要朝两边看，明白吗？杜丘，快去吧！杜丘，快，快走啊！"邱岳峰在日本电影《追捕》中为堂塔配音的那段台词，在H兄模仿下，那连续几个"快"字，别具快中有慢、抑扬顿挫的韵味，简直就是邱岳峰第二。

1980年3月30日，得知邱岳峰自杀离世，H兄痛惜不已。那天，他扶着我的肩膀，沉默不语，久久地呆立着。然而，月有阴晴圆缺，人有悲欢离合。20世纪80年代中期，突然传来H兄患上严重心理疾病，最终导致失去对自己的控制力，家人不得不将其送入医院诊治的消息，令我等众兄弟目瞪口呆，我更是打死也不相信。可是，经多方了解，此事确实，据说是为情所困。他出院回家后，我和程兄特意上门探望。望着满脸的胡茬，呆滞的眼神，木然坐在床沿的H兄，我俩心如刀绞：是你吗？我亲爱的H兄，多聪明的一个男人，怎么会变成这样？

"要是上帝赐予我美貌和财富的话，我也会让你难以离开我，就像我现在难以离开你一样！"

"难道你没有看见我背上写着孤独的孤字吗？"辞别 H 兄，走在嘈杂的马路上，我的耳畔还不时回响起邱岳峰在《简爱》里那段罗切斯特的经典独白。

"天妒英才啊，H 兄，多多保重，我看到了你孤独的背影，愿你尽早驱除躲藏在心灵中那个可恶的魔鬼，走出阴霾，拥抱灿烂的明天。"

2015 年暮春，被病魔折磨了数十年的 H 兄，终于告别了这个世界。得知消息，我欲哭无泪："H 兄，我要大声对你说，你不是罗切斯特！"

2016 年 5 月 23 日，瓦尔特的扮演者巴塔·日沃伊诺维奇溘然离世。2017 年 3 月 30 日是日趋边缘化的上海电影译制片厂成立 30 周年纪念日。至此，H 兄和他钟爱的世界里所有的经典都已成绝唱，留下的只有昨天的辉煌和今天的悲怆，一如他的人生之路。

寂静之夜，我情不自禁地轻吟起属于我们那个年代的一首老歌《一条路》：

一条路落叶无迹

走过我走过你

我想问你的足迹

山无言水无语

大世界的"青葱"岁月

那天，我驱车路过西藏南路、延安东路口，特意放慢车速，深情地遥望了一下已经重新开张的大世界。回想起 20 世纪 80 年代我和马峰等兄弟在那里度过的美好时光，总有一种时空倒流的感觉。

曾经寂寞地"站立"在路口多年的上海市青年宫旧址，就是沪上著名的地标性建筑物、闻名遐迩的上海最大室内游乐场——大世界。2008 年大世界以修缮为由，开始闭门谢客，青年宫也名存实亡。从此，大世界就淡出了人们的视野。和周围一片繁华街市的热闹景象相比，这座外观仿西方古典式建筑，显然像是个被匆匆从其边上走过的路人遗忘的"弃物"。

回到家后，翻箱倒柜找出了一张"上海市青年宫出入证"。望着这张保存完好的证件，我的思绪立即又回到了改革开放的 20 世纪 80 年代，遥想起自己在那激情的"青葱"岁月中，和众多兄弟们一起与大世界（青年宫）的那段情缘。

　　始建于 1917 年的大世界，创办人是 20 世纪初上海实业界的著名人物黄楚九。1924 年重建，改为钢筋混凝土框架结构，平面为 L 形。建筑风格中西混杂，被列为上海市文物保护单位。中华人民共和国成立后曾改名"人民游乐场"，1958 年恢复大世界原名。1974年改名"上海市青年宫"。粉碎"四人帮"后，改革开放的春风吹遍神州大地，为满足人们对文化生活的需求，经上海市政府批准，1981 年 1 月 25 日大世界正式复业，定名为"大世界游乐中心"，隶属于共青团上海市委。

　　那时我在单位里搞团的工作，1985 年 10 月，得知团市委所属的市青年宫正在全市团员青年中招考信息联络网的通讯员，便报名应试。通过严格的考试，我和马峰等来自各行各业的 20多名年轻人幸运地入选了。当时的市青年宫和大世界游乐中心是两块牌子一套班子，我们这些通讯员的工作就是收集基层企事业单位青年人精神文化生活上的需求，为"文革"后重新开放的上海市青年宫如何开展文化活动和游乐项目的设置、定位出谋划策，提供信息，用现在的话来说就是开展调研，为领导决

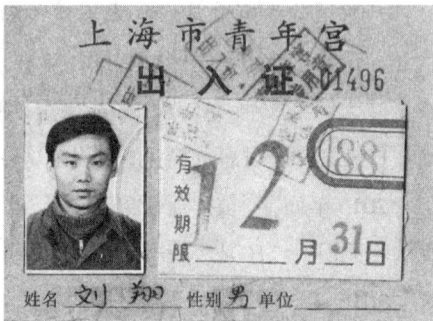

作者的上海市青年宫（大世界）出入证

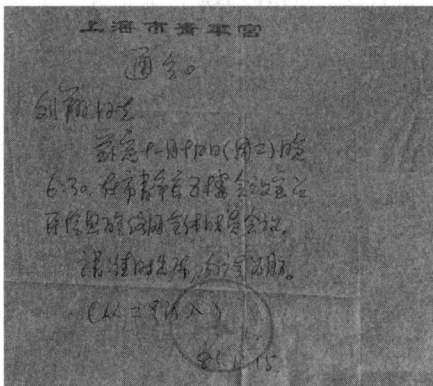

茹炳祥 1985 年 11 月 15 日写给作者的参加青年宫通讯员会议的通知

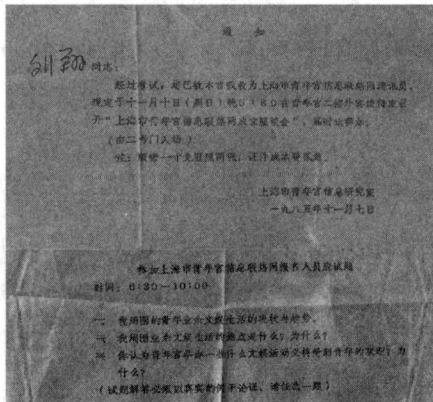

上海市青年宫寄给作者参加青年宫信息联络网成立座谈会的通知和青年宫招录通讯员的考试试题

策提供服务。每次召开通讯员会议，我和马峰便"千里迢迢"地从大杨浦赶到市中心的大世界。当时，交通还不发达，一路奔波颇为辛苦，但我俩从偏僻的长白街道图书室，"打入"市中心黄金地段的市青年宫，颇有"冲出亚洲，走向世界"的兴奋与豪情，路途的辛劳也就不在话下了。更何况那时年轻，脚劲足得很哩！

领衔我们这支通讯员队伍的是青年宫信息研究室的茹炳祥先生，大家昵称其阿炳。他是我们的头儿，以脑子活、点子多而闻名。当年《解放日报》《新民晚报》等各大报的文化娱乐版上，常有他发表的对各类文化现象剖析的重磅文章。1991 年 12 月，还写作出版了一本专门介绍如何游玩大世界的书籍《欢乐的小城——大世界游乐中心掠影》。此书出版后，阿炳十分开心，特地签名赠送给了我一本。

为了让我们能够更好地开展调研活动，阿炳还给我们每个通讯员中办了一张"上海市青年宫出入证"。有了这张出入证，我们便可以随时随地免费进出青年宫了。当时整个社会正处在改革开放的初期，人们业余文化生活还较为单调、枯燥，工资收入也不高，能够拥有这么一张"大世界"的出入证，对我

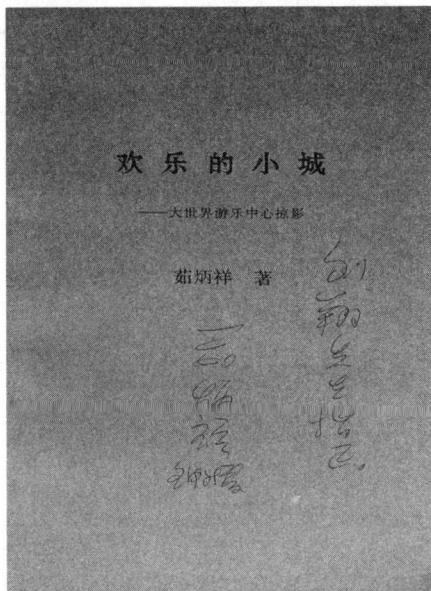

茹炳祥赠送给作者的《欢乐的小城》一书

们来说，绝对是尊享 VIP 的待遇了。

复业后的大世界在保持民族性、大众性、观赏性的传统特色同时，又增添了具有参与性和游乐性的活动项目。主要由"游乐世界""博览世界""竞技世界""美食世界"4 部分组成，共推出 8 大系列的游乐项目。剧场、音乐厅、影剧院、吉尼斯竞技表演厅，每天不间断地轮流上演戏曲、歌舞、杂技、魔术，以及放映电影和吉尼斯竞技表演、自娱自乐等。还有游艺厅、歌舞厅、魔奇世界、桌球房、乒乓房、滚轴溜冰场等琳琅满目的娱乐活动，并有中式餐厅和上海特色小吃廊。特别是 20 世纪 90 年代推出的"竞技世界"中的"大世界擂台"及"吉尼斯纪录擂台"赛，更是吸引了全国各地的绝技高手，创造了世界和国内众多的"唯一"和"第一"纪录。它那强烈的海派文化色彩，以及追求时代气息的娱乐设施，吸引着成千上万的海内外宾客。那时上海举办全市性重大文化活动的开幕式、闭幕式、联谊会、明星见面会等，也都会安排在这里举行。底层的中央露天剧场几乎就是上海的一个文娱活动的"焦点"，每天晚上都是人山人海。

因为有了这张出入证，我就可以想什么时候白相大世界，就什么时候进

作者与马峰合作发表在 1989 年 2 月 1 日《文汇报》上"'五大生'的酸甜苦辣"一文

1981 年 1 月 25 日"大世界游乐中心"开业纪念书签

上海市青年宫通讯员在浙江绍兴咸亨酒店前合影（前排左二拿旗子的为茹炳祥，第二排左二为马峰、后排右六为作者）

去白相，想怎么白相就怎么白相，而且是名副其实的不花钱的白相。年轻人嘛，总喜欢追星。凭着这张出入证，我有幸和当年的影视明星刘晓庆、潘虹、张闽，著名话剧导演胡伟民，演员焦晃、李家耀、刘玉、著名电影导演白沉、史蜀君等来个零距离接触。旁人无法企及的签名、合影等，对我而言也都是"小菜一碟"。因此，亲朋好友们都十分眼红我这张出入证，也曾不断有人想要借我这张出入证混进去免费白相大世界，但均被我一口回绝了。

青年宫方面也许早已料到会有这种情况发生，为杜绝转借他人，不仅在出入证上写有姓名、单位，并且贴有本人的照片。同时，上面还有编号、钢印、上海市青年宫出入证专用章、大世界证件章。更绝的是居然还仿效当时的公交车月票上使用的贴花，每月更换一张。我的这张出入证的有效期是截至 1988 年 12 月 31 日。每次进出时，大门口的门卫都要仔细查验，管理手段可谓"固若金汤"。

而今回想起来，当年大世界的管理层，在全国乃至全球的游客被"不游大世界，白来大上海"这句流行语所吸引，大世界出现游客蜂拥而至甚至"一票难求"的情况下，能够给我们每个通讯员发放免费出入证，应该也是为了社会效益而牺牲了不小的经济效益。当然，我们也没有辜负青年宫领导以及阿炳给予我们这种VIP 的待遇，从来不敢纯粹地为了白相而白相，而是带着任务去白相大世界。大

作者发表在 1993 年 7 月 19 日《文汇报》上的"五光十色的'文学效应'"一文

家撰写了许多如何开展、丰富青年业余生活的调研文章，以及各类书评、影评等，刊登在青年宫的内部小报和团市委的内参上。同时，我运用当时在新闻界十分流行的"大特写"这一文体，撰写或与马峰兄合作撰写的反映当代年青人工作、生活、恋爱状况的各类大特写，亦频频发表在《文汇报》《青年报》《上海团讯》等报刊上。

1986 年 11 月，阿炳从我们撰写的调研文章中挑选了 11 篇，编印成一本《青年业余文化生活现状与趋势汇编》小册子，供青年宫各科室作工作参考，受到了各级领导的好评。其中，收入了我撰写的《话剧，苏醒了》一文。20 世纪 80 年代我国开始改革开放，文学艺术也迎来了春天，话剧创作、演出欣欣向荣，诸如《寻找男子汉》《W.M》《魔方》《红房间白房间黑房间》《三剑客》《天才和疯子》等题材新颖、手法创新，充满现代意识的话剧不断出现，使原本沉寂的话剧舞台开始活跃，广大青年观众对这些剧目表现出浓厚的兴趣和强大的接纳能力。同时，这些话剧也深深地吸引了我这个话剧迷。当时专门演出话剧、坐落在黄河路上的长江剧场，成了我八小时之外必去的打卡之地。此文就是我在观看了大量话剧之后，对话剧市

上海市青年宫信息研究室编印的《青年业余文化生活现状与趋势汇编》

著名导演白沉、胡伟民、史蜀君，著名演员李家耀、刘玉、张闽等在作者收藏的上海青年艺术节首日封上的签名

作者在"寻找梦中的记忆"征文活动中，荣获一等奖的证书与获奖作品集

今日大世界

场的复苏与繁荣，以及话剧和青年业余文化生活的关系所作的剖析。

进入 20 世纪 90 年代，阿炳调到新华社《开放》杂志社去了，我们这支通讯员队伍也自然消亡了。如今，我和当年一起在大世界"混"过的马峰、韦泱、汪凤岭、杨闻、赵达、花世允、倪新伟、陶文杰、沈海冲等通讯员，每每回忆起改革开放初期，我们曾经为大世界的繁荣，为丰富年轻人的业余文化生活而做过一些"调研"工作都颇感自豪。

白相大世界，是留在几代上海人乃至全国人民脑海深处的文化记忆。每年"两会"期间，均有代表、委员呼吁期盼大世界能够早日"复活"，让"海派文化"能在大世界里得到充分的展示，再显辉煌，让人们续圆一个白相大世界的梦想。我们这些当年青年宫的通讯员每次和已经不幸身患重病的阿炳相聚时，总会念叨起大世界的前世今生。得知阿炳病危的消息，我和韦泱兄赶到中山医院时，望着弥留之际的阿炳，心里默念着：阿炳啊！愿你能够早日康复，等到大世界重新开放那天，我们一定簇拥着你，继续到大世界去"调研调研"。

痛惜的是，2016 年底，就在大世界即将重新开放的前夕，茹炳祥先生却因病逝世，永远离开了我们。今天，当我再次走进重新开放的大世界，抚今追昔，就会思念起阿炳，思念起我们在大世界里的日日夜夜……

2017 年，大世界在迎来它的百岁生日之际，终于以上海非物质文化遗产展示中心的崭新面貌，打开了沉睡了 13 年之久的大门。为庆贺这一上海人民文化生活中的盛事，上海大世界传艺中心、黄浦区新闻中心联合举办了"寻找梦中的记忆"征文。我撰写的"大世界：我的青春梦我的母子情"一文有幸获得了一等奖。其实，能够荣获一等奖，并不意味着我的文章如何好，重要的是我用自己的文字，留住了我和母亲记忆中那份永远的情怀。

每个人都有属于自己的青春年代，每个年代都有自己无法逃离的情感眷恋，而每一代青春又都有自己独特的成长定义。回望 20 世纪 80 年代，绝对是一个青春之歌激情荡漾的纯真年代。那些年，我和赤膊兄弟们"肆无忌惮"地聊文学、论音乐、谈人生，一个个都是有模有样的文青。而今，我们这些赤膊兄弟们，有的在机关从事文秘工作，有的成了媒体人，也有的弃文从商，更多的是在企事业单位干着一份平凡的工作，并且陆续开始解甲归田，进入人生的下半场。蓦然回首，我们有过欢乐与悲伤，有过幸福与痛苦，但大家始终怀着一颗平常心，过着普普通通的老百姓生活。

我们的青春不散场，我们永远是从前那一个个少年。我们总会在无数个阳光明媚、风轻云淡的日子，定期不定期地相聚在一起，觥筹交错之中，将生活里的酸甜苦辣，人生中的得意与失意统统灌入酒杯，随后高举起各自手上的那杯酒痛饮而尽，一醉方休，万事大吉。

尘封的日子

始终不会是一片云烟

久违的你

一定保存着那张笑脸

……

赤膊兄弟，情怀依然，涛声依旧。

十六 | 素颜是那个年代商店最高颜值：小辰光长白商店如烟往事

　　"商店"这个词，上海人现在似乎有点不屑一顾，感觉它好像不符合国际大都市的档次，有点"夫妻老婆店"味道。起初人们外出购物还会来一句：阿拉到百货公司去买东西。后来逐渐演变成：阿拉到商厦、超市，到大卖场去兜兜。再后来伴随着互联网而出现的网店异军突起，人们购物开始足不出户，坐在家中点点鼠标，按按手机，需要的东西便会送上门来。在今人的语境里，商店，这种商品销售模式意味着原始与落后，就连"商店"这个词语似乎亦濒临淘汰的边缘。

　　然而，今天的我，每每走进傲然盘踞在五角场城市副中心五个角端的东方商厦、百联又一城、万达广场、苏宁旗舰店、合生汇等大型商业综合体富丽堂皇的殿堂内，总会情不自禁回想起 20 世纪 70 年代至 90 年代那些年，我与杨浦区域内那些大大小小商店的如烟往事。

长白商店

　　我从小居住在杨浦区的长白地区，当年的城市规划者在每个新村规划布局了一个综合性商店，店名就以所在的新村命名。长白新村的就叫长白商店，控江新村的就叫控江商店，鞍山新村的就叫鞍山商店，十分简洁明了。

　　长白商店是居住在长白地区的居民对它的简称，规范的全称是长白新村综合商店。这是一幢坐落在延吉东路、安图路口的回字形环状建筑，中间是一个花圃，作为一个集生活用品、文化娱乐、吃喝玩乐于一体的综合性商业建筑，它是由长白百货店、长白土产杂货店、长白照相馆、长白饭店、长白新华书店，和周边"遥相呼应"的长白浴室、长白菜场、长白豆制品厂等组成的"长白"商业系列。松花新村、长白新村老百姓的柴、米、油、盐、酱、醋、茶开门七件事，只要拎着篮子到长白商店兜一圈，就可以一揽子解决掉。

　　在物资供应十分匮乏的那些年，商店里几乎所有日常生活用品都是需要凭票证计划供应的。五花八门的布票、粮票、油票等，张张关系到一家人家的"生存"状况。在我的印象里，像水产品票、春节年货票等还很"人性"地分为大户与小户，大户能够得到更多的商品供应。户口本上5个人（含5个人）以上就是大户，4个人以下则是小户。我家正好是5个人，也就幸福地跨入大户的行列，享受"多吃多占"的待遇。为此，我经常会在小伙伴们面前炫耀："阿拉是大户！"跟着父母到长白商店去买东西，也会对着营业员高声嚷道："阿拉是大户！"

　　可是，随着20世纪80年代初的改革开放，以及股市的出现，一大批真正的大户诞生后，我就绝对不敢再说"阿拉是大户"这句话了。大户，这两个字没变，可是，含义已经彻底颠覆了，我总算深刻明白了什么才是真正的大户。

　　正因为票证的重要性，所以这些票证都是由父母锁在五斗橱抽屉里精心保管着，唯恐被我和弟妹一不小心弄丢

20世纪90年代的长白百货商场

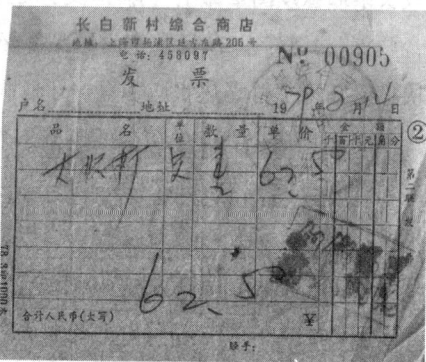

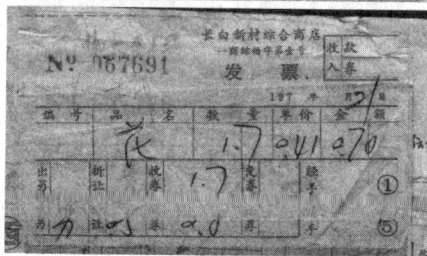

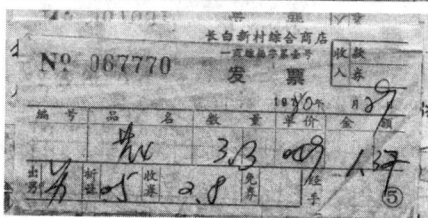

作者父母保存的长白商店老发票

了，导致全家人"吃不饱，穿不暖"。因此，每次到长白商店去买东西，都是由父母亲自小心翼翼地攥着各种票证，从不让我插手。唯独在1976年3月初的一天，母亲郑重其事领着即将奔赴崇明县跃进农场工作的我，到长白商店去购置日常生活用品。

那天，母亲边走边叮嘱我，千万不要把盖有"上海市杨浦区革命委员会知识青年上山下乡办公室"大红印章的粉红色通知书弄丢，因为只有凭这张通知书才能享受紧俏生活用品的供应。

母子俩来到百货柜台前，递上上山下乡通知书，营业员仔细查看后，才从柜台里面取出棉花胎、蚊帐、热水瓶、牙膏等，随后在这张通知书的右下角，用一枚长条形橡皮图章敲上一排小字："已供竹壳热水瓶壹只"，再用圆珠笔写上"牙膏两支"4个字。在日常生活用品都必须凭票购买的20世纪70年代，能够保证供应给知青"竹壳热水瓶壹只、牙膏两支"已经是很优厚的物质待遇了。

长白商店令我印象深刻的还有一个"景点"，就是设在延吉东路进口门厅处的那个阅报栏。这个阅报栏是镜框式的，每天有专人负责更换当天的《解放日报》《文汇报》。我从小喜欢读报，当年这两张报纸上刊登的两篇文章，至今让我难以忘怀。一篇是刊登在《解放日报》"看今朝"副刊（即现在"朝花"副刊，"文革"时改名为"看今朝"）上的由著名海员作家张士敏创作的描写海员生活的短篇小说"虎皮斑纹贝"，另一篇是《文汇报》头版头条刊登的"党内那个最大的走资派还在走"。

如今，当我翻看着父母保存下来的那几张长白商店老发票，以及印有"国营长白摄影"字样用于存放照片的小纸袋，总会怀恋起这幢早已消失的回字形环状建筑，童年时代对杨浦城区的记忆，应该就凝聚在这幢建筑之中。

一枚银光闪烁的五分硬币

我儿时到长白商店去的唯一任务就是和小伙伴们白相。白相？商店里厢有啥好白相的？啊呀，迭格侬就勿晓得了，格段辰光的长白商店实在是忒好白相了。

当年的杨浦区文化娱乐设施寥寥无几，能够让小朋友玩乐的地方更是少得可怜。我和小伙伴们课余时间基本上都是"野"在长白商店。由于该商店是一幢回字形建筑物，各个柜台成环状分布在四周。这种富有变化感的复杂地形，极其有利于我和小伙伴们玩捉迷藏游戏。每天下午放学后，我们就相约在长白商店门口，随后我一声令下，大家迅速分头东躲西藏，从百货柜台躲到五金柜台，再躲到食品柜台，我们疯狂地边大声叫嚷，边在购物人群中穿梭奔走。

"小赤佬，瞎跑八跑做啥！"经常是一不小心撞上大人，在他们的谩骂声中，我们嘻嘻哈哈逃得无影无踪。

令我无比惊喜的是，那天，在玩捉迷藏游戏时，竟然也意外地发现了一个"发财"的秘密渠道。这天我为了更好地隐蔽自己的身影，不顾地上的脏乱，一下子扑倒在一个柜台下面，随后通过柜台和地面的缝隙来观察小伙伴脚步的踪影。哪知，当我瞪大双眼在柜台下朝外观察时，突然一道银光在我眼前闪过。仔细一看，居然是一枚硕大的五分硬币。这枚五分硬币很有可能是哪个大人购物时，不小心掉落下来滑进柜台下面的。

此时的我，目不转睛地盯着眼前的这枚硬币，不由心猿意马了，心跳顿时就加快起来。那个年代，五分钱绝对是大钞，如果加上两分钱就可以买一副美味可口的大饼油条了啊！

于是，脑子里开始盘算着怎么设法把这枚硬币从柜台下面挑出来，然后大方地买包零食犒劳犒劳小伙伴们，完全没有心思去察看小伙伴的动向了。但转念一想，千万不能这样做，自己不是经常唱"我在马路边捡到一分钱，把它交到警察叔叔手里边"的儿歌吗？现在不是一分钱，而是五分钱啊！我一旦把它挑出来买零食吃，算不算小偷行为呢？

就在我痛苦地犹豫不决之时，小伙伴一声"不许动，举起手来！"，已经一把将我捉拿"归案"。可我却丝毫没有输掉捉迷藏游戏的沮丧。走在回家的路上，我兴奋地将发现那枚五分硬币的秘密告诉了一个绰号叫"大头"的小伙伴。谁知，"大头"当即讥笑我是"憨大"，有钱不捡是"猪头三"。然后立即在路边找了一根小棍子，硬拖着我返回长白商店，来到那个柜台前，趴在地上搜索那枚五分硬币的踪迹，设法将其挑出来。

遗憾的是，"大头"俯卧在地上，全神贯注地在柜台下面搜索了半天，也没

找到那枚五分硬币。直到被营业员发现，猛喝道："小赤佬，侬勒做啥？"准备
将其当作小偷抓起来，他才迅速从地上爬起来，使劲挣脱营业员的手，慌忙逃出
商店。一路上"大头"气得不停地痛骂我是个大骗子，为此，我俩差点就在马路
上动手打起来。

从这以后，我每次到长白商店玩捉迷藏，总会有意无意地俯身朝柜台下面瞄
上几眼，盼望眼前能银光闪烁，出现硬币，哪怕是一分钱也行。同时，也提醒小
伙伴们一定要瞪大眼乌珠，随时发现硬币。但这种地上冒出来的"发财"机会却
再也没有出现过。20 世纪 70 年代的一分钱也是一笔"巨款"，大人们都会小心
翼翼保管好自己的钱包，哪会随便丢失呢？这样一来，我只能在梦境里寻找硬币
了。那枚"得而复失"的五分硬币，也就成了我和我的小伙伴们儿时记忆中永远
的懊闷痛。

照相馆、菜场、豆制品厂

现在想来，儿时到长白商店最开心的事情，就是父母领着我和弟妹到长白照
相馆去拍照片这档事了。那个年代，拍照片对一个家庭来说绝对是奢侈性消费。
但热爱生活的父母省吃俭用为我和弟妹拍了不少照片，包括一家三代的全家福照
片。如今，每当我翻看这些颇具历史感的老照片，绵绵思绪仿佛穿越在悠长的时
空隧道里……

从长白商店延吉东路的大门进去，沿左手的扶梯上去就是长白照相馆。最初，
它只是仅有两间门面的摄影室，一间房间专门做拍摄用，另一间则是接待顾客兼
存放衣服、玩具等拍摄道具的房间，后来随着营业面积扩大才有了"馆"之称。
当时的照相机，都是一个可以前后左右推拉的立地式"大箱子"，摄影师在拍摄
小孩照片时，为能让顽皮好动的小孩取得最佳拍摄效果，都有一个拿手绝活。他
们左手握着一个类似像皮球的照相机快门，右手挥动着挂着各种小铃铛的圆环，
不停地说："小朋友笑一笑，笑一笑。"然后，出其不意地"咔嚓"一声，"拍
好了！"一张摄影杰作随之诞生。

为了招揽顾客，长白照相馆还精心挑选了数十张由该馆摄影师拍摄的人像作

品，放在底楼橱窗里展示。有黑白的，也有彩色的。据母亲讲，我那张身穿水兵服、坐在木马摇椅上的一周岁纪念照，也曾经在橱窗里展示过很长时间，并且在长白地区引起过小小的轰动。邻居和父母的同事看到后纷纷称赞："哦哟，俆翔翔格双眼睛长得老大啊！"父母听得心里开心得不得了。

"呵呵！活脱一个可爱的小鲜肉嘛。"现在自己看看这张照片，依然有点暗自得意。可惜的是，那双长得老大的眼睛却因自己读书时不注意爱护，患上近视眼而变得越来越小，最终害得自己在中学毕业报名参军体检时，因近视眼而被刷下来，只好到崇明岛跃进农场去战天斗地。为此，晚年的母亲还时常会指着我鼻子上的"架梁"责怪："有一句经常讲的话，要像爱护自己眼睛一样爱护什么什么的，侬现在后悔也来勿及了吧？白白浪费了小辰光的迭双大眼睛了。"

十分感谢父母在我一周岁时，在长白照相馆给我拍了一张身穿水兵服的靓照，使得自己心底烙下了当一名海军战士的梦想。前文曾经说到，参军不成，但参军梦依然挥之不去。无奈之下，只得在 1977 年夏天，趁在青岛海军部队服役的程兄回沪探亲时，借其的水兵服，

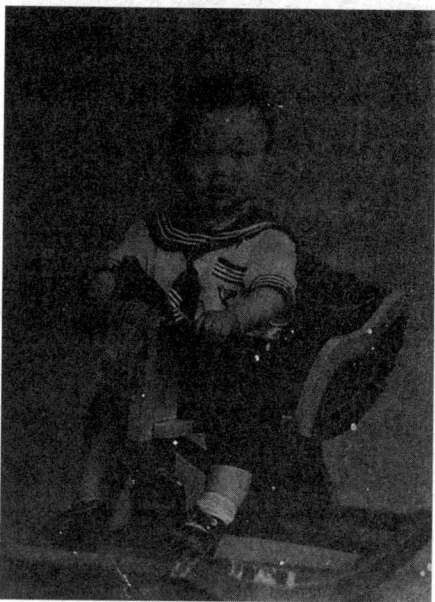

作者一周岁时，在长白照相馆拍摄的身穿水兵服，坐在木马摇椅上的纪念照

长白照相馆用于存放照片的小纸袋

20 世纪 50 年代，作者父亲在长白摄影室、母亲在红光照相馆拍摄的人像艺术照

握着一支气枪，跑到吴淞口炮台湾长江边，装模作样地持枪伫立，拍了一张"我为祖国守边疆"的照片。参军梦，应该就是我最原始的"英雄梦"。

在父母的卧室里，一直悬挂着两张镶嵌在木质镜框的人像艺术照，那是他们在 20 世纪 50 年代拍摄的。父母十分喜欢这两张照片，每次搬家，都会把照片悬挂在卧室的醒目处。可令我纳闷的是，这两张拍摄风格完全一致的人像艺术照，为何当年不是在同一家照相馆拍摄，而是分别在长白照相室和红光照相馆拍摄的呢？据父亲回忆，当年他和母亲是决定一起到家附近的长白照相室拍照的，但是，追求完美的母亲来到长白摄影室后，听别人说，平凉路上沪东工人文化宫对面的红光照相馆档次高、名气响，而且摄影师是南京路赫赫有名的王开照相馆老板的后人。长白照相馆只是一个小小的摄影室，摄影师水平不灵，档次不高，母亲便执意要到红光照相馆去拍照。年轻气盛的父母意见不合，一气之下，他们便各自分头在这两家照相馆拍了照。

今天，我仔细端详这两张照片，感觉这两家照相馆摄影师的水平难分伯仲，从画面中可以看出摄影师在人物面部表情、眼神捕捉、灯光运用上均显示出一种精益求精的工匠精神，放在一起绝对有"珠联璧合"的艺术效果。随着岁月的流逝，照片中的父母形象愈发凸显出时光穿越所积淀而成的厚重历史感。

拍照，在 20 世纪七八十年代是老百姓日常生活中非常隆重的"盛大"事件。社会发展到今天，随着小康社会的全面建成，拍照这件事根本就不是事了，你随身背着一个单反照相机，或者拿着手机，走到哪里就可以拍到哪里，随心所欲，想怎么拍就怎么拍，"咔嚓"一声，就能秒传给亲朋好友。而储存在我童年记忆之中的那个可以前后左右推拉的立地式"大箱子"照相机，只能在历史博物馆珍藏的展品中去寻找和参观了。

2017 丁酉年春节，一张在微信朋友圈流传的"1982 年春节定量商品供应目录"，一下子把我的记忆拉回到了儿时的长白菜场。上海人把菜场叫作小菜场，当年的菜场都是设在马路两边的"马路菜场"。长白菜场也是设在图们路的上街沿，人们拎着菜篮子穿行在一长串的简易棚子前买小菜，人声鼎沸，熙熙攘攘颇有海派市井风味。后来随着周围新村人口的不断增多，20 世纪 70 年代又在松花江路、延吉东路口建造了一座室内的松花菜场，但它还是属于长白菜场的一个分场，规模不大。

我家居住在松花新村时，虽然松花菜场就在边上，可父母买小菜还是喜欢到长白菜场这个中心菜场去买。那里货源、品种，乃至人气都胜于松花菜场。买小菜这件事，对我们小孩来说，任务就是打前站排队。在计划经济年代，排队是中国的一大特色景观，无论买什么东西都必须排队。到小菜场去买菜，买蔬菜、买水产品、买肉，哪怕仅仅是买一根葱，你也必须老老实实地排队。因此，每到逢年过节买小菜，我和小伙伴们便深更半夜就到菜场门口排队，等到早上五点半菜场开秤后，祖父或者父母便拎着菜篮头，笃悠悠地前来购买。当然，我们也经常利用排队之便，给邻店的爷叔阿姨提供插队机会。每当此时，他们就会喜滋滋地夸道："小弟，侬老乖的哦！"也有的会从口袋里掏出几颗糖果犒劳我们。

现在想来，"开后门"这种社会现象，最早或许就是源自于计划经济年代的排队。由于插队"开后门"逐渐增多，吵相骂也多了起来，双方兄弟多的人家，几个兄弟一起上阵豁上，也就发生了打群架，直至被警察弄到派出所关起来。见此状况，我也不敢随便让那些爷叔阿姨插队了。据一位老警察说，当年治安案件最多的就是小菜场、商店里因开后门插队而引发的斗殴事件。

　　后来，不知哪个聪明鬼大人发明了"以物代人"排队法。头天晚上先在菜场摊位前放上一块砖头、一只板凳、一个破篮头等来代替人排队，等到开秤前几分钟，才晃悠悠地走过来，指着地上砖头对排队的人说："呶，阿拉排着格得啊！"众人见有实物证据在，便也哑口无言。这样，此人足足要比别人多睡好几个小时。

　　这种"以物代人"排队法，很快就风靡起来。可是，对此法，我等亲自出马排队的几个小赤佬却很不买账：阿拉披星戴月地辛苦排了半天队，伊拉凭砖头、板凳、篮头就"后来居上"，太不公平了。于是，我们经常在夜幕的掩护下，飞起一脚把那些砖头、板凳、篮头踢得远远的。那些人看到自己排队的实物证据没有了，只好乖乖到后面去排队了。可是，大人永远比小孩"诡计多端"。几天后就有爷叔阿姨拿着一根长长的绳子，把那些砖头、板凳、篮头串联起来，并派一个代表坐镇值班。这样一来，我和小伙伴想搞"破坏"也无从下手。再后来，随着各类票证被取消及商品供应不断丰富，排队现象也就日益减少。最终，上海市政府决定取消马路菜场，建立标准化室内菜市场，长白菜场和上海无数的马路菜场一样，从上海人的生活中消失了。

　　今天，人们买菜、购物不仅可以去菜场，还会选择去各种大卖场或超市，琳琅满目的商品让你尽心选购。星星不是那个星星，菜场也不是那个菜场了，菜场，再也不是上海人眼里过去那种乱哄哄的小菜场了。各种互联网技术早已渗透到菜场管理与购销环节之中。而摸黑起床，赶到菜场争先恐后把砖头、板凳、篮头串联起来排队，则成了档案馆收藏的一个历史传说。现在的80后、90后、00后，听爸爸妈妈"讲那过去菜场故事"一定会大跌眼镜，惊呼一声"哇塞"！

　　位于延吉东路、图们中学边上的长白豆制品厂，虽然与我家近在咫尺，但与我家除了市场供求关系之外，并无其他什么关系。这是一家生产各类豆制品的商办工厂，杨浦全区老百姓每天吃的豆制品都是由该厂生产供应的。唯一能够让我印象深刻的，是每次路过厂门口时就会看到从车间里飘拂出来的白色水蒸气，以及弥漫在空气中的浓浓豆类气味。我在市商业学校就读期间，曾经于1979年12月15日至1980年1月15日在该厂财务科实习过一个月，从而也就和这家厂有了"社会关系"。

　　带教我实习的老师是位姓程的财务科科长，他是"文革"前毕业于上海财经学院的高材生，长相敦厚儒雅，戴着一副眼镜。虽然与其相处仅短短一个月，却让我感受到了老一代知识分子那种特有的气质。实习结束时，他特意到长白商店购买了一本红色硬质日记本，代表厂"革委会"赠送给我，并在扉页上题写了一段赠言：

　　刘翔同学，来厂实习，转瞬一月，在这具有历史意义的八十年代第一春，当你踏上新的工作岗位之际，祝愿你更好学习和工作，为祖国四个现代化而努力！

　　长白豆制品厂早已不复存在，但这本日记本我珍藏至今。每当看到扉页上程科长的简短赠言，其中"具有历史意义的八十年代第一春"这句话，总让我动容。万物复苏的 1980 年代，在中国历史发展的进程中具有特殊的意义，他一定是深思熟虑后才写下这句话的，从中折射了一个老知识分子对开始迈出改革开放步伐的国家，流露出殷殷期盼的家国情怀。

我的最爱：长白新华书店

　　在长白新村综合商店系列里，新华书店是我最爱去的地方。这家书店位于回形建筑最右边的位置，只有一间狭长的小店堂，五六个人在里面就显得拥

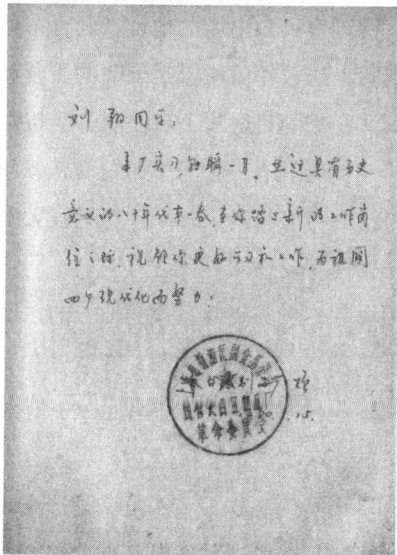

长白豆制品厂赠送给作者的日记本和扉页上题写的赠言

挤不堪了，当年父母给我的一点零用钱全部都用在这家书店了。

1979 年 5 月，上海文艺出版社将王蒙《组织部新来的年轻人》、陆文夫《小巷深处》、邓友梅《在悬崖上》、流沙河《草木篇》、刘绍棠《西苑草》等"文革"中被打成"反党反社会主义"大毒草的小说汇编成《重放的鲜花》一书出版，责任编辑是著名编辑左泥先生，印数高达 10 万册，该书面世后在社会上引起了巨大轰动。在报纸上看到这条消息后，我在 7 月 7 日的第一时间到长白新华书店花了 1.15 元购买了此书。

捧着这本在市场上颇为热门的紧俏书，我既兴奋又激动。因为，此书收入的都是建国后一些著名作家的小说，我只是"文革"时从报刊上的大批判文章中看到过小说的题目，根本就读不到原作。如今，这些优秀作品重见天日，大家纷纷抢购，一时"洛阳纸贵"，在市区一些大的新华书店早已脱销。好在长白新华书店处在上海的偏僻角落，不引人注目，使我得以侥幸购得。我请营业员在此书的封底盖上杨浦新华书店纪念戳，纪念戳以毛泽东手书体"新华书店"4 个字为主体，底部刻有长白书店的地址"延吉东路 345 号"，并以一本翻开的书籍为造型（其实盖上这枚印戳主要是表明购买者和书店银货两讫了）。兴高采烈地回到家后，我又在书的封底写上自己的名字与购买日期。

当时我有一个习惯，每次从新华书店购买一本新书后，总要在书的封底写上自己的名字与购买日期。那时候大多数人经济能力有限，看书主要还是向图书馆和亲朋好友借阅。我喜欢购书，同学、朋友也就经常向我借书。可是，许多书借出去就一去不复返，成了他人的"收藏品"。因此，为表明每本书是我刘翔的私人物品，"小气"的我，便通过在书上写上自己的名字和购书日期来显示对此书的"主权"，这样借书者也就不好意思只借不还了。著名散文家秦牧的《艺海拾贝》、苏联作家巴乌斯托夫斯基的《金蔷薇》、童恩正的科幻小说《古峡迷雾》，和《天安门诗抄》《陈毅诗词选集》《朱德诗选集》等好书，就是采用这种"手段"后，才得以完好保存至今的。

粉碎"四人帮"后，冲破文化禁锢，人民美术出版社出版了一册意大利文艺复兴时期著名雕塑家米开朗基罗的经典作品画册，封面就是那座举世闻名的雕塑杰作《大卫》。画册制作精美，用铜版纸印制。年少的我，虽然对艺术家创作的这幅雕塑作品的主题并不完全理解，但当我一眼看到那个肌肉发达、体格健壮匀称的全裸青年壮士，顿时被震撼了。他英姿飒爽地站立着，左手拿石块，右手下垂，头向左侧转动着，面容英俊，炯炯有神的双眼凝视着远方，神态勇敢坚毅，身体、脸部和肌肉紧张而饱满，身体中积蓄的青春力量仿佛随时将爆发。这是我第一次看到成年男子的裸体，心惊肉跳，目不转睛地盯着"大卫"愣住了："这可是一本黄色画册啊！"

"小朋友，你要买什么书？"一声亲切的叫唤，将我从冥想中唤醒，一位中年女营业员微笑地望着我。

"阿姨，我，我……"此刻的我，满脸涨得通红，双眼紧紧瞪着书架上那本画册，支支吾吾地不知说啥是好。好在这位营业员经验丰富，很快就明白了我的意图。她转身从书架上取下那本画册，笑容可掬地递给我："小朋友，是这本对吗？"

"是，是额。"我结结巴巴地答道。随后迅速掏出口袋里全部的零用钱放在柜台上："阿姨，这点钱够吗？"

"够了，够了，还多两分钱啦！"女营业员拿起这本画册，并善解人意地用一张牛皮纸包扎好放到我手中。走出书店，我小心翼翼把画册塞进胸口的内衣里，生怕被别人看到我买了一本"黄色"画册。

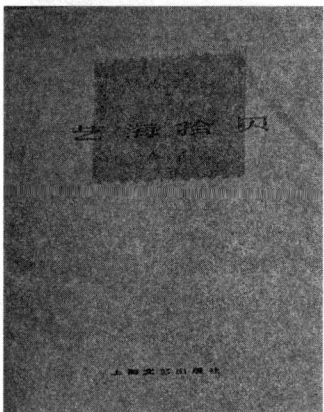

作者在长白新华书店购买的《重放的鲜花》等书籍

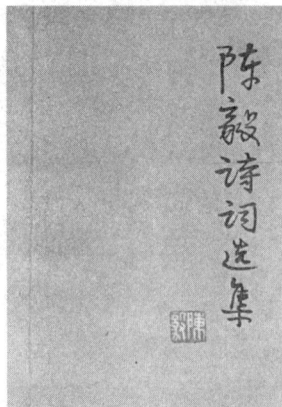

作者在长白新华书店购买的《朱德诗选集》等书籍

一路奔跑着回家。当天晚上，我躲在被窝里，不停地翻看着画册，直至凌晨，依然兴趣盎然。感谢米开朗基罗，是你给了处在混沌年代的少年第一次性启蒙。岁月荏苒，我当年购买的许多书籍都还在，唯独这本画册翻箱倒柜寻了半天也不见踪影。也许正是因为我将这本"黄色"画册珍藏得太隐蔽，不想让别人发现，最终连自己也不知把它藏在哪里去了。但它一定还"沉睡"在某个角落，静静地等待重见天日，与我重逢。

在寻找那本米开朗基罗作品画册的同时，我还在家里寻找另一本在长白新华书店购买的书——1974年7月由上海人民出版社出版的短篇小说集《农场的春天》，但同样也找不到了，估计是从农场返回市区上学，整理行李时遗失了，为此我沮丧了好长时间。1976年4月8日，我就是怀揣着这本书，踏上崇明岛上的跃进农场，迈开了人生第一步的。从某种意义上说，此书是我的一本人生教科书。

后来总算在一家旧书网上花"高价"购到了此书，心里才释然。捧着快递小哥送来的已经出版了整整40多年的这本旧书，真是百感交集。虽然这本《农场的春天》不是我当年购买的原书，但望着那熟悉的封面，岁月仿佛又重新回到20世纪的70年代。年轻的我，对即将开始的海岛农场生活充满着新奇与憧憬。可是，对未来自己工作和生活的农场环境究竟是怎样的，则是一无所知，那时的崇明岛对市区居民而言，是很"遥远"的。因此，迫切想恶补一下这方面的知识。

那天在长白新华书店看到书柜上陈列着《农场的春天》，封面上肩扛铁锹、身穿红衣、英姿勃发的男青年，一下子就吸引住了我的目光。连忙请营业员拿来一看，此书系上山下乡知识青年创作丛书，由上海市市属国营农场三结合创作组编辑，书内15篇短篇小说，全部是由崇明等地农场知青创作的。太巧了，此时的我正需要这类"专业对口"的书，来增加对即将开始的农场生活的感性认识。于是，我毫不犹豫地掏出身上仅有的一元钱零用钱递给营业员，花五角二分买下了这本书。几天后，我便将此书作为随身的重要行李之一，乘上了驶往崇明岛跃进农场的双体客轮。

在1年10个月的农场生活中，这本书始终陪伴着我，而且我发现很多农场知青都有这本书。书中18名农场知青作者用饱含激情的笔触塑造出的在上海国营农场这个广阔天地里、锻炼成长为战天斗地的先进青年的艺术典型，成了我的精神榜样。当迷惘、苦闷时，我便从这本书的英雄人物中去寻找榜样的力量。因此，第二年我就获得了"农业

短篇小说集《农场的春天》封面

目　次

短篇小说集《农场的春天》目录

学大寨"先进个人。同时，喜欢文学写作的我，开始写稿、投稿，梦想着有朝一日也能像书中的作者一样，参加市属国营农场三结合创作组。

40多年后，重新捧读《农场的春天》这本书，审视当年自己阅读此书的心态，似乎觉得有点荒唐和可笑，但这确确实实就是那个时代农场知青的真情实感。后来我在2018年5月7日出版的《文汇读书周报》上，读到这本书的作者之一王周生，在记叙我国近代著名出版家邹韬奋之女邹嘉骊编辑生涯的"被文字浸润过的人是美丽的"一文，才知道"市属国营农场三结合创作组"中的"三结合"，原来是由农场知青、专业作家郭卓、出版社编辑邹嘉骊"三驾马车"组成的创作组。当年，如此组合的创作、编辑团队，在文学创作中是一个被广为推崇与赞誉的"新生事物"。

我还惊喜地发现，封面装帧设计者是当今著名的旅美画家徐纯中，他也曾经是崇明前进农场的一名知青，插图与题花的作者现在也都是知名画家。书中的作者孙颙、王小鹰、王周生、杨代藩等，都已是活跃在当代文坛的著名作家。不知他们是否已经淡忘了当年创作的这些留有自己青春时代"印迹"的作品，但作为曾经的数万农场知青大军中的一员和文学青年，我依然深深地惦念这本书，感谢他们在特殊年代创作的精神食粮，为广大农场知青荒芜的精神家园"播"下了一抹绿色。

当然，说惦念，而不是怀念，实乃此书毕竟还留有"文革"印记，在文学创作"三突出"的指导思想下，小说的主题和人物塑造均充满着阶级斗争的硝烟。如果用现今价值观来评判这本书，肯定是有争议的，但我觉得这种争议是历史学家和文学评论家的事。不管怎样，这本当时印数高达20万册的书，对一代年轻人，尤其是广大农场知青来说，在他们的青春记忆中是永远不会磨灭的。在理想、前途渺茫和文化贫瘠的年代，这些知青作者们毕竟还是十分虔诚地用自己手中的笔致青春。现在想来，这本《农场的春天》，也应是我的一本励志之书了。

如今，这家简陋的小书店随着其母体长白新村综合商店一起，早已消失在杨浦区老百姓的视野之中。取而代之的是各类宽敞、时尚的网红书店不断出现在杨浦大地上，人们纷纷前往那里打卡、购书。徜徉在浩瀚书海里，伴随浓浓的咖啡清香，尽情享受着阅读带来的美好精神生活。书店的演变，同样折射出一个城市飞速发展的缩影。

20世纪80年代中期，由于长白地区居住人口不断增长，为改善老百姓的购物环境，杨浦区政府拆除了这座简陋的回字形环状建筑，原地建造了一幢颇具现代感的百货大楼，长白商店也改名为长白百货商场。如此一来，20世纪50年代就诞生的长白新村综合商店，内涵与外延都扩大了，给人一种上档次的感觉。尤是百货商场底楼沿着延吉东路那一排琳琅满目的橱窗，不仅吸引了老百姓的眼球，也给寂寞清冷的延吉东路增添了一道亮丽的风景线。再后来，随着控江路商业街的兴起，以及人们对生活品质追求的提高、消费习惯的改变，长白百货商场的客流量日趋减少，最终只得永远关门打烊。这座曾经被长白地区老百姓引以为傲的百货商场，不久后，便被夷为平地，建造起了住宅楼。

岁月很短，记忆很长。

商店，不仅是商业最初发展的一种模式，也是商品流通的重要环节。作为一名上海市商业学校的毕业生，且在杨浦区审计局商业审计科工作多年，杨浦区内的市百三店、朝阳百货公司、一文阁文教用品商店、大庆食品店等骨干商业企业，都曾经留下我的工作足迹，自己好歹也算是商业领域的业内人士了。回眸那些年，我感觉在人们钱袋子还不鼓囊的年代，上海老百姓逛商店主要还不是购物，而是喜欢人看人轧闹猛，还有就是欣赏琳琅满目的橱窗。那时的橱窗展示绝对是一种凝固的艺术品，这些橱窗艺术均由商店的专职美工师傅精心设计布置。随着时代发展，尽管商品销售模式、流通渠道已经从最初的商店到百货公司、商场、商厦、超市、大卖场，直至集吃喝玩乐于一体的巨无霸商业组合体"航母"，更有坐在家中按揿手机，快递小哥很快就由送货上门的网店。但在"固执"的我看来，还是那句话：万变不离其宗，其本质与内核只是套上了一件时髦"外衣"的一家家"原始"商店而已。商店，这个如今在许多人看来似乎有点老掉牙词组的内涵与外延依然没有改变。

闲笔记往事，最忆是商店。素面，就是那个年代商店最高的颜值。回忆与杨浦区那些商店内外的如烟往事，总有一种情怀让我沉湎。

十七 | 回望"沪东"那些事：沪东
工人文化宫、沪东状元楼、
沪东电影院

杨浦区位于上海市的东北部，上海的简称是"沪"，因而，上海人只要说起"沪东"这两个字，眼前必定会浮现出大杨浦的"波澜壮阔"。但是，我拿来说事的沪东，并非纯粹地理意义上那"一望无垠"的沪东大杨浦，而只是从我个人生活的视角去"瞭望"坐落在杨浦区的平凉路上，以"沪东"两字冠名的那三幢堪称 20 世纪该城区地标性建筑的沪东工人文化宫、沪东状元楼、沪东电影院。

沪东工人文化宫位于平凉路的东面，它和周边的市百三店、杨浦区图书馆、杨浦电影院、杨浦酒家等组成了东部特色的文化、商业中心。沪东状元楼、沪东电影院位于平凉路西面的"八埭头"区域，它们则与周边的和丰泰百货店、协泰祥绸布店、宏大鞋帽店、同保康国药号、老大同南货店、康明照相馆等一批老字号商店构成了西部特色的文化、商业中心。一东一西，各领风骚，形成了昔日沪东商业、文化的"一带一路"。曾经有着"杨浦南京路"美誉的平凉路，在以其自身的辉煌和荣耀见证杨浦城区发展兴衰的同时，也深深烙下了我个人的时光记忆。

沪东工人文化宫：走路去杨浦"大世界"练就"铁脚板"

沪东工人文化宫坐落在平凉路 1500 号，上海人通常简称为东宫。说起这个东宫，它的知名度在上海即使说不上妇孺皆知，但至少也是名震一方了。出生于 20 世纪 50 年代到 80 年代，生活在杨浦、虹口一带沪东地区的市民，对东宫都有着浓重的情结，一句"走，到东宫白相去"，是他们八小时之外的口头禅。那时公共交通不发达，杨浦区还属于上海的"远郊"，杨浦的老百姓把到南京路、淮海路等"上只角"繁华闹市中心去购物、逛街都称为"到上海去"。就连复旦大学大名鼎鼎的谭其骧、贾植芳两位教授，也在自己的日记中，把从杨浦区去市区写成"入市"和"进城"。

对我来说，除了逢年过节到南市区的外婆家外，基本上就是去东宫。因为到大世界、人民广场、南京路、外滩等上海好白相的地方去白相，要换乘两三辆公交车，折腾好几个小时，弄得人吃力煞。于是，"家门口"几乎天天锣鼓喧天、歌声嘹亮的东宫，也就成了杨浦市民最喜欢去白相、去轧闹猛的好地方。

工人文化宫是中华人民共和国成立后诞生的新生事物，首任上海市市长陈毅指示，要将其办成"工人的学校与乐园"。沪东工人文化宫1957年2月由上海市总工会拨款250万元建造，建筑面积1.63万平方米，1958年10月1日正式落成对外开放。它和上海市工人文化宫、沪西工人文化宫一起，形成了三足鼎立的工人文化娱乐乐园。杨浦区是上海市最大的工业区，集居了大批的产业工人。那个年代，工人群众的业余文化生活十分单调，东宫的存在，极大地丰富了工人群众的精神、文化生活，

更新改建前的沪东工人文化宫

如今的沪东工人文化宫

给他们辛勤劳作之余的枯燥日子，抹上了亮丽的色彩。因而，在广大工人群众的心目中，东宫就是阿拉大杨浦的"大世界"。

东宫虽然是一座工人文化宫，但并非只有工人才可以进去游玩。这座面向所有老百姓开放的"杨浦大世界"，每一寸土地上都留下了我青春的足迹。记得住在松花新村和长白新村时，我正在读小学与中学，每逢星期天和寒暑假，经常独自一人或和同学结伴到东宫去游玩。我居住的新村地处杨浦区的边缘地带，松花江路、延吉路，与东宫相距大约四五公里，总感觉距离有点"遥远"。其实，在今天看来，这点距离真不算什么，开车的话，不堵车十几分钟就到了，乘坐公共汽车也就半个小时左右。可是，在20世纪七八十年代，长白、延吉、控江等新村均还是"都市里的村庄"，新村周围被大片的农田、菜地所包围，有的新村直接就与浣纱浜大队、长白大队、控江大队等农业生产队相邻，甚至还可以在路边看见养猪棚、粪池，以及隐匿在田野中的碉堡。这些抗日战争和解放战争时期遗弃下来的碉堡，是我和小伙伴们玩捉迷藏游戏的"天然工事"，因此，绝对是属于"乡下"范畴。

为了能省几分钱的公交车铜钿做零用钱，我和小伙伴们到东宫去白相，基本都是徒步去的，然后再走回家。那时的我，年轻力壮，浑身是劲，根本不把甩开脚大步走路当回事。当时，老师经常教育我们要学习和发扬红军的长征精神，"苦不苦，想想红军两万五"，在这种精神的鼓舞下，偶尔真的走不动了，就会情不自禁地背诵毛主席七律《长征》中的名句"红军不怕远征难，万水千山只等闲"来激励自己。很多时候，我在用伟大领袖的诗句激励自己之余，常常还不忘自责一句："难为情哦？像侬连走路这种苦都吃不起的人，长大怎么能当解放军战士？"当一名保家卫国的解放军战士是我儿时的梦想。

就这样，我一边背诵毛主席诗词，一边迈开脚步继续走。走啊走，很快就走到东宫的大门了。回家时，也是一边走一边背诵。由此练就的一副"铁脚板"，在全国大中小学生大规模的野营拉练中，不仅使我能大步流星，更能让我疾步如飞。当然，现在想想，或许还与父母给我起的"刘翔"这个名字在暗助神力有关吧。没料到，多年后居然也有一个叫刘翔的110米跨栏世界冠军的"后浪"和我的名字"撞衫"了，也许名字里带"翔"的人，天生就该是一个"飞人"吧！

　　每个星期天或者寒暑假，我基本上都会沿着延吉路，转到控江路，再顺着隆昌路，穿过长阳路，然后直奔沪东工人文化宫所在地——平凉路。当年还很"农村"的杨浦区，四处飘浮着近郊村野的乡土气息。为了节省时间，我经常会抄近路，直接穿行在田埂上往返于东宫。头顶碧蓝的天空，望着一望无垠的田野，绿茵茵的青菜、黄澄澄的油菜花在微风的吹拂下轻轻地摇曳着，仿佛沉醉在诗情画意的桃花源。走着，走着，便会兴高采烈地吟唱起那首脍炙人口的台湾校园歌曲《赤足走在田埂上》——

　　黄昏的乡村道上

　　洒落一地细碎残阳

　　稻草也披件柔软的金黄绸衫

　　远处有蛙鸣悠扬

　　枝头是蝉儿高唱

　　炊烟也袅袅随着晚风轻飘散

　　唱着，唱着，便走到了东宫的大门口。

　　唱着，唱着，便走到了家门口。

　　再后来，家里经济条件好转了，父母买了一辆自行车，我便骑自行车去东宫了。蹬着那辆崭新的永久牌 18 型自行车，我得意洋洋按响双铃，"滴灵灵，滴灵灵"，一路飞驰在大街小巷。骑到隆昌路杨浦公园后门，遇到进出公园的人群时，马上"人来疯"起来，放慢车速，故意猛按车铃，引来无数路人的注目："乖乖，迭个小赤佬踏的是 18 型啊！"众人羡慕、惊叹的目光，让我扎足台型，大大满足了一个少年的虚荣与轻狂。那个年代的一辆 18 型永久牌自行车，绝对等同于今天的一辆宝马或奔驰轿车啊！

　　到了东宫，我小心翼翼地把这辆"豪华"自行车寄放在停车处，随后直奔两楼的图书报刊阅览室。那时的东宫阅览室真够大的啊！几乎占据了两楼的大半个楼面，我在里面一坐就是半天。20 世纪 80 年代，上海市掀起了"振兴中华"读书活动热潮，《解放日报》《文汇报》均以整幅版面刊登有奖读书知识竞赛题。奖品小到一只茶杯，大到一台电视机或冰箱，十分诱人。为了从报刊图书中寻求答案，东宫的图书阅览室经常是人满为患。我在其中不亦乐乎，废寝忘食地查找资料，寻求答案。那时，东宫举办的文学、美术、摄影等讲座，也深深吸引着我。我也不知道，那时自己为何会对阅读如此迷恋，对知识如此"贪婪"，而东宫的阅览室恰恰又为我的这种"贪婪"提供了广阔的舞台。

1988 年初，东宫创办了一份《东宫报》，我亦隔三差五在上面刊载一点散文、随笔之类的小文。虽然这仅是一份内部发行的小报，但在沪东地区的机关和企事业单位，乃至整个上海工会系统中的影响还是很大的。1995 年《东宫报》出刊 100 期时，从中精选出一些佳作汇编了一本《群文集》，拙作"我的一把二胡"有幸被收入其中。

1999 年 8 月，由上海市政府、市总工会和杨浦区政府联合投资 7800 万元，东宫开始进行全面的更新改建。2001 年 7 月 3 月，改建竣工开放后的新东宫建筑面积增加到 2.8 万平方米，成了沪东地区的一个新的文化地标。随着东宫硬件设施的更新，其软件也同步开始提升。这座曾经"摇"出胡万春、毛炳甫、俞天白、程乃珊、毛时安、罗达成、忻才良、管新生等作家的"摇篮"，相继成立了新东宫文艺创作中心、杨浦区作家协会等社团，依然勤勤恳恳地为杨浦文学艺术的繁荣摇啊摇。而我作为

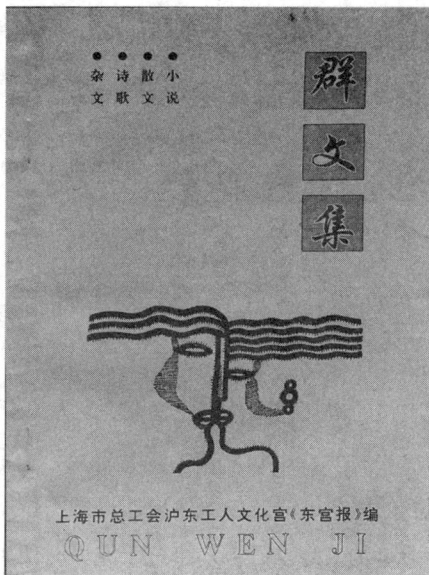

东宫编印的《群文集》

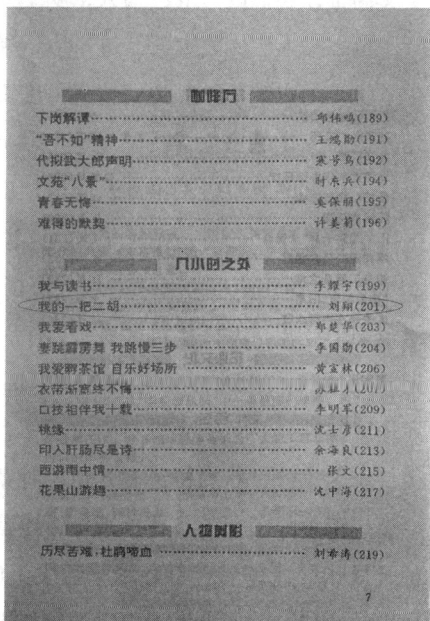

东宫编印的《群文集》中收入作者"我的一把二胡"一文

上海市作家协会会员和杨浦区作家协会会员,至今依然和东宫有着割不断的情丝。不忘初心,继续前进的东宫,永远是我和我的父辈们心中的一块文化圣地。

沪东状元楼:何处寄放经典宁波菜的"乡愁"

沪东状元楼坐落在平凉路403号。早在1921年,它就开设在平凉路的"八埭头"地区了。由于上海已有多家以"状元楼"命名的甬帮菜馆,所以,开在杨浦区的状元楼就用"沪东"来命名了。当年的沪东状元楼与曹家渡的沪西状元楼、西藏中路的甬江状元楼三足鼎立,成为沪上具有地道宁波风味的3家著名老字号菜馆。

状元楼、状元楼,顾名思义,一定和状元脱不了干系。曾经就状元楼这一店名的由来询问过杨浦区史志办的一位朋友,他介绍说,传说清乾隆年间,有几位浙籍举人赴京赶考,路过宁波城时便到甬江边的三江酒楼小酌。一盆红烧冰糖甲鱼让几位举人吃得津津有味。一位举人便唤来堂倌,询问菜名。堂倌见几位吃客斯文儒雅,貌似赶考的读书人,脑子一转,指着桌上的菜肴即兴说此乃"独占鳌头"也。举人们闻之大喜,进京应试果然个个榜上有名,其中一人还蟾宫折桂,中了状元。衣锦荣归时他们特意再度重登那酒楼,开怀畅饮。酒酣兴起,新科状元便请店家铺纸磨墨,挥笔题下"状元楼"3个大字赠予店家。于是,"状元亲书状元楼"的故事轰动甬江,新匾挂出,名声大噪。从此,这"状元楼"便成了甬菜馆最具口彩的特色招牌了,以"状元楼"命名的菜馆也不断在全国遍地开花。

1921年宁波人吴阿兴来到上海杨树浦,开设了沪东状元楼,后将该店转让给王菊生经营。1927年再次易主,有余宜馀、吴安生等6人合股经营,更名为"德记状元楼",直到1956年公私合营时,改名为沪东状元楼。几十年来,沪东状元楼以其独具特色的菜肴吸引着众多食客。在我的记忆中,除了红烧冰糖甲鱼这道传统名菜外,状元楼还有几道招牌菜也十分著名,如雪菜大汤黄鱼、乳腐黄鱼豆腐、清炒蛏子、苔条花生米等,冷盆中的鳗鲞、银蚶、炝虾炝蟹、烤菜等同样各具风味,让杨浦老百姓尽享舌尖上的幸福。20世纪沪东状元楼在广大老百姓心中的地位,就如上海人眼中的锦江饭店、国际饭店那般高大上。如果你请朋友"登"上沪东状元楼吃饭,那绝对是上档次、有腔调的。

　　1977年恢复高考后，每年高考前夕，为讨个吉利的口彩，很多家长都会在沪东状元楼摆上几桌，祈愿自己的孩子金榜题名。我虽然从小生活在杨浦，但"登"上沪东状元楼大快朵颐的次数却少得可怜。那时工资低，如请朋友到沪东状元楼这种高档次的饭馆撮一顿，起码要花费大半个月的工资。在屈指可数的几次登"楼"中，与沪东状元楼最"亲密"的一次接触，就是1989年4月29日那天了。这一天，我在此"楼"举行了"隆重"的婚宴。

　　当时，听沪东状元楼的上级部门区饮食服务公司的朋友说，由于沪东状元楼名气响、生意好，到那里举办婚宴都是要找人开后门的，起码要提前一年预订。现在我已经记不清楚，当时把婚宴敲定在那里举行，是否动用了朋友关系，但从4月29日这个"五一"假日黄金档期来看，当年能够将婚宴安排在沪东状元楼，应该也是用了点"洪荒之力"的。

　　如今，我还珍藏着一张沪东状元楼的婚宴请柬。这张设计精美、印有金色双喜的大红请柬，是沪东状元楼的"特制品"，既充满喜气，又突出了这家老字号菜馆的经营特色。不像现在的婚宴请柬都是缺乏个性、千篇一律的"通用

20世纪七八十年代的沪东状元楼

20世纪90年代的沪东状元楼

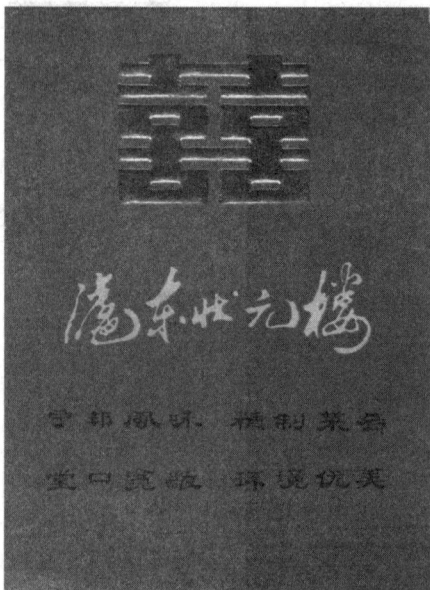

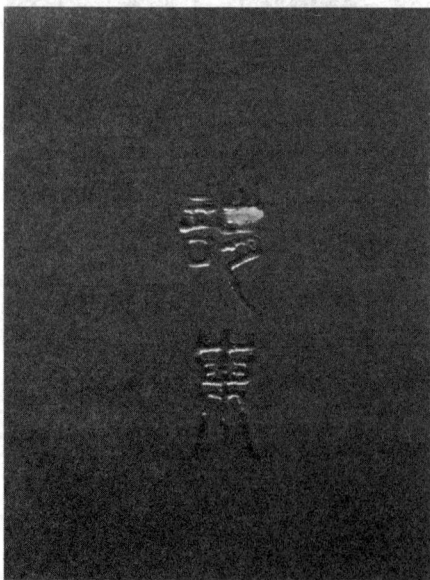

作者珍藏的沪东状元楼婚宴请柬

品"。当我把这张婚宴请柬呈送给亲朋好友时，朋友们个个喜滋滋地说："请阿拉到沪东状元楼吃酒水啊，迭个地方灵额！"

上海人把办婚宴说成办酒水，参加婚宴也就是吃酒水。当年沪东状元楼的酒水价格有40元一桌和60元一桌，而当时上海人的平均工资也就在100元左右。结婚是人生中的一件大事，为了能让大家吃酒水吃得开心、尽兴，我毫不犹豫地选择了60元一桌。婚宴是在二楼举行的，办了几桌已经记不得了。翻看当年婚宴上拍摄的照片，那情、那景依然记忆犹新，不禁令人感叹时光荏苒，岁月不再。如今，随着沪东状元楼"人去楼空"，不复存在。我手头这张当年沪东状元楼特制的请柬，不仅是见证其辉煌的"稀世珍品"，更是珍藏着我的人生中一段美好记忆。

当年的沪东状元楼，由于名气响，店堂布置优雅，也赢得了许多影视制作单位的青睐，众多影视剧组都喜欢把沪东状元楼作为拍摄的外景地。由著名导演李莉执导，李家耀、毛永明等喜剧明星主演的电视剧《商业新风》，是一部反映饭店服务员全心全意为人民服务的喜剧片，该片大部分镜头就是在沪东状元楼拍摄的，还招募了不少杨浦区当地

在沪东状元楼举办的婚宴上作者夫妻给外公（右三）敬烟，右四为作者母亲

的市民充当群众演员。这部电视剧在荧屏播映后，无形之中为沪东状元楼做了一个软广告，许多上海市民纷纷慕名前往"大吃大喝"，生意好得不得了，营业额不断飙升。

20世纪80年代，是沪东状元楼的黄金时代。作为一家区属商业企业，沪东状元楼无论是上缴国家的税收，还是创造的利润，连续几年均在区财贸系统名列前茅，是一家不折不扣的"创利状元"。然而，随着杨浦商业中心的转移和"八埭头"地区的衰微，沪东状元楼这家百年老店，原有的经营特色逐渐消失，生意越来越差。最终，眼看着附近通北路海鲜一条街"异军突起"，不得不改换门庭，变成了一家海鲜坊。从此，沪东状元楼除了依然悬挂着的那块招牌，其他原有的一切经营特色均消失得无影无踪。

在听闻沪东状元楼即将永久关门打烊的消息后，我曾约了几个朋友去那里吃一顿"最后的晚餐"。不料，走进店堂，就如同来到嘈杂的大排档，如果不是头顶上的那块老招牌，实在看不出这是沪上曾经知名的甬帮菜馆。店里的菜肴应该已经跟相邻的通北路上大大小小的海鲜大排档没啥区别。我与朋友落座后，问服务员要菜单点菜。回答说，没有菜单，直接去一楼的点菜墙自选。下到一楼，墙上倒是花花绿绿贴满了菜谱，却已经从中找不到烤菜、虾干、黄鱼鲞等当年甬帮特色菜肴的一丝踪迹。菜肴的价格倒也经济实惠，这恐怕是为了提升与周边海鲜大排档抗衡的"核心竞争力"，而不得不放下百年老店的身价吧。

朋友是宁波人，想吃甬帮名菜臭冬瓜，在点菜墙上找了半天也没找到。唯一还有些臭味的只有臭豆腐，无奈之下，只得以此臭来替代那臭。最后终于发现了目鱼蛋与臭豆腐合蒸，这道还有些甬帮风味的菜肴，朋友立马毫不犹豫地将其"拿"下，口中还念叨："总算不虚此行。"不料，这盆菜端上桌后，上面撒了一层红红的油辣椒，宁波风味跑到川菜辣味那边去了，而龙头烤裹了面粉油炸，全然是模仿避风塘的做法了。

本想请朋友到沪东状元楼来怀念一下百年老店"舌尖上的中国"，却不料把他们带进了大排档里，感觉很没面子。没有觥筹交错的痛饮，没有杯盘狼藉的猜拳，彼此哼哼哈哈，场面有些尴尬，很快就随随便便打发了这一餐，赶紧埋单走路。走出店堂，再次张望了一眼"沪东状元楼"这块招牌，不禁五味杂陈。2003年，沪东状元楼因商业网点调整彻底歇业。

沪东状元楼啊，沪东状元楼，你终究还是和上海滩众多的老字号商业企业一样，无法逃脱衰落的命运！

沪东电影院：曾是热门电影的首映"打卡"地

沪东电影院坐落在平凉路525号，创建于1942年1月。由俄籍犹太人托哈奇等筹资建造，季固周等人负责经营。建筑面积仅有942平方米，无靠背木板凳1140只，设施简陋，设备陈旧，专映旧片。1956年公私合营后，对建筑和设备逐步更新、修缮后改名沪东大戏院，成为杨浦区首家专映新片电影院。1972年10月改建成区内第一家宽银幕电影院。沪东电影院以其独特的影片宣传、观众组织及经营特色，在沪东地区乃至上海市赢得赞誉。1987年经上海市电影局和杨浦区政府批准，投资240万元，改扩建为杨浦区首家多功能电影院，面积增至2690平方米。形成了一座集电影、录像放映、电子游艺、咖啡、酒吧、卡

即将拆除的沪东电影院

沪东电影院电影票

拉 OK、酒家等文化娱乐与餐饮为一体的多层次，全方位的"娱乐城"。1998年5月，沪东电影院获得上海市影剧院行业"规范服务达标单位"后，中宣部、广电部、国家教委、文化部、团中央等上级部门领导曾多次到影院来视察，对沪东电影院长期坚持以影为主，多业助文，把影院创建成青少年学生的"第二课堂"的工作，以及多次获得"尊师重教先进集体"光荣称号给予了很高评价。

忆往昔，峥嵘岁月稠。今天，当我写下沪东电影院历史上那段曾经的辉煌，并把毛泽东的这句充满豪情的诗句引用在回望这家影院的文字中时，竟然鬼使神差地好几次在电脑键盘上把"忆往昔，峥嵘岁月稠"，打成"忆往昔，峥嵘岁月愁"。"稠"与"愁"，音同字不同，含义更是天壤之别。或许这是冥冥之中的一种天意在提醒与告知我：沪东电影院即将和它那曾经的辉煌一起，成为历史，成为我的一种回不去的愁思。然而，一个"愁"字，岂能道尽我对沪东电影院的绵绵情思。

20 世纪八九十年代，老百姓娱乐生活简单枯燥，看电影是最高的文化享受。单位工会每月都会发几张电影票丰富大家八小时以外的生活，碰到重大活动也会在电影院组织包场。我在杨浦区审计局工作时，由于区政府所在地江浦路、榆林路靠近"八埭头"，因此，这家电影院也就成了单位的定点影院。那时电影票绝对是紧俏品。由于沪东电影院地处闹市，市口好，周围人口多，影院从早到晚闹猛得不得了。售票窗口前始终人头攒动，买票、换票、等退票的人群川流不息。如果遇到热门的中外新片上映，那蜂拥的人流不仅把人行道占满，甚至还把影院门前的平凉路围得水泄不通。再加上不少混在人流中的"黄牛"拿着票子"翻跟头"，不停叫唤"票子要哦？票子要哦？"经常引起"八埭头"的道路堵塞，惊动派出所的警察出动来维持秩序，顺便抓几个"黄牛"进去"校校路子"。

当年由王文娟主演的越剧电影《红楼梦》，日本电影《追捕》《望乡》，朝鲜电影《卖花姑娘》《鲜花盛开的村庄》等，我都是在沪东电影院观看的。由此也迷上了高仓健、栗原小卷这两位日本影星。而一部朝鲜电影《卖花姑娘》，让我这个从不流泪的男人也看得热泪盈眶。再瞅瞅身旁的观众，早已哭得稀里哗啦，有的甚至从抽泣发展到痛哭。该片由沪东电影院在杨浦区首映后场场爆满，连映时间长达6个月之久。粉碎"四人帮"后，大量优秀影片恢复放映，杨浦老百姓欣喜不已，沪东电影院观众激增，仅1979年，观众即达315万人次。

那个年代的上海，还有一个很壮观的文化景象，那就是不仅市、区、各委办局、各大行业都有一个阵容强大的影评协会，就连各个电影院也都有自己的影评组。其主要功能是组织影评员撰文对新上映的电影"评头品足"，以促进电影创作的发展和繁荣。当然，我个人觉得电影院组织影评员撰写影评文章，似乎也有点通过推荐电影，把观众引到影院，从而提高票房销售的意味，用如今的网络语言来说，就是拉"流量"。

可是，不管怎么说，影评员是繁荣电影创作的一支重要力量。作为这支重要力量的一个组成部分，当年沪东电影院的影评组在全市颇具知名度。其成员大多来自杨浦区的机关、学校、工厂、街道、财贸等系统，其中包括知名报人、作家忻才良，市东中学的上海市特级语文教师杨峻岩，画家徐谷安等。而一个偶然的机会，让我也成为沪东电影院影评组的一员。

那天，我拿着单位发的电影票到沪东电影院看电影，看到影院大厅宣传栏里张贴着几篇用文稿纸撰写的影评，便停下脚步认真阅读起来，直到电影开映的铃声响起才走进放映厅。看完电影，走出电影院，想到宣传栏里的那些影评文章，不禁想起在虹口区副食品公司工作时，曾经参加过上海市职工影视评论协会虹口分会活动，还在油印小报《虹口影评》1985 年第 20 期上刊发过对新片《秦川情》的评论"必然与偶然"。于是，立马决定"重操旧业"。回到家后，连夜写了篇近千字的观后感投寄给沪东电影院宣传组。没过几天，接到电影院一位女同志的电话，说收到我的文章了，写得很好，准备用。并问我，是否愿意参加影院影评组的活动。我毫不犹豫地回答："愿意。"

说实话，接到这个电话，我是有点小小激动的。已经不常写影评的我，"武功"居然还没废掉，在沪东电影院一炮打响。从此，我便雷打不动地参加沪东电影院影评组每月一次的活动，并且结识了忻才良、杨峻岩等前辈，以及一批志同道合的写作爱好者。紧接着，沪东电影院又给了找一个大大的激动。为了影评员"工作方便"，沪东电影院慷慨地给每人发了一张不限时间、不限场次的免费观摩电影卡。有了这张卡，我便能够随心所欲地看电影啦！每当和朋友一起去看电影时，见我不用买票，从口袋里掏出观摩卡，朝检票员潇洒一

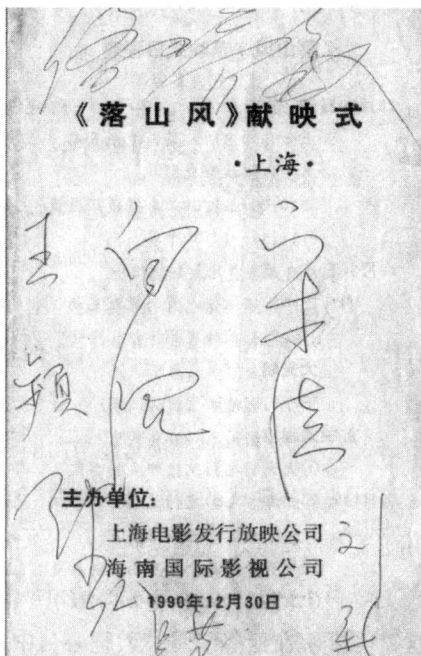

作者参加在沪东电影院举行的电影《落山风》献映式说明书

沪东电影院影评组通讯录

挥，他们是既羡慕又嫉妒。这时，我便会笑着来一句："有本事，侬也去写影评呀！"

后来得知，那个打电话请我参加影评组活动的女同志，就是沪东电影院宣传组组长郑玉芝。这是一位气质儒雅的中年女性，她和电影院经理陈惠林一起，把沪东电影院的影评组搞得风生水起，不但编印《沪东影评》油印刊物，还经常邀请著名导演、演员来沪东电影院举行新片献映式、研讨会等活动。著名导演白沉导演的影片《落山风》拍摄完成后，就是在沪东电影院举行献映式的。1990 年12 月 30 日上午，白沉导演携该片主要演员宋佳、佟瑞敏、王频、张弘、刘新、吴茗等来到沪东电影院，和影评组的成员座谈，大家无拘无束地就影片的创作风格、艺术手法、演员表演技巧等进行了交流。中午时分，电影院的陈惠林经理又邀请大家到隔壁的沪东状元楼与白沉导演等共进午餐。趁着吃饭的间隙，我拿出《落山风》献映式的宣传册，请白沉、宋佳等一一签名留念，一不小心就从影评员变成了追星族。

想当年，沪东电影院能够请得动那些电影界明星、大腕来搞活动，足以说明这家电影院在这些明星、大腕心目中的地位。30 多年过去了，当年影评组中的许多人依然勤于笔耕，活跃在文坛上，大家还经常相聚。已经移居远郊嘉定区的陈惠林经理，虽已逾 80 多岁高龄，依然兴致勃勃地换乘两三个小时的公交车辆，赶到杨浦区和大家一起缅怀沪东电影院昨日的辉煌。每次聚会，在沪东电影院工作了一辈子的陈经理总要感叹："沪东电影院已经拆迁夷为平地了，否则我一定要请你们这些影评组的人再进电影院里去坐坐，喝杯茶，聊聊天……"

每每听到八旬老人的这些话语，每个影评组成员的内心就会涌起阵阵无言的酸楚。沪东电影院虽然不在了，但对沪东电影院的那份情怀，已经深深根植在每一位影评组成员的心中。忻才良先生曾经建议，影评组成员每人写一篇回忆沪东电影院的文章，汇编成书出版，可是，最终却未能遂愿。如今，忻才良、杨峻岩、陈惠林等都已驾鹤西去，他们的名字虽然和沪东电影院一起均成了"历史"，但历史将会永远铭记他们。

沪东状元楼和沪东电影院都位于杨浦区的"八埭头"地区，别看"八埭头"这个名称，无论是读音和字面均有点乡土气息，这可是一块积淀着浓厚历史底蕴

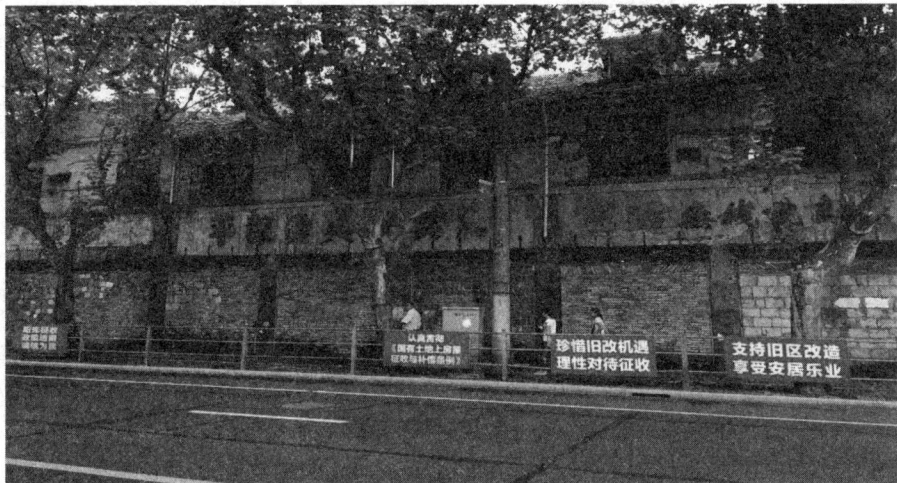

开始进行旧区改造的"八埭头"地区

　　的土地。早在 19 世纪末 20 世纪初，外商就在此开设了许多工厂。1908 年天主教会在韬朋路，也就是现在的通北路上建造了八埭（沪语方言，"排"的意思）外形类似广东旧式厢屋的两层砖木结构的房子。八埭即八排，"八埭头"由此得名。作为杨浦区曾经繁花似锦的文化、商业中心的"八埭头"这 3 个字，令几代杨浦老百姓引以为傲。

　　今天，随着杨浦区城市建设的发展，"八埭头"作为城市的旧地标已经消失，当你站在平凉路 403 号沪东状元楼、平凉路 525 号沪东电影院的旧址前，看到的是遍地废墟、瓦砾。不久的将来，这里即将矗立起崭新、壮美的高楼大厦，可是，广大杨浦区市民在展望美好明天的同时，依然对这块土地的"昨天"充满了深情眷恋，感念昔日"八埭头"的辉煌与荣光。

　　2016 年 10 月 29 日，杨浦区平凉西块最后 3 个动迁基地征收成功，"八埭头"在大杨浦的版图上，也就成为了一个历史地标。沪东状元楼、沪东电影院亦从此成为一个传说。

　　别了，沪东状元楼。

　　别了，沪东电影院。

十八 | 绿荫深处的别恋：杨浦公园、
共青国家森林公园、黄兴公
园、内江公园

　　杨浦区域内有多少座公园，我没有做过统计，但留存在我记忆深处，情感最深的应该是杨浦公园、共青国家森林公园、黄兴公园、内江公园。这四座公园在我生活印迹中留下的那些充满风花雪月的温馨情怀，直到今天依然还陪伴着我、温润着我。每当我感觉疲惫时，一定会独自悄悄走进公园，在一片片芳草绿荫、一座座假山亭榭之间放飞心灵，在大自然的怀抱里静静感受和咀嚼人生的春夏秋冬。

杨浦公园：还记得老虎、狮子、孔雀、猴子吗？

　　杨浦公园，至少在 1958 年 1 月建成之后的几十年，在杨浦区内肯定是没有其他公园能与之争霸的一座地标性公园。公园位于控江路、双阳路口。当年，这里只是一片农田和池塘。20 世纪 50 年代初，随着附近长白、控江、凤城、鞍山等工人新村的陆续建成，上海市政府决定在此建造一座采用江南园林的传统手法造景、园中湖泊仿照杭州西湖的大型公园，作为老百姓游玩、休憩的场所。

　　如今，这个环抱在工人新村之中的综合性公园已经走过 60 多年历史，虽然历经岁月沧桑，园内的各种设施和绿化景观均已呈现"老态"，但它依然是杨浦区老百姓心中的第一园。尽管现在各类娱乐活动场所层出不穷，可是杨浦的老百姓还是愿意把游玩、锻炼、聚会安排在此。走在路上，我经常会听到路人打电话说："好的，阿拉就在杨浦公园茶室碰头吧！"如果一群人准备到崇明、浙江安吉、长兴等地去"农家乐"，大家集合的地点，杨浦公园大门口肯定是首选之处。而杨浦的年轻人谈恋爱，或者给男女青年介绍对象，约会的地点十有八九会定在杨浦公园门口。当介绍人将男女双方介绍认识后，便会笑吟吟说："那就这样，你们到公园里去走走吧！"外滩的"情人墙"固然很美好，但离阿拉大杨浦太"遥远"了，还是家门口的杨浦公园更温馨。当年母亲给我介绍过一个女朋友，约会的地点也是在杨浦公园门口。

　　我想，杨浦公园的这种"老大"地位，既与该园便利的交通条件有关，更是离不开其独特的历史积淀。因为只要你是在杨浦区长大的，那你肯定会有一个挥之不去的"杨浦公园情结"。我家虽然历经多次搬迁，但始终没有离开过杨浦公园的"轴心"，人生中第一次走进的公园就是杨浦公园。从最早的松花新村，到我如今居住的小区，几十年来，虽然相距杨浦公园"或远或近"，但基本上也就是几站路的距离而已。在幼儿园时，老师组织的春游、秋游是到杨浦公园。读了小学，每年的春游、秋游，依然是去杨浦公园。因为那时的杨浦区，除了杨浦公园，也没有其他什么公园能够让小朋友、小学生尽情地"游山玩水"。每次听到老师说："小朋友们，学校马上要组织大家到杨浦公园去春游啦！"都会让我和小伙伴们欢呼雀跃，兴奋不已。这天晚上我就会钻在被窝里，心里不断地牵挂着要到杨浦公园春游这件事，翻来覆去地折腾到半夜里还睡不着。直到父亲掀起被

杨浦公园大门

子大喝一声："小赤佬，侬勒做啥，介夜了还不睏觉，要吃生活是哦？"吓得拉紧被子蒙头装睡。

"我勒做啥？我勒想杨浦公园里的老虎、狮子、孔雀、猴子呀！马上就要见到它们了，我真的是开心死了，想呀，想呀，就想得睏不着了啊！"不敢当面对父亲还嘴，只好躲在被窝里，默默地顶撞他几句。那时的我，早已进入青春叛逆期了。

那些年，杨浦公园里饲养的那些可爱的动物不仅陪伴了几代杨浦区市民，更是广大少年儿童永远难以忘怀的美好记忆。据父母讲，1958年1月24日，杨浦公园建成对市民开放那天，控江路、双阳路大门口围得水泄不通。进入公园后，大人、小孩争先恐后地涌向动物园，一睹老虎、狮子的威猛风采。而公园内那座堪称是"花果山"微缩版的猴山最受少年儿童的追捧。除了学校组织的春游等集体活动之外，几乎每个星期天，我都会叫上要好的同学，到杨浦公园猴山去看猴子玩耍。每每看着几十只上蹿下跳向游客讨要食物的猴子显露出的萌态，总会让我笑得前俯后仰。尤其是那

作者1992年4月29日摄于杨浦公园

作者1997年5月携女儿摄于杨浦公园

作者（左）20世纪70年代和发小程兄在杨浦公园假山前合影

只红屁股的猴王，威严地端坐在猴山山顶，活脱脱就是一个孙悟空。我们班上有个脸型瘦长的同学，大家就给他起了个"猴子"的绰号。

杨浦公园的动物是市区内公园里品种最为齐全的，那几只老虎、狮子在园内生活了几十年，杨浦区的市民对它们产生了深厚感情。2007年，有关部门出于安全和公园布局考虑，决定将杨浦公园的所有动物"乔迁"到上海动物园和野生动物园。消息传出，令杨浦区的广大市民大为伤感。这年的12月4日是公园动物正式迁居的日子，无数杨浦市民包括曾经陪伴着老虎、狮子、猴子一起长大，如今已经搬离杨浦区的市民，冒着刺骨的寒风，聚集在公园门口，怀着依依不舍的情感为那些可爱的动物送行，向它们道别。我站在人群中，目送着运输动物的车队渐渐远去，默默地在心中对陪伴自己走过青春年华的老虎、狮子、猴子、孔雀说道："亲爱的朋友们，祝你们在异乡生活得像在杨浦区一样快乐哦！"

和老虎、狮子、猴子、孔雀一起消失的，还有杨浦公园在双阳路上破墙开店后引进的那家"莫师汉

活跃在杨浦公园内的老年口琴乐队

在杨浦公园内唱卡拉OK的老年人

堡"。当年这家店绝对是吃货们的网红打卡地，店里的香酥炸鸡腿、炸鸡翅，引得无数杨浦年轻人垂涎欲滴。此店对面就是上海市重点中学控江中学，因而店堂里摩肩接踵的身穿控江中学校服的莘莘学子亦是该店的一大景观。如今，"莫师汉堡"似乎也成了一代学子的青春记忆。

时光飞逝。今天的杨浦公园真的老了，大门口广场前的那座名为"羊哺"寓意"杨浦"的标志性汉白玉雕塑，不知何时已经不见踪影。整个广场停满了汽车与自行车。询问公园管理员，才得知为解决停车难，这座雕塑被移放到公园内了。没了"羊哺"的杨浦公园，也就少了一份宁静的意韵。步入公园，一个个纵情高歌的卡拉 OK 摊子，一群群翩翩起舞的广场舞大妈，伴随着高分贝的音响，使得整个公园充满剧烈的震荡感。为此，公园方多次发布公告，禁止将高分贝音箱带入园内，但效果并不理想。随着老龄化社会的到来，众多的老人群体需要在公园娱乐。怎样在还公园静谧环境的同时，给广大老人提供一个休闲娱乐的"舞台"，对管理部门来说，似乎是一个两难的棘手问题。

杨浦公园虽然伴随着几代杨浦人一起，正在慢慢地"老"去。可是，作为和它一起长大的"邻居"，我仍然会隔三差五去公园内走走看看。很多个夜晚，也会换上运动鞋，沿着公园的健身步道，或快或慢地跑上几圈。有这样一句话，令我动容：杨浦公园是杨浦小囡的青春。是啊！只要你钟情杨浦公园，那么，它就永远是青春的。

共青国家森林公园：少年时代的"野生"之地

不知为何，每当我说起"共青国家森林公园"这8个字，感觉似乎总有点拗口，反正直到现在为止，我还是喜欢把它叫作共青苗圃。该公园地处军工路2000号，此地原是临江滩涂、村庄和农田，1956年疏浚河道，围垦土地后，被作为培育树苗的苗圃。1958年春天，时任团中央第一书记的胡耀邦带领在上海参加"全国青年劳模大会"的共青团员到苗圃栽植果树后，作为纪念，便将此苗圃命名为共青苗圃。

在我孩提时代的记忆里，共青苗圃虽然就在军工路上，但总感觉距离自己居

共青国家森林公园大门

住地很远。那时的军工路绝对就是上海远郊一条偏僻公路，而处在军工路最北段的共青苗圃，在我眼中就是一片荒无人烟的"恐怖"地段。20世纪70年代初期，我家住在长白二村时，有个邻居在上海柴油机厂工作。他每天上下班都要骑自行车路过共青苗圃，夏天乘凉时经常会在邻居中吹嘘自己经过共青苗圃时亲身遇到，或者听别人说起的一些吓人事情。有一次他骑着自行车去上班，突然从共青苗圃冲出来几个人，将其推倒在地，一把抢走他头上那顶心爱的军帽（"抢军帽"用当年的流行切口来说就是"飞军帽"，这在那个年代是属于流氓阿飞行为）。也曾经听他说，某某某教授昨天在共青苗圃的一棵果树上吊自杀了。某某人今天被歹徒杀死后，扔在共青苗圃的一条水沟里。每次听他说完这些事情，我都吓得不敢走出家门，晚上睡觉还要做噩梦。

一天中午，我放学走在回家的路上，突然听到军工路沿线警笛大作，一辆辆站满荷枪实弹解放军的东风牌军用卡车风驰电掣地朝共青苗圃驶去。我家边上的军工路、松花江路也被大量的警察封锁了。"发生什么大事了？"生性好奇的我，拉住一个个神色严峻的大人询问，但是没人理睬我。直到傍晚时分，一个在派出所工作的邻居才告诉我，有个在共青苗圃边上、靠近嫩江路的五角场监狱服刑的罪犯，越狱后潜入当地某部队偷盗了一支步枪后，逃窜到了共青苗圃。解放军和警察紧急出动，把苗圃包围得水泄不通，正在开展地毯式搜查，现在还没有发现罪犯的踪迹。一时间，整个杨浦区风声鹤唳，大人都不让小孩出门。第二天上课时，老师告诉我们，那个偷枪越狱逃到共青苗圃的罪犯，最终被解放军叔叔击毙在一片树林中，并且要我们写一篇作文，如何向英勇的解放军学习，长大后争取当一名光荣的解放军战士。

这个偷枪越狱事件，在现在看来绝对就是一部真实版大片了。而诸如此类一系列惊心动魄的故事，就这样让共青苗圃这片硕大的树林，逐渐在我的心田上"成长"，在我的脑海里扎下了根。终于有一天，我决定大胆闯入共青苗圃这片神奇而恐怖的"原始森林"里去探个究竟。说来也巧，那年夏天，正好有个要好的小学同学约我到杨浦公园去"搭野胡子"（粘知了）。我就和他说："阿拉到共青苗圃去搭吧，听去过的人说，那里树上'野胡子'多得不得了，根本就不用竹竿去搭，只要站在树下，用力摇晃树木，'野胡子'就会一只只自动掉下来。"

"是吗？那阿拉就到共青苗圃去'搭野胡子'。"这个同学不属狗，但却是属于那种"狗胆包天"的人。与他一起去，我这个属狗也就更无所畏惧了。说干就干。第二天下午正好不上课，我俩便一人扛着一根细长竹竿，直接从地处佳木斯路的上海机床厂职工子弟小学出发，沿着军工路徒步向共青苗圃进军。好在有步行到东宫与野营拉练时练就的那副铁脚板，三四公里的路程一会儿就走到了。

第一次走进共青苗圃的我，兴奋得不得了。寂静的树林丛中传来铺天盖地的"知了、知了"的叫声。那一片片一望无垠的树林，一个人走进去犹如走入森林迷宫，肯定会迷路，不知怎么才能走出来。同学虽然"狗胆包天"，这时也有点胆战心惊："算了，阿拉就在靠近军工路边上的树林里'搭野胡子'吧。万一有坏人过来，喊救命也有人听得到。"

于是，我俩就在路边的树林里转悠。这个同学性子急，刚走进树林就急忙举起竹竿朝树顶伸去。"侬不要急，我来摇。"我使出吃奶之力，不停地摇晃树枝，很快一只只知了从树顶上掉落下来。我们从地上捡起后，小心翼翼地将它们放进塑料袋。一直弄到傍晚，才满载而归。当我把一只只不停鸣叫的知了慷慨地送给小伙伴们时，望着他们个个流露出的羡慕目光，不禁神抖抖地说道："下次阿哥带你们一起去！"其实，只有我自己知道，带他们一起去的真正目的是替自己壮胆的。十足的色厉内荏哈！

有了第一次大胆闯入共青苗圃的经历，我的胆子也逐渐大了起来。接下来也就有了第二、第三次。每当星期天或寒暑假，我和小伙伴们不仅到共青苗圃"搭野胡子"，还去比赛爬树，在草坪上踢足球。更多的时候，我会独自走到共青苗圃最深处，靠近黄浦江边的一侧去"看轮船"。常常是静坐在堤岸上，右手托着下巴，凝望着黄浦江上川流不息的各种船舶和对岸浦东高桥石油化工厂巨大的烟囱吐出的一缕缕浓烟，思绪便也犹如滔滔江水般"奔腾不息"。

若干年后，我曾竭力在脑海中搜寻当年的自己，究竟"奔腾不息"了什么思绪？可是，殚思极虑之下依然是一片空白。后来才顿悟，别他妈的把自己玩得故作深沉，弄得像伟大的鲁迅先生一样"心事浩茫连广宇"，其实也就是当年一个无聊的小赤佬戆坐在黄浦江边发呆而已！

中学二年级时，共青苗圃是我们的学农基地。当我在这块土地上挥汗如雨地

广大团员青年 1982 年 2 月在共青苗圃参加植树造林活动

1986 年 10 月 1 日举行共青森林公园揭牌仪式

掘地挖洞、植树浇水，辛勤种下人生的第一棵树木后，才真正让我对共青苗圃产生了无限的眷恋之情。

1982 年 2 月，为了落实党中央提出的"实现大地园林化"的号召，上海市政府决定将共青苗圃改建成森林公园。为此，团市委号召全市团员青年到苗圃开展义务植树活动。多达 12 万人次的参与人员，成了一支植树造林的主力军。而我作为一名团支部书记，有幸再度来到共青苗圃培植下了一棵棵树苗。遗憾的是，当我竭力去寻找中学学农时种下的那棵树苗时，由于共青苗圃实在是太大了，再且当年又没有在树上留下识别标志，因而始终没有找到，内心颇为失落。

1986 年 10 月 1 日，共青苗圃正式揭牌为共青森林公园（后升格为共青国家森林公园），成为上海市区面积最大的一个以茂密森林为特色的公园。2016 年是共青国家森林公园建园 30 周年的喜庆之年，这年的 5 月 4 日青年节那天，《新民晚报》的一篇"寻找 30 年前植树小伙伴"的报道，在当年参加共青苗圃植树造林的团员青年中引起了巨大反响，当年的小伙伴们纷纷以各种方式向自己的青春岁月致敬。而我作为一个童年时代起就开始在共青苗圃"混"的杨浦小赤佬，回望自己与共青苗圃"守望相邻"的日子，虽然在"荒凉"的苗圃里没有留下多少风花雪月的浪漫，却也享受了无穷的充满着乡野的童趣。这种童趣，是如今乘坐着父母驾驶的私家车去游玩的少年儿童永远也无法体验到的。因为此地现在是需要购票入园的共青国家森林公园了，而不是共青苗圃，而苗圃则是基本上处在无人"严防死守"的自然状态。我的孩提时代中很多课余时光就是在这片野生之地"自由散漫"地度过的。茫茫苗圃所呈现出的那种原始森林般的粗犷野趣，伴随我度过了快乐的青春期。

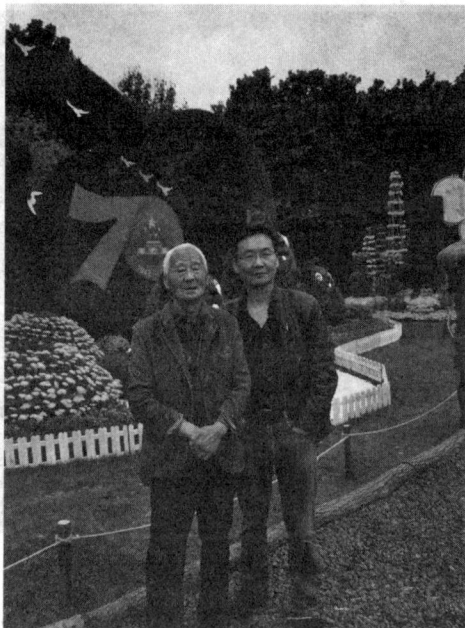

作者（右）2019 年 11 月 7 日和父亲摄于共青国家森林公园

现在，我已经记不得，最近的一次是什么时间去共青国家森林公园了，应该是好久好久了吧。于是，决定趁着第 13 届中国菊花展，时隔 15 年，再度"花落"共青国家森林公园的美好时光，前往赏菊品花。

2019 年 11 月 7 日中午，我陪同父亲在长海医院就诊结束后，特意驱车前往久违的共青国家森林公园。我们从嫩江路南大门步入公园，漫步在偌大的园区，置身在姹紫嫣红的菊花和摩肩接踵的人流之中，心中突然升腾起一种莫名的"孤独"。现在的我，依然留恋着数十年前，那一个叫做共青苗圃的"野生"之地。陪同父亲匆匆在园内浏览了一圈后，

作者母亲 20 世纪 80 年代在共青国家森林公园的留影

走出拥挤的南大门，驾车从嫩江路折入军工路，打道回府。

我爱共青国家森林公园，但我更爱"野生"的共青苗圃。我的内心深处，永远藏着一个"共青苗圃的你"。

黄兴公园：穿过农田、听着蛙鸣，来一场时空穿越

杨浦区有一条南北走向的主干道叫黄兴路，我就居住在黄兴路边。在这条马路的边上有一所学校叫黄兴学校，学校附近一个美丽的公园叫黄兴公园。与区内其他公园不同的是，这座 2001 年 6 月建成开放，占地面积达 46.7 万平方米的大型公园是上海市生态环境 3 年大变样的一项重要基础设施工程，作为由区内企业投资兴建的黄兴公园，也是杨浦区通过综合开发带动大型公园建设投资多元化的典型。

黄兴公园所在区域原是五角场人民公社浣沙浜生产大队所有的一片广袤农田。当年，居住在中农新村、松花新村、长白新村等地的杨浦区居民到长海医院求医问诊，均称该医院为"二军大"（长海医院系第二军医大学附属医院，现已改名为海军军医大学附属医院），若乘坐公共汽车要绕上好大一个圈子。为节省时间与车钱，不少人都是选择直接从现在的佳木斯路、营口路附近的几条无名小

黄兴公园大门

作者 20 世纪 70 年代到第二军医大学附属长海医院必定要穿过的这片农田，就是如今的黄兴公园

20 世纪 70 年代的第二军医大学校门

如今的海军军医大学（原第二军医大学）附属长海医院

路抄近路步行到"二军大"。其间必定要穿过的那片农田，就是如今的黄兴公园。

记得少年时，因父母忙于工作，我和弟妹到"二军大"看病经常是祖父领着去的。每次跟着祖父穿过那片农田时，望着绿油油的蔬菜，聆听着不停鸣叫的蛙鸣声，我都会特别兴奋。尤其是那迎风而舞的无数彩蝶，我就会忘情地迈开双腿追逐它们。追着，追着，一不留神就摔倒在农田里，把农民伯伯辛苦种下的菜苗压坏了。祖父见状马上一边念叨"锄禾日当午，粒粒皆辛苦"，一边气急败坏地一把将我从地上拎起来，挥起右手狠狠地朝我屁股打去。最惨的是，好几次为了抓蝴蝶，走着，走着，原本跟在祖父后面的我，竟然与祖父走散了。好在有着农田附近那棵高耸入云的"信号树"指引，我总能独自顺利地找到"二军大"。每当走到树下，我便知道"二军大"就要到了。

这棵"信号树"就是现在安波路边上浣纱浜 120 号甲的那棵参天大树，这是一棵有着 400 多年历史的古银杏树。古苍的树干、遒劲的树枝、斑驳的树皮，历经世代沧桑的古银杏树，始终默默地耸立在杨浦区的大地上。早年古银杏树的西北角上是一座有着殿堂、厢房的土地庙。听祖父说，这座庙宇历史悠久，民国时期香火很旺。我曾经多次混在烧香的人群里溜进去玩耍过。"文革"爆发后，土地庙改成了一所简易小学。每每路经此地，望着正襟危坐在殿堂里，捧着课本摇头晃脑高声诵读古文的小学生，便觉得这种仪式感很强的场景很像是在私塾读书，羡慕之情油然而生，好想能混入其中，随着这些小学生一起"之乎者也"。

2002年12月，经上海市政府确认，上海市绿化管理局将这棵编号为0110的古银杏树列入了一级保护。日前，我特意前往安波路"探望"了这棵古银杏树。在树干前见到竖立着一块古树名木保护牌，由于不断有人在古银杏树下烧香拜佛，浓浓烟火严重威胁古树的安全，为不使古树遭到伤害，管理部门只得用粗壮的铁栏杆将古树圈围起来。遗憾的是，那座原本是土地庙的古建筑却显得破败不堪。仅存的东西厢房北边的殿堂，有的被破墙开店，有的成了废品回收站。周边的环境，找不到一点古树、古建筑所应呈现的历史风貌和文化底蕴。呆站在这棵古银杏树下，联想起不远处的黄兴公园，我不禁感叹：

耸立在安波路浣沙浜120号甲有着400多年历史的古银杏树

经常有人在古银杏树下烧香拜佛，浓浓烟火严重威胁古树的安全

古树是历史变迁和城市发展的"见证者"，是有着鲜活生命力的文物。当年圈地建造黄兴公园时，为何不把古树、古建筑所在区域作为一个人文景观一起通盘规划呢？如果黄兴公园内有这样一棵古银杏树、一座古建筑群、或述说着一段历史传奇、或记载着逸闻掌故、或牵系着先贤明达，那黄兴公园将会是何等的高大上啊！当然啰，这纯粹是属于我这个不懂土地开发与园林规划的人在"胡思乱想"。时光流逝，这棵历经400多年岁月洗礼的古银杏树，永远以自己伟岸的身躯，向人们"发出"这样一个信号：一个大写的人字，必定是玉树临风般傲然耸立于世。

黄兴公园内的黄兴塑像

一条马路、一座学校、一个公园均以黄兴冠名，显然都是后人为了纪念中国历史上一个叫黄兴的先人。每当我独自徜徉在芳草如茵的黄兴公园时，都会情不自禁地缅怀起辛亥革命的先驱者——黄兴。

突然有一天，我在黄兴公园散步时，见到一尊黄兴塑像在公园内屹立而起了，顿然有眼睛一亮、心头一暖的感觉。仰望着高达 2.8 米的黄兴塑像，只见魁梧伟岸的"黄兴"先生目光锐利、神情凝重，双手握剑，岁月的时光仿佛一下子把我们引领到了辛亥革命时期的漫漫征程，仿佛看到了黄兴先生创建中国最早的反清团体——华兴会时的风发意气；仿佛看到了黄兴先生和孙中山先生一起创立中国同盟会时的慷慨激昂；仿佛看到了在1912年的黄花岗战役时，黄兴亲自率领敢死队进攻总督署时的凛然英气。我想对他说："黄兴先生，你为中华民族振兴所立下的不朽功勋，历史将会永远铭记，后人将会永远怀念你。"

那天，我徘徊在黄兴塑像前，见到一位坐着轮椅车的白发苍苍老人手抚塑像的底座，口中喃喃自语。我试图悄悄走近老人"偷听"他在说些什么，可最终我没有走近老人。望着老人那布满沧桑的脸容，我想，他也许是黄兴先生当年的旧部，此刻，正沉浸在历史的岁月里，思绪又回到了金戈铁马的大革命时代。今天，他一定是特意来见见老首长，我不能去惊动老人。应该安静地让老人在梦境中和"黄兴"相会，和"黄兴"作一次跨越时空的心灵对话……

在黄兴塑像前，我曾见到一对年轻父母带着年幼的儿子将一束鲜花敬献到塑像前。他们告诉我，他们家就住在毗邻黄兴公园的文化佳

黄兴公园的健身步道

上海市体育局命名黄兴公园的健身步道为"魔都最美健身步道"铭牌

园，全家经常在节假日到公园来游玩。还在读小学时，他们就从历史教科书上知道了黄兴，听说公园内屹立起了一座黄兴塑像，便特意捧着一束鲜花来看看"黄兴"，想让儿子也从小经受历史的熏陶。

凝望着黄兴塑像，过去与将来、时间与空间的有机交融，让我更真切地感受到了历史与现实的脉脉相承。当杨浦区处在知识创新区建设和发展的重要战略机遇期间，杨浦区委、区政府决定在黄兴公园的黄金地段，专门辟出一块地方建造黄兴塑像显然是具有远见的。黄兴公园有了黄兴塑像，不仅仅是为黄兴公园增加了一处人文景观，更是给黄兴公园增添了历史的凝重感。

由此，我不禁联想到，杨浦区曾经是上海市一个著名的工业区，区内工厂林立，但是，人文历史、文化艺术景观却鲜有所见。我赴世界各地旅游、考察时，国外的政府大厦和街头、公园随处可见的历史人物和名人塑像、雕塑和油画作品给我留下了深刻的印象。一个真正的充满知识氛围的和谐城区，永远是由人文历史、文化艺术等众多元素构成的。黄兴公园见"黄兴"，我的心灵得到更多抚慰、我的思索也更为深邃。

随着黄兴公园周边居住人口的不断增多，为满足广大老百姓健身锻炼的需求，2019 年 4 月 20 日，由上海经纬建筑规划设计研究院精心打造的黄兴公园健身步道建成开放。这条被上海市体育局授牌命名为"魔都最美健身步道"，是一条总长度为 2.5 公里，宽 6 米的环形步道。设计师打通沿线多处断点、堵点，形成环形绿色贯通空间，将开放式步道与封闭式公园在功能与空间上实现了"双环联动"。健身者沿着 6 米步道，可以边跑步边观赏公园内主要景点，给人在视觉上产生步移景异之美感。步道沿线整齐排列着浓荫蔽日的高大悬铃木，两侧草坪种植的白玉兰、夹竹桃、棕榈、意大利杨等，让健身者"动"能健步放松身心，"静"可一览绿植美景。同时，设计师还十分人性化地在整个步道沿线设置了座椅、花坛、亲水平台和直饮水点。

综观整个步道，垂柳吐绿，碧桃飞红，集景观性、趣味性、休闲性、生态性于一体，再结合二月兰形成了一道独特的线性滨水植物景观，在有限的空间内打造出了一个宜人的绿色空间，成为城市街区大型公园更新的一种创新模式，更是广大网民口口相传的一条网红健身步道。十分幸运的是，由于我家的地理位置，恰好处在黄兴公园与杨浦公园的中间地带，得知黄兴公园健身步道正式开放后，我便兴致盎然地换上运动鞋，前往这条步道"打卡"。漫步于此，身心得到彻底放松，一扫忙碌生活的压力。

内江公园：走进园内，宛若走进《红楼梦》里的大观园

内江公园位于控江路261号，靠近内江路，毗邻我家曾经居住过的广远新村。这里原来是一个占地仅1.55公顷的小型果园苗圃，随着周围大批居民住宅的建成，为改善老百姓的生活环境，1983年杨浦区政府便将此地改建成了整个沪东地区的唯一一座仿古园林的袖珍公园。2005年获得上海市三星级公园称号。

在我的印象中，1979年4月，我家搬迁到广远新村时，从内江路到军工路的区间，四周除了以控江路、图们路上的6路公交车终点站为轴心，开设的菜场、饭店、水果店、理发店，和从店里进进出出的顾客发出的阵阵说笑声，以及6路公交车从控江路左转进入图们路时，司机为警醒路人不要乱穿马路而鸣响喇叭，加上公交车调度室按响的发车铃声，还能给人感觉到一点城市的"繁华"外，从

内江公园大门

1984 年 10 月 1 日内江公园建成开放这天，作者在公园门口为母亲拍摄了一张洋溢着幸福笑容的照片

早到晚基本上都是冷冷清清，没有一点人气。好在那时的上海还没进入人口老龄化，没有早锻炼，没有广场舞。平日里甚至星期天，住在新村里的大人和小孩，都在辛勤地工作、学习，个个都发扬革命加拼命的精神，为早日实现"四个现代化"而努力奋斗。因此，人们对公园等绿化设施也就没有什么奢求。哪像今天的人们，不仅高度重视小区的绿化率，为追求高品质生活质量，对公园的"依赖性"到了须臾不能离的地步。

　　大约是在 1983 年年底的一天，母亲欣喜地对家人说："讲拔侬听，阿拉屋里厢旁边开始造公园啦！"热爱生活的母亲一直喜欢莳花弄草，节假日经常会带着我和弟妹去杨浦公园赏花、游玩。现在看起来从图们路到位于双阳路的杨浦公园也就是一点点距离而已。但不知为何，在我当年的感觉中，这段距离似乎十分"遥远"。如今阿拉屋里厢旁边也马上要有公园了，对我们全家来说，无异是一个令人振奋的特大喜讯。

　　1984 年 10 月 1 日，内江公园正式建成对外开放那天，母亲兴高采烈地领着我和弟妹前往"祝贺"。我用家中那台新买的"海鸥"牌照相机，为母亲在公园门口拍了一张她洋溢着幸福笑容的照片，这张照片母亲十分喜欢。走进这座镶嵌在居民新村腹地的仿古园林袖珍公园，我仿佛步入了曹雪芹《红楼梦》里的大观园。园内的亭台楼阁、小桥流水、花草树木无不凸显出中国古典园林的美学意韵。令人称绝的是，公园设计师还别具匠心地把小小的公园划分为内院与外园，建造了两个园门，给人留下了曲径通幽处的神秘感。

家门口有了内江公园后，我就不用"不远万里"到杨浦公园去白相了。虽然内江公园没有老虎、狮子、猴子、孔雀，但该园所特有的那种古典园林之美，给我带来了从未有过的视觉上的"盛宴"和心灵上的宁静。星期天和节假日，我经常"沉醉"在园内，流连忘返，乐不思蜀，今天想来，依然很是享受。1984年在复习迎考华东师范大学的紧张日子里，我带上书本、干粮和水壶，躲在公园一个僻静的角落，一呆就是一天。

内江公园，你现在还好吗？

20世纪90年代初，随着我家搬离广远新村和我结婚成家，我就再也没有去过内江公园。不知该公园现在是否还是我记忆中的那样小巧玲珑，招人喜爱。时隔数十年，我依然十分惦念内江公园，小小的袖珍公园，承载着我和我们全家太多的美好记忆。

2019年年底，为提升老百姓生活品质和游园环境，杨浦区有关部门开始对内江公园实施改造提升。改造后的内江公园焕然一新，保留了原有古色古香的氛围。园内湖水一泓，南窄北宽，遍植松柏翠竹。皂瓦白墙，满目绿意，方砖地坪置山石盆景，使人豁然开朗，别有天地，极大地提升了老百姓在公园内健身、休憩的便捷性与舒适性。

走起，是该抽空再去逛逛、看看这座杨浦区的"大观园"了。

纵观如今的杨浦公园、共青国家森林公园、黄兴公园、内江公园，园内依然清风送爽、依然花团锦簇，但总觉得似乎缺少了蕴含精致情韵的风花雪月，失去了宁静致远的怡人意境。各个公园内人数的剧增，各种各样的喧哗，使得它们在空间上愈发显得逼仄。可是，不管怎样，我依然喜欢在这四座公园内寻找一条僻静的小径，闹中取静地独自漫步，对着葱茏的树木发发呆。

绿荫深处的别恋，于我而言，永远是一种"精神的行走"。

十九　风从东方来，历史烟尘中涅
槃的杨树浦三座城市新地标

随着城市发展的日新月异，"地标"这个词，现在很吃香，也很时尚。如果单从字面理解，应该说的就是建筑在地面上的标志物吧。无论你是生活在二、三、四线中小城市，还是生活在北上广一线城市，希望自己所在城市有一个或数个能够鲜明彰显这座城市政治、经济、文化特质的标志性建筑，是内存于每个市民心底的一种情愫。那么，作为上海中心城区面积最辽阔的"大杨浦"，它的地标在哪里呢？我不是官方的权威人士，当然是没有发言权。但是，作为一名长年居住在杨浦区的市民，我以自己个人的眼光与标准，去评判杨浦区的地标建筑是什么？在哪里？应该还是有权利说两句的。当杨浦区振臂喊出从"工业杨浦"向"知识杨浦"转型口号时，杨浦滨江、杨浦图书馆新馆、长阳创谷无疑是三座"顶呱呱"的杨浦城区新地标。

杨浦滨江：从"锈带"到"秀带"

明珠东升处，春申江水来。

2018 年 1 月 1 日，被誉为"全球城市生活核心美好舞台"的上海黄浦江 45 公里滨江岸线全面贯通，公共空间正式向市民开放的那天，我独自沿着风光秀丽的杨浦滨江段，漫步在"可阅读、有温度"的魅力水岸空间，迎着微拂的江风，眺望着江面上缓缓行驶的船舶，绵绵思绪，便随着微风的吹拂绵延袅袅……

作为地理区域特征十分鲜明的城市地标，杨浦滨江岸线总长约 15.5 公里，是中心城区中最长的一条岸线，水岸条件得天独厚。仅以杨浦大桥两侧的滨江岸线来说，其所在的杨树浦工业区是上海近代最大的能源供给和工业基地，在其发

作者 20 世纪 70 年代在杨浦滨江水泥防汛墙上的留影

展历程中创造了中国工业史上无数个"之最",被称为"中国近代工业文明长廊"。也正因此,这里曾经密布着几十家工厂,沿江边形成宽窄不一的条带状独立用地,将城市生活阻隔在距黄浦江 500 米开外的地方,形成"临江不见江"的状态。

从小生活在杨浦区的我,对近在眼前,却远在天边的杨浦滨江有着五味杂陈的情感。绵延的黄浦江不仅串联起我的成长足迹,还储存着我心灵中那难以忘怀的城市记忆。

童年时光,到黄浦江边去看川流不息的大轮船,是我的一个美丽的梦想。然而,杨浦区虽然有着数十公里的沿江岸线,但是,这些岸线都被工厂企业"霸占"了,那里是生产重地,绝对不容许我等小赤佬进去看大轮船的,一旦狗胆包天,冒险闯入,那就是涉嫌"破坏生产"的违法行为。因此,我只能趁乘坐 25 路电车去南市区外婆家,当电车驶过外滩时,才拼命挤到车窗前,睁大双眼"贪婪"地观看黄浦江上的大轮船。可怜啊!电车开得太快了,大轮船在我的眼前永远是一闪而过,这也成了我童年记忆中的一个痛。

少年时代,为了能锻炼出"横渡黄浦江"的游泳本领,也不记得有多少次了,我经和小伙伴们与共青苗圃（即如今的共青国家森林公园）、上海机床厂、杨树浦发电厂、国棉十七厂等黄浦江畔企业的门卫大叔斗智斗勇，突破道道重围，终于到达一步之遥的黄浦江边时，眼前赫然出现一块写着"生产重地，严禁入内"警告牌。牌子后面不是高大的厂房，就是一道道"张牙舞爪"的铁丝网，还有就是绵延不绝的水泥防汛墙，构成了犹如战场上固若金汤的"马奇诺防线"，令我等无知无畏的小赤佬实在无法"江阔凭鱼跃"，只能赤膊穿着短裤站在岸边，干巴巴地望"江"兴叹。

成年了，恋爱了，不想像身边的朋友那样落入荡马路、数电线木头的窠臼，盼望着能够和女朋友一起，漫步在黄浦江畔，仰望璀璨夜空数星星，那才是真正的花前月下度良宵哈！可是，杨浦区内的黄浦江沿线是属于壁垒森严的工厂重地，不是年轻人风花雪月的伊甸园。至今还刻骨铭心记得，一个星期天的下午，同学给我介绍了一个女朋友。我和她荡马路从复兴岛荡到定海桥，随后沿着杨树浦路一路荡过去。荡啊荡，不知不觉就荡到了国棉十七厂。这时，我脑子突然灵光闪现：带女朋友混进国棉十七厂，去看看黄浦江边那个卸货码头，听听码头工人"嗨呀哩嘿嘿！"铿锵高亢的码头号子，让码头工人为我俩的恋爱"伴唱"，是一桩多拉风的事啊！

20世纪七八十年代工厂烟囱林立的杨浦滨江

不料，还没走近厂门，就被眼疾手快的门卫挥手拦住："站住，工作证有吗？"

我灵机一动，假意摸了摸上衣口袋："师傅，不好意思，工作证忘记带了。"

"没有工作证不能进去！"门卫瞪着一副铁板面孔，斩钉截铁喝道。

"师傅，侬帮帮忙，阿拉就到黄浦江边上兜兜，一歇歇就出来。"此时的我，口气已经近乎乞求这位门卫大叔了。

"到黄浦江边上兜兜？今朝真的碰到赤佬了，黄浦江有啥好兜的，去吃西北风啊！"门卫大叔的双眼狠狠盯着我，露出一副高度警惕的目光。话音未落，便挥动粗壮手臂厉声驱赶道："去去去！赶快走！这里是工厂，不是你们小青年谈朋友的地方。"

有这样一句话，上海人时常会挂在嘴边："黄浦江是没有盖头的。"什么意思？懂的人都懂。此时，我望着眼前这位凶巴巴的门卫大叔，暗自思忖：他一定是在怀疑我俩会不会是去跳黄浦江"殉情"的了。

原本是想在新交的女朋友面前"扎记台型"的，没料到反而却弄得我一点落场势也没有。女朋友尴尬地望着我，立马转身拂袖而去。一个纯真的初恋童话就这样活生生地被"扔进了"黄浦江。

事后，那位同学得知此情，把我痛骂了一顿："拎不清，侬应该带伊到外滩'情人墙'去谈朋友啊！"

"兄弟，不好意思，全上海的人都知道外滩的'情人墙'是谈恋爱的天堂。可是，那里离阿拉大杨浦实在是太远了。而且人也太多、太拥挤了，我是不想和别人去抢地盘呀！"我哭丧着脸叹道。

杨浦滨江啊，你何时能还江于民呢？让广大老百姓能吹拂着江风散散步，让谈恋爱的年轻人能沿着江边兜兜风。面对触手可及、望而却步的绵延黄浦江，我"痛定思痛"地呼唤着。

风从东方来。

当历史的脚步跨入新时代，黄浦江沿线的杨浦滨江段终于迎来旧貌换新颜，2017年杨浦大桥以西2.8公里滨江公共空间率先建成贯通。2019年国庆前夕，东侧滨江岸线2.7公里也正式向广大市民开放。至此，总长5.5公里位于上海2035城市规划中央活动区的杨浦区滨江公共空间南段全部贯通。如今，我与广大市民

"去黄浦江边兜兜"的夙愿终于美梦成真。

作为中国近代工业的发祥地，杨浦滨江见证了上海百年工业的发展历程。我边走边感受着杨浦百年工业的历史氛围，触摸着印刻着工业遗存的老建筑，市民只需佩戴无线耳机，无须通过手机扫码，只要靠近滨江建筑时，就能通过无线感应方式，用中英文收听这些历史建筑的故事。黄浦码头旧址、毛麻厂仓库旧址、上海船厂旧址、杨树浦水厂、英商新怡和纱厂大班住宅、东方渔人码头、安浦路桥、祥泰木行旧址、烟草公司机修仓库、永安栈房旧址、杨浦大桥等12个杨浦滨江百年建筑和标志性建筑，均已覆盖无线感应阅读功能，成为一个"建筑可悦读"的城市会客厅。

我沿着曾经壁垒森严的杨浦滨江，行走其间，漫步道、跑步道、骑行道"三道"贯通，可漫步，可休闲，可观光。工业遗存博览带、原生景观体验带、三道交织活力带实现"三带"融合，呈现国际一流滨水空间。放远望去，以蓝色和白色为主色调的一缕缕清新花草，高高低低，错落有致，有野趣而不杂乱，

今日杨浦滨江旖旎风光

作者 2018 年 11 月 2 日在杨浦滨江留影

有生机更兼养眼。5.5 公里的滨江岸线公共空间里，杨浦大桥以西有 94 个景观节点，以东有 12 栋 7 万平方米历史建筑和数百件工业遗存，在岁月沧桑中重新焕发出勃勃生机。我顺着金属楼梯拾阶而上，走上杨树浦发电厂曾经的输煤栈道，从位于 3 楼的"杨树浦驿站"凭栏临风，极目远眺，雄伟的杨浦大桥近在咫尺，两岸风光尽收眼底。江边的"雨水花园"原来只是一片容易积水的"雨水洼地"，现在因地制宜，通过雨水循环系统打造成了一个"小而美"的城市景观。

昔日以制造卡其布闻名的"卡其大王"第十二棉纺织厂旧址，现在成了以卡其布为灵感缪斯的卡其公园。卡其色的地面环保可渗水，构筑成一个迷你的海绵环境。纺机成为孩童们的神奇魔法棒，用手摇动，便可涌出快乐的喷泉。棉绳织成快乐的攀爬架，撒欢是孩子们在这里的特权。曾是国内规模最大的上海鱼市场，如今成了集休闲、娱乐、办公为一体的地标——东方渔人码头。其建筑外立面宛如一条腾空跃起的飞鱼，坐拥 360 度无敌江景。旧时的黑白影像印刻于规整的透水混凝土步道上，留存一段独特的鱼市记忆。杨树浦水厂墙外 550 米钢木结构栈桥悬浮于水面上，既是水厂拦污设施的一部分，又以"舟桥"为设计理念，让市民游客可以走上去，近距离看看这座上海滩颜值最高的自来水厂。

在由当年上海制皂厂沉淀池改造而成的"皂梦空间"里，点一杯香气扑鼻的咖啡，配上一块乳白色的"肥皂蛋糕"，目光穿过纵横交错的筒状输送管道，抬头仰望"沉淀池"上方一抹湛蓝的天空，让人在视觉上美美地体验一把"皂梦"之后，再经历一番舌尖上的"皂梦"之旅，顷刻之间，仿佛时光倒流，穿越到百年前的制皂厂。无处不在的制皂痕迹，独具匠心的创意牢牢契合了"皂"的主题，以轻松休闲的方式唤醒人们对这片土地上的"制皂"记忆。相比于博物馆的"正襟危坐"，"皂梦空间"的活化，让历史的记忆真正走入人们心灵深处，滋润现代都市人的心田。这一将历史、野趣、创意深度交融的工业遗存公共空间，在让人们铭记历史的同时绽放出别样的光华，迅速晋升为魔都新的网红打卡地。

2019年9月28日，随着杨浦大桥以东2.7公里滨江公共空间建成开放。一个以"相遇"为主题的2019上海城市空间艺术季也在这里揭开面纱。具有冷峻工业风和小清新特质的杨浦滨江"百年工业博览带"，绽放出一朵瑰丽的艺术之花。杨浦滨江不仅是上海的一个城市新地标，也成了广大市民纷纷前往打卡的网红文化娱乐"高地"。漫步在美不胜收的杨浦滨江，我不由和身边的市民一样，举起手机，沿着黄浦江边走边拍，将一幅幅壮美、秀丽的景色尽收眼底。突然，镜头里闪现出几对情侣依偎在滨江"指点江山"画面，随即按下快门将其摄入。定睛一看，哈！此地不正是数十年前我携女朋友想借黄浦江的光，"荡马路"谈朋友的国棉十七厂吗？

旧地重游，触景生情，耳边顿时回响起那个一脸"阶级斗争"面孔的门卫大叔驱赶我的吼声："走去去！赶快走！这里是工厂，不是你们小青年谈朋友的地方。"时光飞逝，如今的国棉十七厂已经成为引领城市风尚的"国际时尚中心"啦！年轻靓丽、衣着时髦的情侣们的浓情蜜意，更为这座依江而畔的时尚中心增添了几分大都市的妩媚。谁能料到，昔日的工厂重地，华丽转身为年轻人谈情说爱的伊甸园呢！

杨浦滨江：从"锈带"到"秀带"，风景这边独好。

杨浦图书馆新馆：大杨浦的"小故宫"

好书悟后三更月，良友来时四座春。

"泡"图书馆是我从小就有的一个嗜好，学生时代，课余和寒暑假除了去自家附近的长白街道图书馆，坐落在平凉路、三星路口的杨浦图书馆也是我经常去借书、看书、听讲座的一个文化乐园。

听区图书馆的工作人员介绍说，该图书馆前身仅是 1952 年上海市人民图书馆设于杨浦区的一个阅览室，1956 年改建为杨浦图书馆。当时图书馆馆舍面积只有 102 平方米，藏书 2.2 万余册，座位 50 席，每天接待读者两百余人次。1978 年，杨浦区政府拨款 60 万元在平凉路、三星路口建造一幢新图书馆大楼，1982 年落成，总面积 3075 平方米。

20 世纪 80 年代，杨浦区能有这样一个图书馆应该也算是很有腔调了。新大楼落成后，我第一时间去申办了一张借书证。借好书后，便在底楼的报刊阅览室一坐就是一天。书香就这样伴随着我，"弥漫"在悠长的时光长河里。几十年过去了，杨浦图书馆始终是我精神领域里一块不老的"圣地"。

突然有一天，听说杨浦区政府决定为区图书馆改善"居住条件"，建造一个新馆，心中顿时一乐。说实在的，平凉路上的图书馆也真是老旧了。不说馆内的其他设施，单就读者进出的大门坐落在狭窄的三星路上，不说有没有气派什么的吧，但总让人觉得似乎有点"寒碜"，和大杨浦的区级图书馆的地位，

20 世纪 30 年代的旧上海市图书馆

重新修缮扩建后的杨浦图书馆新馆

杨浦图书馆新馆被广大读者亲切称为阿拉大杨浦的"小故宫"

以及正在打造的"知识杨浦"实在是不匹配。自那以后，便对这个新馆惦记在心，充满期待。那急切的心情，仿佛就像一个住在棚户区里的居民，盼星星盼月亮一般盼望着"动迁"。

好消息终于来了。2012 年杨浦图书馆新馆地址一锤定音：重新利用民国时期上海市图书馆的建筑旧址，改建为杨浦区图书馆新馆。听闻这个消息，无论是历史学者、建筑专家、还是广大读者，一致为这个"英明决策"拍手称好。

作为一名酷爱阅读的杨浦人，我觉得大家之所以称这个决策是"英明决策"，一个十分重要的原因就是"物归原主"。始建于 1936 年的"上海市图书馆"，是 20 世纪 30 年代旧上海特别市政府遵循孙中山"设世界港于上海"的方针，而规划的"大上海计划"中主要建筑之一，由我国著名建筑师董大酉设计。该建筑坐西朝东，主体部分为二层，门楼高四层，设计手法采用现代建筑与中国传统建筑混合式样，门楼仿北京鼓楼造型，正面为三孔券门，四周围以仿石造望柱栏杆，屋顶为重檐歇山顶。

可是，旧上海图书馆自 1936 年开馆后，仅使用了一年多，日本侵略军在北平卢沟桥发动进攻，抗日战争全面爆发。1937 年 8 月，"八一三"淞沪会战使江湾沦为战场，图书馆的正常运营被迫中止，终结了其作为图书馆的生涯。9 月，日军攻占江湾，旧上海市图书馆遭日军占领，馆藏图书、家具和楼梯花饰栏杆等均被破坏殆尽。图书馆一度成为日本人的养马场，墙体留下的累累弹痕，无声地诉说着曾经惨烈的战事和屈辱的历史。战后，日军曾对受损的图书馆加以简单的修缮维护，但此举仅是为了将建筑收为己用，加强对华的侵略和统治。1938 年 4 月，日伪督办上海市政公署占用图书馆，馆前悬挂五色旗。抗战胜利后，上海特别市政府接管图书馆，改用为上海特别市政府警察局。1945 年 8 月，图书馆被闲置。1946 年 6 月，图书馆和"大上海计划"中博物馆、中国航空协会会所（即飞机楼）交由同济大学所有。中华人民共和国成立后，图书馆成为同济附中的校舍，1950 年 6 月同济附中更名为同济中学。

一座具有鲜明中国特色建筑的图书馆，作为中学的校舍，显然是"错位"了。《新民晚报》的前身《新民报》晚刊在 1956 年 7 月 21 日，就刊登过一篇题为"前上海市图书馆的房屋派错了用场"一文。文章指出："旧上海市图书馆作为一幢

《新民晚报》前身《新民报》晚刊 1956 年 7 月 21 日刊登的 "前上海市图书馆的房屋派错了用场"
一文

专门的历史建筑，设计建造时，都从图书馆功能角度考虑，它作为同济中学的教室和校舍使用显然是不合适的。阅览室做教室，嫌大；书库做校舍，嫌闷。用之不当两败俱伤。"呼吁应该恢复图书馆本身的使用功能。

　　尤为令人痛惜的是，旧上海市图书馆几易功能的过程中，其内部结构和设施均遭到不同程度的改建与损坏。20 世纪 50 年代 为满足同济中学的教学功能需要，整幢建筑拆除原始墙体的情况较为严重。书库被改建为三层，房间外梁圈的位置与后加楼板的位置关系非常不合理，原善本书库改为浴室，楼梯和走廊的饰面已经替换为 30 厘米的釉面方砖。20 世纪 70 年代中期，图书馆东侧的旗杆倒塌，室内彩画等装饰均遭到严重破坏。20 世纪 80 年代后期至 90 年代中期，虽然杨浦区政府两度拨款对这幢历史建筑进行了整修，然而，由于种种原因，始终没能 "物归原主"，回归图书馆定位。2007 年同济中学搬迁后，这幢历经 80 多年颠沛岁月的历史建筑，便犹如一位风烛残年的 "老人"，孤独地伫立在大杨浦一隅。

　　2014 年 6 月 30 日，终于传来旧上海市图书馆修缮扩建工程开工建设的好消息，整个工程总投资 1.7843 亿元，修缮扩建总建筑面积 14152.01 平方米。尽管

作者 2019 年 3 月 10 日在杨浦图书馆新馆留影

新馆还在施工中，我已经多次焦急地前往长海路实地"探望"这幢历经风霜的历史建筑。如果开车经过长海路，亦一定会靠边停车，走到工地附近看看工程进度。这种情感，绝对不亚于自己当初装修新居时的心情。无形之中，我就把自己视作杨浦图书馆新馆工程的"监理"了。

　　整个修缮扩建工程是根据遗留的历史资料，并且按照档案馆收藏的图纸、照片，秉持"向史而生，临湾而立"，"依旧修旧"，"最大程度的保护和利用，最优方式的更新与再生"的设计理念进行。扩建部分也是严格根据董大酉的设计原稿进行，新建的建筑风格与原来的历史建筑保持和谐一致。明黄色琉璃瓦、重檐歇山式屋顶、精巧的彩绘、富丽堂皇的门楼，完整再现了"中国古典复兴风格"建筑的历史风貌。修缮扩建后的杨浦图书馆新馆总面积逾 14000 平方米。其中修缮属于"旧上海市图书馆"的面积为 3960 平方米，扩建面积为 10192 平方米。

　　历经 3 年多的修缮扩建，一座古城楼式的图书馆，以 80 多岁的高龄获得重生。2018 年 10 月 1 日，位于长海路 366 号的杨浦图书馆新馆终于迎来了对外试开放。前来的参观市民在门口排起长队，对这幢焕然新生的历史建筑充满了探究的热情，迅速晋升为沪上网红打卡地标，被广大读者亲切称为阿拉大杨浦的"小故宫"。

我随着人流慢慢地步入新馆二楼，走进充满中国古典韵味的阅览室，本想从书架上抽取一本书，拧开别致的台灯，坐下来静静地品读。可是，转念一想，对自己说："算了，今天你就暂且不做一个读者了，好好地在这幢命运多舛的老建筑里，感受一下旧貌换新颜的历史风云吧！"

于是，我下楼漫步在新馆的庭院，仰望高大门楼双层屋檐下的飞椽、斗拱、角梁、垫拱板，轻轻摩挲着那扇 20 世纪 30 年代建造时，用纯手工打造的孔雀门，仿佛在历史烟尘中穿越。新馆的外貌虽然是古旧的"故宫"，但是里面是全新的，它按照现代数字化图书馆的要求实现借阅数字化、图书内容数字化。在建筑的空间改造中以"支持学习中心"为核心理念，设立了文献借阅、数字服务、展览展示、主题活动等 4 个基本功能区。阅览坐席共 692 个，馆内最多能同时容纳 800 位读者。新馆不仅提供阅读空间，还提供文化交流的场所，比如听一场讲座，办一场读书会，和作家面对面，办一场小型沙龙活动等。同时以 AR 智能互动导航为读者带来"可视化"的参观导引和体验，通过大数据展示系统，全面综合地反映图书馆的实时运行状况。着力打造成为"有故事、有品质、有温度、有精神"的城市阅读地标。经过两个多月的试开放运行，为庆祝改革开放 40 周年，2018 年 12 月 18 日，杨浦图书馆新馆正式开馆。

图书馆是一座城市的文化符号，更是一座城市的灵魂栖息地。它不仅能丈量一个社会的文明尺度，同时亦能检测一座城市的精髓厚度。如今，有着"小故宫"美誉的杨浦图书馆新馆，以其高颜值的建筑格局和有温度的阅读体验，成为百万杨浦人的"第二起居室"和城市生活的"第三空间"，俨然是人们流连忘返、乐享其中的"书房、客厅、工作室"。

2020 年 6 月 19 日，首届"上海市建筑遗产保护利用示范项目"揭晓，杨浦图书馆新馆入选保护修缮和活化利用项目。这幢历经坎坷的历史建筑，随着时代的变迁而历久弥新。它与附近的旧上海市政府大楼、旧上海市博物馆等历史建筑遗产"交相辉映"，在充分彰显这些建筑历史内涵的同时，共同展示出深厚的百年市政建筑特色与魅力，形成杨浦区独特的江湾历史文化风貌保护区，从而打造了一张亮丽的"城市名片"。

长阳创谷：一个梦开始的地方

现在有这样几句话很网红："北有中关村，南有深圳湾，东有长阳谷"。中关村在北京，深圳湾在深圳，这是全世界人民都知道的，但长阳谷在哪里呢？说实话，刚开始听到身边的朋友顺口溜般"溜"出的这几句话，我还真搞不清楚这"长阳谷"是地理版图上的那条锦绣"山谷"。

"兄弟，侬晓得长阳谷勒啥地方哦？阿拉抽空去白相白相。"那天，我拽住一位大学同学兴致盎然地问道。谁知，这位老兄朝我狠狠地白了一眼："长阳谷就是长阳创谷，它就在你们大杨浦的长阳路上啊！此谷非那谷，它不是一个旅游景点，而是一个创业园区。"

长阳路上有个长阳谷？而我这个居住在离长阳路不远的杨浦人竟然还不知道，被大学同学一阵数落后，心中甚是汗颜。于是，在一个阳光灿烂的午后，骑着一辆共享单车独自向长阳谷进发。约莫 10 分钟光景，我到达了长阳路 1687 号，

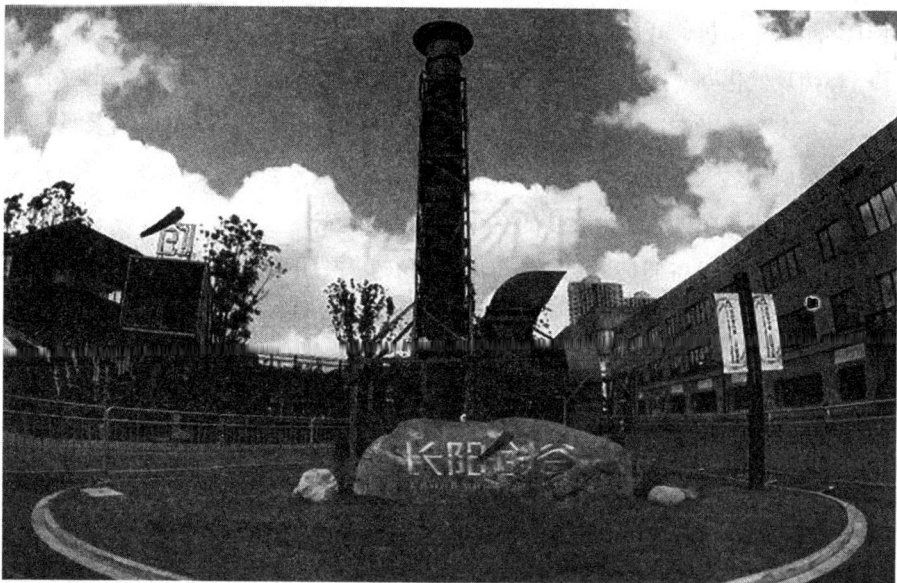

长阳创谷

一片绿意盎然的开放式园区顿时映入眼帘。一块巨大的岩石上镌刻着"长阳创谷"4个大字，在阳光的映照下分外醒目。

"咦，这里不是小辰光步行到东宫白相和去杨浦图书馆看书时经常路过的中国纺织机械厂吗？"一日不见如隔三秋哈！想不到，昔日的中纺机，如今竟然涅槃为一条不是锦绣山谷、却胜似锦绣山谷的长阳创谷了。

整个长阳创谷占地 11 万平方米，规划总建筑面积达 30 万平方米。步入"谷"内，我不由大为惊叹：完全认不出，彻底是旧貌换新颜了。凝望长阳创谷的入口，那带着浓浓"锈色"的巨大烟囱依然矗立，秀美的凌霄花顺着百年历史的工业遗迹攀爬而上，怒放着勃勃生机。原来中纺机备件仓库外立面上，带着历史记忆的巨大马赛克墙与"谷"内众多高科技创新企业交相呼应。昔日纺织机械的轰鸣声已成尘封的历史，取而代之的是新一代创业者奋发有为的键盘敲击声。

长阳创谷的前身是建于 1920 年的日商东华纱厂，1945 年由中国纺织机器制造公司接收，1952 年改为中国纺织机械厂。时光沧桑，迈入新世纪，杨浦区积极发挥科教人才优势，推动区内创新创业主体发展，走出了一条从"工业杨浦"到"知识杨浦"再到"创新杨浦"的创新驱动、转型发展之路，2012 年，闲置了十多年的中纺机，开始走上了从"厂"到"谷"的蜕变。昔日破旧的厂房变成了一幢幢现代化办公楼。常年闲置的破旧厂房，变身成为地标式的创新创业街区，汇聚了众多创业者在这里研发最前沿的科技。同时，长阳创谷依托周边复旦、同济等十余所知名大学和百余家科研院所，形成了无边界创新生态系统，海内外大批青年人才将长阳创谷作为逐梦的空间、腾飞的起点。

行走在长阳创谷园区，我依旧可以找到不少昔日中纺机的踪迹。在园区的设计中，遵循修旧如旧、有机更新的理念，整个工厂主体建筑被完整保留，几十年的老厂房里原有的桁车、吊臂重新改造为过街廊道、园区装饰。百年厂房里一排排有韵律的桁架结构、光影感极强的气窗屋架空间，以及铁轨、管道、仪表、控制箱等锈迹斑斑的工业遗存，在设计师巧妙构造下，重新赋予它们新的生命，并有机结合到规划与建筑、公共环境的营造中，以'双创'的形式涅槃重生。

漫步在长阳创谷，给我最大的感受是科技感十足，时刻都能感受到人工智能营造的创新氛围。"十字光廊"分布在园区核心区域，由两条呈十字交叉交错的长廊组成，科创企业沿长廊两侧分布。这样大面积的走廊如果要通过人工去清理，不但要消耗许多人力，保洁人员活动也会影响走廊两侧的创业者办公。于是，这份"苦差事"便交给了能悄无声息地工作的洗地机器人。我环顾偌大园区，宽阔的草坪上，两台精准无线定位的剪草机器人正来回往复地进行 3D 打印式的剪草作业。L4 级无人驾驶通勤车穿梭往来，随时给人们提供便捷的交通服务。

长阳创谷集聚了约 2.5 万名白领创客，由于园区内不少创业企业经常加班到深夜，年轻人喜欢创新的生活方式，喜欢接受人工智能和实体经济深度融合的商业模式。长阳创谷便引入"缤果盒子"，利用 5 个集装箱，打造一片"无人部落区"，集合了无人奶茶店、无人便利店、无人健身房的新业态。鲜食区可以通过手机扫二维码，获取最为新鲜的快餐美食，喝杯奶茶也可以选择让机器人小哥帮你调制。工作累了，随时可以到无人健身仓、无人乒乓仓，与机器人"教练"来一场巅峰对决。在 24 小时无人值守便利店里，随时都可以通过图像识别技术自助购物、结账。2019 年世界人工智能大会在上海拉开帷幕时，作为首批入选上海市人工智能试点应用场景的园区，长阳创谷在此次大会上全程展示了在人工智能领域的落地应用，并运用 VR 等高科技互动方式展现长阳创谷数字化实景，吸

昔日中纺机厂房，如今涅槃为年轻创客大展身手的"长阳谷"

引了众多中外嘉宾的目光，一个充满希望的长阳创谷正展现在世人面前。

文章写到这里，准备收笔之时，我突发奇想：中纺机的工人足球队曾经辉煌上海滩，多次获得过市、区比赛的冠军，这支足球队是当年杨浦区一张响当当的名片。如今在中国足球处于低谷之际，当长阳创谷每时每刻都在创造奇迹与梦想时，能否也借"中纺机"这块宝地上众多创客的智库，也让中国足球创新腾飞，早日跃出"谷底"呢？呵呵！我不知道，这是不是一个痴心球迷在做梦。放眼长阳创谷，处处都是追逐梦想的创客。有梦的地方，就有希望。行走在长阳创谷，我记住了年轻创客时常挂在嘴边的一句话："智联世界无限可能"。在长阳创谷这样一个梦开始的地方，我愿和创客们一起为中国足球筑梦。

感谢时光的馈赠。建筑是凝固的历史，时间是历史的见证。纵观杨浦滨江、杨浦图书馆新馆、长阳创谷都是从岁月风云、历史烟尘中涅槃的城市新地标。今天，当我漫步、穿行在这三座"有故事、有品质、有温度、有精神"的杨浦城区新地标，感受到的是一种让人由衷欣喜的独特城市魅力。

附　录

刘翔的英雄情结

童孟侯

刘翔是我的好朋友。请注意，大家千万不要以为是我在"傍"那个 110 米跨栏世界冠军的刘翔。此刘翔非那刘翔。这个刘翔是个警察，是作家刘翔。虽说我们相交已久，可是我一直不明白，为什么他好端端地大学毕业，好端端地在政府机关呆着享受"清福"，却要跳槽到公安局去当什么警察？我一直不明白，为什么他把他的那根笔杆子已经玩得很圆熟，却又喜欢去玩火药味十足的枪杆子？直到最近我读到了刘翔的报告文学集《上海大案》，我总算读懂了他。原来，他要圆他"孩童时一个灿烂的梦想"。这和我的童年警察梦几乎一模一样，只是我因为说不清、道不明的"海外关系"没能圆梦，而刘翔要比我幸运。

一个人如果因为童年梦想的实现而满足，那么他的想法一定还愿意呆在童年。当刘翔还不是警察时，他渴望有把手枪；当他真的戴上庄严的缀有警徽的大盖帽时，他却陷入了沉思："我终于发现自己对手枪、对警察、对英雄的感知是那样的幼稚，那样的肤浅，甚至亦有几分可笑。"这种情景就像刘翔还是个文学爱好者时，多么希望自己能成为一个作家，有朝一日能出几本书，让广大读者"翻翻"。可是，如今当他的报告文学集《上海大案》和散文集《吃素者说》两本著作摆到了新华书店的柜台上后，他便又有了一份可贵的宁静。

智者总是在一层一层的感悟中把自己推向一个又一个更高的境界。傻瓜呢，他们一生都感悟不到什么。因此，浑浑噩噩，倒也活得自自在在。罪恶者从来也不会顾及什么，他们喜欢的是一次性"感悟"——当他们被关到铁窗里后，戴着手铐，低头反思。有感悟的人，思想才能常新。其思想"发达"到自我了解之前，必定是先经过自己大脑的"内讧"。于是，当我不妨来个"情景再现"，你就会经常看到这样一景：深夜，月光皎洁，万籁俱静。台灯下，做了警察后的刘翔的脑海里闪过了一幕幕惊心动魄的画面——他的战友把手枪擦得锃亮，默默地将子弹推上膛，再把手枪插入腰间，然后义无返顾地冲锋陷阵，追踪、围捕犯罪嫌疑人。可是，警察手中的枪和别人手中的枪的"内涵"是不一样的。请看，刘翔是怎么写的："总希望能突然闪出这样一个千钧一发的时刻，面对绑架人质或是作案后企图逃遁，并用暴力抗拒的歹徒，我毫不犹豫地拔出手枪，朝天鸣枪警告道："站住，我是警察！"你看，这个画面是多么的英雄主义啊！

应该说，放在我眼前的这本《上海大案》报告文学集和刘翔的其他许多散文随笔一样，是很有思想、有感悟的。作为警察中的一员，他讴歌警察、赞美警察，并由衷地欣赏警察。最终用一个警察作家的视角写下了这本《上海大案》。生动地展现了人民警察为民除害、嫉恶如仇的精神风貌，以及与形形色色的歹徒作斗争时的大智大勇。与此同时，那天我又读到他的一本名叫《吃素者说》的散文随笔集，吃素者显然和手枪无关。但我暗暗佩服他，竟然会把两个全然相左的命题放在一起来写，这是需要笔力和思想的。我和刘翔都是写写弄弄的辈儿，所不同的是我不喜欢手枪，也从来不碰手枪，甚至还有点害怕手枪。从这个意义上来说，刘翔比我男人气多了。也许这和刘翔的心底永远有一个挥之不去的英雄情结有关吧。

原载 2001 年 11 月 8 日《文学报》

钟情于文字的警察

王　岚

　　如今，以公安为题材的文学作品是越来越多了，这倒使我想起一个人，人民警察刘翔。和刘翔认识，已不是一年两年的事。那时他还不是警察，是杨浦区政府的一名机关干部。我、他还有其他许多年轻人，都是名副其实的文学爱好者，可时至今日，当年的同道中人已作鸟兽散，不知往哪儿奔前程去了。倒是刘翔的名字，时不时地在各种报刊上闪闪烁烁，不亮，却颇有一股"恒星"的架势。再后来，他成了拿笔杆子的警察，到上海市公安局《东方剑》杂志社专门为别人作"嫁衣"去了。所以，我认识的刘翔，应该先是文人后为警察。

　　作为文人的刘翔，出过一本透着葱茏、清新气息的散文随笔集《吃素者说》。而作为警察的刘翔，近日又推出了报告文学集《上海大案》。对他在前一本书中的娓娓叙述，作为刘翔的同时代人，感到特别回味无穷。他写农场"岁月如歌"，写对故人的怀念"但愿人长久"，还用调侃的笔触写出了都市人的种种幽默、无奈的生存状态……这些，都是现今嚼着口香糖、脚穿松糕鞋、染着妍彩头发的少男少女们难以理解的。其实，耿直的刘翔无意标榜什么，只是尽量地使自己的叙述平易近人，他不仅想使阅读者接受他的文字，潜意识里，他还有一个顽强的念头，就是想使人们接受文字本身所拥有的文化。

　　刘翔是警察。但因与文字有缘，所以对生活充满着热爱，是个豁达的性情中人。故而他对生活的观察力远比旁人要来得"喜欢"，一般的人即使有满腔热情，因没有文字缘，也无从表达，无法宣泄，慢慢地许多人的心"成熟"得如一口枯井。而刘翔"虽曾一贯标榜烟酒不沾"，但我倒想在此为他举杯，为他的率真，为他的直言无忌。现在社会上有许多人，尤其是一些所谓的成功人士，如今已很会"伪装"自己心灵，很会藏拙了。可刘翔却是个不善掩饰自己，不虚伪、不做作的人。因此，尽管有时刘翔会有意无意地或是在他的笔下，或是在和朋友的闲聊中"默默地在心里拷问自己，我是不是太幼稚？"但我想，他在《吃素者说》一书中的那些文字已经诠释了他对事业、对生活、对友谊的理解和忠诚。他自己完全明确地知道，什么是"生命中的轻与重"了。

刘翔是人民警察中的一员，在以自身的正直出现于朋友面前时，他会谆谆告诫你：坏人面孔上不写字，要有防范意识。这应该算是他的"职业病"吧？事实上，他的笔触更多地也是落在人民警察这一特殊的群体上。他讴歌他们，赞美他们，并由衷地欣赏他们。为此，他全身心地融入到那伟大的行列中，以一名公安宣传干部的独特视角，写下了那一本本厚厚的《上海大案》书籍，详尽记述了近年来发生在上海的一些重、特大及曾在国内外产生重大影响的刑事案件侦破过程，以及形形色色的具有警世意义的各类社会故事。使人读来欲罢不能。他的作品不片面追求所谓"警察题材的卖点"，而是从高度的政治责任感出发，用凝重而又富有哲理的笔触，生动地展现了人民警察为民除害、嫉恶如仇的精神风貌，以及与形形色色歹徒作斗争时的大智大勇。那一个个有血有肉、足智多谋的人民警察形象，或庄严威武或亲切可爱，让广大读者发现并领略到人民警察生活的多姿多彩和可歌可泣。

从没机会看见过身着警服的刘翔，但读他的文字，相信广大读者也会和我一样，完全可以想象身着"九九式"新警服的刘翔一定也是够英武的。

原载 2002 年 4 月 7 日《新民晚报》"夜光杯"副刊

情趣理趣皆成文

——读刘翔的散文

缪国庆

　　一位读者买了一本书，那本书的书名为《吃素者说》，满心以为是谈如何吃素以及吃素中禅理的饮食之道的，不料翻开来一读，原来竟是一本"红尘"散文，其中的那篇"吃素者说"，意在讽刺那些动辄就说"我不是吃素的"朋友、那些"口气比力气大的'掼浪头'朋友"，那位读者在哑然失笑之余，叹曰："这个人装戆装得蛮像的。"

　　"这个人"就是刘翔。

　　刘翔散文的最大特色其实就是装戆。当然，这个戆是装得恰如其分的，因其恰如其分，就戆得可爱，因其走的是带点调侃的路子，自然就戆得可笑——

　　他从电脑城抱回一台"奔腾586"，把鼠标玩得娴熟了，这时候的他就装戆了："如此美妙的小精灵为什么要用鼠的形象来包装和命名？难道仅因是鼠标极大的生产量如同老鼠很强的繁殖力一般？"其实，就在他手握鼠标时，他亦在绞尽脑汁地考虑用何种"伎俩"早日将家里的那只危害无穷的大老鼠逮住。

　　说起"白领"，他又装戆了：白领，白领，不就是白的衣领嘛。于是，情不自禁地翻弄起自己的衣领来，当看到昨天刚换上去的衬衫领子不仅不白，而且有一圈醒目的黑边时，他的目光就移到了窗外，窗外是"冒着滚滚浓烟的大烟囱"，还有那"川流不息排放着大量废气的机动车、助动车"，怪不得自己的白领不白，矛头所指的原来是城市环境污染。

　　顾左右而言他，在装戆的谐趣中凸现睿智的情趣和理趣，想来刘翔是知道这为文之道的。见多了高（拔高）、假（造假）、大（说大话）、空（说空话）的伪散文，读一个平常人写平常事的散文，自有一种亲切的感觉，何况又不晦不涩，不仅不晦不涩，而且妙趣横生，岂不令人读得开心！譬如读他发明的"刘氏复合式交通法"：集两辆自行车和一辆汽车于一体，两头短途骑自行车，中间长途乘单位班车，既解决了上下班路远的具体问题，又融健身、观光、娱乐、休闲于一炉。譬如读他介绍的"太阳能露天浴室"，——分析的利弊：利为"轻而易举地解决了'能源危机'，亦能领略几分大自然海滨浴场的韵味及云南泼水节的野趣"。弊为"较难做到'完全彻底地解决问题'，免不了还要回到室内，采取些'补救措施'"等等。

不过，装戆一词，听上去到底不好听，其实呢，作为一个身穿制服的人民警察，刘翔是个很正宗的人。更多的时候，他的笔触是十分凝重的，甚至带点"刀光剑影"。你若是读到他新近出版的另一部报告文学集《上海大案》，一定会由衷感叹：这家伙还蛮睿智的嘛！我想，这大概也就是所谓的大智若愚的意思了。

原载 2005 年 1 月 12 日《人民公安报》

高考成就"作家梦"

张建群

　　刘翔拿出一张有些破损的粉红色通知书、一张 1977 年的高考准考证……他说，自己命运的改变，几乎是踏着改革开放的节拍。面对这次"30 年征物"活动，他不禁怦然心动。

　　刘翔，年届五旬，在上海市公安局工作。他打趣说，因为和"飞人"刘翔同名同姓，他已经习惯别人的好奇甚至是误会。然而，无论是跑道飞人，还是马路行人，大家有一点是相同的，即多年来从不停歇，在各自的人生旅途上奋力追寻。

下放第一晚，女生哭声一片

　　谈到这 30 年，刘翔展示了两件青春年代的"文物"：一张是 1976 年 3 月 25 日，由杨浦区革命委员会知识青年上山下乡办公室寄发的，他被分配到崇明跃进农场的通知书；另一张是 1977 年恢复高考时的准考证。

　　在那张上山下乡通知书的右下角，橡皮图章敲着这样一排小字——"已供竹壳热水瓶壹只、牙膏两支"。刘翔说，当时物质匮乏，很多消费品都是凭计划供应。

　　刘翔 1976 年中学毕业后，按照当时"长子务农"的分配政策，在这年的 4 月 8 日，告别了父母，在吴淞码头乘坐双体客轮，向长江口外的崇明岛驶去。

　　刘翔对在崇明的第一个晚上刻骨铭心。"也许是旅途劳累了。我早早地爬上了床。突然，从楼上的女寝室传来阵阵低沉的啜泣声。先是局部的，随后变成女同学的集体哭声。"而楼下的男生则强忍着泪水，寝室里始终一片沉寂。"后来我得知，这一晚，崇明岛上哭声连天，因为岛上的 8 个国营农场一下分配进了近万名新职工。老职工们讲，这种情形，已经成为每年一度增添'新鲜血液'时所必然出现的周期性景观"。

怀揣作家梦，扛去一箱书

刘翔从小爱读书，中学期间成绩也不错，成为作家是他深埋在心底的一个梦。所以，他特地准备了整整一箱书带去农场。当时农场知青第一年的工资是每月 18 元，虽然生活有些清贫，但他的精神还算富裕。

为了对农场有所了解，在出发前，刘翔在家附近的长白新华书店买了一本当时颇热门的短篇小说集《农场的春天》。每天下班后，便爬上床，放下蚊帐，在这个属于自己的小天地里捧读着古今中外的文学、哲学书籍。

看书看累了，曾经参加过中学文艺宣传队的他便拿起二胡，来到田埂旁、林带里，或迎着霞光，或沐浴着弯月的余辉，拉上一曲《赛马》《二泉映月》，让悠扬的乐曲冲淡浓浓的愁思、驱除身心的疲惫……

恢复高考，同伴们兴奋不已

有一天，广播站喇叭突然传来让人们心头一震的内容——《关于 1977 年高等学校招生工作的意见》，已停顿十一年之久的高考恢复了。

"我和同伴们都欣喜不已，这对我们这些梦想尚未泯灭的年轻人来说，总算看到了自己的出路。要知道，在当时的情况下，除了每年一次竞争十分残酷的上调外，简直就是走投无路的感觉。"

经过两个月时间的紧张复习，在参加完高考后，刘翔做出了一个惊人的举动，他按捺不住兴奋的心情，疾步奔向寝室，顺手操起一个热水瓶向窗外狠狠扔去。他说："我这是为我们的国家、为高考制度的恢复、为我们的青春，鸣响欢庆的'礼炮'"

那一晚，他和寝室里的几个战友端着盛满崇明老白酒的茶缸，大碗喝酒，大口吃菜，大家干了一杯又一杯……

1978年2月25日清晨，淡淡的薄雾飘浮在广袤田野的上空。一位老职工开着手扶拖拉机悄悄地将他送到公共汽车站。刘翔告别了农场，回市区读书。

珍惜机遇，人生一次次变轨

高考改变命运，这是刘翔最重要的一次人生"变轨"，而暗暗涌动多年的梦想再次被点燃，他因此抓住了一次次的机遇，不断刷新自己。

1980年毕业之后，刘翔分配进一家公司的财务科工作，那在当时是令人羡慕的职业。1984年，他又考取了华师大政教系，获得了法学学士学位。之后，他调到杨浦区审计局。由于他"文学梦"始终没有破灭，业余时间坚持写作，1994年，他又被调干到上海市公安局从事宣传工作。至今，他已经出版了4本书籍，并如愿以偿成了上海市作家协会的一员。

"这30年，选择和机会越来越多。否则，理想再多也没有用，只会越痛苦。"刘翔说，正因如此，自己不愿意混日子，即使年龄在不断增长，也是希望多做一些有意义、有价值的事情。

"岁月如歌。如今，在崇明的森林公园里耸立着的那一堵巨大知青墙，无疑是那个年代农场知青生活的历史见证。而我目睹着这浓缩着我青春印迹的通知书、准考证，常常会使我沉缅于心灵和情感上的强烈冲击之中。"在刘翔的心中，每当想起那段岁月，心中时常流淌着诗一般的语言。而30年的寻梦，则是一条永远不沉的小舟。

原载 2008 年 12 月 18 日《新闻晚报》

"翔"到深处，文思自来

——刘翔散文集《刘翔来了》荐评

忻才良

　　2014年底，我收到忘年交文友刘翔寄来的一本他新出版的散文集《刘翔来了》。看到书名，我不禁莞尔一笑："这个小老弟显然似有借另一个大名鼎鼎的110米跨栏世界冠军刘翔之名，来为其新书造势的企图与用心啊！"但细而一想，人名本是一呼叫的符号，这个世界上同名同姓的人多如牛毛，总不能像鲁迅笔下的阿Q，总是嚷着："你也姓赵？不配姓赵"，将人　阵追打吧。更何况，我的这个忘年交文友刘翔比世界冠军刘翔年长十多岁，是小刘翔与大刘翔同名。大刘翔的名气虽不及小刘翔，但《刘翔来了》书名起得应是有巧而无过，诙谐而有趣。书的内容还是很别致，有吸引力，有看头的。

　　4月初，当我从网上获悉因脚跟腱久伤不愈，世界冠军刘翔决定退役，含泪告别"我的跑道！我的栏！"消息之后，再回头细读《刘翔来了》一书，就愈加感到刘翔老弟的这本生活随笔集似乎还是"来"得蛮及时的，不由暗自喟叹："一个巨星刘翔走了，另一个百姓刘翔来了。"

　　《刘翔来了》一书收录的69篇散文，写的多是百姓刘翔对自己生活、工作和成长的感悟。故事平凡有趣，有噱头、有内容、有思想、更有文采。文字中蕴含的生活哲理，留下了他对人生的思考。全书共分五辑，经纬布局饶有情趣。第一辑"'刘'言蜚语"中，"真假刘翔""我是刘翔"等描述的是作者与世界冠军刘翔同名而衍生出来的一些趣事和"流言"，调侃的文笔，读来令人捧腹。而"召回签名本"这样的生活"遭遇"，作家们大都遇到过，多的是苦笑而已，见多不怪。而这个舞文弄墨的刘翔，却是面对旧书店老板高价叫卖假冒的"明星签名本"，毫不犹豫地掏出一百元，大喝一声："不要找了！"，立马将自己的书"召回"。可见，这个刘翔也是个有血性的性情中人。

胡思不乱"翔"，遐想成妙章。第二辑"胡思乱'翔'"，刘翔在自己的名字上做了点文章，亦可视作其在描写日常生活的写作手法上一种"狡黠"。逛超市、买熟食、话单身、看足球、做"网虫"、拍车牌……一系列的生活情节"翔"到深处，文思自来，笔端蘸情，一发难收。寓理于事，直抒胸臆：由对中国足球是"爱恨交加"，对"荤、素及其哲理"融会贯通，对自投罗"网"百感交集，对车牌拍卖的心惊肉跳等等日常生活细节构成的文字，形成了刘翔笔下的生活随笔形散神凝，主题突出，确乎有鹰击长空的"翔"气势，给读者带来鱼"翔"浅底的精神"视觉"之愉悦。

不"侃"回首堪相思，东奔西走令人忆。书中第三辑"不'侃'回首"、第四辑"东奔西走"多为刘翔对自己青少年时期的生活杂忆，读来逸趣横生。外婆家的那块在"文革"中幸存下来的匾额，折射了一个时代的缩影，历久弥新，足堪珍贵；当年大世界里快乐畅游，在心中铭刻的是"青葱"岁月的难忘记忆；安图中学的读书生活以及45年后的同窗师生重聚，记述的是感念师恩的不了情；永远的佳木斯路与时俱进，万化千变，"涛声依旧"，让人心旷神怡。

"东奔西走"实录刘翔成长的轨迹、旅游的行踪，无论是"感念崇明"农场岁月，还是踏访马来西亚"森林中的城市"，抑或俄罗斯海参崴散记里的抒发其对列宁的情结，还有赴"我心中的圣地——大庆"参观时，刘翔的思绪一直与辛亥革命的先驱——黄兴、以铁人王进喜为代表的那代石油人相萦绕。作者的志趣、理想、情怀从笔端自然流露，予人以哲思、激励与鞭策。

第五辑"'艺'味深长"中的十余篇警营作家、画家、书法家的访谈，如白描海上书画名家吴湖帆嫡孙、书法家吴元京的"朝夕翰墨，风月无边"，在书画艺海中畅游，纵情"放飞"梦想。为警写歌亦"风流"的马宝和、孤独写作数十载的"雷教授"、别样画葫芦的张哲明、甘为光和影"朝圣者"的汤国庆，都写得个性鲜明，德艺双馨，读来感佩。而收入书中的"我为刑警而歌""永远的'红舞鞋'""走进警察"等几篇感悟从警生涯的散文，作者则写得情感真挚，使人看到一个警察《刘翔来了》后的果敢、胆识、功力与底气。

纵览《刘翔来了》一书，我由衷感到，刘翔有其警察的英雄情结、诗人的激情满怀、作家的梦想意境。他笔下的 69 篇散文随笔，取材生活接地气，凡人小事寓至理，情理谐趣见心智，感悟人生皆华章。值得一读，专此荐评。

2015 年 4 月 8—13 日多思斋二稿

原载 2015 年 5 月 25 上海大学《华文阅读网》

图书在版编目（ＣＩＰ）数据

时光 : 一个人的杨树浦叙事 / 刘翔著. -- 上海 :
上海文化出版社, 2020.9
　　ISBN 978-7-5535-2081-0

　　Ⅰ. ①时… Ⅱ. ①刘… Ⅲ. ①散文集－中国－当代
Ⅳ. ①I267

中国版本图书馆 CIP 数据核字(2020)第 158478 号

出 版 人：姜逸青
责任编辑：吴志刚　王茹筠
封面题字：大凡
版式设计：杨柳
配　　图：俞子龙

书　　名：时光——一个人的杨树浦叙事
著　　者：刘翔
出　　版：上海世纪出版集团　上海文化出版社
地　　址：上海市绍兴路 7 号　200020
发　　行：上海文艺出版社发行中心
　　　　　上海市绍兴路 50 号　200020　www.ewen.co
印　　刷：上海商务联西印刷有限公司
开　　本：700×1000　1/16
印　　张：25.25
印　　次：2021 年 3 月第一版　2021 年 3 月第一次印刷
书　　号：ISBN 978-7-5535-2081-0/I.815
定　　价：78.00 元
告 读 者：如发现本书有质量问题请与印刷厂质量科联系 T：021-65642016

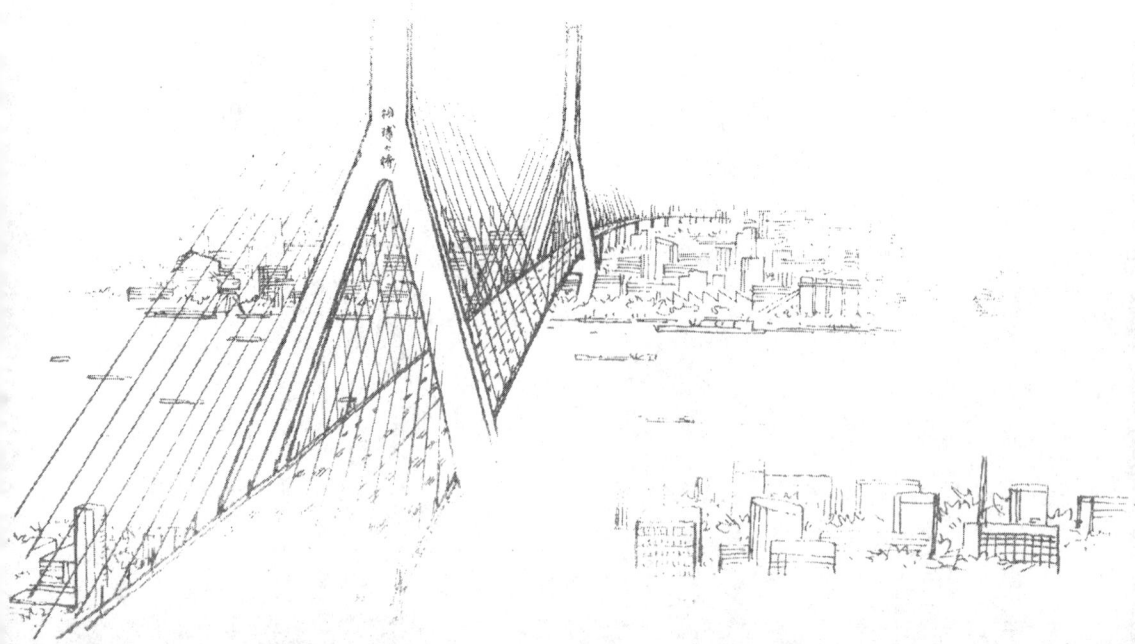